Bibliographische der Deutschen Nationalbibliothek:

Die Deutsche Nationalbibliothek verzeichnet diese Publikation in der Deutschen Nationalbibliographie, detaillierte bibliographische Daten sind im Internet über http://dnb.dnb.de abrufbar.

Copyright © 2016 by Ella Wilhelm

Herstellung und Verlag:

BoD – Books on Demand, Norderstedt

ISBN: 978-3-7347-7319-8

Einbandillustration und Gestaltung: Normann Johanns

www.ellawilhelm.de

# Engelgedrängel

Roman

von

**Ella Wilhelm**

Phila Verlag bei Mittagsstrolch

Berlin

Für meine liebe Manolya, die mich lustiger als Mario Barth findet.
Wer auch immer das ist.

# Cibelle, Engel
# Die Folgen mit Bedeutung

Vom Korridor her waberte der Geruch von frischem Kaffee in das Büro mit der dunklen Eichentäfelung herein. Der Richter schnupperte freudig und rieb sich erwartungsfroh die Hände. Kaffee am Morgen vertreibt Müdigkeit und Sorgen, dachte er poetisch und lächelte in sich hinein. Gleich würde Gisela mit dem köstlichen Gebräu das Zimmer betreten, es eilfertig zu ihrem Chef tragen und vielleicht noch einen kleinen Keks auf die Untertasse platziert haben, selbstgebacken selbstverständlich, und dann ...

Ein Räuspern riss ihn aus seinen Gedanken. Vor ihm saß eine ebenso hinreißende wie gelangweilte Delinquentin und begann hingebungsvoll zu gähnen, die zierliche Hand vor den kleinen Rosenmund gefächert.

"Also, Cibelle", knurrte der Richter und setzte ein strenges Gesicht auf. "Du weißt, warum ich dich zu sprechen wünsche?"

Seine Sekretärin balancierte vorsichtig eine Tasse Kaffee herein, nahm einen großen Schluck und setzte sich dann schmallippig hinter ihre Schreibmaschine. Dann biss sie in den Keks und wischte schließlich die Krümel mit einer schnellen Handbewegung von der Tischplatte.

„Keine Ahnung, lieber Herr Richter", erwiderte Cibelle treuherzig und klimperte mit den Wimpern. Sie sah entzückend aus und sie wusste es.

Der Richter sah mit begehrlichem Blick zu der Kaffeetasse hin, dann fasste er sich: "Kannst du mir verraten, wo du vor zwei Nächten warst?"

"Ich war mit den Jungs aus."

"Und weiter?"

"Ich habe ein, zwei ... fünf Gläser Wein getrunken und ein bisschen Karten gespielt."

Der Richter machte sich schwungvoll eine Notiz und beugte dann seinen mächtigen Oberkörper über den Schreibtisch.

"Ihr habt also ein bisschen Karten gespielt?"

Cibelle nickte unschuldig und spielte am Saum ihres Gewandes.
"Cibelle, schau mir doch mal in die Augen!"
Die Engelin hob den Kopf und riss die kornblumenblauen Augen weit auf: "Ja?"
"Strip-Poker habt ihr gespielt!", brüllte der Richter und schlug mit der Faust auf den Schreibtisch.
"Das ist gar nicht wahr", verteidigte sie sich mit zartem Stimmchen.
„Wie schreibt man das?", fragte Gisela und nahm einen Schluck Kaffee.
"Cibelle! Du schwindelst!"
„Strip mit einem oder zwei P?", hakte Gisela nach und griff schon nach dem Tipp-Ex.
"Na gut, ich gebe es zu. Aber seit wann ist ein bisschen Poker verboten? Schon seit 1632 ist Glücksspiel erlaubt ..."
Der Richter nickte widerwillig. Zu seinem Missvergnügen war im Himmel fast alles erlaubt. Für irdische Verhältnisse wimmelte es nur so von Sündern und Ausschweifungen.
Es macht meine Arbeit manchmal so sinnlos, dachte er wehleidig, dann fasste er sich: "Strip-Poker ist seit 1994 verboten!"
„Das denken Sie sich doch nur aus."
Da hatte sie Recht.
„Bist du Richter oder ich?", bellte er verlegen zurück. „Es gibt noch immer moralische Verfehlungen, die ER nicht gerne sieht!"
"Woher soll man wissen, welche das sind?"
"So etwas weiß man!"
"Wir wollten doch nur ein wenig Spaß ..."
"Den kannst du auch anders haben! Wer hat eigentlich verloren?"
"Wann?"
"Beim Pokern! Wer hat verloren?"
"Ich", gab Cibelle leise zu. „Jedes Mal. Vermaledeite gezinkte Karten. Beim Strip-Poker betrügen – das ist wahrlich verwerflich!" Cibelle war ernsthaft empört und verschränkte die

Arme vor der Brust. Gisela nickte zustimmend und bot der Engelin mitfühlend einen Kaffee an, den diese tapfer lächelnd ablehnte.
Der Richter benötigte einen Moment, um sich zu sammeln. Dann sagte er: "Hör zu, Cibelle. Es ist nicht das erste Mal, dass du unmoralisch aufgefallen bist! Nein, widersprich mir nicht! Dein Leben ist voller gezinkter Karten! Nur, weil wir dich nicht immer gleich ansprechen, heißt das noch lange nicht, dass wir es nicht bemerken! Wir haben nachgedacht, wie deine Seele und vor allem dein Schamgefühl geläutert werden könnten und ...".Der Richter machte eine effektvolle Pause und gab Cibelle die Möglichkeit, ihn hoffnungsvoll anzuschauen. "Wir werden dich auf die Erde schicken!" Er lehnte sich zurück und sah Cibelle fröhlich an.
"Wie bitte?" Sie war erstaunt. "Was soll ich denn auf der Erde?"
"Du wirst eine Weile als Schutzengel arbeiten!"
"Es gibt keine Schutzengel mehr", gab Cibelle charmant zurück.
"Doch! Wenn wir Engel zur Erde schicken und sagen, sie sollen als Schutzengel arbeiten! Es ist lange nicht mehr vorgekommen, dass Engel nach unten geschickt worden sind, aber ER hätte es ganz gern, so aus Publicity-Gründen und Brauchtumspflege."
„Aus Publicity-Gründen und Brauchtumspflege?"
Der Richter wurde verlegen: „Nun, das war jetzt mal so ins Unreine gesprochen und eher eine interne Information."
„Ich bin kein Reklamemädchen, mein Lieber. Nur weil ich früher, in den Goldenen Zwanzigern, als Kabaretttänzerin meinen Lebensunterhalt verdient habe, werde ich mich nicht als Showgirl, Nummerngirl oder Revuehäschen verdingen. Oder gar als Heimatmuseum. Auch nicht für IHN!"
Der Richter schlug energisch auf den Aktendeckel und sagte dann langsam: „Es kann auch aus Gründen der Läuterung, der Heilung oder zur Förderung der Psyche eines Engels passieren. Paragraf 189, Absatz 3. Bei dir, liebe Cibelle, geschieht

es zur Läuterung, Fräulein Beim-Strip-Poker-alle -Sachen-Verliererin!"
Er lächelte amüsiert und blätterte in ihrer Akte. Diesen kurzen Augenblick seiner Unaufmerksamkeit nutzte Cibelle, um sein Telefon zu ergreifen und nach ihm zu werfen. Es zersprang scheppernd an der Wand über seinem Kopf. Fassungslos starrte der Richter Cibelle an, die, mit beiden Händen fest auf den Schreibtisch gestützt, ihn zornig anfunkelte.
"Ich werde nicht auf die Erde gehen", zischte sie und wischte mit ihrem Unterarm die Schreibgarnitur herunter.
"Cibelle", rief der Richter erschrocken.
"Nichts da! Ich werde nicht als Schutzengel für irgendeinen Kaputten auf der Erde arbeiten. Ich nicht!"
Der Richter seufzte und blätterte in ihrer Akte. "Du wirst aber müssen! Ansonsten kommt der Fall vor eine höhere Gerichtsbarkeit und die könnten sich durchaus härtere Strafen einfallen lassen!"
"Was könnte es schon Schlimmeres geben?", höhnte sie wütend.
"Beispielsweise zwei Jahrhunderte keinen Champagnerausschank für dich!"
Die Engelin schrak zusammen. "Das kann ER nicht machen", rief sie verzweifelt.
Der Richter fand zu seiner alten Form zurück. "ER kann alles, Cibelle", sicherte er ihr düster zu.
Aufgelöst in Selbstmitleid sank sie auf ihren Stuhl und begann, kläglich zu weinen.
Der Richter sah mit feuchten Augen dem Häufchen Unglück beim Naseschnauben zu und sagte dann mitfühlend: "Ich weiß, es ist hart. Besonders, wenn man eine derartig selbstsüchtige Frau ist, wie du es bist ..."
Cibelle nickte heftig mit dem Kopf und murmelte verweint: "Eben!"
"Normalerweise bist du für eine solche Arbeit, die Einfühlungsvermögen und Taktgefühl verlangt, in keiner Weise geeignet ..."

"Nicht wahr?", barmte Cibelle. "Wie kann man nur so grausam sein und mich zu so etwas zwingen!"
"Cibelle", sagte der Richter besänftigend und näherte sich ihr, wie man sich einem Minenfeld nähert, "denk' doch mal an die schönen Seiten dieser Aufgaben!"
"Ich kann keine erkennen!"
"Denk' an den Stolz und die Freude, die man fühlt, wenn man jemandem geholfen hat."
Das Schluchzen verstärkte sich wieder.
"Oder denk' an das Gefühl, das man empfindet, wenn man als Stärkere einen Schwächeren beschützt."
Die Tränen rannen jetzt unaufhaltsam.
"Oder denk' an Chanel", sagte der Richter verzweifelt. „Leg' die Flügel an und denk' an Chanel!"
Die Engelin hielt mit dem Gejammer inne und sah auf: "An was soll ich denken?"
"Chanel, Dior, die große Welt der Mode! Du kannst einkaufen gehen, du kannst dich schminken, du kannst ..."
"Ich darf einkaufen gehen? Kleider und Make-up?", fragte Cibelle interessiert und stoppte den Tränenfluss.
"Ja!", verkündete der Richter und strahlte sie an. "Du kannst alles machen, was du willst!"
Cibelle saugte an ihrer Unterlippe und dachte nach. "Ich könnte auch zum Friseur gehen", überlegte sie laut.
"Natürlich!", stimmte er ihr freudig zu.
"Ich habe aber doch gar kein Geld", stellte Cibelle fest und neue Tränen begannen sich in ihren Augenwinkeln zu sammeln.
"Der Himmel übernimmt alle Kosten", erklärte der Richter hastig.
"Und wie soll das gehen?", fragte Cibelle schniefend. "Ich kann doch nicht einfach bei Chanel reingehen und sagen: Hallo, ich nehme das und das Kleid und jenes und die Handtasche und die Ohrringe und alles was da drüben noch hängt und bitte - setzen Sie es dem Himmel auf die Rechnung!"
"Du bekommst selbstverständlich eine Kreditkarte und über die wird alles abgerechnet."

Cibelles Gesicht begann zu strahlen: "Das ist ja himmlisch! Wann ist es so weit?"
"Heute Abend um acht Uhr geht deine Fähre. Sei bitte pünktlich an der Anlegestelle!"
"Ja, natürlich. Wann bekomme ich die Karte?"
"Auf der Fähre. Du musst auch nichts weiter mitnehmen, du bekommst alles bei der Anreise." "Fein! Dann bis heute Abend!" Sie erhob sich und eilte hinaus.
"Cibelle!"
"Ja?"
"Aber vergiss nicht, du bist auf der Erde, um einen Menschen glücklich zu machen, und nicht nur, um einkaufen zu gehen!"
Ein breites Lächeln zog über ihr Antlitz: "Natürlich, Herr Richter!" Dann huschte sie endgültig davon.
Der Richter blickte ihr lächelnd hinterher, dann wandte er sich an seine Sekretärin: "Wissen Sie, Gisela, manchmal ist mein Beruf sehr schwer und ich zweifle an mir und meinen Fähigkeiten. Dann liege ich nächtelang wach und grüble. Aber manchmal gelingt es mir, den Engeln zu helfen und ihnen ihre Strafe als verdient verständlich zu machen. Das sind die Momente, in denen ich weiß, wofür ich lebe. Früher, als ich auf der Erde diesem metallverarbeitenden Betrieb vorstand und all seine Geschicke dirigierte, da ..."
"Möchten Sie auch eine Tasse Kaffee?", unterbrach ihn die Sekretärin rasch.

### ... und Ulrike
**Die bedeutenden Folgen einer Überzeugung**

Ihren einzigen großen Auftritt hatte Ulrike Zimmermann auf der Entbindungsstation des städtischen Krankenhauses. Die diensthabenden Säuglingsschwestern scharrten sich um das Bettchen und schnurrten ihr zum Wohlgefallen. Sie war körperlich sehr klein geraten, nicht besorgniserregend nach ärztlicher Ansicht, aber äußerst anrührend für die Schwesternschülerinnen.

Ulrikes Mutter lag einen Gang entfernt, froh, einer Tochter das Leben geschenkt zu haben und damit in ihrer Frauengruppe einen Achtungserfolg einheimsen zu können.
Besuchen kam sie niemand. Ihre "verspießerte und in bürgerlicher Kleinkariertheit erstickende" Familie hatte ihr den Rücken zugedreht. Ulrikes Vater (der biologische, wie Sieglinde Zimmermann in künftigen Jahren immer wieder betonen wird) ahnte nichts von seiner Tochter, denn er war nur Mittel zum Zweck gewesen, ein überdurchschnittlich guter Jurastudent, lange vor dem Akt beobachtet und auserwählt worden. Die maßgebliche Verführung auf der Damentoilette einer studentischen Kneipe war schnell gemeistert, der junge Mann, bis zum Stehkragen voller schalem Bier, gab sein Bestes. Nach Erledigung des unromantischen Unterfangens ließ sie ihn einfach beiseite fallen, er grunzte dankbar und schlief sofort ein. Man fand ihn erst am nächsten Morgen, kurz vor Schließung der Lokalität, mit offener Hose und müde herausbaumelndem Geschlecht. Sein Sperma aber spazierte bereits in einer befruchteten Eizelle über den Campus und in die Vorlesungsräume für angewandte Pädagogik.
Gemächlich wuchs die Eizelle zum Fötus heran und streckte sich nach und nach weitflächiger aus. Sieglinde Zimmermann trauerte ein wenig um die verbrannten BHs, die sie, in Ermangelung eigener, aus der Kommode ihrer Mutter entwendet hatte, denn jetzt wuchsen ihr die Brüste, die sie sich in ihrer Pubertät gewünscht hatte. Wenigstens brachte die Mode weit schwingende Blusen mit sich, mit denen der Babybauch gut zu kaschieren war, denn es steckte noch ein bisschen bürgerliche Eitelkeit in Sieglinde. Und dass die Haare durch die Schwangerschaft weich und glänzend wurden, war ein wirklicher Vorteil in einer Zeit der lang und offen getragenen Haarpracht. Sieglindes Freundinnen waren über die Schwangerschaft begeistert, ihre Eltern nicht.
"Bist du verrückt, dir ein Balg andrehen zu lassen?", hatte ihr Vater gebrüllt.
"Ach Gott, Sigilein, du bist doch selber noch fast ein Kind", barmte ihre Mutter.

"Ich bin 28 Jahre alt, Bärbel", wies Sieglinde sie zurecht. Die Mutter, die noch immer dem ‚Mutti' nachtrauerte, drückte sich ein Taschentuch auf die feucht gewordenen Augen.
"Und ich habe es mir nicht andrehen lassen, Albert", wandte sich Sieglinde ihrem Vater zu.
"Was heißt hier: Albert? Ich bin immer noch dein Vater", schrie er auf.
"Also gut - Vater", sie sagte es mit einem ironischen Unterton, "ich habe mir mein Kind nicht andrehen lassen, wie du es so widerlich umschreibst, ich wollte es ganz bewusst!"
"Das wird ja immer besser", die väterliche Halsschlagader pochte überdeutlich, "du willst also sagen, dass du das wolltest?"
"Ja, Vater, ich wollte dieses Kind. Ich wollte endlich etwas schaffen, was von Bestand ist und was für mich echte Substanz bedeutet. Ich habe dieses ganze Lernen und all diese Prüfungen so satt! Für was soll ich denn lernen, wenn nicht dafür, einen Menschen aufzuziehen und ihm die Grundlagen für ein zufriedenes Leben beizubringen?"
"Und du kennst die Grundlagen, ja?"
"Ja! Frieden, Liebe und Toleranz für die Menschen und ihre unterschiedlichen Lebensauffassungen!"
"Und an die finanzielle Grundlage hast du natürlich auch gedacht?"
"Natürlich! Ich werde das Kind mit meiner monatlichen Unterstützung finanzieren!"
"Die ich dir hiermit streiche!"
"Dann werde ich dich darauf verklagen!"
"Das würdest du nicht tun!"
"Das würde ich tun! Und ich würde es sogar publik machen, dass ein alter Geldsack wie du seiner Tochter die Lebensgrundlage entreißt, weil sie seinen Enkel geboren hat!"
"Obwohl sie schon 28 ist, nichts gelernt hat und den Enkel nur von der Stütze ihrer Eltern ernähren kann!"
"In Afrika gibt es Frauen, die bringen ihre Kinder schon mit 15 zur Welt!"
"Wir sind hier aber nicht in Afrika!"

"Ja, leider! Die Welt wäre vielleicht um einiges besser, wenn wir ohne all dem Konsum und dem Trallala des Geldverdienens leben könnten!"
"Und irgendwann würden wir alle vor Hunger sterben, weil es kein Land mehr gäbe, das für uns spenden würde!" "Hätten Männer wie du nicht in Afrika ihre Kolonien errichtet, würden die Afrikaner nicht hungern!"
"Vielleicht sollten wir über das Kind reden", warf die Mutter ein, verängstigt auf ihren Mann und ihre Tochter blickend, die sich wie Kampfhähne gegenüberstanden.
Der Vater brummelte, trat an das Fenster und blickte hinaus. Seine Frau wollte schon aufatmen, als er die Frage stellte: "Nun gut, wann willst du uns den Vater des Kindes vorstellen?"
Die Mutter wurde enttäuscht.
"Gar nicht", antwortete ihre Tochter ruhig.
"Und wieso nicht? Fürchtet sich der Kerl vor dem Mann, dessen Tochter er entehrt hat?"
"Nein, das denke ich nicht!"
"Oder wagt er es nicht, sich einzugestehen, dass er vorläufig nicht in der Lage sein wird, die Mutter seines Kindes finanziell zu unterstützen und für das Kind aufzukommen?", lachte der Vater grimmig.
"So wie ich das sehe, wird er niemals für Mutter und Kind aufkommen!"
"Dieser Sauhund", brüllte der Vater, "erst sich vergehen und dann nicht für den Schaden aufkommen wollen!"
"Albert!", rief die Mutter entsetzt.
"Sehr einfühlsam, Vater", meinte Sieglinde kühl.
Der Mann kratzte sich verlegen am Hinterkopf: "Tut mir leid, Sigi, ich war nur verärgert ..."
"Du brauchst dich nicht entschuldigen, Vater! Abgesehen davon weiß der Vater nichts von seinem Glück!"
"Ach sooo! Na, dann musst du es ihm aber bald mal sagen!"
"Das habe ich nicht vor! Ich kenne diesen Typen doch kaum!"

"Das ist unmöglich, Sigi! Du bist von ihm schwanger, und du bist ja wohl nicht die Jungfrau Maria, die sich mit einer unbefleckten Empfängnis herausreden könnte ..."

"Albert, jetzt reicht es aber wirklich", rief die Mutter streng. "Sieglinde, du musst verzeihen, ich weiß wirklich nicht, was heute in deinen Vater gefahren ist! Jungfrau Maria, so was!"

"Das tangiert mich nicht, Bärbel", wurde sie von ihrer Tochter beruhigt.

"Außerdem glauben die jungen Leute von heute nicht mehr an Christus, sondern an diesen Backwaren ..."

"Bhagwan", verbesserte Sieglinde nachsichtig.

"Na, eben an den! Aber was wichtiger ist, du wolltest mir die Sache mit dem Vater des Kindes erklären und warum du ihn nicht kennst."

"Ich kenne ihn schon, aber nur vom Sehen. Er ist Jurastudent, ein ziemlich guter sogar", der Vater lächelte erfreut, "aber ich habe nur einmal mit ihm geschlafen und da war er besoffen und, offen gestanden, habe ich keine Ahnung, ob er das überhaupt noch weiß!" Sie verstummte und zuckte mit den Achseln.

"Moment, Moment! Du hast mit ihm geschlafen und er weiß es nicht?"

"Nun, wie gesagt, er war ziemlich abgefüllt."

"Aber morgens, also, als er gegangen ist, da war er doch nüchtern", flüsterte die Mutter beschwörend.

"Was heißt morgens? Und wieso gegangen? Ich habe ihn ... also, es ist in einer Kneipe passiert und ich bin danach gleich gegangen."

"In einer Kneipe? Ich habe mich wohl verhört! Ich weiß ja, dass deine Generation sehr freizügig ist und dass ihr alles miteinander teilt und euch gegenseitig zuschaut und alles so'n Schweinkram, aber in einer Kneipe? Willst du deine Eltern völlig ruinieren?"

"Nein, Vater! Es war ja auch nicht direkt in der Kneipe, wir sind dazu aufs Klo gegangen, auf die Damentoilette!" Ihre Eltern starrten sie entgeistert an. "Ja, ich weiß. Das ist hart für euch! Aber ich habe genug von dieser verlogenen Prüderie

und dem ganzen scheiß bourgeoisen Kleingeistertum! Ich bin dafür, dass wir endlich die Wahrheit sagen und uns nicht länger hinter geziertem Gequatsche verstecken! Lasst uns doch einmal alles das sagen, was wir uns sonst nicht zu sagen trauen! Freiheit für das freie Wort!"
Die Starre der Eltern zerbröckelte und der Vater öffnete den Mund. "Also gut", sagte er tonlos. "Lass' uns Klartext reden!"
Sieglinde schaute ihn ganz ausdrucksstark an: "Sehr gut, Albert!"
"Verschwinde aus meinem Haus und lass' dich hier nie wieder blicken!"

## Ulrike und Sieglinde

### Die Folgen schlagen zu

Als ersten schmerzhaften Moment ihrer Abnabelung empfand Sieglinde das Ausbleiben der kleinen Geldgeschenke, die sie nach jedem Wochenendbesuch von ihrer Mutter zugesteckt bekam. Ihr Bauch wurde größer, die Auswahl an passender Kleidung im Schrank schmälerte sich rasant. Ihr Lieblings-T-Shirt mit dem Che-Guevara-Konterfei begann unter den Armen zu kneifen und die schönen Gesichtszüge des Revolutionärs wurden Woche für Woche plastischer und unansehnlicher. Doch es war das einzige Oberteil, das zum Schluss noch passte.

Eines Tages wurde sie an der Universität von einem langen, pickeligen Studenten beiseite genommen und gefragt, ob sie der Sache schaden wolle. Dabei wies er auf ihren Bauch und Che Guevara. Sieglinde verstand und ging.

Beim Verlassen des Instituts sah sie den biologischen Vater ihres Kindes auf dem Gang lachen und mit seinen Kumpels herumalbern. Sie ging ganz dicht an ihnen vorbei und grüßte. Keiner grüßte zurück, sie starrten ihr nur verwundert hinterher.

Und für so einen trage ich das Kind aus, dachte sie mit dem Aufwallen eines unemanzipierten Hormonschubs.

Der Universität blieb sie ab diesem Tag fern, doch zur Toilette baute Sieglinde eine starke Bindung auf, sie erbrach sich morgens, mittags und abends.

Und sie fühlte sich sehr allein, denn es war niemand da, der ihre Launenhaftigkeit freudig ertrug, niemand, mit dem sie gemeinsam die ersten Strampelbewegungen des Kindes ertasten konnte und niemand, der ihr den Einkauf abnahm und die Flaschen schleppte.

Ihre Freunde hatten sich recht bald zurückgezogen und sangen jetzt ohne sie auf dem Campus für Frieden und Liebe.

Nachts klammerte sie sich an ihr Kuscheltier und dachte über einen geheimen Anruf bei ihrer Mutter nach.

Bald stellte sie fest, dass die Miete für ihr entzückendes Ein-Zimmer-Appartement viel zu hoch war.

Ihr Vermieter, von ihr darauf aufmerksam gemacht, konnte das gar nicht finden. Als sie um eine Mietminderung bat, zeigte er ihr stumm den unterschriebenen Mietvertrag. Er bewies aber Großmut, indem er sie ohne Rücksicht auf die Kündigungsfrist zum nächsten Ersten ausziehen ließ. Eine Güte, hervorgerufen dadurch, dass Sieglinde etwas von ʼMutterschutzʼ gemurmelt und ihm in ihrer phantasievollen Erzählweise ausgemalt hatte, was eine kleine, spontane Studentendemonstration (Farbbeutel inbegriffen) in dieser Straße seinem Haus antun könnte.

Ihren neuen Unterschlupf fand Sieglinde in einer Wohngemeinschaft, deren Adresse sie vom Schwarzen Brett rupfte. Sie wurde als Schwangere allen anderen Bewerbern vorgezogen. Die Frauen der Wohngemeinschaft outeten sich bald als Speerspitze einer alternativen Frauengruppe.

"Und wieso alternativ?", erkundigte sich Sieglinde bei Doris, mit der sie in der Gemeinschaftsküche saß und Tee schlürfte.

"Na, weil wir die Sache mit dem Frau-Sein nicht so streng sehen! Wir sagen, dass es total in Ordnung ist, dass Frauen gebärfähig sind und das auch nutzen. Wir glauben, dass eine Frau nicht unbedingt im Berufsleben ihr Heil suchen muss,

sondern auch durch das Gebären von Kindern etwas in dieser Welt verändern kann, einfach, indem sie die Kinder zu einer gleichberechtigten Denkweise hinleiten und ..." "Du, das sehe ich ganz genauso", unterbrach sie Sieglinde aufgeregt und strich sich über den Bauch. "Kinder sind unsere Zukunft! Auch für den Frieden und so!"
"Und genauso sehen wir das auch. Frauen können nun einmal Kinder kriegen und sollten diese Chance wirklich nutzen! Besonders, wenn die Möglichkeit besteht, die Kinder ohne Vater aufzuziehen!"
"Ich wollte den Vater meines Kindes gar nicht erst kennenlernen", prahlte Sieglinde.
"Und das ist genau die richtig Einstellung, Sigi! Wozu einen Kerl mitschleppen, wenn man sich auf Frauen verlassen kann!"
"Und es ist ein unheimlich intensives Gefühl, schwanger zu sein", schwärmte Sieglinde. "Man ist so vereint mit der Natur und man findet zu sich und all diese Sachen. Es ist wirklich inspirierend!"
"Ja, ich weiß ..."
"Ach, du hast auch Kinder?"
"Nein, aber als Frau kann man sich da unheimlich gut hineinversetzen. Es ist etwas vollkommen Elementares und trotzdem so faszinierend!"
"Da hast du Recht. Wenn man schwanger ist, weiß man erst, was es heißt, Frau und Mensch zu sein."
"Obwohl man seine Erfüllung auch in anderen Dingen finden kann! Ich mache zum Beispiel in diesem Workshop mit, wo wir versuchen, durch Tanzen unser lyrisches Ich zu finden!"
"Das hört sich ja total toll an. Aber für mich als Schwangere ist das wohl nichts, oder?"
"Doch! Du als schwangere Frau stehst doch deinem lyrischen Ich viel näher, du bist doch viel dichter an deinen natürlichen Wurzeln und damit dichter an dir selbst!"
"Meinst du?"
"Aber natürlich. Komm' doch einfach mal mit!"

"Aber ich bin jetzt im 9. Monat und ich weiß nicht, ob es so gut für mein Baby ist."
"Du gehst doch zur Schwangerschaftsgymnastik! Und stärker bewegen wir uns im Workshop auch nicht!"
"Hm."
"Fein! Glaub' mir, du wirst dich danach viel verstandener fühlen!"
"Was zieht man denn da so an?"
"Zieh einfach was aus dem Kleiderschrank! Wir sind da ganz unter uns, wir brauchen uns nicht für irgendwelche Kerle zu kostümieren!"
Sieglinde dachte an Che und dass er nach der letzten Wäsche erfreulicherweise zu einer Übergröße geworden war. Sie lächelte erleichtert, Göttin sei Dank, für diese billigen Textilien.

Ihre Erleichterung schwand sofort, als sie am Donnerstag den Umkleideraum betrat.
"Hallo", rief sie zaghaft. "Ich bin die Sigi!"
Die Frauen erhoben ihre Köpfe und betrachteten sie interessiert. "Du, die Schwangerschaftsgymnastik ist zwei Häuser weiter", sagte eine hilfsbereit.
"Das weiß ich! Ich wollte zu dem Workshop, wo ich tänzerisch mein lyrisches Ich finden kann! Ich bin mit der Doris befreundet, übrigens", setzte sie erklärend hinzu.
"Glaubst du, dass es gut für den Embryo ist?", fragte eine der Frauen streng und kämmte ihre Haare straff zu einem Dutt.
"Ich gehe ja auch zur Schwangerschaftsgymnastik", winkte Sieglinde ab.
"Ja, aber was wir hier machen, ist eine Suche auf psychologischer Ebene, wir finden uns und unser lyrisches Ich. Du solltest die Sache nicht unterschätzen! Wer weiß, welche Gefühle freigesetzt werden und ob dein Körper mit dieser massiv auf ihn einströmenden Belastung überhaupt fertig wird?!"
"Ich kann ja aufhören, wenn ich merke, dass es mich zu sehr belastet!"

18

"Wie du willst, es ist deine Entscheidung! Ich würde es an deiner Stelle nicht tun, aber wenn du meinst ..." Sieglinde zog sich um, während die Frau weitersprach: "Und bitte jammere nachher nicht rum und gib' bitte niemandem die Schuld, wenn mit dem Baby etwas nicht stimmt!"
Die Frauen, alle groß und schlank, eilten wie eine Schar Gazellen an ihr vorbei, Doris war nicht unter ihnen.
Sieglinde streifte sich hastig ihre Schlappen über und folgte ihnen schwerfällig.
Die Suchenden hatten in der Turnhalle einen Kreis gebildet, in den sie sich hineinzuschieben versuchte. Bei näherer Beobachtung erkannte sie, wie deplatziert ihr Aussehen in dieser Runde war. Die Frauen trugen alle enge Anzüge, die ihren schmalen Taillen und den kleinen, festen Brüsten die richtige Haltung gaben. An den Beinen waren keine Krampfadern zu sehen und ihre Haare waren streng frisiert.
Sieglinde hoffte, dass niemand bemerkte, wie sehr sie mit ihrem ausgeleierten Shirt, den Trainingshosen und den lässig gebündelten Haaren aus der Masse hervorstach, ein bunter Mehlsack unter stolzen Schwänen. Eine runzlige kleine Frau, deren Körper in weite, wallende Gewänder gehüllt war, betrat den Raum und begrüßte alle in einem singenden Tonfall.
"Mein Name ist Isodora Silbrig und ich begrüße euch!" Alle klatschten.
"Meine Mädchen", rief sie dann tadelnd, "wie oft habe ich euch gesagt, dass wir hier keinen Jahrmarkt der Eitelkeiten veranstalten, sondern uns nur gut fühlen wollen. In euren knappen Anzügen halte ich das für gänzlich ausgeschlossen, weil sicher die Hälfte von euch den Bauch einzieht! Und das ist der springende Punkt! Wie wollt ihr so ein Gefühl erzeugen, das dem Bauch entsprießt? Seht diese junge Frau und nehmt euch ein Beispiel!" Mit diesen Worten näherte sie sich Sieglinde. "Sie hat sich freigemacht vom Kleidungszwang, sie lässt ihren Bauch frei ..."
"Sie ist auch schwanger", kam es missgünstig aus der Menge.
"Und sie ist neu bei uns", freute sich die Leiterin.

"Ich weiß nicht, ob es so gut ist, wenn ich hier mitmache", murmelte Sieglinde unsicher. "Vielleicht schadet es dem Baby ..."

"Aber nein! Das Kind in dir wird dir helfen, dich zu finden und dein wahres Ich zu erkennen, glaube mir!" Sie klatschte in die Hände und rief: "Und jetzt legen wir uns alle auf den Bauch! Außer unsere zukünftige Mama, sie darf sich hinsetzen!"

Der Kreis löste sich auf, und Sieglinde versuchte, sich so elegant wie möglich niederzulassen.

"Heute habe ich einen besonders lyrischen Leckerbissen für euch: Die Kröte von Gertrud Kolmar! Ich werde euch das Gedicht zitieren!" Sie sprach es mit innerer Gefasstheit und lautmalerischer Betonung. Dann sagte sie: "Ich denke, ich muss den Inhalt des Gedichtes nicht für euch interpretieren, das versteht ihr von selbst. Aber ich möchte, dass ihr die letzten zwei Verse im Chor sprecht: Ich bin die Kröte und trage den Edelstein."

Die Frauen sprachen es nach.

"Lauter", rief die Leiterin.

Die Frauen riefen es.

"Und jetzt schreit es heraus! Schreit es den Männern dieser Welt ins Gesicht!"

"Ich bin die Kröte und trage den Edelstein", brüllten die Frauen, doch Sieglinde war sich sicher, dass es keine von ihnen so stark spürte, wie sie selbst es im Augenblick tat.

"Fein, meine Mädchen", schmunzelte die Leiterin, "und jetzt klopft mit euren Händen den Takt auf den Boden. Ich-bin-die-Krö-te-und-tra-ge-den-E-del-stein!"

Die Frauen versanken in ihr Getrommel und Gemurmel, während Sieglinde ein schmerzhaftes Ziehen im Unterleib bemerkte. Es wurde heftiger und sie meldete sich zaghaft. Doch in all der Rhythmik und Ekstase hatte niemand das Taktgefühl, sie zu bemerken. Sie erhob sich und watschelte zum Ausgang.

Die Leiterin erwachte: "Was ist mit dir? Wo willst du hin?"

"Ich fürchte, das Baby kommt gleich", rief Sieglinde panisch.

"Wie schön", freute sich die Leiterin und versank in angenehme Schwingungen.
"Kann mich jemand zum Krankenhaus fahren? Bitte!!!"
Isadora schreckte erneut auf und erwiderte ungnädig: "Ja, natürlich! Zieh dir schnell was über, wir treffen uns draußen!"
Die beiden eilten aus dem Raum, während die Frauen auf dem Boden lagen und ihnen nachsahen. "Ich habe ja gleich gesagt, dass es nicht gut für das Baby ist", bemerkte die eine kühl. "Außerdem ist es wirklich unnötig, sich mit seiner Schwangerschaft derartig aufzuspielen!"

Fünf Stunden später war das Baby da, ein süßes, kleines Mädchen, wie die Leiterin des Workshops lauthals bekundete. Drei Tage nach der Geburt verließ Sieglinde mit ihrer Tochter das Krankenhaus und kehrte in die WG zurück.
Es war ein großer Augenblick für die Frauen, als die Vertreterin einer neuen und zukunftsverändernden Generation ihren Einzug hielt. Mit stoischer Ruhe wurde das nächtliche Geschrei und der mit benutzten Windeln überfüllten Mülleimer ertragen, der kleinen Frau wurden sämtliche Wünsche von den Augen abgelesen und erfüllt.
Als neutraler Beobachter hätte man den Eindruck gewinnen können, dass hier nicht eine streitbare Feministin, sondern eine verwöhnte Prinzessin herangezogen wurde.
Für so viel Aufopferung forderten die Frauen aber ein Mitbestimmungsrecht bei der Namensgebung. Rosa und Alice standen ganz oben auf der Wunschliste, aber der Vorname einer bekannten Journalistin machte schließlich das Rennen. Sieglinde warf ihr Studium gänzlich hin und suchte sich einen Halbtagsjob in einem der neukonzipierten Kinderläden. Ulrike durfte sie mit zur Arbeit nehmen.
Das Kind war lustig und aufgeweckt, lächelte jeden an und tanzte drollig, sobald aus dem Radio Musik erscholl. Je hartnäckiger die Frauen draußen um ihre Rechte kämpften, umso weicher wurden sie, wenn es um Ulrikes Erziehung ging.

Erfreulicherweise kam die antiautoritäre Erziehung immer mehr in Mode und entschuldigte jede Inkonsequenz.
Leider konnte man Ulrike nicht ewig vorgaukeln, dass die Art Familie, in der sie lebte, die übliche war. Und so geschah es, dass eines Tages, als die Frauenwohngemeinschaft gemütlich in ihrer Gemeinschaftsküche saß und Tee trank, Ulrike hereingesprungen kam und ganz höflich fragte: "Wo ist denn mein Papa?"
Die Frauen schraken zusammen.
"Wie kommst du darauf?", fragte Doris.
Die Kleine schaute sie an und stemmte die Hände in die Hüften: "Der Andy hat gesagt, jeder hat einen Papa. Ich habe gesagt, ich habe keinen Papa. Er hat gesagt, jeder hat einen Papa, seine Mama hat das auch gesagt. Der Andy hat sogar drei Papas."
"Der Andy ist das Kind von der Michaela", flüsterte Heidrun den anderen zu. "Die hat mal was mit dem Rainer gehabt und kurz in dieser Kommune gelebt!"
"Und wieso hat das Kind drei Väter?", erkundigte sich Franziska leise.
"Na, die wohnt halt mit diesen drei Studenten zusammen, die irgendwas Soziales studieren!" "Wo ist denn jetzt mein Papa?", begehrte Ulrike Auskunft.
"Rieke!", rief Sieglinde streng. "Brüll hier nicht so rum!"
"Nun lass' mal das Kind", sagte Doris beschwichtigend. "Es ist doch sein Recht, Bescheid wissen zu wollen! Häschen, dein Papa ist nicht da."
"Ist er das auf dem Bild?", fragte das Kind laut.
"Was denn für ein Bild, Ulrike?", fragte Gesine sanft.
"Na, das Bild in Mamas Zimmer. Das große Bild!"
Die Frauen schauten Sieglinde vorwurfsvoll an, doch diese wehrte ab: "Ich habe kein Bild von ihm."
"Na, das große Bild an der Wand", erklärte Ulrike verzweifelt.
Sieglinde atmete auf: "Nein, Rieke, das ist nicht dein Vater, das ist Karl Marx!"
Die Frauen lachten belustigt auf.

"Und mein Papa?" Ulrike begann zu schluchzen.
„Dein Papa, Rieke, der ist verreist!"
"Und kommt er bald wieder?"
"Sicher, mein Mäuschen!"
"Na gut", und das kleine Mädchen schlenderte aus der Küche.
"Ich fürchte, Sigi, da hast du jetzt ein echtes Problem", sagte Heidrun mitfühlend in die Stille. Sieglinde sah das genauso. Vor allem aber sah sie, dass sie langsam zu erwachsen wurde, um alle ihre Handlungen nach den strengen Vorgaben der Mitbewohnerinnen auszurichten. Sie trank ihren Tee aus und verließ die Küche. Ulrike hatte sich auf ihr Bett geworfen und schlief.
Ihre Mutter setzte sich an den Schreibtisch und dachte nach. Sie war es leid, eine moderne und selbstständige Frau zu sein, die sich von einer Fünfjährigen nerven lassen musste und trotzdem nie genug Geld hatte, um sich die traumhaft süßen Kleider aus der Boutique an der Ecke leisten zu können. Sie hatte es satt, Ulrikes Erziehung mit den anderen abstimmen zu müssen. Sie war eigentlich der Auffassung, dass ein kleiner Klaps auf den Hintern Ulrike hin und wieder ganz gut tun, und sie nicht gleich in ihrer Entwicklung zu einer selbstbewussten und starken Frau hemmen würde. Sieglinde war eigentlich schon länger der Ansicht, dass *die* in der Küche sich emanzipieren mussten, weil deren Aussichten ihnen keine andere Möglichkeit ließ, aber *sie* sah immerhin blendend aus und entstammte einem gutsituierten Elternhaus. Sie fasste einen Entschluss und erhob sich.
"Ich gehe noch mal telefonieren", rief sie in die Küche.
"Aber Sigi, wir haben doch ein Telefon!"
"Ist ein Auslandsgespräch", erwiderte Sieglinde knapp und verließ die Wohnung. In der Telefonzelle nahm sie ohne weitere Überlegungen den Hörer ab und rief ihre Eltern an.
"Zimmermann", meldete sich die weiche Stimme ihre Mutter.
"Mutti, ich bin es, Sieglinde."
"Sigi! Wie schön! Wo bist du jetzt?"
"Noch in Berlin. Aber ich würde gerne zu euch kommen - wenn es ginge."

"Natürlich geht das, Kind! Sei doch nicht so verängstigt! Ach du, der Papa wird sich vielleicht freuen, sag ich dir!"
"Ist er mir noch böse?"
"Aber nein, Kind! Das ist doch Schnee von gestern! Wie geht es meinem Enkel?"
"Es ist eine Enkelin, Mutti. Sie heißt Ulrike und ist fünf Jahre alt!"
"Ulrike? Du hast ihr den Namen meiner Mutter gegeben? Wie lieb von dir! Soviel Traditionsbewusstsein hätte der Papa dir bestimmt nicht zugetraut! Oh, warte mal, da kommt er!"
Sieglinde konnte sie rufen hören: "Albert, komm schnell! Sieglinde ist am Telefon! Sie kommt nach Hause", dann war ihr Vater am Apparat.
"Sieglinde?"
"Ja, Vati!"
"Schön, dass du dich mal meldest, Mädchen! Deine Mutter sagt, du kommst nach Hause?"
"Ja, und ich würde gern ein Weilchen bleiben, wenn es keine Umstände macht!"
"Was redest du von Umständen! Du bist unsere Tochter! Wie geht es meinem Enkel?"
"Es ist eine Enkelin! Sie heißt Ulrike!"
"Ein Mädchen? Schade, dann wird unser Familienname wohl aussterben!"
"Ihr hättet mir ja auch noch einen Bruder zur Seite stellen können", lachte Sieglinde unter Tränen.
"Ich habe das nicht böse gemeint, Sigi. Wann kommst du denn?"
"Ich versuche, so schnell wie möglich hier meine Zelte abzubrechen. Ich rufe euch an, wenn ich ankomme!"
"Gut, gut. Dann bis bald, Sigi!"
"Ja, tschüss, Vati! Gib' Mutti einen dicken Kuss von mir!"
Der Vater hatte bereits aufgelegt. Sieglinde wischte sich die Tränen aus dem Gesicht und ging entschlossen zurück in die Wohnung. Sie trat in die Küche, ließ sich schwer auf den Stuhl fallen, blickte die anderen an und sagte mit trauriger Stimme: "Ich werde euch bald verlassen müssen!" Die Frau-

en schauten sie erstaunt an. "Ich mache eine Reise nach Indien. Ein alter Freund hat sich bei mir gemeldet und mich gefragt, ob ich ihn begleiten könnte."
"Wie lange wirst du wegbleiben?", erkundigte sich Doris.
"Keine Ahnung, Doris", antwortete Sieglinde, "aber auf alle Fälle wäre es schön, wenn ich so schnell wie möglich mein Zimmer kündigen könnte!"
"Ja, das wird sicher kein Problem sein, Sigi. Wir machen gleich morgen einen Zettel an das Schwarze Brett. Aber wo willst du deine Sachen solange unterstellen?"
"Du, die nehme ich mit!"
"Auch das Bett und den Schrank? Willst du die durch Indien schleppen?"
"Nein. Dieser Freund hat einen Keller, in dem ich den Kram unterstellen kann!"
"Gib' mir mal die Adresse, dann werde ich die städtischen Transportunternehmen anklingeln und herausbekommen, wer es am günstigsten macht", bot Franziska hilfsbereit an.
"Das ist lieb von dir, Franzi, aber darum kümmere ich mich selber!"
"Aber du hast doch bestimmt genug zu tun, um dich auf den Trip nach Indien einzurichten! Die ganzen Impfungen und so! Wann fährst du eigentlich?"
"Übermorgen!"
"Na bitte! Da musst du doch noch allerhand erledigen und ich könnte ..."
"Übermorgen fahre ich zu diesem Freund nach Hamburg! Und da kläre ich das mit diesen Impfungen und dem ganzen Rest. Was ich nicht gleich mitnehmen kann, lasse ich nachschicken."
"Ach, der Freund wohnt in Hamburg! Na, dann ist es natürlich sinnlos, wenn ich die Fuhrunternehmen anrufe", verstand Franziska.
"Nimmst du Rieke mit nach Indien?", fragte Heidrun leise.
"Natürlich! Wo soll ich sie denn sonst lassen?"
"Sie könnte bei uns bleiben ...", murmelte Doris.

"Das ist total nett von euch, aber ich möchte meine Tochter lieber bei mir haben!"
Die Frauen nickten verständnisvoll. "Sie wird uns sehr fehlen", sagte Doris traurig.

## Ulrike, Sieglinde, Oma, Opa
## Und die Wahrheit über den Vater.

Sieglinde stand eine Weile gedankenverloren vor dem schmiedeeisernen Tor. Dann straffte sie sich und drückte es auf. Laut knirschte der Schotter unter ihren Schuhen. Sie hielt Ulrike fest an der Hand und zog das widerstrebende Kind hinter sich her.
"Ich will wieder zu Doris und Franzi", weinte es laut.
"Ulrike, wir sind hier bei Opa und Oma und du wirst ein artiges Kind sein, hast du verstanden!"
"Nein! Ich will zurück zu Doris und Franzi!"
Die beiden hatten bereits die Terrasse erreicht, als Sieglinde in die Hocke ging und Ulrike fest an sich heranzog: "Hör zu, Mäuschen, ich weiß, du willst zurück! Aber wenn dein Papa kommen soll, dann musst du hier mit mir wohnen und immer brav sein! Sonst ist der Papa traurig und du wirst ihn niemals sehen!"
Ulrike schaute sie mit gerunzelter Stirn misstrauisch an: "Weiß mein Papa denn nicht, wo Doris und Franzi wohnen?"
"Nein!"
Sieglinde erhob sich wieder und klingelte. Hinter der Tür hörte man eilige Schritte, dann wurde sie aufgerissen.
"Sigi! Da bist du ja schon! Warum hast du denn nicht angerufen, wir hätten dich vom Bahnhof abgeholt!" Bärbel Zimmermann umarmte ihre Tochter weinend. "Und da ist ja auch die kleine Ulrike! Komm her, du Süße und gib' der Oma einen dicken Kuss!"
Das Mädchen legte die Hände auf den Rücken und erwiderte tadelnd: "Ich darf keine fremden Leute küssen, Oma!"

Frau Zimmermann zog die bereits gespitzten Lippen wieder ein und blickte hilfesuchend zu ihrer Tochter.
"Es tut mir leid, Mutti." Sieglinde warf ihrem Kind einen drohenden Blick zu, "aber wir haben Ulrike eingeschärft, dass sie fremden Menschen immer vorsichtig gegenübertreten soll. Du weißt ja, was für kaputte Leute in einer Großstadt herumlaufen!" Ihre Mutter nickte verständnisvoll, während Sieglinde ihrer Tochter einen kleinen Schubs gab und ihr zuflüsterte: "Du gibst jetzt der Oma einen dicken Kuss oder es knallt!"
Ulrike erwies sich als äußerst bockbeinig und nur das Eintreffen des Großvaters konnte eine Auseinandersetzung verhindern. "Guten Tag, Sieglinde", sagte er und reichte ihr mit einer abgezirkelten Bewegung die Hand. "Schön, dass du wieder zu Hause bist!"
Seiner Tochter traten die Tränen in die Augen und sie wollte sich mit einer schwungvollen Bewegung in seine Arme werfen, doch seine ausgestreckte Hand verhinderte dies.
"Und du bist wohl Ulrike", wandte er sich seiner Enkelin zu. Diese steckte den Finger in den Mund, um jegliche Küsserei von vornherein im Keim zu ersticken. Doch ihr Großvater schien auf das Küssen auch nicht besonders versessen zu sein, denn er drehte sich um und ging zurück ins Haus. Die Frauen folgten ihm.
Er forderte die Damen auf, Platz zunehmen und winkte dann dem Dienstmädchen nach Kaffee. "Was möchtest du trinken?", fragte er Ulrike ernst.
"Limonade", erwiderte sie kühl.
"Es ist recht kalt draußen, Schätzchen", rief ihre Großmutter. "Vielleicht wäre eine heiße Schokolade angebrachter, hm?"
Ulrike überlegte, warum man Schokolade erwärmen sollte, wenn man sie auch gut zur Limonade nebenher essen könnte, doch ihr Großvater brummte: "Sie möchte Limonade und sie bekommt Limonade!"
Das Dienstmädchen nickte und verschwand in die Küche, während sich im Salon ungemütliches Schweigen ausbreitete.

"Papa, ich denke ...", räusperte sich Sieglinde, doch ihr Vater brachte sie mit einer Handbewegung zum Schweigen. Er wartete, bis das Mädchen serviert und den Raum wieder verlassen hatte, dann erst gab er seiner Tochter die Erlaubnis, weiterzusprechen.
"Also, ich wollte mich nur bedanken, dass ihr uns vorübergehend hier wohnen lasst, Ulrike und mich."
"Du musst dich doch nicht bedanken, Sigi! Du bist doch schließlich unsere Tochter", unterbrach sie die Mutter bewegt.
"Deine Mutter hat recht, Sieglinde! Es ist wirklich ..."
"Äks, das ist ja bitter", brüllte Ulrike und spuckte die Limonade auf den Teppich.
"Ulrike!", schrie Sieglinde und hob die Hand.
"Nicht!", rief Bärbel Zimmermann erschrocken.
"Die Limonade ist richtig bitter", klagte Ulrike. "Die ist bestimmt schlecht!"
Albert Zimmermann nahm ihr das Glas aus der Hand und roch daran. "Die ist nicht schlecht", sagte er kopfschüttelnd. "Das ist Bitter Lemon!"
"Ich werde gleich ein neues Glas holen", erbot sich die Großmutter.
"Jetzt will ich nichts mehr trinken", maulte das Kind und verschränkte die Arme vor der Brust.
"Dann bleibst du eben durstig", beschied ihr der Großvater und wandte sich wieder an seine Tochter: "Wie ich sagte, dein Hiersein stellt kein Problem für deine Mutter und mich dar, solange du dich bemühst, es nicht zu einem werden zu lassen! Sobald es wieder solche hirnrissigen Diskussionen zwischen uns geben sollte, wie es damals der Fall war, kannst du dir ein neues Asyl suchen! Hast du verstanden, Sieglinde?" Diese nickte mit rotem Kopf. "Dann sind wir uns ja einig! Also, herzlich willkommen zu Hause!" Er erhob seine Tasse und trank ihr zu.
Alle nahmen einen Schluck Kaffee, bis auf Ulrike, die laut erklärte, sie habe furchtbar Durst. Ihr wurde gedeutet, in die

Küche zu gehen und die Köchin zu bitten, ihr eine Schokolade zu machen. Das kleine Mädchen lief erfreut hinaus.

"Wirst du arbeiten gehen?", erkundigte sich Herr Zimmermann bei seiner Tochter.

"Natürlich. Gerne. Sobald sich etwas Passendes findet", antwortete Sieglinde ausweichend.

"Du weißt, es ist nicht notwendig. Wenn du es willst, ist das in Ordnung, aber es wäre besser, du schaust dich in Ruhe nach einem neuen Vater für Ulrike um", entschied der Vater laut.

Sieglinde nickte einsichtig. Ihre Tochter kehrte gerade heulend in den Salon zurück und beklagte laut, dass sogar die Schokolade hier bitter schmecken würde. Das Gejammer störte die Zukunftsplanerei so nachhaltig, dass man sie auf einen späteren, nie wahrgenommenen Termin verschob.

Am Abend betrat die Mutter Sieglindes Zimmer und fragte besorgt, ob alles zu ihrer Zufriedenheit sei. Die Tochter nickte und erkundigte sich zaghaft: "Papa ist wohl nicht so begeistert, dass ich wieder hier einziehe?"

Ihre Mutter strich ihr über das Haar und erwiderte: "Ich glaube, dein Vater hat gehofft, dass du es wirklich schaffen würdest, nach deinen Vorstellungen zu leben und auf eigenen Beinen zu stehen. Ohne männliche Hilfe." Sie lächelte traurig und wollte das Zimmer verlassen. Doch dann drehte sie sich noch einmal um und sagte: "Ich jedenfalls habe es gehofft und geglaubt! Gute Nacht!"

"Gute Nacht, Mama", antwortete Sieglinde und schaute ihrer Mutter betroffen nach.

Um den geschätzten Leser nicht unnötig auf die Folter zu spannen, möchte ich zwei Dinge vorwegnehmen: Ulrikes Papa kam nie von seiner Reise zurück und ihre Mutter fand, trotz unbegrenzter Freizeit, keinen neuen Papa für sie, obgleich beide ihre Hoffnung nie völlig fahren ließen und viel Energie darauf verwendeten.

Sieglinde war bei allen gesellschaftlichen Großveranstaltungen in der Hamburger Umgebung anzutreffen, immer vorteilhaft gekleidet und auffallend engagiert, gleichgültig, welche Krankheit oder welchen Preis es zu feiern galt, und wie kleinlich das Buffet sich gab. Sie traf sogar auf einige ledige Männer, doch ihr Zauber wollte und wollte sich nicht verfangen. Es war vermutlich zu sehr in ihren Augen zu lesen, dass sich die Ansprüche an Ulrikes neuen Vater in wenigen und kleinen Dingen erschöpften und damit kein ganzer Mann gefordert worden wäre.

So verbrachte die ledige Mutter ihre besten Jahre mit Höhepunkten und Premieren und erreichte ihr Ziel nie. Der einzige positive Aspekt an dem ganzen sinnlosen Aufwand war, dass sie beim Versagen Champagner trinken und Austern schlürfen konnte.

Trotzdem konnte sie für all diese Anstrengungen keinen Dank von ihrem Kind erwarten, das sich im Laufe der Jahre als recht undankbar erwies.

Es hatte sich in den Kopf gesetzt, dass bei beständiger Bravheit eines Tages ihr Vater vor der Tür stehen würde. Doch als auch nach Jahren der Einserzeugnisse und der heil und weiß gebliebenen Strumpfhosen immer noch niemand an der Haustür klingelte, sie in weit ausgebreiteten Armen auffing und anschließend herumwirbelte, wurde Ulrike ungeduldig.

Eines Freitagabends, ihre Mutter rüstete und bürstete sich zum Ausgehen, spielte sie ein paar Takte auf dem Klavier und fragte dann beiläufig: "Wann in etwa erwartest du meinen Vater?"

Herrje, dachte Sieglinde erschrocken. Sie kommt in die Pubertät.

"Wie kommst du darauf, Schätzchen?", fragte sie laut und stäubte sich rosa Puder in das angespannte Gesicht.

"Mir ist, als hättest du mal gesagt, dass unser Einzug hier dafür sorgen würde, dass mein Vater mich findet!"

Sieglinde drehte sich zu ihrer Tochter um und legte sich ein ironisches Gesicht zurecht. "Herzchen", zwitscherte sie belustigt, "wie alt bist du jetzt?"
"Das weißt du doch, knapp 14!"
"Und es ist dir in den neun Jahren nie in den Sinn gekommen, dass dein Papa nichts von uns wissen will?"
"Wie meinst du das?"
"Wie ich es gesagt habe! Dein Vater war nie daran interessiert, dich oder mich als seinem Leben zugehörig zu betrachten, Häschen!" Die Lüge ging ihr erstaunlich glatt von den Lippen.
Ulrike hörte auf zu klimpern und starrte sie an. "Du meinst, er hat dich verlassen?"
"*Uns* verlassen, Liebes. Fünf Minuten nachdem ich ihm gesagt habe, dass ich mit dir schwanger bin! Trotzdem", sie setzte ein zärtliches Lächeln auf, wäre ich nie auf die Idee gekommen, dich wegzugeben. Ich wollte dich haben, koste es, was es wolle!"
Ihr Gesicht sprach sofort von Aufopferung und Entbehrungen, von Kälte, Hunger und erlebtem Elend. Ulrike rutschte vom Hocker und lief, ihre Mutter zu umarmen. "Sei bitte vorsichtig, ein Fleck auf dem Kleid könnte sein Ruin sein", wurde sie gewarnt, doch sie musste ihrer Mutter einfach Abbitte tun. Ihrer Mutter, welche sie im Stillen als eine "Society-Zicke" beschimpft hatte, die nur an sich und ihr Vergnügen dächte, und bei der man sich die Frage stellte, warum sie sich ein Kind angeschafft hatte. Darüber hatte Ulrike, die die meiste Zeit mit ihrer Großmutter oder der Klavierlehrerin verbrachte, oftmals gegrübelt. Und nun stellte sich heraus, dass dieselbe Frau sich derartig für ihr Kind aufgeopfert hatte.
Ulrike ließ die Tränen rinnen und auch Sieglinde wurde von Rührung übermannt. Sie ließ sich auf das Bett sinken und zog Ulrike an sich, ohne an die katastrophalen Folgen für ihr Kleid zu denken. Sie erzählte ihrem Kind von der Zeit, als sie jung, schön und eine Studentin war und für hehre Ziele kämpfte. Förmlich in idealistischen Gedanken verfangen, war

sie Ulrikes Vater begegnet und verfallen. Doch dieser trieb nur Allotria mit ihren Gefühlen und war unfähig, sich bei der ersten Wölbung ihres Bauches wie ein echter Mann zu benehmen. Im Schutze der Dunkelheit und Demonstrationen sei er verschwunden und habe sie, die schwache Sieglinde, wehrlos dem fremden, realen Leben ausgeliefert. Sie habe es fast sechs Jahre lang allein gemeistert, bis sie von ihrem Vater angefleht worden war, heimzukommen.
"Und Papa hat sich nie wieder gemeldet?", schluchzte Ulrike.
"Nein, meine Kleine, nie mehr! So jetzt muss ich aber los, sonst bekomme ich einen Sitzplatz bei lauter alten Weibern!"
"Schönen Abend, Mutti!"
"Danke schön, mein Spätzchen, und denk' immer daran, dass ich das alles nur für dich tue!"
Die Mutter rauschte zur Tür hinaus und rief gellend nach ihrer Handtasche und ihrem Mantel.
Ulrike aber legte sich hin, faltete die Hände unter den Kopf und bedachte ihr betrübliches Schicksal. Sie hatte es immer gut gehabt, immer alles bekommen, was sie wollte: Klavierstunden, Reitstunden und Gesangsstunden. Die erste, zweite und neunzehnte Barbie plus Haus und Zubehör. Den kleinen dicken Hund, den sie sich sehnsüchtig einen Sommer lang gewünscht hatte und der dann schließlich unter dem Weihnachtsbaum winselte. Sie wurde geliebt, von ihren Großeltern, der Köchin und ihrer Mutter, die sich eindeutig für sie entschieden hatte. Mühsam nur konnte sie sich noch daran erinnern, wie die Mutter vor Jahren ständig erwähnte, sie wäre eine außergewöhnliche Sprachforscherin geworden, wenn sie nicht ein Kind zur Welt gebracht hätte. Ulrike bekam es so lange aufs Butterbrot geschmiert, bis der Großvater es hörte und seine Tochter freundlich, aber ernst in sein Arbeitszimmer bat. Sieglinde hatte zwei Wochen nicht mehr mit ihrer Tochter gesprochen, doch der Großvater schenkte seiner Enkelin ein eigenes Pony. Danach hatte ihre Mutter nie wieder die verpasste Karriere erwähnt.
Ulrike wälzte sich auf den Bauch und drückte ihr Kinn in die Handflächen. Sie beschloss, keinen Vater nötig zu haben, und

käme dieser Mann irgendwann einmal auf die Idee, sie kennenlernen zu wollen, dann würde Ulrike ihm knallhart sagen, dass sie keine Lust dazu habe. Knallhart! So!

## Doch das Leben dreht sich weiter

"Hast du alles?"
Ulrike nickte und versuchte den Koffer zu schließen. Ihre Großmutter brachte gelbe Gummistiefel.
"Aber Oma, die brauche ich doch wirklich nicht!"
"Kind, man weiß nie!"
"Oma, ich ziehe nach Berlin und nicht an die Nordsee!"
Die Großmutter drückte sich ein Taschentuch an die Augen und Ulrike biss sich auf die Lippen.
"Ich wünschte, du würdest überhaupt nirgendwo hingehen! Wir haben hier auch eine nette Universität, du musst nicht extra in diese wilde Stadt! Wer weiß, was dir da alles passieren kann!"
Ihre Enkelin seufzte. Zur großen Überraschung ihres Großvaters hatte sie sich entschlossen, Betriebswirtschaft und Ökonomie zu studieren, mit der ausdrücklichen Forderung, es in Berlin tun zu dürfen. Der Alte war in seiner Freude darüber so überwältigt, dass er der Auflage keinerlei Beachtung schenkte und erst als Pferdefuß erkannte, als seine Frau ihn entsetzt darauf hinwies.
"Oma, ich war doch die ganzen Jahre nicht zu Hause!"
"Ja, aber in diesem Internat hat wenigstens jemand auf dich achtgegeben!"
Das war auch so ziemlich genau der Grund, warum Hamburg als Studienort nicht in Frage kam. Ulrike grinste und küsste ihrer Großmutter auf den weißgrauen Scheitel. "Mir wird schon nichts passieren, Oma!"
Als erstes passierte ihr, dass jemand ihr ungebeten das Portemonnaie aus der Reisetasche zog und nicht wieder zurücksteckte. Dann passierte der kleine Unfall im Bahnhofsge-

schäft, bei dem Ulrike mit ihrem Rucksack die teuren Spirituosen aus dem Regal fegte und ersetzen musste. Aber was ihr wirklich nicht hätte passieren dürfen, war ihre Mitbewohnerin im Studentenwohnheim.
"Tach, ich bin die Katy! Rauchst du auch?" Ulrike verneinte stumm, doch Katy zeigte sich solidarisch und rauchte die doppelte Menge.
"Was studierste denn?"
"Betriebslehre!"
"Ach, so was Bescheuertes? Das sind doch alles Idioten!"
Ulrike hatte verstanden. Katy würde nie ihre Vertraute werden! Oder ihre Freundin! Noch nicht einmal Diphtherie würde sie mit Katy teilen wollen. Diese sah das anders. Ulrike gefiel ihr, besonders wegen der mitgeführten Klamotten. Und Ulrike war so schön wortkarg, so konnte Katy ihr gleich in aller Genauigkeit erklären, warum sie diesen schicken Pullover aus Ullis (!) Koffer heute Abend auf jeden Fall tragen müsse. Ulrike kapitulierte beim ersten saftigen Detail aus Katys Liebesleben.
"Guck mal, wie gut der mir passt!", freute sich die Andere und überhörte das Knacken der Nähte. Sie verschwand, nachdem sie ihrer neuen Mitbewohnerin zwei Schubladen des Gemeinschaftsschrankes freigeräumt hatte, mit dem generösen Zugeständnis, den Rest könnte Ulli ruhig zwischen ihre Klamotten hängen.
Die Tür klappte hinter Katy zu, und Ulrike atmete auf. Sie inspizierte kurz die Aussicht und das Badezimmer und entschloss sich, mit ihrem Restgeld ein kleines Sortiment an Putzmitteln zu erwerben. Nachdem sie den Dreck großflächig beseitigte hatte, ließ sie sich aufatmend in das warme Wasser sinken. Sie plätscherte ein wenig, stuckte die gelbe Gummiente unter und schwor sich, so schnell wie möglich eine neue Behausung zu finden.
Die Suche nach einem anderen Quartier verschob sich vorerst, da Ulrike ernsthaft und strebsam ihr Studium begann. Ihre Mitbewohnerin legte keinerlei Eifer an den Tag, zumin-

dest nicht im Hinblick auf ihr Studium. Es kam auch in den folgenden Wochen zu keinen Momenten der Annäherung.

Ob es Katys Zigarettenfilter waren, die in der Toilettenschüssel schwammen, oder der tollpatschige Krach, den sie hervorrief, wenn sie von mitternächtlichen Feiern zurückkam, oder die widerlichen Flecken, die sie auf den ausgeborgten Kleidern hinterließ, nichts ließ Ulrike darauf hoffen, dass Katy Teil der schönsten Zeit ihres Lebens werden würde.

Zum wirklichen Eklat aber kam es, als Ulrike ihre Ader für das Schreiben von düsteren und schwer verdaulichen Prosastücken entdeckte.

Abend für Abend saß sie an dem (vorher desinfizierten) Esstisch und kritzelte ihren Weltschmerz nieder. Sie machte nie den Fehler, es jemandem vorzulesen oder jemanden lesen zu lassen, bis ihr Können doch eine breitere Öffentlichkeit erreichte. Und zwar durch die ungepflegte Hand ihrer Mitbewohnerin.

Diese hatte die Niederschriften gefunden und sie einer betrunkenen Zuhörerschaft vorgetragen, während Ulrike auf einer Heimreise war. Dadurch entgingen der Autorin auch die überschwängliche Begeisterung des Publikums und das tiefe Verständnis, die ihre Geschichten hervorriefen. Die Zuhörer weinten vor Lachen und sprachen den Text mit verteilten Rollen. Das eine oder andere schauspielerische Talent trat mit Schwung hervor.

Nachdem alle das Werk in sich aufgenommen hatten, schlug Katy vor, sie mit Verfassernamen, Foto und dem Aufruf, von freilaufenden Verlegern mitgenommen zu werden, an das Schwarze Brett zu heften.

Ulrike bekam den großen Anklang, welchen ihre Texte gefunden hatten, zwei Tage später zu spüren, als sie, schwer beladen mit Koffern und Fresspaketen, in den Aufzug einsteigen wollte. Drei Studenten scharrten sich um sie und versicherten ihr, sie wüssten ganz genau, wie man sich als alte Eiche, die traurig und riesenhaftgleich im Moor steht, fühle. Ulrike erstarrte. Sie zeigte keine Freude, als einer der Studenten ihr mit tiefer Verbeugung die Hand schüttelte und versprach, er werde arbeiten und lernen, bis er genug Geld und Einfluss habe, um ihre (er sprach von anregend und tiefsitzend) Werke verlegen zu können. Mit ermunterndem Gelächter verschwanden die drei, und die Jungschriftstellerin sah ihr Werk öffentlich am Brett aushängen, umringt von Leserkommentaren, die alle in eher negativem Tonfall gehalten waren.

Wutschäumend und einer Rachegöttin gleich, betrat Ulrike das gemeinsame Zimmer. Hätte sie jetzt einen vernichtenden Blitzstrahl schleudern können, wäre er auf eine laut schnarchende Katy niedergestürzt, die ihr Haupt in anrührender Weise in das schmierige Kopfkissen gekuschelt hatte. Ulrike ging in das Badezimmer und füllte den überquellenden Toiletteneimer mit kaltem Wasser. Mit dieser Suppe näherte sie sich dem Bett der Anderen und übergoss die Schlafende schwungvoll.

Katy fuhr schreiend in die Höhe: "Bist du bescheuert? Was soll denn das?"

Ulrike blähte die Nüstern und sagte: "Ich ziehe aus."

"Ja, und? Ihhh, was ist denn das?", jaulte Katy und zerrte etwas aus ihrem Haar.

"Ich würde meinen, ein Tampon", lächelte Ulrike grimmig und begann, ihre Sachen zu packen.

"Du blöde Kuh! Kannst du mir erklären, was die ganze Scheiße soll?", brüllte Katy, als sie sah, was sich sonst noch so auf ihrer Zudecke tummelte.

"Nimm' es als Abschiedsgruß! Ich habe es nie geschafft, in meinen Geschichten das Gefühl der Genugtuung zu beschreiben, dank deiner Unterstützung wird es mir ab jetzt besser gelingen!" Vom Bett her ertönte ein gereiztes Schnaufen.

"Und dass ich besser werde, liegt doch wohl auch in deinem Interesse, nachdem du so bemüht warst, meinen Texten zu einer größeren Popularität zu verhelfen! Sicher, es war unnötig, aber ich danke dir trotzdem!"

Ulrike hatte alles hastig in die Koffer gestopft und verließ das Zimmer grußlos. Unten verweilte sie noch einige Zeit im Kopierraum, um später einige besonders freizügige Passagen aus

Katys Tagebuch, welche auch die beiwohnenden Herren namentlich berücksichtigten, im Haus zu verteilen. Dann ging sie endgültig.

## Das Leben dreht sich schneller

Die ersten Tage nächtigte sie in einem schäbigen Hotel, bis sie eine günstige kleine Zwei-Zimmer-Wohnung gefunden hatte. Dort richtete sie sich gemütlich ein und begann zaghaft, ein Studentenleben zu führen. Auf einer Party betrank sie sich sogar ein wenig und fand sich schließlich in der Nähe eines minimalistisch gekleideten Studenten wieder, der von seinen verschütteten Gefühlen sprach.
"Ich habe auch Gefühle", offenbarte ihm Ulrike lallend. Doch diese schienen ihn nicht sonderlich zu interessieren, denn er nahm nach kurzem Stocken seine Ausführungen wieder auf.
"Duhu! Ich habe auch Gefühle!" Der junge Mann seufzte resigniert und setzte dann ein interessiertes Gesicht auf. Aus Erfahrung wusste er, dass man solche Gesprächspartnerinnen bei guter Führung anschließend abschleppen konnte.
"Mein Vater, weißt du, mein Vater wollte nie was von uns wissen!"
"Wie schade", sagte der junge Mann bedauernd und versuchte, ein Gähnen zu unterdrücken.
"Ich habe gewartet und gewartet, aber er ist nie gekommen. Die ganze Zeit ist er nicht gekommen!"
"Weißt du", sagte ihr Gesprächspartner aufmunternd und legte ihr seine Hand auf den Oberschenkel, "dann hat er es auch nicht verdient!"
"Was nicht verdient?", begehrte Ulrike zu erfahren.
"Na, dass du deshalb so niedergeschlagen bist! He, du bist doch trotz allem eine ganz tolle Frau geworden!" Der Mann

wusste, wovon er sprach, sein Handrücken streifte Ulrikes Busen.
"Trotzdem hätte ich ihn gern mal kennergelernt, weißt du. Ich glaube nämlich, er war ein Schriftsteller!"
"Wirklich? Wie kommst du darauf?", fragte er und schielte diskret zur Uhr.
"Weil ich auch gern Geschichten schreibe! Gut, ich habe nicht so das Talent ..."
"Klar!"
"Nein, nein! Ich bin ein mickriger Schreiberling!"
"Na, mickrig würde ich dich nicht nennen!", widersprach er.
"Du hast doch noch gar nichts gelesen, was ich geschrieben habe!"
"Du, ein so schönes Mädchen wie du kann nur fantastische Sachen schreiben", schleimte er gewandt und hoffte, sie so in die gewünschte Richtung zu dirigieren. Er legte ihr den Arm um die Schultern und flüsterte in ihr Ohr: "Wir beiden Süßen gehen jetzt zu dir und ich lese mir die Geschichten durch. Und nachher im Kuschelbettchen sage ich dir meine Meinung! Na, wie wäre es?"
Ulrike hatte anscheinend nicht richtig zugehört, denn sie antwortete nachdenklich: "Ich glaube nicht! Ich sollte das Studium nicht abbrechen, oder?"
Ihr Gesprächspartner erhob sich und zischte: "Mach doch, was du willst, du verklemmte Ziege!" Dann ging er, mit der bitteren Erkenntnis, dass es absolut sinnlos ist, sich mit Weibern zu unterhalten. Die wollen nur über ihre blöden Gefühle sprechen statt sie auszuleben, dachte er verbittert.
Ulrike aber, die mit schmerzendem Kopf und üblem Geschmack im Mund aufwachte, konnte sich nur vage an den Ratschlag eines sehr einfühlsamen Menschen erinnern, der ihr geraten hatte, zu tun, was sie für richtig hielt. Danach wollte sie sich richten. Sie würde ihr Studium schmeißen, sich einen netten Job suchen und nur noch für das Schreiben leben. Nach zwei Aspirin und einer großen Tasse Kaffee entschloss sie sich außerdem, dem Großvater noch nichts von ihren neuen Plänen mitzuteilen. Schließlich wäre dann die

Überraschung viel größer, wenn sie ihm in wenigen Monaten ihren Debütroman signiert überreichen würde.

## William, Engel

Die therapeutische Abteilung des Krankenhauses der "Himmlischen Schwestern" war zum Bersten voll. Der Chefarzt, Professor Doktor Freud, sah es mit Unbehagen. Mehrfach hatte er einen Rüffel von ganz oben bekommen, da er sich zu selten in der Lage sah, einen einmal eingelieferten Patienten irgendwann wieder ziehen zu lassen. Er zog es vor, nach der Heilung den Patienten neue Komplexe einzureden, um lieb gewonnene und vertraute Gesichter auf seiner Couch nicht verlieren zu müssen. Von einer Zeitschrift wurden ihm "verstärkte Verlustängste" unterstellt, aber Dr. Freud konnte über die Kommentare eines Zeitungspsychologen nur schmunzeln.
"Herr Dr. Freud", unterbrach eine junge Krankenschwester das Sinnieren des Oberarztes.
"Ja, bitte?"
Der Schwester rieselte es angenehm über den Rücken, sie liebte den Akzent des Herrn Doktor. Trotzdem musste sie ihm unangenehme Dinge melden. "Herr Doktor, der Patient auf A8 ..."
"Ja, Moment bitte", sagte der Doktor freundlich und blätterte behände in seinen Unterlagen.
"Sie meinen den Patienten, der vorgibt, der Wissenschaftler Konrad Röntgen zu sein, Schwester?"
"Ja", bestätigte die Engelin.
"Armer Irrer", schüttelte der Doktor traurig den Kopf.
"Herr Doktor, es ist Konrad Röntgen!"
Der Doktor lachte gekünstelt: "Schwester, wie kommen Sie bloß darauf?"
"Nun, ich hatte schon einen vagen Verdacht, als er den Röntgenapparat reparierte und ihn in allen Details den Schwesternschülerinnen erklärte. Aber als ich dann noch seine Daten

mit denen Konrad Röntgens verglich, fiel es mir wie Schuppen von den Augen: Es muss Herr Röntgen sein!"
Dr. Freud holte tief Luft und zählte bis zehn, um seinen Zorn zu bändigen. Dann trat er dicht an die Krankenschwester heran und zischelte durch die Zähne: "Natürlich stimmen die Daten überein, Schwester! Immerhin will dieser Engel uns glauben machen, er sei es! Aber wenn ich sage, ein Patient bildet sich etwas ein, dann bildet er sich etwas ein, Schwester! Und ich kann es nicht gutheißen, wenn das Personal, welches zu meiner Hilfe und zum Bewältigen meiner Aufgabe an meine Seite gestellt wurde, solche Engel in ihrem Irrglauben unterstützt und fördert! Haben Sie das verstanden, Schwester?"
Die Schwester nickte verängstigt. Der Doktor straffte sich, drehte sich auf den Hacken um und marschierte in sein Büro.
Die Engelin blickte ihm verdrossen nach und beschloss, endgültig ihre Bitte um Versetzung einzureichen. Am besten zu Herrn Dr. Schweitzer, der erzählte in der Kaffeepause immer so nett von Afrika.

Der Professor betrat sein Behandlungszimmer und schloss leise die Tür hinter sich.
Forschend blickte er den hageren Mann mit dem edlen Gesicht an, der bereits langgestreckt auf dem Sofa lag.
"Guten Tag, Herr Fontane", flüsterte er.
"Ich heiße nicht Fontane, Sir. Mein Name ist William!"
Der Doktor setzte sich mit zerfurchter Stirn an seinen Schreibtisch. "Ich verstehe Sie nicht, Herr Fontane. Ihrer irdischen Biografie nach lebten Sie zwar einige Zeit in London, aber nirgends kann ich einen Vermerk darauf finden, dass Sie sich je in die Rolle eines englischen Butlers wünschten." Der Engel auf dem Sofa schwieg verstockt.
"Theodor", versuchte der Doktor dem Erinnerungsvermögen seines Patienten auf die Sprünge zu helfen, doch der Mann reagierte nicht.
Der Doktor seufzte tief: "Herr Fontane ..."
"William bitte, Sir!", forderte der Engel streng.

"Herr William also ..."
"Es reicht völlig, mich William zu nennen. Ein Herr oder Mister ist vollkommen überflüssig, Sir!"
Der Doktor überlegte kurz, ob er sich ebenfalls der Betitelung ‚Sir' erwehren sollte, fand es aber durchaus wohlklingend und brachte es deshalb nicht über das Herz. Wenn es dem Patienten hilft, dachte er selbstlos und fuhr fort: "Sie waren aber doch Theodor Fontane, bis Sie diesen handgreiflichen Zusammenstoß mit dem Schriftsteller Karl Gutzkow hatten."
"Dieser Mensch ekelt mich an!", kam es vom Sofa.
"Sie erinnern sich also", stellte der Doktor erfreut fest.
"Nein!"
"Sie hatten zu Lebzeiten einige Auseinandersetzungen mit Herrn Gutzkow. Sie trafen ihn bei einer Lesung wieder, und Sie beide beschlossen, Ihre Streitereien mittels eines Faustkampfes zu entscheiden. Können Sie sich daran erinnern?"
"Nein", tönte es entschlossen aus dem Polster.
"Jedenfalls gingen Sie beide sehr rasch zu Boden und seit diesem Tag glauben Sie, ein englischer Butler zu sein, und Herr Gutzkow hält sich für Annette von Droste-Hülshoff."
Ein herzliches Kichern war die einzige Antwort auf die Ausführungen des Doktors.
"Was denken Sie gerade?", fragte der Doktor und zückte den Füller.
"Ich denke, dass sich dieser Kerl ziemlich viel einbildet."
"Aber Sie erinnern sich an Herrn Gutzkow?"
"Ich kenne niemanden, der so heißt!"
Dr. Freud atmete tief durch: "Hören Sie, Herr Fontane ..."
"William bitte, Sir."
"Also gut, William. Ich habe beschlossen, Sie zurück auf die Erde zu schicken."
Der Engel auf dem Sofa erhob erstaunt den Kopf: "Wie bitte, Sir?"
"Ja, Sie haben mich ganz richtig verstanden! Ich schicke Sie auf die Erde, um Ihr Erinnerungsvermögen anzuregen."
"Erlauben Sie mir einen Einwurf, Sir? Wozu? Mir geht es sehr gut und ich schäme mich nicht meiner Berufung!"

"Herr Font... William, ich verstehe Sie sehr gut. Und glauben Sie mir, Sie sind nur ein wenig durcheinander. Das mag Ihnen gleichgültig sein, aber Sie sind ein Engel der Öffentlichkeit. Das ganze Himmelreich blickt auf Sie - und mich. Sie müssen geheilt werden, oder ich kann meinen Ruf als Psychiater fortwerfen, mitsamt sämtlicher Diplome und Promotionen. Und denken Sie mal an den Absatz meiner Bücher! Mein Verleger würde sehr misslaunig werden, ließe ich Sie gehen und bleiben, wie Sie jetzt sind! William, tun Sie es für mich!"
Der Doktor näherte sich auf Knien dem Sofa.
Der Patient hob den Kopf an und sagte missbilligend: "Sir! Erheben Sie sich bitte!"
"Nur, wenn Sie zustimmen!"
"Sir, bitte! Ich kann das gar nicht mit ansehen!"
"Dann stimmen Sie zu!"
"Sir!"
"William!"
"Nun gut", ergab sich der Patient.
Dr. Freud kam ächzend wieder auf die Füße und klopfte sich den Staub von den Hosen. "Ich habe also Ihr Einverständnis, William?"
"Ja doch", erwiderte der Patient ermattet und lehnte den Kopf gegen die Armstütze des Sofas. "Unterschreiben Sie bitte hier", rief der Doktor und schwenkte einen Zettel. Der Engel unterschrieb, ohne hinzusehen. "Könnten Sie noch einmal mit Fontane unterschreiben?", bat der Doktor demütig.
"Das wäre Urkundenfälschung, Sir", erwiderte der Patient.
Dr. Freud stöhnte: "Bitte, William!"
"Ich weiß nicht recht, Sir ..."
"Sie unterschreiben sofort mit Fontane oder ich ziehe Ihnen die Hammelbeine lang, William!", brüllte der Doktor entnervt.
Der Patient schrak zusammen und kritzelt hastig den gewünschten Namenszug hin.

"Na also", knurrte Dr. Freud zufrieden und wischte sich den Speichel von der Oberlippe. Er schlenderte zu seinem Schreibtisch und verstaute das Dokument in einer Mappe.
"Herr Doktor", meldete sich der Patient noch einmal zu Wort.
"Ja, bitte?"
"Was soll ich denn auf der Erde machen?"
"Sie werden als Schutzengel arbeiten!"
"Wie bitte, Sir?"
"Sie werden als ... Oh, ich sehe, Ihre Zeit für heute ist abgelaufen! Dann bis zum nächsten Mal, William."
Der Engel protestierte: "Wieso als Schutzengel? Ich in meinem Zustand kann doch nicht auf jemanden aufpassen! Sir, bitte!"
"Sie haben dafür unterschrieben, William! Seien Sie bitte pünktlich um acht Uhr an der Fähre, ja?" Der Doktor zog, als Zeichen der Pause, seine Wurststulle heraus und betrachtete sie freundlich.
"Ich habe gar nicht gelesen, was auf dem Zettel stand!", versuchte der Patient einen letzten, verzweifelten Einwurf.
"Tja, das Kleingedruckte ...", murmelte der Doktor und begann zu kauen.
"Sir, bitte ..."
"Entweder Schutzengel", sagte der Doktor streng, "oder Entmündigung für ein Jahrtausend! Möchten Sie gerne ein Jahrtausend lang Wassermoleküle in Wolken zählen, William?" Der Engel schüttelte stumm den Kopf. "Na, sehen Sie! Also, gute Reise und angenehmen Aufenthalt!"
William verließ als geschlagener Engel den Raum.

### ... und Bernhard
### Das Leben auf dem Lande

Wenn man Bernhard Steinmetz dazu auffordern würde, sich an seine Kindheit zu erinnern, dann sähe er vor seinem geistigen Auge seinen Vater ein Bierglas stemmen. Bernhard selbst hätte nicht erklären können, warum gerade dieses Bild so einprägsam war, vermutlich, weil das die Tage gewesen waren, an denen der Vater redseliger als sonst gewesen war und Bernhard ‚Bernd' nannte und nicht wie sonst ‚Kerl'.

Wenn sein Vater Bier getrunken hatte, erzählte er, wie er einst das Haus gebaut und um die Mutter gefreit hatte, und die Mutter saß dabei und kicherte. An allen anderen Tagen saß der Vater schweigend am Tisch und die Mutter servierte ebenso schweigend das Abendessen.

Bernhard pflegte es eilig hinunterzuschlingen, um nach dem Essen hinauszulaufen und mit einem gellenden Pfiff seinen Freund Karli auf die Spielwiese zu locken. Dann waren sie entweder Räuber und Gendarm, Cowboy und Indianer oder der schnelle Berni und der noch schnellere Karli. Und obwohl zum Abschluss des Spieles auf das Grausamste gehenkt, gemartert und skalpiert wurde, waren sie die besten Freunde.

Vermutlich wären sie es auf jeden Fall geworden, denn in einem Zweihundert-Seelen-Dorf mit nur zwei Zehnjährigen sind die Auswahlmöglichkeiten bescheiden. Es gab noch einen älteren Rüpel im Dorf, um den Bernhard und Karl lieber einen großen Bogen machten, wollten sie sich nicht in irgendeiner Jauchegrube oder an irgendeinem Baum gefesselt wiederfinden.

Natürlich waren solche Zusammenstöße nicht immer vermeidbar und eine der ehernen Regeln zwischen den Freunden besagte, dass beide laut schreiend wegliefen, bis sich Gero (der Rüpel) für ein Opfer entschieden hatte und dessen Gefangennahme mit anschließender Folterung in die Wege leitete. Der andere (und in Freiheit verbleibende) Teil des Freundschaftsbundes hielt sich in sicherer Entfernung versteckt, und eilte erst nach Abzug des Feindes dem Freunde zur Hilfe.

Für die anfallenden Hausarbeiten, die keinen festen Zeiten unterlagen, konnte der Freund zur Hilfe herangezogen werden, durfte sich aber bei besonders unangenehmen Aufgaben verweigern. Verweigerungen häuften sich besonders in den Bereichen Ausmisten, Rüben verziehen und alle Arbeiten, die im Hochsommer anberaumt wurden. Man stellte fest, dass es angenehmer war, am Abend eine Tracht Prügel zu kassieren, als in der brennenden Sonne Unkraut zu zupfen, und gewöhnte sich an, in den Sommerferien möglichst früh das Haus zu verlassen und mit unglaublicher Verspätung am Abend heimzukehren. Das Leben war eine sattgrüne Wiese, bis Karli vierzehn wurde.

An diesem Ehrentag war das halbe Dorf eingeladen und feierte ihn ausgiebig. Bernhard hatte Karli aufgefordert, sich wie sonst nach dem Mittagessen wegzuschleichen und so allen Ehren-bezeugungen und nassen Tantenküssen zu entgehen, und Karli hatte sich sehr einverstanden gezeigt. Besonders, nachdem ihm seine Mutter eine kräftige Ohrfeige gegeben hatte, weil er dem gelben, selbst gestrickten Pullover von Tante Lotti nicht die geforderte Begeisterung entgegenbrachte.

Doch nach dem Mittagessen war ein großer, blauer Mercedes vorgefahren, dessen Insassen Karlis Familie zugehörig waren - und auf einmal wollte Karli nicht mehr weg. Bernhard glaubte den Grund zu kennen, denn Karlis Onkel hatte augenzwinkernd gefragt, ob die beiden an einer Dorfrundfahrt in dem neuen Auto interessiert wären.

Bernhard war sogar sehr interessiert, aber Karli gab sich noch nicht einmal Mühe, so zu tun. Dafür tat er sehr er-wachsen. Er hielt die Salzstäbchen so, als rauchte er sie, schlug beim Sitzen die Beine übereinander und nippte elegant an seinem Glas Cola. Dabei befleißigte er sich einer äußerst gezierten Ausdrucksweise und dies in einer gut verständlichen Lautstärke. Bernhard erkannte seinen Freund Karli, der sich bei den Schlammschlachten am Dorfteich den Titel ‚Größte Drecksau' hart erkämpft hatte, einfach nicht wieder.

Er beobachtete ihn scharf und folgte Karlis scheelen Blicken. Diese gingen in schönster Regelmäßigkeit in die Richtung eines weißen Kleides mit aufgedruckten roten Rosenknospen. Melanie, dachte Bernhard angeekelt. Er will Melanie beeindrucken.

Melanie war Karlis Cousine aus der Stadt, gleichaltrig und etwa einen Kopf größer. Karli hatte sie immer blöd gefunden, weil sie sich vor Fröschen und Würmern ekelte, bei Gewitter

Angst hatte und beim Angeln die Klappe nicht halten konnte. Und Bernhard hatte ihm aus tiefstem Herzen zugestimmt. Und jetzt zog Karli so eine Schau ab.

Bernhard hockte sich neben Karli an die Festtafel und murmelte beiläufig: "Die Melanie sieht heute wieder richtig albern aus! Wie eine Sahnetorte mit Masern!" Er fand seinen Vergleich sehr gelungen und spaßig. Deshalb lachte er laut darüber.

Doch Karli stimmte nicht mit ein. "Ich finde, sie sieht eigentlich ganz hübsch aus", sagte er bestimmt und schaute noch einmal hin, als wolle er sich vergewissern.

"Hübsch", prustete Bernhard.

"Ja, hübsch!"

"Na, ich weiß ja nicht! Wenn sie mit dem Kleid auf einen Baum klettern wollte, würde sie mächtig Probleme kriegen!"

"Warum sollte sie auf einen Baum klettern?"

"Na ja, ich meine nur ...", murmelte Bernhard ratlos. Er hatte das Beispiel nur gebracht, um Karli an seine Lieblingsbeschäftigung zu erinnern und damit von der doofen Melanie abzulenken.

Während er noch nach Worten suchte, sagte Karli hochmütig: "Ich glaube, du hast keine Ahnung von Mädchen, Berni!"

"Was habe ich nicht?"

"Ahnung von Mädchen!"

Bernhard sprang auf und schrie: "Natürlich habe ich Ahnung von Mädchen, du Suppenkarli!"

"Deshalb musst du die Melanie auch so beleidigen, Neanderberni!", brüllte Karli zurück. Die gesamte Geburtstagsgesellschaft wurde aufmerksam.

Bernhard vergrub die Fäuste in die Hosentasche und sagte drohend: "Dann gehe ich eben!"

"Dann geh doch", erwiderte Karli gleichgültig.

"Na gut, dann gehe ich jetzt! Aber wenn ich jetzt gehe, dann bist du nicht mehr mein Freund!"

"Dann bin ich eben nicht mehr dein Freund!"

"Dann kann ich ja gehen!"

"Bitteschön!"

Der Melaniehasser schlenderte zum Hoftor, sehr bereit, beim kleinsten Muckser von Karli zu-rückzukehren. Doch dieser schwieg sich aus. Bernhard beschloss, ihm noch einmal eine Chance zu geben, drehte sich um und sagte mit gleichgültiger Stimme: "Es wäre besser für deine Knochen, wenn du dich nicht mehr am Dorfteich blicken ließest. Ansonsten..." und er hieb kraftvoll seine Faust in die Handfläche.

Karli verzog sein Gesicht geringschätzig und wandte sich wieder dem Anblick der kaugummikauenden Melanie zu. Sein Freund verließ als verwirrter Mann den Hof.

In der Dämmerung saß er am Dorfteich und hörte melancholisch dem Quaken der Frösche zu, als seine indianisch geschulten Sinne das Näherkommen zweier Personen meldeten. Er schlug sich in die Büsche und beobachtete das Terrain. Ein weißes Kleid mit roten Rosenknospen schaukelte in Augenhöhe an ihm vorbei.

"Aber nicht, dass ich auf einen Frosch trete, Karli", kicherte Melanie.

"Ich werde schon aufpassen, Meli", versprach Karli mit mühsam tiefgeschraubter Stimme.

Meli, dachte Bernhard in seinem Versteck. Er nennt diese dumme Kuh Meli!

"Oh, sieh' doch, Karli, da sind Blumen auf dem Wasser", entzückte sich Melanie.

"Das sind Seerosen."

"Sind die schön!"

"Ja, das finde ich auch!"

Bernhard grunzte verächtlich, Seerosen waren nur dazu da, um sich damit zu bewerfen.

"Holst du mir so eine, Karli?"

"Das geht nicht. Wenn man an die Stellen schwimmt, wo Seerosen wachsen, kann man ertrinken!"

Melanie schauderte wohlig zusammen. "Dann verzichte ich lieber darauf! Gehst du hier immer baden?"

"Ja."

"Und dein Freund Bernhard auch?"

"Hm."
"Warum ist Bernhard eigentlich vorhin weggegangen? Hattet ihr Streit?"
Ja, wegen dir, du alte Stadtziege, dachte Bernhard grimmig.
"Nein, nein! Er hat manchmal so 'ne Anfälle."
Mit Mühe hielt sich der Horcher im Gestrüpp zurück.
"Och, ich finde ihn eigentlich ganz nett!", sagte das Mädchen und tippte mit der Spitze ihres Lackschuhs auf die Wasseroberfläche.
Darauf kann ich gut verzichten, dachte Bernhard, während sich ein kleiner Teil seiner Seele genüsslich in dieser Tatsache suhlte.
"Er ist schon ganz in Ordnung!", gab Karli lässig zu. "Er ist eben noch ziemlich kindisch!"
"Findest du?", fragte Melanie interessiert nach.
"Na ja, er will immer den starken Mann markieren und merkt nicht, dass alle anderen das total albern finden!"
Der starke Mann fletschte die Zähne und schwor ewigen Hass.
"Er hat sehr schöne Hände", sagte das Mädchen verträumt.
Eine spontane Kontrolle ergab, dass die schönen Hände mit getrocknetem Schlamm überzogen waren. Karli legte derweil vorsichtig seinen Arm um Melanie, die ihn nachlässig wieder abschüttelte. Dies aber schien den jungen Romeo nur in seinem Vorhaben zu bestärken, er nahm ihr Gesicht zwischen seine Hände und gab ihr einen verrutschten Kuss. Dann rannte er weg.
Melanie stand erstarrt da und auch Bernhard war wie vor den Kopf geschlagen.
"Bist du bescheuert?", schrie das Mädchen dem flüchtenden Kussdieb zornig hinterher. Dann wischte sie sich mit dem Handrücken den Mund ab und stapfte in die Richtung des Festhofes.
Der Lauscher wartete, bis ihre Schritte verhallt waren, rieb sich freudig die schönen Hände und erhob sich. Ein plattgedrückter Frosch rutschte von seiner Brust, aber echte Schadenfreude hält sich nicht mit so kleinen Missgeschicken auf.

Den restlichen Sommer verhielten sich die zerstrittenen Blutsbrüder gegeneinander äußerst reserviert. Tauchte der eine an der Badestelle auf, welche der andere für sich erkoren hatte, nahm dieser seine Sachen und verließ schweigend das feindliche Gebiet. Prüfte der eine den Stand des elterlichen Sommerweizens und der andere lief gerade vorbei, wurde die Inspektion sofort abgebrochen. Selbst beim dörflichen Sommerfest weigerten sich beide, den begehrten Posten des Neptuns einzunehmen, um sich nur nicht neben einer ehemals befreundeten Nixe wiederzufinden.

Erst als der Sommer vorüber war und beide in den stickigen Schulbus einstiegen, musste es zu einer erneuten Annäherung kommen, denn ein Dörfler allein war in einer Klasse voller Kleinstadtmitschüler verloren.

Also setzte sich Karli ungelenk neben Bernhard, und Bernhard tat nicht so, als hätte Karli eine ansteckende Krankheit. Während der Bus über die Landstraße zuckelte, sagte der reumütige Karli leise zu dem unversöhnlichen Bernhard: "Es tut mir leid."

Bernhard nickte und zeigte stumm sein Handgelenk vor, das noch die Narbe der einst geschlossenen Blutsbrüderschaft trug. Sein Bruder verstand ihn wortlos, und ohne weitere Wortgefechte schlenkerte der Bus in das neue Schuljahr.

Trotzdem blieb der Dorn des Verrats in Bernhards Herz stecken.

Er hörte auf, nach dem Abendbrot Karli zum Spielen aus dem Haus zu pfeifen. Er hörte auch auf, die Lippenstifte seiner Mutter für Kriegsbemalungen zu benutzen. Vor allem aber hörte er auf, Karli alles zu erzählen, was ihn umtrieb. Zum Beispiel, dass er Melanie mit ihrem weißen Kleid auch sehr hübsch gefunden hatte, und dass es sich angenehm in der Brust angefühlte hatte, als sie sagte, dass er nett sei. Und Nett-sein war eigentlich gar nicht so unangemessen für einen Krieger und Jäger wie er einer war. Karli musste auch nicht wissen, dass Bernhards Laken morgens oft feucht war, oder dass die Pickel in seinem Gesicht sicherlich von den unfrommen Handlungen unter der Bettdecke stammten.

Wie es auch sei, die beiden Freunde entliefen allmählich ihrer Kinderzeit, und jeder versuchte, auf seine Art damit fertig zu werden. Karli schloss erfolgreich die 10. Klasse ab und begann, das Gymnasium in der Kreisstadt zu besuchen, und Bernhard schloss ebenfalls die 10. Klasse ab und bewirtschafte den Hof seiner Eltern. In seiner knappen freien Zeit las er Kriminalromane; während der Feldarbeit hatte er dann genug Zeit, um über den möglichen Mörder nachzudenken. Manchmal tippte er ins Schwarze.

Sein Blutsbruder ließ sich an den Wochenenden im Dorf sehen und meistens gingen sie zusammen in die Dorfkneipe, wo Karli bei einem Glas Bier von Mädchen, Marihuana und Integralrechnung erzählte. Natürlich vermied er Vergleiche und Wertungen ihrer beiden Lebenswege, und nach dem fünften Bier meinte auch Bernhard, dass sie sich immer noch vorzüglich miteinander unterhalten konnten und ihre Freundschaft nie enden würde.

Sie endete dann auch erst, als Karli kurz vor dem Abitur stand und Bernhard seinen Freund von der Schule abholen wollte. Es war an einem herrlichen Sommertag, die Sonne strahlte, aber brannte nicht, der Himmel war leuchtend blau mit ein paar Wolkentupfern, und alle Mädchen in der Kreisstadt liefen mit kurzen Röcken herum.

Bernhard war in die Stadt gefahren, um einige Ersatzteile für den Traktor zu bestellen und hatte sich entschlossen, Karli zu überraschen. Dieser war nämlich inzwischen ganz aus dem Dorf gezogen und hatte sich bei der kreisstädtischen Tante (ja, genau, es ist die Mutter von Melanie. Melanie war zu dieser Zeit bereits von zu Hause weggezogen und arbeitete als Au-pair-Mädchen irgendwo in England. Es gingen Gerüchte um, man habe die schicke Melanie auf einen angelsächsischen Acker Rüben verziehen sehen) einquartiert, die ein Kinderzimmer leerstehen hatte. Deshalb war Karli auch schon fast ein halbes Jahr nicht mehr zu Besuch gekommen und deshalb hatte Bernhard – nun, der Rest ist bekannt.

So stand Bernhard also vor dem Gymnasium, eingeklemmt in seinen hellen Sonntagsanzug und wartete auf Karli. Er schwitzte und versuchte unauffällig, mit einem großflächigen Taschentuch die Tropfen aus dem Gesicht zu tupfen. Ein Grüppchen Mädchen beobachtete ihn kichernd, er lächelte verlegen zu ihnen herüber und stopfte das Tuch zurück in die Hosentasche. Endlich klingelte die Schulglocke und Bernhard atmete auf. Die Unterklässler rannten jubelnd in die Freiheit, während ihnen die älteren Jahrgänge mit gemächlichem Schritt folgten. Zwischen den hochfrisierten Köpfen einiger Mädchen erspähte er den schwarzen Locken-schopf seines Freundes.

"Karli", rief er gellend über den Hof und winkte aufgeregt. Alle blickten herüber, auch Karli, der puterrot anlief und sofort wieder wegschaute.

"Kennst du den etwa, Karl-Heinz?", fragte ein blondes Mädchen mit sehr kurzen und sehr engen Shorts amüsiert.

Karli lachte gekünstelt auf und erwiderte amüsiert: "Sei doch bitte nicht albern, Linda! Woher sollte ich den denn kennen?"

Bernhard ließ die Hand sinken. Er stand noch einen Augenblick unschlüssig da, dann schaute er hektisch auf seine Uhr und rief der Gruppe laut zu: "Ich muss meinen Zug erreichen!" Er eilte davon, im Rücken das unbekümmerte Lachen der Gymnasiasten.

Bernhard erreichte den nächsten Zug eine Stunde zu früh, doch er wagte es nicht, noch einmal in die Stadt zu gehen. Also setzte er sich in die menschenleere Wartehalle und suchte seinen Groschenkrimi hervor. Bevor er sich in die Untiefen des belletristischen Werkes versenken konnte, stand Karli vor ihm.

"Bernhard, es tut mir leid!"

Bernhard deckte das Buch mit seiner Hand ab und sagte ruhig: "Es ist schon in Ordnung, Kar-li. Du bist jetzt in der Stadt und ich bin immer noch vom Dorf!"

"Ach, fang' doch bitte jetzt nicht so an, Berni", stöhnte Karli und ließ sich neben ihn auf die Bank fallen. "Aber muss du

diesen ollen Anzug wirklich anhaben, wenn du mich abholst?"
"Ich finde, der Anzug ist völlig in Ordnung", erwiderte Bernhard erstaunt und strich prüfend über den Jackenärmel.
"Die Hosenbeine sind zu kurz und die Ärmel auch. Und niemand trägt heute noch gestärkte Hemden mit Fliege!"
Bernhard nickte verstehend. Nach einer Weile erhob er sich und sagte höflich: "Besser wäre es, du gingest nach Hause, Karl-Heinz, sonst macht sich deine Tante noch Sorgen! Ich werde deinen Eltern Grüße von dir bestellen und ihnen sagen, dass du bald mal nach Hause kommst." Der Zug rollte ein.
"Ich muss los, Karl-Heinz! Tschüss denn!"
"Sag, dass du mir nicht böse bist!"
"Ich bin dir nicht böse, aber ich muss jetzt wirklich los!", beteuerte Bernhard und eilte aus der Wartehalle.
"Ich komme wirklich bald mal nach Hause!", schrie Karli seinem Freund hinterher. Dieser stieg in den leeren Zug und setzte sich auf einen Fensterplatz. Das Abteil war durch die Sonne überhitzt und es roch nach Bier und Zigarettenqualm. Bernhard lockerte seine Fliege und schlug den Kriminalroman auf. Er zündete sich eine Zigarette an und versuchte, den stachligen Klumpen in seiner Brust wegzulesen.
Von diesem heiteren Sommertag an wurde alles anders. Er übernahm auf dem Hof mehr und mehr Verantwortung, wurde wortkarg wie der Vater und wenn seine Mutter erzählte, Karli sei zu Besuch bei seinen Eltern, stand er vom Tisch auf und ging auf sein Zimmer.
Karli hatte ein Betriebswirtschaftsstudium in Berlin begonnen und schrieb lustige Briefe. Bernhard las sie alle aufmerksam, aber beantworten tat er sie nie. Manchmal sah man ihn in der Dämmerung auf dem Feld stehen und in die Sterne starren, doch was er dort oben such-te, wusste niemand.
Das Leben wäre so weitergegangen, langsam dahin schleichend und überschaubar, wenn sich die Mutter nicht eines Tages niedergelegt und für immer die Augen geschlossen hätte. Eine Krankheit war nicht auffindbar, der Dorfarzt tippte auf reine Lebensunlust.

Der Vater erhöhte seinen Bierkonsum erheblich und verlängerte mit Korn. Jeden Abend, wenn Bernhard vom Feld heimkehrte, lag der Alte schlafend mit dem Kopf auf dem Küchentisch und sein Sohn ließ ihn dort liegen.
Bis eines Nachts die Scheune brannte. Bernhard rief nach der Feuerwehr, die mit ihrer vor-bildlichen Vorgehensweise die Flammen bald bekämpft hatte. Der Schaden wurde als sehr gering erachtet, bis auffiel, dass Vater Steinmetz fehlte. Er war in der Scheune erstickt.
"Der einzige Trost kann sein, dass Ihr Vater nichts gemerkt hat", sagte der Arzt bei der Beerdigung mitfühlend. Bernhard nickte stumm und fragte sich, ob das auf den genossenen Alkohol bezogen war. Ansonsten war die Beerdigung wirklich schön, zumal die Familie Steinmetz als außerordentlich vermögend galt und Bernhard als einziger Erbe den anwesenden Mädchen außerordentlich gut gefiel.
(Für den um Frau und Herrn Steinmetz besorgten Leser möchte ich erwähnen, dass beide im Himmel sehr glücklich sind, allerdings mit neuen Partnern.)
Ihr Sohn schien nichts von der Aufmerksamkeit, die man ihm entgegenbrachte, zu bemerken. Wortkarg wie üblich ließ er die Feier und den anschließenden Leichenschmaus über sich ergehen.
Vor dem Schlafengehen fand Bernhard in seiner Hosentasche eine Vielzahl von Telefonnummern, die er der Einfachheit halber gleich in den Ofen stopfte. Er nahm einen Krimi aus dem Regal, legte sich ins Bett und las. Es ist schwer zu sagen, an welcher Textstelle ihm diese Idee gekommen ist, vermutlich zwischen der zweiten und dritten Leiche.
Jedenfalls war die Idee da und ließ sich durch das Ausknipsen des Leselämpchens und dem festen Schließen der Augen nicht verscheuchen.

## Am Anfang steht immer nur eine kleine Idee

Eine Woche ging Bernhard mit der Idee schwanger, durchdachte sie in allen Einzelheiten und entschied sich dann posi-

tiv. Am nächsten Tag fuhren er und sein Sonntagsanzug zum Notar in die Kreisstadt und eine weitere Woche später hing das Steinmetz'sche Anwesen mit genauen Angaben und Foto im Schaufenster zum Verkauf aus.
Da sich die Kaufsumme auffallend günstig ausnahm, kamen noch am Erscheinungstag unzählige Anrufe. Da erst zeigte sich der Haken bei der Angelegenheit, Bernhard wollte nämlich nur an eine bestimmte Art von Leuten verkaufen. Und so behandelte er jedes Angebot abschlägig, bis eines Tages ein junges Ehepaar auf der höfischen Schuhsohlenabkratzmatte stand und deutliches Kaufinteresse signalisierte.
Bernhard spazierte mit ihnen um das Haus, durch den Garten und über das Feld. Er fragte dies und das und nach Kindern. Die beiden Eheleute waren studierte Agraringenieure und wollten auf völlig ökologische Art eine Selbstversorgung aufbauen. Kinder wollten sie auch.
"Werden Sie Ihre Kinder später in die Kreisstadt auf das Gymnasium schicken?", erkundigte sich Bernhard.
"Wenn sie intelligent genug sind, sicher!", antwortete die junge Frau verwundert. "Warum fragen Sie, Herr Steinmetz?"
"Och, ich fände es nur schön, wenn jemand vom Steinmetzhof das Abitur machen würde. Er wäre der Erste in der Familie!", antwortete er nachdenklich.
Das Ehepaar warf sich verstohlene Seitenblicke zu, aber Bernhard lenkte sie durch seinen anschaulichen Scheunenbrandbericht rasch von ihren Überlegungen ab. Zum Schluss saßen sie alle in der Küche und tranken Muckefuck.
"Haben Sie denn genügend Geld, um den Hof zu kaufen?", leitete Bernhard geschickt die Verkaufsverhandlungen ein.
"Wenn es bei dem ausgeschriebenen Preis bleibt, schon."
"Allerdings", warf die junge Frau ein, "wäre es uns lieber, wir könnten den Hof in Raten ab-zahlen!" Die Eheleute schauten Bernhard gespannt an.
"Sicher ist das möglich", willigte dieser ein. "Wenn Sie es lieber nach und nach abzahlen wollen - ich werde das mit dem Notar besprechen!"

Die Frau sprang auf und umarmte ihn: "Vielen Dank!" Ihr Mann erhob sich schwerfälliger und schüttelte Bernhard kräftig die Hand. Dann fuhren die beiden wieder fort und im Dorf verbreitete sich das Gerücht, Steinmetzens Sohn habe vor Trauer seinen Verstand verloren und verhökere den Hof für 'n Appel und 'n Ei! Bernhard ließ das Gerede völlig kalt, er hatte seinen Lebenstraum gefunden und benötigte Geld, um ihn zu verwirklichen.

## Lothar, Engel
### (Gruppenname: von der Vogelweide)

In einem Nebengebäude des Klinikkomplexes tagte die Selbsthilfegruppe der anonym gebliebenen Künstler. Die Engel saßen in einem Kreis und warteten gelassen darauf, dass einer von ihnen beginnen würde. Während sie warten, möchte ich einige klärende Worte zu der Arbeit dieser Gruppe finden. Der Umstand, der diese Gruppe allwöchentlich zusammenfinden lässt, ist der, dass künstlerischer Ruhm im Himmel nicht verblasst. Ein Mozart, ein Schiller und ein Goethe haben immer noch denselben großen Bekanntheitsgrad, den sie auf Erden genossen haben. Dagegen ist oftmals Sturm gelaufen worden, denn obgleich es im Himmel keinen Neid und keine Miss-gunst gibt, wurden Stimmen laut, die forderten, dass auch andere Engel mal berühmte Künstler sein dürfen. Einer hochherzigen Geste Friedrich Gottlieb Klopstocks folgend, begannen die Künstler, ihre Namen zu verleihen. So manch einfacher Engel konnte seine Reime nun mit dem Namen des Geheimrates Johann Wolfgang von Goethe schmücken, und schlagartig traten ganz neue und andersartige Werke eines Karl Spitzwegs ihren Siegeszug in die Galerien des Himmelreiches an.
Ein Ende fand das muntere Treiben erst, als ein vorübergehender Ludwig van Beethoven eine recht eingängige Polka mit Einflüssen des lateinamerikanischen Swings zu Gehör brachte. Die Künstler nahmen ihre Namen daraufhin unwi-

derruflich zurück und tauschten sie nur noch untereinander zu hohen Feiertagen aus. Nur Heinrich Heine blieb auf einem unaussprechlich hässlichen Namen sitzen, weil der leihende Engel sich aus dem Staub gemacht hatte und bis zum heutigen Tage nicht ausfindig gemacht werden konnte.
Nun mussten sich die Engel ihre künstlerischen Sporen wieder allein verdienen, und dies ist keine leichte Sache, wenn die hohen Häupter der Kunst persönlich in der Jury sitzen.
Einzig im Bereich der modernen Kunst konnten noch neue Meister gekürt werden; was die restlichen Sparten betraf, so geriet jeder Talentwettbewerb zu einem Trauerspiel für die darbietenden Teilnehmer.
Opfer dieser Veranstaltungen fanden sich irgendwann bei den anonym gebliebenen Künstlern wieder. Das Problem dieser Engel war nicht die Erkenntnis, ein Künstler zu sein, sondern die Tatsache, anonym wirken zu müssen, um nicht den Spott der bereits anerkannten Künstler auf sich zu ziehen.
Diese hatten, aus Mangel an dankbaren Aspiranten, die Wettbewerbe mit größtem Bedauern eingestellt und verrissen sich nur noch untereinander.

"Wer möchte heute beginnen?", fragte die Leiterin der Gruppe und blätterte in ihrem Notiz-buch. Ein einziger Teilnehmer meldete sich. Die Leiterin versuchte ihn zu übersehen, doch der Künstler riss in seinem Bemühen, Auskunft geben zu dürfen, den Stuhl um.
"Also, Lothar", willigte die Leiterin ein. Die Gruppe stöhnte auf.
"Müssen wir Lothar nehmen?", fragte eine Teilnehmerin resigniert. "Wir können fast jedes Wort seines Berichtes mitsprechen!"
Die Gruppe nickte wie ein Mann.
"Ich würde es vorziehen, wenn ihr mich bei meinen Gruppennamen nennen würdet", erklärte Lothar würdig.
"Also Gruppe, jetzt alle: Wir lieben dich, von der Vogelweide", forderte die Leiterin auf.
Keiner sprach mit, einer gähnte verhalten.

Lothar störte sich nicht daran: "Also, mein Gruppenname ist von der Vogelweide und ich würde gern meinen öffentlichen Durchbruch als Dichter erleben. Ich habe bereits seit frühster Jugend an Gedichte geschrieben und ..."
"Von der Vogelweide", begann die Leiterin vorsichtig.
Lothar ignorierte es: "Gut, ich weiß nicht, was ein Versmaß ist, und Metrum und Syntax sind für mich, was sie sind, nämlich ..."
"Von der Vogelweide", bat die Leiterin mit eindringlicher Stimme um sein Gehör.
"Fremdwörter nämlich! Was sollen mir diese Worte, wenn ich über Gefühle spreche? Über den Ruf der Amsel und des Adlers? Das Knospen der Blüten ..."
"Lothar!", brüllte die Leiterin.
Der Engel zuckte zusammen: "Ja?"
"Könnte ich Sie nachher vielleicht in meinem Büro sprechen, von der Vogelweide?"
"Gerne, Frau Pestalozzi! Darf ich jetzt weitersprechen?"
"Nein! Der nächste Teilnehmer, bitte. Wer will?"
Alle meldeten sich, auch Lothar.
"Kandinsky, bitte!"
Ein Engel, dessen Haare wie mit einer Gabel frisiert aussahen, und der in einem schlecht sitzenden Lodenmantel steckte, erhob sich: "Mein Problem ist, niemand erkennt in mir den jungen Wilden der Malerei!"
"Wir lieben dich, Kandinsky", rief die Gruppe, außer Lothar, der damit begonnen hatte, seinen Protest in Reimform abzufassen, um die Gruppenmitglieder das nächste Mal zu Begeisterungsstürmen hinzureißen.

Nach der Stunde klopfte Lothar an die Tür der Gruppenleiterin.
"Kommen Sie rein, von der Vogelweide", hörte er sie rufen.
Er folgte.
"Setzen Sie sich doch bitte, von der Vogelweide."
Lothar kuschelte sich in den Plüschsessel vor dem Schreibtisch.

"Von der Vogelweide, Sie haben mir letzte Woche ein Gedicht gegeben, mit der Bitte um Prüfung ..."
"Ja", gab ihr Lothar recht. "Wie fanden Sie es?"
Die Leiterin begann mit sonorer Stimme zu säuseln: "Frühling lässt sein blaues Band wieder flattern durch die Lüfte, süße, wohlgekannte Düfte streifen ahnungsvoll das Land. Veilchen träumen schon, wollen balde kommen ..."
"Schön, oder?", unterbrach er sie strahlend.
"Ja", gab sie bereitwillig zu. "Aber es ist nicht von Ihnen, von der Vogelweide, sondern von Eduard Mörike."
"Selbstverständlich ist es das", erwiderte er erstaunt. "Ich habe es doch aus seinen gesammelten Werken abgeschrieben!"
"Und warum geben Sie es mir dann zur Prüfung?", fragte Frau Pestalozzi irritiert.
"Weil ich ein ähnliches Gedicht verfasst habe!" Er erhob sich, faltete die Hände auf den Bauch und deklamierte: "Ich weiß auch, wer es ist! Von Lothar!

      Ich weiß auch, wer es ist!
      Herbst lässt sein golden Band
      wieder flattern in den Wälder,
      dumpfe, brackig-liegend' Felder,
      findet man im ganzen Land.
      Kartoffelmieten träumen schon,
      wollen bald sich füllen.
Sieh', ein Kinderdrachen steilt sich    schon.
      Herbst, mein Freund, du bist's,
      bald wird der Winter kommen."

Lothar verbeugte sich tief und blickte dann Beifall heischend zum Schreibtisch. Die Gruppen-leiterin hatte ihren Kopf in den Händen verborgen und ihre Schultern zitterten wie bei einem Weinkrampf.
"Hat es Sie so sehr berührt?", fragte Lothar nach und errötete vor Stolz.

Die Engelin hob ihren Kopf und kämpfte einen letzten Lacher nieder. Sie wischte sich umständlich die Tränen aus den Augen und winkte Lothar, sich zu setzen. Während er umständlich Platz nahm, sammelte sie sich und blickte dann konzentriert in das strahlende Gesicht des stets missverstandenen Poeten.
"Ich fand Ihre Leistung außergewöhnlich, von der Vogelweide", sagte sie ernst. "Doch Sie wissen ja selbst, wie schwer es ist, sich in einer kulturell so stark frequentierten Gegend wie unserer durchzusetzen", arbeitete sie sich weiter vor.
"Wem sagen Sie das!", gab Lothar zurück und schlug ein Bein über das andere.
"Wir, Ihre Betreuer, glauben an Sie, von der Vogelweide", log die Gruppenleiterin inbrünstig, "aber wir wissen auch, wie schwer es für Sie sein muss, neue Inspirationsquellen zu finden!"
Lothar nickte zustimmend: "Es ist schon erstaunlich, wie gut ich bin, wenn man bedenkt, wie wenig ich inspiriert werde."
"Genau", stimmte die Engelin ihm zu.
"Und trotzdem bin ich gut", wunderte sich Lothar.
Ein Lacher kroch langsam die Kehle der Betreuerin hoch und wurde mit einem Schwall trockener Entschlossenheit wieder zurückgewürgt.
"Wessen Werk ähneln meine Gedichte am ehesten, Uhland oder Schiller?", erkundigte sich Lothar interessiert.
Die Augenbrauen der Leiterin flogen in die Höhe: "Oh, ich denke ... tja ... äääh ... hm, gute Frage! Vielleicht Ringelnatz?", entschloss sie sich zu einer vorsichtigen Wertung.
Lothar blickte skeptisch: "Ringelnatz? Nein, nein! Da irren Sie sich aber gewaltig, verehrte Frau Pestalozzi! Ringelnatz ist doch eine recht humoristische Natur, während meine Gedichte eher ...", er suchte aufgeregt ein treffendes Wort, "beseelt und gefühlsstark sind."
Frau Pestalozzi nickte mit fest zusammengepressten Lippen Zustimmung. Schließlich hatte sie sich so weit gefasst, um zum Ausgangspunkt ihrer Unterhaltung zurückzukommen: "Jedenfalls wissen wir um den Mangel an Inspirationsquellen

und haben uns deshalb überlegt, ob wir Sie nicht auf die Erde schicken. Um Ideen zu sammeln. Na, wie wäre das?"
Sie lächelte ihm anfeuernd zu.
Er lächelte zurück: "Das ist aber nett, dass Sie sich so stark mit meinem Talent beschäftigen! Aber, und es tut mir sehr leid, Ihnen einen guten Gedanken abschlagen zu müssen, Frau Pestalozzi, aber ich glaube nicht, dass das Leben auf der Erde sehr anregend ..."
"Leider muss ich Ihnen da widersprechen, von der Vogelweide, aber mein Mann und ich sind uns da ganz sicher! Gehen Sie auf die Erde und schauen Sie sich um!"
Lothar wiegte den Kopf hin und her und sagte dann entschlossen: "Lieber nicht. Ich habe eigentlich keine Lust dazu!"
Die Gruppenbetreuerin sank kurz in sich zusammen und beschloss dann, den Knüppel aus dem Sack zu lassen: "Hören Sie, Lothar ..."
"Mein Gruppenname ..."
"Nein, Lothar! Keine Decknamen mehr, kein Verstecken! Lassen Sie uns von Engel zu Engel sprechen!"
"Ho, ho, Frau Pestalozzi, nicht doch! Sie sind verheiratet!"
"Ja, aber ...!"
"Ah, ich verstehe! Unglücklich verheiratet! Sollten wir da nicht lieber die Tür abschließen?"
"Lothar! Es geht um wichtige Dinge!"
"Ach so!", sagte er enttäuscht.
"Wir brauchen dringend Schutzengel. Und wir dachten, Sie ..."
"Ach, es ging gar nicht um meine Inspiration! Sie brauchen nur einen Dummen, der als Schutzengel zur Erde fliegt!"
"Was heißt hier dumm, Lothar? Wir brauchen fähige Engel. Engel wie Sie, Lothar", sie raffte alle Manipulationskraft zusammen, "Engel, die sich auf Grund ihrer künstlerischen Ader in das Seelenleben der Menschen hineindenken können. Engel, Lothar, die einen unglücklichen Menschen leiten und ihm den rechten Weg weisen können. Das kann nicht jeder, da braucht es einen Engel wie Sie!"

"Meinen Sie wirklich?", fragte Lothar unschlüssig.
"Aber ja", beteuerte die Engelin.
"Und warum haben Sie erst was von neuen Inspirationsquellen erzählt?", erkundigte sich Lothar misstrauisch.
"Weil ich fest an die inspirierende Kraft in einem selbst glaube, wenn er vor sich selbst Ach-tung haben kann, weil er jemandem geholfen hat", verkündete Frau Pestalozzi mit versiegender Stimme.
"Kann ich es eine Nacht überschlafen?", erkundigte sich Lothar.
"Nein", beschied Frau Pestalozzi.
"Und wenn ich lieber doch nicht möchte?"
"Dann müssen wir Sie leider aus der Gruppe entlassen und Sie zusätzlich auf die Schwarze Gruppenliste setzen", seufzte die Gruppenleiterin traurig.
"Ich habe eigentlich keine Wahl", erkannte Lothar langsam.
"Nein", erwiderte sie und zuckte mitleidig mit den Schultern.
"Tja. Dann werde ich es wohl machen", erklärte Lothar.
"Dann müssen Sie hier bitte unterschreiben, von der Vogelweide", forderte die Gruppenleiterin freundlich und hatte sofort ein Formular zur Hand.
"Das ist ja schon fertig ausgefüllt", wunderte sich Lothar.
"Ja, komisch, nicht?", staunte Frau Pestalozzi mit.
Lothar schnörkelte großflächig seine Unterschrift auf das Papier.
"Sie müssen bitte um acht Uhr an der Fähre sein", mahnte die Gruppenleiterin und wedelte den Schriftzug trocken.
"Gut", murmelte Lothar und erhob sich. "Noch schönen Gruß an Ihren Mann, Frau Pestalozzi!"
"Ja, danke, da wird er sich freuen, von der Vogelweide. Gute Reise!"

## ... und Pierre-Alexander Reinbold
## Die Kunst der Verführung und der Täuschung

Pierre-Alexander Reinbold hieß als Kind Hans-Dieter Kaminsky und entschloss sich früh, seinen Namen beizeiten zu ändern. Als Kind war er recht mollig, doch mit diesem drolligen Charme behaftet, welchen kleine, dicke Jungen ihr Eigen nennen. Wurde Hans-Dieter beim Spielen auf dem Schulhof geschubst, ließ er sich sofort und ohne Gegenwehr auf den Boden fallen und nutzte die Möglichkeit, den Mädchen unter die Röcke zu spähen. Beim Fußball blieb er lieber gleich auf der Bank sitzen und hetzte mit seinem quietschenden Geschrei und seinen ausgeklügelten Schlachtrufen die beiden Mannschaften gegeneinander auf.
In der Schule war er nur mäßig erfolgreich, aber durch intensives Einschmeicheln bei den jungen Lehrerinnen konnte er das Schlimmste stets abwenden.
Im Laufe der Jahre hatte er eine unfehlbare Technik entwickelt: Ahnte er, dass das gerade geschriebene Diktat (die Mathematikarbeit, der Aufsatz) wieder einmal völlig in die Binsen gegangen war, blieb er nach Ende des Unterrichtes in seiner Bank sitzen. Er streckte seine pummligen Beine weit von sich, stützte das mondförmige Gesicht in die fleischigen Hände und schielte so lange, bis Tränen in seine Augen traten. So hockte er, bis die Lehrerin aufmerksam wurde. Normalerweise fragte sie: "Na, Hans-Dieter, willst du gar nicht auf den Hof spielen gehen?"
Hans-Dieter schüttelte dann nur schwermütig den Kopf und ließ die erste Träne rinnen.
"O je", rief daraufhin die Lehrerin und sprang auf. (Ein Jahr lang hatte Hans-Dieter eine stark kurzsichtige Lehrerin, bei der statt der ersten Träne ein weinerliches Schnauben zum Einsatz kam.) Die Lehrerin näherte sich an diesem Punkt immer mit fast schleichenden Schritten dem Jungen, um ihn

durch etwaigen Getrampel nicht noch mehr aus der Fassung zu bringen.

Sie stellte sich vor die Bank und ging ein Stückchen in die Knie: "Was hast du denn, Hans-Dieter?"

"Nichts", schniefte dieser und wischte sich energisch das Wasser aus den Augen. (Mit dem richtigen Druck konnte die Schleuse dadurch noch ein wenig weiter geöffnet werden.)

Die Pädagogin erkannte umgehend eine tiefe, seelische Erschütterung und strich dem Kleinen über das rotblonde Haar: "Hadi", sagte sie mit zärtlicher Stimme, "möchtest du mir nicht er-zählen, was dich so bedrückt?"

‚Hadi' sah ihr mit blanken Augen zu ihr auf: "Ich kann es nicht sagen."

"Aber warum denn nicht?", erkundigte sie sich, beglückt, so nah am Ziel zu sein.

"Sie sind mir dann böse, Fräulein Mayerhofer", erklärte der Junge hilflos.

"Aber nein", rief die Lehrerin mit fröhlichen Lachen, "du kannst mir alles erzählen!"

Jetzt war der Zeitpunkt gekommen, an dem Hans-Dieter seinen Kopf in den verschränkten Armen versteckte, alles flach auf die Tischplatte legte und jämmerliche Schluchzgeräusche ertönen ließ. In einfachen, durch Hicksen unterbrochenen Wortgruppen, schilderte er ihr sein Leid. Dass ihn die anderen Kinder wegen seiner Figur hänselten, dass er deshalb vor Kummer nicht lernen könne, dass er deshalb das Diktat (die Mathematikarbeit, den Aufsatz) verhauen hätte und nun den Riemen des Vaters zu spüren bekäme. Niemand konnte an dem unglücklichen Schicksal des kleinen Jungen zweifeln.

Es folgte das Heimholen des kaminskyschen Aufgabenheftes, zu zweit ging man zu der Sofortkorrektur der abgegebenen Leistung und dem ernsthaften Durchsprechen der vielfältigen Fehler über. Letztlich gipfelte das Unternehmen in dem Erteilen einer, für beide Seiten annehmbaren, Zensur. Die Belohnung erfolgte durch das Aufpressen eines nassen Kusses auf die Wange der Lehrerin und dem freudigen Hinausstieben des artigen Kindes.

Hans-Dieters Zuhause bestand aus der väterlichen Metzgerei vorne heraus, den Wohnräumen der Familie darüber und dem Schlachthaus auf dem Hof. Seine Eltern waren rund und rosig und damit selbst die beste Werbung für ihre Erzeugnisse. Sie waren stolz auf ihr Geschäft und stolz auf ihren Jungen und entlohnten gerne die durchweg guten Zensuren mit kleineren Geldbeträgen. Dieser bedankte sich brav und erzählte in manierlicher Art auf Traude Kaminskys Kaffeekränzchen von den schulischen Erfolgen, während die Mutter gut gelaunt die Schinkenschnittchen verteilte.

Mit fortgeschrittenen Alter und zunehmender Vermännlichung der Lehrer ließen Hans-Dieters Leistungen erheblich nach. Aber da war er auch schon viel zu erwachsen, um bei Kaffeekränzchen alten Damen, die keine Ahnung vom heutigen Schulsystem und dessen Sinnlosigkeiten hatten, von der Schule zu erzählen.

Hans-Dieter schoss in die Länge und nahm die Fettpolster von Hüfte, Bauch und Hinterteil mit in die Höhe. Durch diszipliniertes Krafttraining gelang es ihm, alle Polster in Muskeln umzuwandeln. Mit dem Schulabschluss in der Tasche drehte er dem Elternhaus den Rücken zu und verließ die Stadt.

Es ist ungeklärt, ob das Gerücht, er hätte die Bäckerstochter geschwängert, wirklich ausschlaggebend für dieses Verschwinden war, oder ob Frau Kaminsky recht hatte, die genau wusste, dass ihr Hans-Dieter "so etwas" nicht macht und nur fort ist, weil es "in so einer kleinen Stadt nichts Anständiges zu lernen gibt für so einen begabten Jungen wie mein Hans-Dieter einer ist". Jedenfalls war der Metzgerssohn auf einmal wie vom Erdboden verschluckt.

Er reiste auf hoher See und schickte Karten aus aller Herren Länder an seine Mutter, die diese mit feuchter Nase vor ihrem Mann in der Kittelschürze versteckte. Dieser Familienverräter glaubte den Gerüchten und machte bei dem Bäckerenkel auf Opa, sehr zur Schande seiner Frau.

Die Gerüchte einer Scheidung hingen schon schattengleich über der Metzgerei "Kaminzky - Feine Fleisch- und Wurstsorten & Delikatessen", als der Weltenbummler endlich heimkehrte. Und jeder konnte sehen, dass ein so pummliger, zarthäutiger und rothaariger Säugling wie der von der Bäcker-Ilse unmöglich von so einem durchtrainierten, braungebrannten und weiß-blonden Hünen wie dem Hans-Dieter abstammen kann. Einige Sonntage zeigte sich die stolze Metzgersfrau mit ihrem schönen Sohn in der Kirche und beim Stadtspaziergang, dann packte dieser erneut die Koffer.

Im Morgengrauen stieg er in den Zug, seine Mutter stand weinend am Bahnsteig und der antike Fuchskragen wurde durch den Nieselregen grau und unansehnlich.

"Tschüss, Hans-Dieter", schluchzte die Mutter.

"Mutter, bitte", stöhnte ihr übermüdeter Sohn.

"Hach, ja! Pierre-Alexander! Sei vorsichtig und pass gut auf dein Gepäck auf, ja, Schatz!?" Der Sohn nickte unwillig. "Ich habe dir noch ein paar frische Strümpfe und neue Unterwäsche eingepackt, was du mitgebracht hast, sah ja schlimm aus", rief die Mutter in den Zug.

"Mutter!", zischelte Pierre-Alexander genervt.

"Und schreib mal, Junge! Und iss immer ordentlich!"

Pierre-Alexander schaute hilfesuchend auf die Uhr und sah, dass der Zug erst in einigen Mi-nuten abfahren würde. Die Mutter presste ein Taschentuch vor das Gesicht, ihr Sohn nutzte die Gelegenheit und suchte sich ein halbleeres Abteil. Er zog das Fenster herunter und brüllte auf den Bahnsteig: "Du musst nicht warten, Mutter! Ich fahre gleich los!"

"Die paar Minuten hab ich doch noch Zeit", antwortete die Mutter mit brechender Stimme. "Mach dir um mich keine Sorgen, Junge!"

Pierre-Alexander senkte den Kopf und verdrehte die Augen. Dann begann er schon mal zu winken und endlich setzte sich der Zug in Bewegung.

Die Mutter lief, Seite an Seite mit dem Waggon und wedelte inbrünstig mit dem Taschentuch. Pierre-Alexander wackelte

nachlässig mit der Hand. Als seine Mutter immer weiter zurückfiel, zog er seine Hand in das Abteil und schloss das Fenster.
"Ihre Mutter?", fragte mitfühlend die ältere Dame, die ebenfalls im Abteil saß und das rührende Schauspiel mitbekommen hatte.
"Ja", erwiderte Pierre-Alexander mit versagender Stimme.
"Ich bin ihr Einziger."
Die Dame nickte und reichte ihm einen Apfel. Er nahm ihn dankend an, verzehrte das Obst manierlich und erzählte der Dame von seinem Leben auf den Meeren der Welt.

## Manchmal kommt es anders ...

Er stieg in Berlin aus, begleitet von den frommen Wünschen des zugestiegenen Kirchendamenreisekränzchens und gesättigt von deren mitgeführten Kuchen. Er hatte eine kleine Freundin in der Stadt, die ihm vorübergehend ein gemütliches Heim bereiten würde. Pierre-Alexander war gekommen, um zu bleiben.
Schnell fasste er auch beruflich Fuß in der Stadt. Zuerst arbeitete er als Abräumer und Abwäscher und stieg, sich den Weg durch einige kleine Intrigen erleichternd, schließlich zum Kellner auf. Er wohnte derweil schon bei der dritten kleinen Freundin und auch dieses Arrangement begann zu bröckeln.
Dafür schien Pierre-Alexander von Tag zu Tag schöner zu werden, die servile Kleidung stand ihm ausgezeichnet und in dem pomadigen Haar spiegelte sich das Licht der Kaffeehauskronleuchter.
Eines Nachmittags saß zwischen den kompottbehüteten Damen ein wohlbeleibter Herr, der die geschmeidigen Bewegungen des Kellners wohlwollend beobachtete. Er kam auch am folgenden Tag, und am darauffolgenden. Am vierten Tag sprach er Pierre-Alexander schließlich an und offerierte ihm eine Anstellung als Eintänzer in seinem Nachtcafé. Den Ruch des Unseriösen, den der Herr an sich hatte, schien Pierre-Alexander nicht wahrzunehmen.

Er wurde Eintänzer und wirbelte Nacht für Nacht juwelenglitzernde Damen über das glatte Parkett. Häufig fand er nach Feierabend Hotelschlüssel in seiner Fracktasche, eingewickelt in auffordernden Botschaften. Als eines Nachts ein Schlüssel in eine höher bezifferte Banknote eingewickelt war, folgte Pierre-Alexander dem Ruf der Leidenschaft. Er blieb selbstverständlich immer ein Gentleman und verglich nur im Stillen die Körperteile der zu beglückenden Damen mit der Angebotspalette seiner Eltern.
Mit dem kleinen Zubrot, das bald das Eintänzergehalt überstieg, leistete er sich endgültig eine eigene Wohnung. Er zog bei Nacht und Nebel, ohne Begleichung der Mietrückstände und Angabe seiner neuen Anschrift, bei Freundin Nr. 3 aus und bezog ein großzügig geschnittenes Loft. Anschließend erweiterte er seine Garderobe um einige gutsitzende Anzüge und italienische Schuhe. Er gönnte sich ein Cabriolet und den fast täglichen Besuch bei einem Coiffeur. Pierre-Alexander, das ehemals dickliche Metzgerkind, duftete immer teuer, und die Damen honorierten seine Bemühungen großzügig.
Er liebte das Leben und das Leben schien diese Liebe zu erwidern, bis es zu dieser unangenehmen Razzia im Nachtcafé kam.
Auf einen Schlag war der Saal hell erleuchtet und die Kapelle verstummte abrupt. Bullige Polizisten, denen die Entschlossenheit in das geballte Gesicht geschrieben stand, enterten ohne Vorwarnung die Tanzfläche und riefen Worte wie: "Rauschgiftdezernat" und "Großaktion" oder auch: "Stehen bleiben! Keiner verlässt den Raum!"
Die Damen kreischten, die anwesenden Herren und Unterweltkönige schimpften ungehalten über dieses unfeine Benehmen und versuchten, sich der Festnahmen zu erwehren.
Pierre-Alexander riss sich von seiner Tanzpartnerin los und verschwand hinter einem der mächtigen Samtvorhänge, welche die Séparées von den anderen Vergnügungen abtrennte.
Er überraschte eine junge Brünette, die in inniglicher Verbundenheit auf einem gewichtigen Herrn mit Schnauzer und Frack saß und lächelte ihr verschwörerisch zu. Sie blickte auf

und fragte mit zwitscherndem Stimmchen: "Was ist denn da draußen los?"

"Razzia", flüsterte Pierre-Alexander.

"Ach Gott, ach Gott, wenn die mich hier sehen und mitnehmen, dann bin ich erledigt", barmte der Herr und ließ die junge Frau von seinem Schoß gleiten. Diese landete auf dem Boden und schaute ihren Gönner schmollend an. Der aber ignorierte das völlig: "Können Sie mir sagen, wie ich hier unbemerkt heraus komme?", fragte er Pierre-Alexander gereizt.

"Natürlich", rief dieser gutgelaunt. "Ziehen Sie sich einfach eine Tarnkappe über und werden Sie unsichtbar!"

Der Herr starrte ihn wütend an und schnaubte wie ein zorniger Stier. Dann zog er den Vor-hang beiseite und stellte sich kühn dem Unvermeidlichen.

Pierre-Alexander widmete sich der jungen Frau, die, beengt durch ihr Cocktailkleid, nur müh-sam auf die Beine kam.

"Nun, schönes Fräulein, darf ich es wagen, Ihnen Arm und Geleit anzutragen", verballhornte er einen alten Meister.

"Oh, vielen Dank", strahlte das Fräulein, ergriff seine Hand und ließ sich von ihm hochziehen. Schwankend kam sie auf die roten Hackenschuhe und klammerte sich an seinem Arm fest. "Ist das von Ihnen?", erkundigte sie sich freundlich.

"Nein, leider nicht", gab er zu. "Ich glaube, es ist von Karl May!"

"Ach, der mit den Indianern", gab sie einen kleinen Einblick in ihre literarischen Kenntnisse. Pierre-Alexander nickte wortlos, denn er wollte sich erstens nicht über Bücher unterhalten, und zweitens aus dem Café heraus, bevor er von der Polizei bemerkt wurde. Drittens, und das war wohl das Bedrohlichste an der ganzen Situation, löste der zarte Griff der jungen Dame seltsam angenehme Schwingungen aus, welche sich von seinem Arm aus über den ganzen Körper verbreiteten. Also deutete er ihr, sich leise zu verhalten und zog sie durch eine Hinter-tür aus dem Etablissement.

Als Angestellter kannte Pierre-Alexander selbstverständlich den richtigen Notausgang, das bewahrte ihn aber nicht davor, am nächsten Tag arbeitslos zu sein.
Ein Zettel mit der typisch eigenwilligen polizeilichen Grafik hing an der Lokaltür und verkündete die sofortige Schließung des Nachtcafés. Nicht weiter überrascht schlenderte Pierre-Alexander zurück in den heimatlichen Loft, warf sich auf das Kanapee und überdachte seine Situation.
Er war jetzt 28 Jahre alt, gutaussehend und arbeitslos. Er könnte wieder als Kellner arbeiten, verspürte aber keine große Lust dazu. Er könnte sich auch ganz auf seinen Nebenjob spezialisieren, aber das schien ihm nicht das Richtige zu sein. Auf alle Fälle würde er vorerst Urlaub machen und sich dann mit seinem zukünftigen Leben beschäftigen.
Pierre-Alexander blickte aus dem Fenster und beobachtete die Regentropfen, die den deutschen Sommer stimmungsvoll untermalten. Der Urlaub würde auf alle Fälle in einem karibischen Land stattfinden, beschloss er, zum Beispiel in Spanien.
Er erhob sich und angelte nach seiner Jacke. Suchend tastete er in der Innentasche herum, und zog, neben einer leeren Kondompackung einen zerknüllten Zettel hervor.
"Angie, 556438", stand in Kinderschrift darauf notiert. Angie, das war die Brünette vom Vorabend, die sich mit dem Überreichen ihrer Telefonnummer bei dem hübschen Retter bedankt hatte. Er lächelte bei der Erinnerung an ihr aufgeregtes Geplapper auf dem Rücksitz des Fluchttaxis, an das belustigte Gekicher, als er ihr die Hand küsste und an das zaghaft gelispelte: "Bis bald vielleicht - wenn du magst!"
Pierre-Alexander nahm den Telefonhörer ab und wählte ihre Nummer. Das Freizeichen ertönte und dann ihre kleine, atemlos klingende Stimme: "Hallo? Hier ist Angie!"
"Hallo, Angie, hier ist Pierre-Alexander! Von gestern Abend", setzte er hastig hinzu.
"Oh! Hallo Alex! Das ist aber lieb, dass du mich anrufst!"
"Ja", bestätigte er ihre Meinung.

"Und was kann ich für dich tun", erkundigte sich Angie hilfsbereit.
"Ich wollte ... ähm ... Was hältst du davon ... äh. Hast du Zeit?"
"Heute Abend?"
"Nein, hast du Zeit, mit mir in den Urlaub zu fahren?" Er lauschte in den Hörer und bemerkte, dass sein Herz bis zum Hals schlug.
"Hm", kam es nachdenklich zurück. "Ich weiß nicht, ob Dicki mich entbehren kann!"
"Dicki?"
"Na, Heinrich Dickhelm! Der Herr, mit dem ich gestern ... speiste!"
"Ach! Du bist seine Sekretärin?", glaubte Pierre-Alexander zu verstehen.
Sie lachte glockenklar auf: "Aber nein, du Dummi! Jedenfalls nicht in echt, dass sagen wir nur immer, wenn wir irgendwo sind! Ich bin seine Freundin!" Er schwieg betroffen. "Hallo? Bist du noch dran?", erkundigte sie sich.
"Ja."
"Du klingst so böse! Habe ich was Falsches gesagt?"
"Oh, nein", beteuerte er, „ich überlege nur, woher ich den Namen kenne."
"Von Dicki? Dicki ist Vorstandsvorsitzender bei einer wichtigen Bank und wahnsinnig oft in der Zeitung!"
"Und er ist verheiratet", vermutete Pierre-Alexander.
"Ja! Deshalb hat er ja mich!", erklärte Angie fröhlich.
"Reicht es dir, nur das Betthupferl für einen alten Sack zu sein?", fragte er mit dem Wunsch, sie zu verletzen.
"Oh, nein, natürlich reicht mir das nicht! Was denkst du denn von mir, Alex? Dicki und seine Frau haben sich schon lange nichts mehr zu sagen! Aber Dicki kann sich nicht scheiden lassen, weil seine Frau sonst die Hälfte seines Einkommens bekommt, weißt du? Na ja, und trotzdem wollte sich Dicki meinetwegen von ihr trennen, aber dann ist seine Frau furchtbar krank geworden! Und Dicki hat gesagt ‚Angie', hat er gesagt, ‚wenn du es wirklich willst, mein Häschen, dann lass

ich mich von meiner todkranken Frau scheiden!' Aber das konnte ich doch nicht zulassen! Denk' dir, Alex, die Frau ist todkrank und ich nehme ihr den Ehemann weg! Das würde ich nicht über das Herz bringen!"
"Wann war das?", fragte er.
"Was?"
"Na, diese Sache, dass seine Frau todkrank ist und er sie deshalb nicht verlassen kann."
"Vor drei Jahren!"
"Und die Frau lebt immer noch?"
"Ja, ist das nicht ein Glück? Wenn ich nur an mich gedacht hätte, wäre sie vielleicht längst gestorben!", freute sie sich.
Pierre-Alexander rieb sich die Stirn: "Hör mal, Angie, könnte es sein, dass Herr Dicki dich belügt?" Nachdenkliche Stille entströmte der Leitung. "Angie? Bist du noch da?", fragte er besorgt.
"Ja."
"Weinst du?"
"Nein, wieso? Ich denke nur nach. Du, ich glaube nicht, dass Dicki mich anschwindelt. Ich meine, er hätte doch gar keinen Grund dazu! Immerhin bin ich seine Freundin!"
"Klar", gab Pierre-Alexander ihr Recht und fragte dann mit ernster Stimme: "Aber ist Herr Dicki auch dein Freund?"
"Ja", sagte sie mit tiefer Überzeugung. "Ich meine, was soll er denn sonst sein? Meine Freundin?", und Angie lachte herzlich über ihren Scherz.
Er sah ein, dass diesem Problem nicht mit hintergründigen Fragen beizukommen war und nahm ihr nur das Versprechen ab, Dicki zu fragen, ob sie für zwei Wochen entbehrlich sei.

Schon am nächsten Tag klingelte sein Telefon.
"Alex, weißt du was?", schluchzte Angie.
"Na?", fragte er behutsam.
"Dicki will nicht mit mir sprechen!", weinte sie.
"Hat er das gesagt?"
"Nein, seine Sekretärin. Die Echte!"

"Seine Sekretärin hat dir gesagt, dass er nicht mehr mit dir sprechen will?" Pierre-Alexander war verblüfft.
"Nein", schniefte sie, "seine Sekretärin hat gesagt, Herr Dickhelm sei nicht im Haus!"
"Vielleicht war er ja wirklich nicht da", versuchte er sie zu trösten.
"Doch, er war da! Ich bin nämlich zu seiner Firma gefahren und habe das kontrolliert! Sein Wagen stand da und dann habe ich ihn in seinem Büro gesehen! Er hat nämlich ein großes Büro mit riesigen Fenstern", fügte sie erklärend ein. "Jedenfalls habe ich ihn gesehen und bin dann sofort in die Telefonzelle gegangen und habe ihn angerufen. Und er war nicht da! Ich sehe ihn doch, sage ich zu der Sekretärin und sie sagt, sie könne mir nicht weiterhelfen. Und ich sage, ich wolle doch nur wissen, ob Dicki mich entbehren kann und ob es in Ordnung geht, wenn ich mit dir in den Urlaub fahre, aber ..." Der Rest ging in heftigen Weinen unter.
Pierre-Alexander wartete einen Augenblick, bis sie sich beruhigt hatte und stellte dann fest: "Also kommst du mit!"
"Ja", bestätigte sie mit verweinter Stimme.
"Gut! Dann pack deinen Koffer, wir fliegen übermorgen! Sei bitte um acht Uhr auf dem Flugplatz!"
"Ja, gut", sagte sie schluchzend.
"Dann bis übermorgen", rief er erfreut.
"Wohin fliegen wir eigentlich?", erkundigte sie sich.
"Nach Spanien!"

Zwei Tage später stand Pierre-Alexander in der Wartehalle des Flughafens und beobachte, wie sich die Zeiger seiner Armbanduhr vorwärts bewegten. Er pfiff ungeduldig durch die Zähne, doch Angie ließ und ließ sich nicht blicken. Er betrat das kleine Flughafenbistro und gönnte sich einen fad schmeckenden und überteuerten Espresso. Während er die Beine der Bedienung musterte und über eine angemessene Punktevergabe nachdachte, kam es draußen in der Halle zu einer Auseinandersetzung.

"Seien Sie doch vorsichtig", meckerte eine Frau, "Sie sind hier nicht allein!"
Angie seufzte schuldbewusst. Die Frau hatte völlig Recht, schlechtgelaunt zu sein, denn immerhin hatte Angies Schrankkoffer ihr ihre teuer aussehenden und schlechtsitzenden Strümpfe zerrissen.
"Kaufen Sie sich doch bitte eine neue Strumpfhose und schicken Sie mir die Rechnung zu", bat Angie demütig.
Doch während die Frau schon einen Kugelschreiber zückte, um Angies Adresse zu notieren, rief ihr Ehemann: "Nun lass mal, Ingrid. Das Fräuleinchen hat sich entschuldigt, und wir werden doch nicht wegen ein paar lausiger Strümpfe Rechnungen verschicken!"
Er lächelte Angie aufmunternd zu, während seine Frau laut erklärte, ihre Strümpfe seien nicht lausig, sondern sehr teuer gewesen und er stelle sich doch sonst immer so furchtbar an, wenn es darum ginge, ihre Garderobe zu erneuern.
Das Geschimpfe der Frau lockte interessierte Mitreisende und Besucher des Flughafens an, welche bald eine beachtliche Menschentraube bildeten. Angie kramte verzweifelt nach ihrem Portemonnaie, doch der Mann, der ihr Vorhaben erriet, hielt sie zurück: "Nein, wirklich, es ist nicht nötig, dass Sie die Strümpfe meiner Frau bezahlen!"
Diese Aussage trieb seiner Angetrauten die Zornesröte ins Gesicht, und sie ließ die Menge wissen, dass sie es nicht nötig hätte, sich von irgendjemanden die Strümpfe bezahlen zu lassen, aber dass man für den Schaden, denn man angerichtet habe, auch haften müsse.
Die Menschentraube spaltete sich ein zwei Parteien, die eine (stark männlich geprägt) war der Meinung, die alte Xanthippe solle das arme, hübsche Fräulein mit dem schweren Koffer in den zarten Händen in Ruhe lassen, die andere Seite murmelte, dass Fräulein könne sich nicht alles erlauben, auch wenn es noch so hübsch sei.
Inzwischen hatte Angie ihren Geldbeutel gefunden und versuchte vergeblich, dem sich wider-strebend gebärdenden Mann einen Geldschein in die Hand zu drücken. Seine Frau

versuchte das Gerangel zu beenden, indem sie flugs die Banknote an sich riss, doch ihr Mann forderte sie auf, das Geld augenblicklich zurückzugeben. Sie weigerte sich lautstark, unterstützt von einigen Damen aus der Menge.
Das Geschrei erreichte endlich auch Pierre-Alexander, und obwohl er Angie nicht sehen konnte (einige Herren hatten sich schützend um sie gescharrt), stellte er seine Tasse ab, um zu sehen, was da draußen von sich ging.
Er bahnte sich einen Weg durch die Menschen und Koffer und erkannte seine Reisegefährtin, die kurz vor einem Nervenzusammenbruch stand. Er trat ihr zu Seite und rief: "Da bist du ja, Liebling! Ich habe dich schon überall gesucht! Ist etwas passiert?" Angie schaute ihn dankbar an und die Menge verstummte. "Was ist vorgefallen?", wandte sich Pierre-Alexander an das Ehepaar.
"Nichts, nichts", beteuerte die Frau beim Anblick des schönen, jungen Siegfrieds.
"Ihre Freundin hat mit ihrem Ungetüm von Koffer die Strümpfe meiner Frau zerrissen", rief der Ehemann ungehalten, nahm seiner Frau das Geld aus der Hand und stopfte es in seine Hosentasche. "Sie sollten wirklich vorsichtiger sein, junges Fräulein!", verwarnte er Angie und drohte mit dem Zeigefinger.
Diese schluckte, schlug die Augen nieder und flüsterte: "Das werde ich mir merken. Verzeihen Sie nochmals, ja?"
"Aber nun sei nicht so streng mit dem Mädchen, Walter", säuselte seine Frau und blickte Pierre-Alexander tief in die Augen. "So was kann doch schließlich jedem einmal passieren, nicht?"
"Ich danke Ihnen für Ihr Verständnis", erwiderte Pierre-Alexander und küsste ihr galant die Hand.
Die Frau lachte geschmeichelt auf und rief: "Unnötig, ganz unnötig", während sie von ihrem Mann weitergeschoben wurde. Als das Ehepaar und die Menschenmenge sich im Gewühl ver-laufen hatte, blickten sich Pierre-Alexander und Angie an.
"Alles klar?", fragte er.

Angie nickte und sagte: "Du hättest ihr nicht die Hände küssen müssen, mein Geld haben die trotzdem eingesteckt!"
"Was ist denn passiert?"
"Ach, ich habe mit meinem Koffer ihr Bein gestreift und auf einmal schreit sie los, ich hätte eine Laufmaschine in ihre beste Strumpfhose gerissen! Vermutlich arbeiten die beiden ständig mit dem Trick und fassen das Geld fremder Leute ab!"
"Das wäre eine recht ungewöhnliche Masche", erwiderte er lachend.
Angie zuckte mit den Achsel: "Trotzdem wäre es möglich."
"Dein Koffer ist aber auch sperrig. Wie alt ist der denn?"
"Keine Ahnung, ich habe ihn von meiner Großmutter geerbt. Innen sieht er aus wie ein richtiger Kleiderschrank!", erwiderte sie stolz.
"Wie kriegst du dieses Monstrum überhaupt getragen?"
"Ich trage ihn gar nicht, ich habe kleine Räder angebaut. Schau hier!"
"Die sind aber ziemlich klein!"
"Größe ist nicht alles, Hauptsache, es reicht für den Gebrauch."
Pierre-Alexander nickte verständig und fragte dann: "Hast du gar keine Reisetasche?"
"Doch! Sogar aus echtem Wildleder! Hellbraun!"
"Und warum nimmst du die nicht?"
Ihr Gesicht verdüsterte sich: "Weil die von Dicki ist."
Eine kleine Träne schimmerte in ihrem Auge.
"Und du willst nicht an ihn erinnert werden", sagte er verständnisvoll.
"Nein, ich will sie nicht kaputt machen! Wenn jetzt mit Dicki und mir Schluss ist, will er sie vielleicht wiederhaben und regt sich auf, wenn sie ruiniert ist."
"Was ist denn das für eine Type?", fragte Pierre-Alexander und zog ein abfälliges Gesicht.
Sie schnaubte, stampfte mit dem Fuß auf und rief aufgebracht: "Ich erlaube dir nicht, so von Dicki zu sprechen! Wenn du das noch einmal tust, bleibe ich hier!"

Er schaute sie erschrocken an: "Angie! Ich meinte doch nur, dass ..."
"Es ist mir egal, was du meinst, Alex! Wenn du mir nicht auf der Stelle versprichst, dass du kein böses Wort mehr über Dicki sagst, bleibe ich hier!"
Pierre-Alexander kniete sich mit einem Bein hin, ergriff Angies Hand, legte sie auf sein Herz und schwor mit inbrünstiger Stimme: "Ich werde kein böses Wort mehr über Herrn Dicki sagen!"
"Gut", gab sich Angie besänftigt und strich ihm über das Haar.

### ... als man denkt

Der Urlaub verlief für beide sehr angenehm. Sie gingen spazieren, sie gingen essen, sie gingen tanzen und Angie tauchte ab und an ihren Zeh ins Meer. Sie schliefen getrennt in Einzelzimmern, stritten sich nicht ein einziges Mal und Pierre-Alexander fand schließlich ein aussichtsreiches Betätigungsfeld für sich.
"Was machst du eigentlich beruflich?", fragte er Angie eines Abends, als beide an einem kleinen, runden Tisch auf der Terrasse saßen und den Liebespaaren beim Tanzen zusahen.
"Nichts", erwiderte sie und nippte an ihrem Weinglas.
"Nichts? Aber du musst doch Geld zum Leben verdienen!"
"Dicki verdient doch Geld", erklärte sie treuherzig und summte leise die Melodie mit, die von der Tanzfläche zu ihnen herüber schwebte.
"Und wenn Herr Dicki jetzt nichts mehr von dir wissen will?"
"Alex! Du hast versprochen ..."
"Ich habe nur versprochen, kein böses Wort über Herrn Dicki zu sagen", unterbrach er sie energisch. "Aber ich habe nicht versprochen, mich nicht mit dir über deine Zukunft zu unterhalten! Und, so leid mir das tut, es sieht nicht so aus, als wäre Herr Dicki noch zukünftig Bestandteil deines Lebens."
Sie starrte ihn mit großen Augen an und sagte dann: "Du enttäuschst mich wirklich, Alex! Ich dachte, wir machen uns ei-

nen schönen Abend und trinken ein Glas Wein zusammen, aber du - du musst alles verderben!" Sie machte Anstalten, sich zu erheben.
Er griff nach ihrem Ellenbogen und zog sie zurück auf den Stuhl. "Ich wollte dir nicht den Abend verderben, Angie. Ich wollte einfach nur wissen, was du gemacht hast, bevor du Herrn Dicki kennen- und lieben gelernt hast!"
Sie schaute ihn misstrauisch an: "Du willst mich auf den Arm nehmen!"
"Was?!"
"Na, dieses ‚Kennen- und lieben lernen'! Das meinst du doch gemein!"
Er stöhnte und brannte sich eine Zigarette an. Sie beobachtete ihn mit zusammengekniffenen Augen. Dann sagte sie unvermittelt: "Ich war bei einer Partnervermittlungsagentur angestellt."
Er blickte überrascht zu ihr hinüber: "Wirklich?"
"Ja", beteuerte sie, "da habe ich doch Dicki kennen gelernt!"
"In einer Partnervermittlungsagentur?"
"Aber ja! Mein Chef hat nämlich unter der Hand noch eine Seitensprungagentur geführt. Da habe ich die Karteikarten geschrieben und die Fotos von den Leuten geknipst, die fremdgehen wollten! Na, und Dicki kennen gelernt. Es war Liebe auf den ersten Blick."
"Du liebst diesen Kerl wirklich?", fragte Pierre-Alexander entgeistert.
"Aber natürlich", rief sie empört. "Was dachtest du denn?" Sie blickte streng zu ihm, wartend auf eine Antwort.
"Nichts, nichts ...", murmelte er.
"Und ich habe schon gedacht, du denkst, ich gehe nur mit Dicki, weil er reich ist! Bin ich blöd!", freute sie sich erleichtert. "Jedenfalls wollte Dicki nicht, dass ich noch länger da arbeite. Es sei eine unangebrachte Arbeit für mich, hat er gesagt, viel zu unmoralisch." Sie lächelte selig bei der Erinnerung daran. "Dicki hat nämlich was gegen Unmoral", fügte sie erklärend hinzu. Pierre-Alexander nickte verstehend. "Na

ja, und seitdem habe ich nicht mehr gearbeitet", schloss sie ihren Bericht.
"Hat dir die Arbeit Spaß gemacht?", erkundigte er sich.
"Ja, eigentlich schon. Weißt du, die meisten Leute waren immer so schrecklich aufgeregt und nervös, und ich habe ihnen dann immer gesagt, dass es keinen Grund zur Aufregung gibt, weil es ganz normal ist, einen Partner zu suchen. Aber damals wusste ich eben noch nicht, dass das unmoralisch ist", sagte sie entschuldigend.
"Und konnte man damit Geld verdienen?"
"Na ja, für mich hat das Geld immer gereicht."
"Nein, ich meine, wenn man selber so eine Agentur betreibt! Kann man damit genug Geld verdienen?"
Sie dachte nach: "Hm, ich glaube schon! Mein Chef hatte eine ziemlich dicke Goldkette. Und so ein goldenes Armband mit seinem Namen. Er muss ziemlich reich gewesen sein!"
Sie nickte bestätigend und hochachtungsvoll mit dem Kopf.
"Leider weiß ich nicht, was aus Benno geworden ist."
"Aus wem?", fragte Pierre-Alexander gleichgültig, schon in angenehmen Zukunftsträumen versunken.
"Na, aus meinem Chef! Er hatte wohl Ärger mit der Polizei, aber ich weiß nicht, was aus ihm geworden ist!"
"Warum hatte er Ärger mit der Polizei?", erkundigte er sich erschrocken.
"Das weiß ich leider nicht! Ich habe damals gar nicht mehr dort gearbeitet, Dicki hat mir er-zählt, dass Benno Ärger mit der Polizei hatte. Es stand sogar in der Zeitung!"
Beide tranken still und in Gedanken vertieft ihren Wein. Angie überlegte, was wohl aus Benno geworden sein mag und Pierre-Alexander, wie eine solche Agentur aufzubauen sei.
"Würdest du für mich arbeiten, wenn ich eine solche Agentur eröffnen würde?", fragte er sie.
Sie runzelte die Stirn: "Ich weiß nicht, ob Dicki ..."
"Natürlich vorausgesetzt, dass deine Vermutungen richtig sind und Dicki nichts mehr von dir wissen will", ergänzte er rasch.

Angie sah ihn traurig an. Nach reiflicher Überlegung war sie inzwischen zu dem Ergebnis gelangt, dass sich Heinrich Dickhelm keinesfalls von ihr trennen wollte, sondern nur die Sekretärin zu dumm war, um Dicki zu sagen, dass sie, Angie, am Telefon ist und nicht seine verständnislose Ehefrau. Angie hatte sich in den letzten, schlaflosen Nächten schwere Vorwürfe gemacht, weil sie, ohne ihm Bescheid zu sagen, einfach verschwunden war. Während sie sich hier vergnügte, litt Dicki höchstwahrscheinlich Höllenqualen wegen ihrer Abwesenheit. Armer Dicki! Es tat ihr in der Seele weh, ihn so leidend zu wissen. Wenn sie erst zurück in Deutschland wäre, würde sie alles wieder gut machen.

Andererseits war Alex ein furchtbar netter Kerl, der seiner Mutter ständig Karten schrieb und nun arbeitslos war. Sie wollte ihn nicht enttäuschen und sagte: "Natürlich würde ich gern für dich arbeiten, Alex! Aber wenn Dicki Einspruch erhebt, ist das leider nicht möglich. Das siehst du doch ein?" Er nickte eifrig und strahlte sie an. Armer Kerl, dachte Angie mitleidig, er weiß nicht, dass er nichts hat. Sie grinste unglücklich zurück.

Am Flughafen schüttelte sie ihm die Hand: "Vielen Dank für den schönen Urlaub, Alex! Mel-de dich mal wieder!"

"Natürlich", sagte er erstaunt, "so bald mit der Agentur alles klar ist!"

"Natürlich", erwiderte sie nachsichtig und ergriff ihren Koffer. "Tschüss dann, Alex!"

"Ja, bis bald, Angie", rief er ihr hinterher. Er sah noch, wie sie mit der Hand aus dem Auto-fenster herauswinkte, dann brauste ihr Taxi davon. Pierre-Alexander schulterte seine Reisetasche und bestieg die U-Bahn, die ihn heim in sein Loft brachte. Sein Anrufbeantworter blinkte überfüllt, doch er warf sich auf sein Kanapee und dachte lange nach. Dann beschloss er, seinen Namen im privaten Bereich von Pierre-Alexander in Alex umzuwandeln.

Schließlich erhob er sich, schritt gemessen an seinen Schreibtisch und suchte die Nummer einer Unternehmensberatung heraus. Er tippte die Nummer ein und sprach in den Hörer:

"Mein Name ist Reinbold. Ich möchte eine Vermittlungsagentur eröffnen und benötigte dazu Ihre Hilfe!" Er lauschte einen Moment und sagte danach ernst: "So bald wie möglich!"

**Eine Erdenreise, die ist lustig**
**Man trifft neue Engel und kann sie verabscheuen.**
**Oder bewundern.**
**Oder auch gar nichts.**

Der Anlegesteg der Fähre lag im nebligen Grau. Von der Fähre selbst war nichts zu sehen, obgleich die Zeiger der Uhren sich unaufhaltsam der Neun näherten. Drei Gestalten lungerten zwischen den Nebelschwaden herum. "Können Sie mir sagen, wie spät es ist?", erkundigte sich Lothar höflich bei den Mitwartenden. Der hagere Mann brachte durch eine schwungvolle Armbewegung eine elegante Armbanduhr zum Vorschein und versuchte, sie zu entziffern. "Ich fürchte, es ist gleich 21 Uhr, Sir", gab er schließlich Auskunft.
"Vielen Dank, mein Herr." Lothar wartete einen Augenblick, ob der Mann die Möglichkeit ergreifen würde, um eine geistreiche Konversation zu beginnen, doch er starrte nur sinnend vor sich hin.
Dann nicht, dachte Lothar hochmütig und wandte sich der Engelin zu, die tollkühn auf dem Geländer balancierte. "Sie sollten vorsichtig sein, Verehrteste, sonst purzeln Sie mir noch herunter!" Die Verehrteste schien seine Warnung nicht zu hören, denn sie begann, auf der Zehenspitze Pirouetten zu drehen.
"Verehrteste!", brüllte Lothar ungehalten. Die Engelin erschrak und kam ins Wanken. Schließlich fiel sie in eine feuchte Regenwolke. "Sehen Sie, meine Liebe, das kommt

davon, wenn man nicht auf andere hören will", rief Lothar triumphierend und schüttelte gutgelaunt den Zeigefinger.
"Ich wäre gar nicht erst heruntergefallen, wenn Sie sich nicht in meine Konzentration gemischt hätten", maulte Cibelle und rieb sich das schmerzende Knie.
"Haben Sie sich etwas gebrochen?", fragte William besorgt.
"Aber nein", rief Lothar, "sie ist ja noch ein junges Ding! Wenn es uns alten Knackern passiert wäre, dann müsste man sich schon eher Sorgen machen, nicht wahr, mein Herr?" Er schlug leutselig mit seiner Hand auf Williams Schulter. Dieser blickte ihn mit entgeisterter Miene an.
Inzwischen war Cibelle wieder auf den Beinen und hinkte zu den beiden Männern herüber. "Hallo, ich bin Cibelle. Ich gehe als Schutzengelin auf die Erde."
William ergriff die zarte Hand und hauchte einen Handkuss darauf: "Gestatten, mein Name ist William. Ebenfalls zukünftiger Schutzengel!"
"Was haben Sie denn ausgefressen?", erkundigte sich Cibelle interessiert.
"Ausgefressen?", wiederholte William ratlos.
"Na ja, mich schicken sie wegen ein bisschen Pokerspielens runter", erklärte Cibelle.
"Wirklich?", fragte William erstaunt. "Mir ist, als wären Glücksspiele erlaubt ..."
"Wem sagen Sie das, Herr William? Ich verstehe das auch nicht", erwiderte Cibelle in gefasstem Ton.
"Rechtsprechung kann wirklich ungerecht sein", versuchte Lothar sich ins Gespräch zu mischen.
"Aber wenn Sie nichts angestellt haben, warum gehen Sie dann auf die Erde?", hakte Cibelle nach. "Doch nicht etwa aus idealistischen Gründen?"
Beide prusteten vor Lachen.
"Nein, nein", japste William. "Mein Psychiater schickt mich runter. Zur Heilung!"
"Sind Sie verrückt?", fragte Cibelle höflich nach.
"Nein! Mein Psychiater denkt, ich wäre Theodor Fontane."
"Und, sind Sie es?"

"Nein. Aber ich hatte eine Auseinandersetzung mit Karl Gutzkow und das führt er als Beweis an. Ich bin ein englischer Butler."
"Sie sind Theodor Fontane!", kreischte Lothar aufgeregt.
"Nein, ich ...", versuchte William abzuwiegeln, doch Lothar war nicht mehr zu bremsen. Er warf sich in die Wolke und küsste den Saum von Williams Mantel. William versuchte, ihm diesen zu entziehen, doch Lothar haftete daran wie eine Klette.
"Meister", rief er und verdrehte selig die Augen, "ich bin so glücklich, Sie endlich kennen zu lernen. Oh, diese Reise stellt sich doch als sehr glücklichen Zug des Schicksals heraus ..."
Ein misslauniges Grummeln aus höheren Sphären ließ ihn zur Besinnung kommen. "Engel Lothar", ertönte eine tiefe und melodische Stimme, "ich schätze es gar nicht, wenn jemand von Schicksal spricht! Ich bevorzuge die Redewendung: GÖTTLICHE FÜGUNG! Haben Sie verstanden?"
"Ja doch", stammelte Lothar und richtete sich wieder auf. Das Grummeln löste sich in vielen kleinen Echos auf und verschwand. Die beiden anderen blickten mitleidig auf den gerügten Engel.
"Reisen Sie auch zur Erde?", erkundigte sich Cibelle freundlich.
Lothar hatte sich bereits wieder gesammelt: "Ich gehe zur Ideenakquise auf die Erde!"
"Zur Ideenakquise", wiederholte Cibelle und ließ das Wort auf ihrer Zunge zergehen.
"Ja, ganz recht, Verehrteste, zur Ideensammlung! Sehen Sie, ich bin Dichter und brauche neue Inspirationsquellen, frische Anregungen ..."
"Sollte man etwas von Ihnen gelesen haben?", unterbrach William ihn interessiert.
"Sicher sollte man etwas von mir gelesen haben, verehrter Meister! Meine Werke sind aufbauend *und* erbaulich. Selbstverständlich kann man nicht von einem Genie wie Ihnen verlangen, dass er sich mit Gedanken eines so kleinen missachte-

ten Lichtes wie mir auseinandersetzt, aber was den Rest der Bevölkerung anbelangt..." Lothar schwieg vielsagend.
"Können Sie mir einen Titel sagen, damit ich ihn bei meiner Rückkehr aus der AZHB[i] entleihen kann?", bat Cibelle mit generöser Stimme.
"Das ist eine hübsche Idee von Ihnen, Verehrteste, aber meine Werke sind nie verlegt worden", verkündete Lothar voller Stolz. "Und werden das wohl auch nie werden", setzte er mit bedeutungsschwangerer Stimme hinzu.
"Weshalb nicht?", fragte Cibelle.
"Man versteht mich nicht", erwiderte Lothar dumpf und ließ die Schultern hängen.
"Die Engel in den Lektoraten sind furchtbar verknöchert und können sich nicht erklären, wie man Freude und Entsetzen, tiefes Mitgefühl und heitere Gleichgültigkeit in einem Gedicht kombinieren kann. Ja, so haben die es mir gesagt! Diese Zusammenstellung ist für uns unerklärbar, haben sie gesagt! Nehmen Sie zum Beispiel meine Ode: *An die Freude*, da sind all diese Elemente versammelt und ..."
"Ich dachte, die wäre von Friedrich Schiller", wunderte sich William.
"Ja, ja, der hat auch mal eine ähnlich lautende Ode geschrieben, dieser Plagiator", antwortete Lothar unwirsch, "aber unterbrechen Sie mich doch bitte nicht! Jedenfalls sind alle von mir benannten Elemente in dieser Ode enthalten, es ist ein Meisterstück seines Genres. Und was passiert? Pures Missverständnis gepaart mit wildester Zerpflücklust schlägt mir entgegen! Ich verstehe das nicht! Warum kann in dieser Ode nicht eine balladentypische Erzählung enthalten sein? Ich habe, natürlich in gereimter Form, erzählt, wie ein Mann mitten in Heidelberg von einem blauen Krokodil angefallen wird ..."
"Ein blaues Krokodil", unterbrach ihn William mit ungläubigem Gesichtsausdruck.
"Natürlich ein blaues! Erstens ist das *meine* künstlerische Freiheit und zweitens war das Krokodil ein Alligator! Also ..."

"Aber Alligatoren sind doch grün, nicht?", versuchte Cibelle sich zu erinnern.
"Die Farbe des Krokodils tut doch wirklich nichts zur Sache, Verehrteste. Die Tragik ist es, das Schicksal, ich meine, die göttliche Fügung ist das Thema. Stellen Sie sich doch einmal vor, Sie werden in Heidelberg auf offener Straße von einem Krokodil angefallen! Wäre es Ihnen nicht egal, welche Farbe diese bissige Echse hätte? Würden Sie nicht lieber wissen wollen, ob Sie diesen Angriff überleben? Also wirklich, Verehrteste, wir sprechen hier von einer Katastrophe und Sie fragen nach Farben!"
Cibelle wurde vor Verlegenheit rot und flüsterte: "Entschuldigen Sie bitte. Natürlich haben Sie Recht!"
"Aber warum heißt das Gedicht dann: *An die Freude*, wenn so etwas Tragisches passiert?", versuchte William Lothar abzulenken.
"Gemach, verehrter Meister, gemach! Natürlich ist es tragisch! Das Krokodil schießt nach vorne, packt das Bein des Mannes und haut seine scharfen Zähne hinein. Der Mann schreit auf: Zu Hülfe, zu Hülfe ..."
"Heißt es nicht: Zu Hilfe, zu Hilfe?", fragte Cibelle zaghaft und schlug sich die Hand vor den Mund, als Lothars zorniger Blick sie traf.
"Es ist ein klassisches Drama, Verehrteste", beschied er ihr ungehalten und wandte sich dann wieder William zu. "Der Mann schreit und bettelt um Hilfe, aber die Menge steht und starrt ihn an. Derweil hat das Krokodil das Bein halb abgefressen und schwenkt den Mann am Beinstumpf hin und her und durch die Luft. Das Blut spritzt, der Mann fleht und das Krokodil verzehrt, niemand hilft."
Niemand hülft, dachte Cibelle mokant.
Lothar schwieg und sammelte sich, um zum Finale anzusetzen: "Niemand, so scheint es. Bis sich eine elegante, tiefverschleierte Dame aus der Menge löst, sich vor dem tyrannischen Krokodil auf die Knie wirft und mit beiden Händen entschlossen ihre Bluse aufreißt. Das ist übrigens das erotische Moment in der Ode", bemerkte Lothar kurz in Williams

Richtung und lächelte beglückt. William zog höflich die Mundwinkel in die Höhe. "Jedenfalls", fuhr Lothar bestätigt fort, "sieht die Menschenmasse ihre jungen Brüste und die alabasterweiße Haut und fordert sie laut auf, sich nicht zu opfern. Doch die Dame ruft, durchdrungen von Beseeltheit: Nimm' mich anstatt seiner! Das Krokodil lässt verwirrt vom Mann ab, der sich in den Schutz der Menge schleift und frisst die Dame vollkommen auf. Ende." Lothar verbeugte sich und wartete gefasst auf die begeisterten Reaktionen seines Publikums.

Dieses schwieg erschüttert. "Warum musste denn die Frau sterben?", fragte Cibelle entrüstet.

"Junge Frauen geben besonders schöne Leichen ab", erklärte Lothar mit dem kalten Herzen eines Dichters.

"Wie grausam", murmelte Cibelle entsetzt.

"Und warum heißt die Ode nun eigentlich: *An die Freude*, wenn eine junge Frau stirbt und einem Mann das Bein abgebissen wird", bat William nach einigen Augenblicken vergeblichen Nachdenkens um eine Erklärung.

"Gut", gab Lothar zu, "das ist im ersten Augenblick nicht ganz schlüssig! Zumal der Mann fünf Kinder und eine schwindsüchtige Frau ernähren musste. Und das als Fahrradkurier! Aber er hat nach einem Spendenaufruf der ansässigen Tageszeitung ein künstliches Bein bekommen und zwar aus purem Gold!"

"Aus Gold!", staunten die anderen beiden.

"Ja! Und mit diesem Bein konnte er wieder seinem Beruf nachgehen und die Kinder aus dem Armenhaus zurückholen!"

"Ach, und deshalb der Titel", glaubte William zu verstehen.

"Richtig", sagte Lothar und strahlte. "Übrigens, ich habe dieses Gedicht der örtlichen Krankenkasse gewidmet!"

Cibelle unterdrückte mit überengelischen Kräften ein herzhaftes Lachen und auch William versank ganz im Anblick seiner Schuhe.

"Wie finden Sie es?", forderte Lothar unbedacht eine Wertung heraus. Die Ankunft der Fähre enthob sie einer Antwort.

Das nenne ich wirklich eine göttliche Fügung, dachte Cibelle erleichtert.

Die Fähre schwebte fast geräuschlos heran. Sie hatte eine erstaunliche Ähnlichkeit mit einem stark zerschlissenen Weinfass, an das ein übermütiger Knabe ein Paar zerrupfte Gänseflügel geklebt hatte. In das Weinfass, pardon, in die Fähre waren Löcher für Fenster geschnitten worden, die ein offenbar unbegabter Künstler mit farbenfrohen Glasmosaiken zu füllen versucht hatte. Anscheinend war der Künstler von immer neuen Ideen übermannt worden, denn keine der Scheiben war vollständig, und so flatterten die Gardinen im Zugwind heraus.

Die Fähre selbst war über und über mit Schnitzereien versehen worden, für die sich ein Lehrling Tilmann Riemenschneiders verantwortlich zeichnete. Leider verhinderten diese Kunstwerke einen gradlinigen Flug, da die Fähre wegen einer übergroßen Jesusdarstellung am Bug ständig nach links abdriftete. Zwei riesige Scheinwerfer strahlten flackernd durch den Nebel. Beim Näherkommen hörten die Drei das Summen eines überarbeiteten Dynamos.

"Damit sollen wir fliegen?", entsetzte sich Cibelle.

"Würden wir im griechischen Sektor leben, hätten wir Pegasus bekommen", versuchte William die Stimmung hochzuhalten, doch niemand lachte.

Die Fähre legte an und einen Moment lang schien es, als würde sie in alle Einzelteile zerfallen. Doch dann verstummten alle Motorengeräusche, das Licht erlosch und massiv, wie ein gestrandeter Wal, lag die Fähre im Nebel.

"Ich werde da nicht einsteigen", erklärte Cibelle entschlossen.

"Ich bitte Sie, Fräulein Cibelle! Was kann Ihnen schon passieren? Sie sind doch bereits tot", versuchte William sie zu beruhigen.

"Die Knochen kann ich mir trotzdem brechen", versetzte Cibelle.

Die Fährenpforte öffnete sich knarrend und ein warmer Lichtstrahl erleuchtete den Steg.

Ein schwergewichtiger Mann sprang aus dem Gefährt und näherte sich den Wartenden mit tänzelnden Schritten.
"Guten Abend, liebe Fahrgäste, ich heiße Sie herzlich an Bord der HIMMLISCHEN ERDVERBRINGUNG, kurz HE genannt, willkommen. Leider ist mein Kollege, Kapitän Lilienthal ausgefallen, deshalb werde ich das übergroße Vergnügen haben, Sie alle zu befördern! Mich können Sie übrigens den ‚Lustigen Kapitän' nennen, das ist mein Spitzname bei der Belegschaft, weil mich nichts umhaut und alle immer über mich lachen müssen. Sie fliegen mit einem echten Spaßversteher", rief er fröhlich und schwenkte animierend die Arme.
"In dieser klapprigen Kiste wollen Sie uns zur Erde bringen?", erkundigte sich Cibelle, immer noch ungläubig.
"So sieht es aus, hübsches Fräulein! Die alte HE sieht zwar nicht so aus, aber sie ist immer noch voll funktionstüchtig! Unter uns gesagt, es wird auch in den nächsten Jahrhunderten keine neue Fähre bewilligt werden. Man geht davon aus, dass die Auslastung zu gering ist, um neue Gelder darauf zu verwenden. Tja", und der Mann wiegte bedauernd den Kopf.
"Es ist vermutlich deutsche Wertarbeit und deshalb jahrhundertlang haltbar", vermutete William ironisch und kräuselte die Unterlippe.
"Jawohl", rief der Ersatzkapitän aufgeräumt und schlug William krachend auf die Schultern. Während dieser einen Schmerzensschrei unterdrückte, forderte der Kapitän alle gestenreich zum Einsteigen auf. Die zukünftigen Schutzengel folgten dem hüpfenden und springenden Mann nur zögerlich.
"Kommen Sie rein, kommen Sie rein", sang dieser und schob den Vorhang an der Einstiegsöffnung beiseite.
Das Innere der Fähre stand dem äußeren Eindruck in nichts nach. Sitzbänke, die aus einem Bierzelt entführt schienen, luden zum Stehenbleiben ein. Die von Ferne als Gardinen erscheinenden Textilien erwiesen sich als grobgewebte Decken mit rostfarbenem Rhombenmuster, die vor die glaslosen Fenster genagelt waren. Ein intensiver Geruch von schalem Bier durchwaberte den Raum. An den Decken war ein sich

wiederholendes Muster aus betenden Händen und einem Kaninchen zu sehen.
"Ah, Dürer", bemerkte William anerkennend.
"Ja, aber bloß Tapete", erklärte der Kapitän. "Wir hatten damals versucht, Michelangelo zu engagieren, aber der stand unter immensen Arbeitsdruck. Na ja", und er zuckte mit den Achseln, "besser Dürer als Picasso, was?" Der Kapitän lachte schallend über seinen Witz. "Aber nun stehen Sie doch nicht so verlegen herum", forderte er seine Gäste auf und rieb sich die Hände. "Machen Sie es sich gemütlich, damit ich Ihnen Ihre Instruktionen geben kann."
Umständlich ließen sich die Drei auf den Bänken nieder.
"Vorerst möchte ich Sie bitten, sich anzuschnallen!" Die Fluggäste griffen suchend hinter sich. "Sie brauchen nicht zu suchen, es gibt keine Sicherheitsgurte", dröhnte der Kapitän, "Damit mussten wir während der letzten Fahrt den Keilriemen ersetzen. Trotzdem, die Vorschrift verlangt, Sie darauf hinzuweisen. Wir werden jetzt einige Stunden fliegen, wenn Sie wollen, können Sie etwas schlafen. Leider wird es Ihnen auf diesen Sitzen schwerfallen, aber wenn es ginge, dürften Sie. Was Sie nicht dürfen, ist, den Kapitän während der Fahrt ansprechen. Essen und Trinken sind aus hygienischen Gründen nicht gestattet. Singen Sie bitte nicht und erzählen Sie keine Witze, das könnte die Fähre aus der Fahrspur bringen."
"Hat die Fähre den Ohren?", fragte Cibelle missmutig.
"Ha, ha, ha. Nein, aber ich. Aber amüsante Bemerkung, junges Fräulein! Unterlassen Sie solche bitte während der Fahrt! Sie dürfen lesen. Sie dürfen sich leise unterhalten. Tanzen dürfen Sie nicht! So, ich glaube, dass war es auch schon, ich reiche jetzt das Formular herum, auf welchem unterschrieben wird, dass Sie alle Vorschriften verstanden haben und diesen Folge leisten, und dass bei Unfällen die Gesellschaft der HE dafür nicht haftbar gemacht werden kann."
Die Fluggäste unterschrieben mit zittrigen Fingern.
"Soooo", lachte der Kapitän und riss mit einer sehr schnellen Handbewegung das Papier wieder an sich. "Jetzt kommen wir

zu Ihrer Tätigkeit, meine Herrschaften! Sie werden auf der Erde als Schutzengel arbeiten ..."
"Nicht alle", unterbrach Cibelle die Ausführungen des Kapitäns und deutete auf Lothar. "Er nicht!"
"Er ist nämlich ein Dichter", setzte William hochachtungsvoll hinzu. Lothar lächelte, als säße er auf Reißzwecken.
Der Kapitän schaute auf seine Notizen: "Aber hier steht, Sie alle drei gehen als Schutzengel auf die Erde!"
Cibelle und William schauten verwundert zu Lothar, der sich genötigt sah, aufzustehen und ein Protestgeschrei anzustimmen. Unter dem Schwall der gewaltigen Wörterflut, welche Lothar über den Kapitän sprudeln ließ, wandte dieser sich zum Gehen, mit der Ankündigung, in der Zentrale nachzufragen. Lothar verstummte augenblicklich. Vor seinem geistigen Auge sah er einen riesigen Füllfederhalter, der mit einer feinen Linie den Namen Lothar auf der Gruppenliste ausstrich.
Er beruhigte sich umgehend. "Sie haben mich also als Schutzengel aufgeführt?" fragte er mit gefasster Stimme.
"Ja", nickte der Kapitän. "Aber ich werde es gleich mit der Zentrale abklären!"
"Lassen Sie es bleiben, guter Mann", erwiderte Lothar würdevoll. "Ich möchte wegen solch einer Lappalie keinen Aufstand anzetteln! Wer bin ich schon? Nur ein kleiner Dichter. Aber ein kleiner Dichter mit einem großen Herzen! Und darum möchte ich nicht, dass meinetwegen eine kleine Sachbearbeiterin in der Zentrale Ärger bekommt. Oder vielleicht degradiert wird. Nein, nein, das ist nicht mein Wunsch. Und wenn ich deshalb als Schutzengel auf die Erde gehen muss, dann gehe ich eben als Schutzengel auf die Erde!" Er drehte sich zu den beiden anderen und verkündete mit wackelnder Stimme: "Ich glaube fest an die inspirierende Kraft in einem selbst, wenn man vor sich selbst Achtung haben kann, weil man jemandem geholfen hat!"
Erstaunt und um seinen Geisteszustand besorgt, schauten Cibelle und William ihn an, gerührt wischte sich der Kapitän eine Träne aus den Augen. Dann wandte er sich an Lothar:
"Sie sind Dichter?"

Lothar nickte voller Stolz.
"Lautes Dichten und das Rezitieren von Gedichten während der Reise ist auch untersagt!"
Lothar willigte zähneknirschend ein.
"Also: Wer von Ihnen ist Cibelle?", fragte der Kapitän und ließ seinen Blick über die Engel schweifen.
"Haben Sie noch eine weitere Engelin auf der Liste stehen", fragte Cibelle hoffnungsvoll.
Der Kapitän überlas die Liste und schüttelte dann den Kopf: "Nein!"
"Na, dann raten Sie mal", rief Cibelle belustigt.
"Keine Spielchen jetzt, Leute. Wer ist Cibelle?" Sie hob die Hand. "Ach, Sie sind das. Warum haben Sie das nicht gleich gesagt?"
"Ich hoffte, Sie würden das erkennen", erwiderte Cibelle lakonisch.
"Wieso? Sind Sie prominent? Könnte ich Sie kennen?"
"Nein, aber ich bin eine Engelin. Die einzige hier", versuchte sie ihren Scherz zu erläutern.
"Ja, und weiter? Liebes Fräulein Cibelle, ich wünschte, ich könnte alle Engelinnen kennen, aber das ist ja wohl unmöglich, das sehen Sie doch auch ein, oder?"
"Ich habe nur versucht, einen Scherz zu machen", gab Cibelle ermattet zu.
"Ich sagte eingangs, dass Scherze an Bord nicht erlaubt sind! Sie haben sogar dafür unterschrieben, mein liebes Fräulein!"
"Mein Name ist William", warf sich William besänftigend in das (noch) verbale Gefecht.
Der Kapitän besann sich seines Berufes und hakte den Namen schwungvoll ab. "Dann sind Sie sicher Lothar", erkundigte er sich bei dem Dichter und schaute dabei hochmütig zu Cibelle. Lothar nickte und ward abgestrichen.
"Sie alle kommen in eine irdische Stadt. Sie ist genauso unbedeutend wie jede andere Stadt."
"Wie heißt die Stadt?", wagte William eine Frage.
"Berlin", verkündete der Kapitän mit verachtungsvoller Stimme.

"Danke", verbeugte sich William kurz.
Der Kapitän lächelte geschmeichelt und fuhr fort: "Sie kommen alle zu sehr unbedeutenden Menschen. Diese wissen nicht, dass sie unglücklich sind. Dafür wissen wir es! Ihre Aufgabe ist es, sie glücklich zu machen. Cibelle, Sie werden eine junge Dame betreuen, die beiden Engel jeweils einen Herrn. Sie dürfen zurück in den Himmel, sobald Sie Ihre Mission erfüllt haben. Sie dürfen sich untereinander auch helfend unterstützen. Sollten Sie scheitern und kehren somit erfolglos in den Himmel zurück, werden Sie die nächsten drei Jahrhunderte mit der Erstellung der HIMMLISCHEN STATISTIKEN betraut. Und glauben Sie mir, drei Jahrhunderte können furchtbar lang sein!"
"Was bekommen wir, wenn wir erfolgreich sind?", erkundigte sich Cibelle interessiert.
"Nichts", grinste der Kapitän. "Aber Sie werden das erwärmende Gefühl eines schnell absterbenden Stolzes auf sich selbst in sich tragen!"
Die drei Engel seufzten voller Selbstmitleid.
"Werden wir Konkurrenz bekommen?", fragte William.
"Was für Konkurrenz?"
"Na, zum Beispiel aus der Hölle!"
"Das ist kaum anzunehmen. Die Hölle hat ihren Vertretern Alkohol, Nikotin, Drogen und Ungezügelte Fleischeslust bereits Anlaufstellen und Filialen eröffnet, weitere Widersacher sind nicht zu erwarten!"
"Moment, Moment", rief Cibelle verwirrt, "was soll das Gerede von Vertretern Nikotin und Alkohol und so weiter? Im Himmel gibt es so was doch auch und niemand würde behaupten, es sei teuflischer Natur!"
"Liebes Fräulein", sagte der Kapitän mit einer sanften Stimme, die er sonst nur für Kinder und Tiere bereithielt, "darum nennt man das auch *Himmel!*"
"Wie sollen wir uns unseren Menschen nähern?", fragte William.
"Natürlich sehr rücksichtsvoll und höflich. Ich werde Ihnen nachher jeweils ein Flügelpaar geben, damit können Sie Ihre

Zielpersonen überzeugen. Seien Sie ganz offen und geben Sie ruhig zu, was Sie sind, man wird Ihnen sowieso nicht glauben! Natürlich sind die auserwählten Menschen religiös, Buddhismus und so, aber niemand von denen glaubt an Engel. Wenn Sie ihnen erzählen würden, Sie sind eine Reinkarnation von Jim Morrison, werden Sie auf größere Glaubensbereitschaft stoßen, glauben Sie mir."
"Wer ist Jim Morrison?", erkundigte sich Lothar.
"Ein amerikanischer Rocksänger", erklärte Cibelle träumerisch und strich sich mit der Zungenspitze über die Oberlippe.
"Ach, Sie kennen ihn?", erkundigte sich William niedergeschlagen.
"Flüchtig. Ich habe einmal ein Ferienaustauschprogramm in den englischsprachigen Sektor mitgemacht. Aber wir waren über hundert Engelinnen, der Mann hatte alle Hände voll zu tun und nur deshalb ..." Der Rest ihrer Erzählung verebbte in wohligem Geseufze.
"Ich habe auch einmal so einen Austausch mitgemacht und meine vorherrschende Erinnerung daran ist, dass es einen ständig neu aufflammenden Bürgerkrieg gibt, weil die Engländer von Amerikanern getrennt werden wollten", entgegnete William kühl.
"Wirklich? Davon habe ich gar nichts mitbekommen! Da, wo ich war, war alles friedlich und ruhig", antwortete Cibelle schnippisch.
"Ich war auch einmal im englischsprachigen Sektor und wollte Lord Byron besuchen, aber ...", setzte Lothar zu einer eigenen Reise in die Vergangenheit an, doch niemand hörte ihm zu. Also folgte er stumm den weiteren Instruktionen des Kapitäns.
"Eigentlich war das alles", endete dieser. "Ich werde Ihnen jetzt Ihre Habseligkeiten austeilen. Auf meiner Dienststelle nennen wir das *Gefechtsmunition!* Er kicherte, doch als niemand seinem Beispiel folgte, wurde er wieder ernst. "Hier haben Sie einen Stadtplan, einen Reiseführer, der alle Sehenswürdigkeiten der Stadt verzeichnet hat, ein Adressbuch, die Adresse und den Lebenslauf Ihrer Zielperson. Weiterhin

ein Nachthemd und einen Allzweckdietrich mit Benutzungserlaubnis. Die Flügel hängen im hinteren Teil der Fähre an den Wandhaken, daneben für jeden von Ihnen einmal zivile Kleidung, der jetzigen Erdenmode angepasst. Beim Verlassen der Fähre werden Sie alle eine Kreditkarte erhalten, die Ihnen Ihre Arbeit ohne finanzielle Belastung Ihrer Opfer, äh, Zielpersonen ermöglichen wird. Sie bekommen alle eine Geheimnummer, bitte verraten Sie sie nicht und vernichten unverzüglich das Zettelchen, auf welchem die Nummer notiert ist. Sie können Ihr Konto nicht überziehen", an dieser Stelle warf er einen achtungsgebietenden Blick zu Cibelle. Diese zuckte ganz harmlos mit den Schultern und schielte neugierig zu den Wandhaken. Leider war das Licht in der Fähre zu schummrig, um irgendwelche Details auszumachen.
"Falls Sie Fragen haben, können Sie mittels eines einfachen Telefons Verbindung mit meiner Dienststelle aufnehmen, die Nummer habe ich leider momentan nicht im Kopf. So, das war alles", und der Kapitän verwandelte sich zurück in den ‚Lustigen Kapitän'. Er verschwand im Cockpit und die Engel rutschten unruhig auf ihren Plätzen herum.
Schließlich sprang Cibelle auf, eilte zu den Wandhaken und suchte nach ihrer Kleidung. Enttäuscht kam sie zurück, in der Hand ein zartgelbes Wollkleid haltend. "Zartgelb", jammerte sie. "Ich kann doch als Blondine kein Zartgelb tragen!"
William vergaß angesichts so viel Leids seinen Groll und sprach tröstend: "Ziehen Sie es erst einmal an, morgen kaufen Sie sich was Passenderes!"
Cibelle zog undamenhaft die Nase hoch und knurrte: "Hoffentlich sieht mich niemand damit, ich sehe darin ja aus wie ein explodierter Vanillepudding!" William lachte auf, Cibelle lächelte unter Tränen und Lothar, der nicht mitbekommen hatte, worum es ging, brüllte vor Lachen.
"Keine Witze", tönte es missmutig aus der Fahrerkabine.

Die restliche Fahrt über verhielten sich die Engel still, bis auf einen kleinen Zwischenfall: Das Herumschleudern der Fähre beim Auftreffen auf die Erdoberfläche verursachte bei Cibelle größte Übelkeit. Lothar und William liefen verschreckt durch die Fähre, auf der Suche nach einem nutzbaren Behälter. Durch den Lärm wachgerüttelt, erklärte der Kapitän, er hätte zwar vergessen, es zu erwähnen, aber auch Erbrechen sei in der Fähre nicht gestattet. Er entging knapp einer Meuterei mit anschließender Marterung. Dafür war er bei der Landung immer noch sehr dankbar und verabschiedete die Drei mit unflätigen Worten und Wünschen.

**Alex' Leben zum Zeitpunkt der Fährenankunft**

Die Eröffnung der Agentur war rasch bewerkstelligt. In einem eleganten Jugendstilhaus untergebracht, vermittelte sie überdeutlich den Anspruch auf Seriosität. Ein blankgeputztes Messingschild trug die Auskunft eingraviert:

Pierre-Alexander Reinbold / Partnervermittlungsagentur

Öffnungszeiten:

Montag bis Freitag von 9-20 Uhr

Sonnabend von 10-12 Uhr

Mittagspause von 14-16 Uhr

Sprechzeiten außerhalb der Öffnungszeiten möglich

Cards welcome!

Alle Kassen!

Im Vorgarten blühten die Rosen, und eine schmiedeeiserne Bank, auf der die Nachbarskatze gern ein Schläfchen hielt, gab dem ganzen Anwesen einen biederen Anstrich. Klingelte ein Klient an der Pforte, öffnete ein junger, höflicher Mann die Tür und führte ihn höflich in das Innere des Hauses. Dem Hilfesuchenden wurde geboten, Platz zu nehmen und eine Tasse Tee mit dem Hausherrn zu trinken. Dabei konnte man vollkommend unbekümmert und entspannt über sein Anliegen sprechen. Kaum ein Herzenswunsch musste unausgesprochen bleiben, obgleich der junge Dienstleister von vornherein alle unmoralischen Wünsche freundlich, aber bestimmt ablehnte. Er tat sich besonders im rücksichtvollen Umgang mit schüchternen, jungen Damen hervor.

"Setzen Sie sich doch, Frau Backmann", bat er und zeigte auf einen gemütlichen Ohrensessel.
"Fräulein, bitte", korrigierte die junge Dame mit fester Stimme und errötete.
"Verzeihen Sie mir, Fräulein Backmann", gab er charmant zurück und lief nach dem Tee, derweil sich die junge Frau umständlich hinsetzte.

Er goss den Darjeeling in die zarten Tassen aus chinesischem Porzellan, bot Kandis und Gebäck an und lehnte sich dann zurück, mit der lautlosen Aufforderung, frei über den gewünschten Partner zu sprechen.
"Tja...", seufzte Fräulein Backmann gedehnt und verstummte wieder.
"Wie stellen Sie sich Ihren Traummann vor, Fräulein Backmann?", fragte Alex mit sanfter Stimme und trank einen Schluck Tee.
"Auf alle Fälle mit vielen Muskeln", erklärte Fräulein Backmann energisch.
Alex lächelte verstehend: "Und sicher sollte er groß sein, nicht?"
"Nee", winkte Fräulein Backmann nach kurzer Überlegung ab, "das braucht er nicht. Hauptsache viele Muskeln!"
"Was haben Sie noch für Wünsche", fragte Alex und stellte sich vor, wie ein kleiner Mann mit vielen Muskeln wohl neben dieser Riesin von einer Frau aussehen würde.
"Was denn noch für Wünsche?"
"Na, vielleicht eine bestimmte Haar- oder Augenfarbe?"
"Nein", und Fräulein Backmann schüttelte energisch den Kopf, "meinetwegen kann er rote Augen und grüne Haare haben, das ist mir ganz gleich!"

Umso leichter wird die Bereitstellung eines Mannes, freute sich Alex im Stillen. "Und sonst, welche Hobbys sollte er haben oder welche besondere Interessen?"
Fräulein Backmann versank in Überlegungen. Schließlich murmelte sie, während sie an ihrer Nagelhaut knipperte: "Ich denke, es wäre ganz gut, wenn er Tiere mögen würde. Und die Natur."
Ein Tierliebhaber und einer, der auf Wanderungen und Spaziergänge steht, notierte sich Alex. "Sollte er besondere Eigenschaften besitzen, Fräulein Backmann?" Ratlos sah sie ihn an. "Na, zum Beispiel: Soll er Humor haben?", half er ihr auf die Sprünge.
"Braucht er nicht, ich habe auch keinen!"
"Soll er treu und ehrlich sein?"
"Natürlich!", rief sie laut.
"Wie steht es mit Rauchen und Trinken?" Sie wiegte mit dem Kopf: "Es wäre besser, wenn er das nicht täte. Ansonsten kann ich ihm das ja abgewöhnen!"
Oh, oh, dachte Alex. "Tja, was gibt es da noch?", murmelte er nachdenklich. "Ach ja, soll er zärtlich und liebevoll sei und immer das Gespräch mit Ihnen suchen?"
Sie wurde knallrot: "Was meinen Sie mit: ‚Gespräch suchen'?"
"Nun, ob Sie lieber jemanden bevorzugen, der sich mit Ihnen unterhält oder ob Ihnen das egal ist."
Die Röte versickerte. "Ich habe einen Fernseher. Falls er nicht so ein redseliger Typ ist", setzte sie entschuldigend hinzu. "Und was Sie da über Zärtlichkeit gesagt haben, Herr Reinbold ... ist mir auch egal!" Die Röte war wieder aufgeflackert.
Alex nickte versonnen und erhob sich: "Darf ich Sie dann in das Nebenzimmer bitten, Fräulein Backmann?"
"Wozu?", fragte sie wachsam.
"Nun, um Ihre Videobotschaft an die Herren aufzuzeichnen. Das habe ich Ihnen doch am Telefon erklärt."
"Stimmt", erinnerte sie sich und erhob sich ebenfalls.

"Wenn Sie sich noch einmal über das Haar kämmen oder ein bisschen Farbe auflegen wollen, ein Spiegel hängt gleich zur Linken an der Wand!"
"Ist nicht nötig", knurrte sie und ging in das andere Zimmer hinüber. "Ich komme gerade vom Friseur."
Bevor er ihr für ihr Aussehen ein Kompliment machen konnte, klingelte es an der Tür. "Einen kleinen Augenblick noch, Fräulein Backmann", rief er fröhlich. "Ich bin sofort bei Ihnen!" Er setzte ein strahlendes Lächeln auf und eilte zur Tür.

"Es tut mir leid, aber heute ...", setzte er zu einer Entschuldigung und Verabschiedung an, da erkannte er Angie.
"Alex", schluchzte diese, "du glaubst nicht, was passiert ist!"
"Angie, du?", wunderte er sich.
"Ja, ich! Darf ich reinkommen?"
"Natürlich! Gern", und er öffnete weit die Tür. "Aber ich habe gerade eine Klientin da!"
"Eine Klientin", lächelte sie unter Tränen. "Wie du das sagst! Wie ein richtiger Anwalt. Ich will auch nicht lange stören, nur dir schnell alles erzählen und dich fragen, ob der Job, den du mir angeboten hast, noch frei ist."
Er schmunzelte und zog sie in die Teeküche. "Ich bin sofort da, Fräulein Backmann", versprach er mit lauter Stimme, um dann Angie flüsternd zu fragen: "Herr Dicki hat dich also verlassen?"
"Woher weißt du das nur?", wunderte sie sich und tupfte an den Augen herum.
"Weil du gesagt hast, du würdest nur für mich arbeiten, wenn mit Dicki Schluss ist!"
"Ach so! Und ich dachte, du hättest es in der Zeitung gelesen!"
"Was?", wisperte Alex.
"Na, das mit Dicki und seiner Frau", hauchte sie zurück. "Sie will sich nämlich von ihm scheiden lassen, weil er angeblich mehrere Verhältnisse neben seiner Ehe geführt und unterhal-

ten hätte! Und das ist doch ausgemachter Blödsinn, so etwas würde Dicki nie tun!"
"Aber er hatte mit dir ein Verhältnis!"
"Ja, schon, Alex! Aber auch nur mit mir! Und das habe ich seiner Frau auch am Telefon gesagt!"
"Sie hat dich angerufen?", fragte Alex entsetzt.
"Nein, ich sie! Ich wollte ihr sagen, dass Dicki auf keinen Fall mehrere Beziehungen neben seiner Ehe geführt haben kann, weil er doch durch ihre Krankheit so eingebunden war", erklärte sie flüsternd.
"Und was hat sie gesagt?"
"Sie hat ganz fröhlich gelacht und behauptet, sie sei kerngesund und ihre einzige Krankheit sei es, mit Dicki verheiratet zu sein." Sie zog die Luft durch die Nase, immer noch aufgebracht über diese Frau. "Jedenfalls habe ich ihr gesagt, dass Dicki vollkommen gesund ist und sie sei furchtbar undankbar. Dann hat sie wieder gelacht und mich naiv genannt. Was ist das, Alex?"
"Eine Bühnenrolle. Eine meiner Freundinnen hat immer die junge Naive gespielt, die war Schauspielerin am Theater."
"Ach so, was Klassisches! Damit kenne ich mich eigentlich nicht so gut aus ... Ich habe nämlich gedacht, seine Frau will mich beleidigen!"
"Das denke ich nicht. Du weißt doch, wie solche Ehefrauen sind! Die haben mal 'ne höhere Schule besucht und zitieren dann den Rest ihres Lebens verschiedene Dichter. Wenn ich da an meine Zeit als Eintänzer denke ..."
"Ich jedenfalls habe seiner Frau klipp und klar meine Meinung gesagt, nämlich dass Dicki der beste Mann auf der ganzen Welt ist! Und sie hat dann gefragt, wie ich so etwas behaupten könne, bei solch einem geizigen Strumpf wie Dicki."
Alex schwante, was jetzt kommen würde und richtig: "Aber ich habe ihr sofort gesagt, was Dicki mir alles geschenkt hat und auf einmal war sie ganz klein mit Hut!"
Sie lachte triumphierend auf und zeigte Alex mit Daumen und Zeigefinger an, wie klein Frau Dickhelm geworden war. Doch dann verdüsterte sich ihr Gesicht: "Seine Frau hat dann

gesagt: Herzlichen Dank, junges Fräulein, obwohl sie eigentlich sauer auf mich sein müsste. Sie hat nur noch nach meinem Namen und meiner Adresse gefragt, weil sie noch ein Nachthemd von mir gefunden hätte, das sie mir zurückschicken wollte und dann hat sie aufgelegt. Eigentlich komisch", murmelte sie nachdenklich.
"Was?", fragte Alex.
"Na, dass sie ein Nachthemd von mir gefunden hat! Dicki wollte immer, dass ich nackt schlafe!" Alex strich sich müde über die Augen, Angie begann wieder zu schluchzen: "Heute morgen hat mich Dicki angerufen und geschrien, ich sei eine dämliche Kuh und mein Verstand würde in eine Erbse passen. Und bevor ich fragen konnte, wie er das meint, hat er den Hörer wieder aufgeknallt!" Sie legte ihr Gesicht in ihre Hände und weinte jämmerlich.
"Wann können wir denn endlich anfangen, Herr Reinbold?", fragte Fräulein Backmann, die plötzlich im Türrahmen stand.
"Geht es ihr nicht gut?", erkundigte sie sich interessiert und deutete auf Angie.
Angie hob den Kopf und sagte: "Das ist sehr nett, dass Sie sich Sorgen machen, aber Sie wissen ja, wie das ist: Männer!" Das letzte Wort stieß sie mit furchtbarer Verachtung aus.
Die Klientin nickte zustimmend: "Ja, ich weiß! Das sind alles Schweine, einer nicht besser als der andere und alle zu schade, um mit der Schaufel erschlagen zu werden. Ich könnte Ihnen da Sachen erzählen, da würden Sie staunen."
"Fräulein Backmann, wir könnten dann ..." lockte Alex.
"Ach, halten Sie bloß den Mund, Sie ... Sie ... Sie Mann!", antwortete Fräulein Backmann verächtlich.
"Lassen Sie nur", sagte Angie beruhigend, "der Alex ist ein ganz feiner Kerl!"
"Fräulein Backmann! Können wir dann?"
Das junge Mädchen löste sich vom Rahmen und folgte ihm stampfend. Angie hatte sich bei ihr eingehakt und die beiden plauderten über die Sinnlosigkeit von Männern.

„Würden Sie sich bitte auf das Sofa setzen, Fräulein Backmann? Ja, so ist schön und lächeln bitte!"
"Ja, lächeln Sie", rief Angie. "Sie sind viel hübscher, wenn Sie lächeln!" Fräulein Backmann zog die Mundwinkel in die Höhe. "Strahlender, Fräulein Backmann, strahlender", feuerte Angie sie an. Fräulein Backmann riss die Augen auf und zeigte ihre Zähne, auf denen ein Hauch Lippenstift haftete. Alex stellte die Kamera ein, doch Angie rief energisch: "Nein, nein, nein! Fräulein Backmann, Sie wollen doch einen Mann finden?" Die junge Frau nickte verschreckt. "Dann sollten Sie das auch bitteschön zeigen! Kein Mann wird sich melden, wenn Sie sich so wenig Mühe geben! Also: denken Sie an den schönsten Mann, den Sie kennen und lächeln Sie so, als würde er die Straße herunterkommen!"
"Aber der Gerhard ist doch schon verheiratet", erwiderte sie unglücklich.
"Na und? Sie sollen doch auch nur strahlen, als ob er die Straße herunterkäme und nicht, als wenn Sie ihn vernaschen wollten!"
Die junge Dame schien verstanden zu haben. Sie bemühte ihre Augen zu einem Schlafzimmerblick und spitzte die Lippen.
"Fräulein Backmann, Sie wollen den Mann doch nicht aussaugen, sondern ..."
"Es ist genug", unterbrach sie Alex streng und wandte sich an Fräulein Backmann: "Seien Sie ganz natürlich, dass mögen die meisten Männer am liebsten! Also, drei, zwei, eins, los!"
Er ließ die Kamera laufen, Fräulein Backmann schaute skeptisch hinein und presste die Lippen zusammen.
Alex stoppte: "Fräulein Backmann, bitte sprechen Sie jetzt Ihre Botschaft an die Männerwelt!"
"Aber ich bin so sehr aufgeregt, Herr Reinbold!"
"Dazu besteht doch kein Grund! Wir sind hier ganz allein und wenn es nicht klappt, dann versuchen wir es noch einmal, ja? Also, drei, zwei, eins, los!"
"Guten Tag, verehrte Männer ..."

"Das heißt Herren!", korrigierte Angie aus der Zimmerecke, in der sie saß und vorgab, eine Illustrierte zu lesen. Alex warf ihr einen strafenden Blick zu. "Wir beginnen noch einmal, drei, zwei, eins, los!" "Verehrte Herren, mein Name ist Anne-Katrin Backmann und ich ...", sie verstummte. "Was war denn jetzt wieder?", erkundigte er sich mit sanfter Stimme.
"Ich habe vergessen, was ich sagen wollte, Herr Reinbold!" "Sie begrüßen den Zuschauer, stellen sich vor, erzählen, wie Sie sich den Mann Ihrer Träume vorstellen und der Rest findet sich. Also, drei, zwei, ein, los!"
"Guten Tag, verehrte Männer, mein Name ist Anne-Katrin Backmann, ich bin 28 Jahre alt und mein Sternzeichen ist Skorpion!" Sie verstummte und blickte prüfend zu Alex. Der nickte und deutete ihr an, fortzufahren. "Mein Traummann ist Tom Cruise oder Brad Pitt, da bin ich mir noch nicht so sicher ... hm ... ach so, der Mann, den ich suche, sollte viele Muskeln haben. Mir ist egal, welche Haar- und Augenfarbe er hat oder ob er sich gerne unterhält! Er sollte vielleicht nicht so alt sein, wenn das geht." Sie verstumme erneut.
"Sollte er groß sein?", erkundigte sich Alex in seiner Rolle als einfühlsamer Interviewer.
"Ich habe doch schon gesagt, dass er nicht groß sein muss und auch keine Hobbys zu haben braucht. Er wird auf dem Hof genug zu tun haben."
"Auf dem Hof?", fragte Alex erstaunt.
"Ja, ich habe den Bauernhof meiner Eltern übernommen. Was glauben Sie denn, warum ich einen Mann suche?"
"Und deshalb soll er Muskeln haben und braucht nicht groß zu sein", schlussfolgerte er.
"Genau! Wenn er klein ist, braucht er sich auf dem Feld nicht so tief zu bücken! Außerdem sollte er nicht rauchen und trinken, höchstens mal auf der Kirmes!" Sie schwieg ausdrücklich.
„Vielleicht noch ein paar Worte zur Verabschiedung, Fräulein Backmann?"

"Ja, gut, gern." Sie räusperte sich und schaute voll in die Kamera: "Tschüss dann!" Alex winkte mit der Hand. "Was denn noch?", fragte Fräulein Backmann gereizt.

Alex schaltete die Kamera aus und seufzte: "Fräulein Backmann, wenn Sie mit Ihrer Kontaktanzeige wirklich eine Chance haben wollen, dann sollten Sie etwas netter, etwas", er suchte gestenreich ein passendes Wort, "anschmiegsamer wirken, und nicht gleich erklären, dass Sie den Mann nicht für sich, sondern für Ihr Feld suchen. So werden Sie keinen Mann finden!"

"Aber, ich habe doch dafür bezahlt!", plusterte sie sich auf. "Und nicht gerade wenig!"

"Was Herr Reinbold meint", mischte sich Angie ein und erhob sich, "ist, dass Sie nicht gleich alles verraten sollen! Versuchen Sie erst einen Mann für sich zu interessieren, binden Sie ihn an sich und dann, ganz langsam, klären Sie ihn über die Tatsachen auf!"

"Ich soll ihn anschwindeln?"

"Was heißt denn hier anschwindeln? Sie wollen ja kein übles Spiel mit ihm treiben, wie es ein gewisser Herr Dickhelm mit mir gespielt hat. Versuchen Sie nur, Ihre Lebensverhältnisse etwas einladender darzustellen!"

Fräulein Backmann nickte nachdenklich: "Sie meinen also, ich sollte mir einen Mann suchen, mit ihm schöntun, ihm sagen, dass ich ihn liebe, schnell heiraten und ihm nach der Hochzeit meinen Hof zeigen, um ihn dann klarzumachen, dass er seinen Beruf verlernen kann?"

Angie nickte erfreut: "Genau das meine ich!"

"Dann habe ich das jetzt verstanden", sagte Fräulein Backmann ernst und fragte: "Kann ich es noch mal versuchen, Herr Reinbold?"

"Selbstverständlich! Drei, zwei, eins, los!"

"Guten Tag, verehrte Männerwelt! Mein Name ist Anne-Katrin, ich bin 28 Jahre alt und liebe alles Schöne. Ich führe ein eigenes, kleines und ökologisch orientiertes Unternehmen, das auf festem Boden steht. Mein Sternzeichen ist Skorpion, aber keine Angst, meine Herren, ich steche Sie nicht!

Ich liebe die Natur, kann aber auch gemütlich zu Hause sitzen und mich mit meinem Mann unterhalten. Bedingungen an sein Äußeres stelle ich keine, ich weiß, dass der Charakter entscheidend für eine glückliche Beziehung ist. Ich brauche niemanden, der seine Zeit im Badezimmer verbringt, sondern einen, der sich nimmt, wie er ist! Vielleicht wäre es gut, wenn der Mann etwas kräftiger wäre, damit wir gemeinsam den Schwierigkeiten des Lebens begegnen könnten, und was gibt es Schöneres für eine Frau, als sich an die starke Schulter eines Mannes lehnen zu dürfen? Er sollte zwischen 25 und 40 sein und möglichst noch keine Kinder haben. Leider fröne ich, berufsbedingt, keinen Hobbys, da warte ich auf Anregungen von Ihrer Seite, verehrte Herren! Meine Freunde sagen von mir, ich sei bedürfnislos und anpassungsfähig und der Mann, der mich bekäme, sei zu beneiden. Ich lache darüber, aber in meinem tiefsten Inneren suche ich einen Mann, der sich gerne umhegen lässt und es gut mit mir meint. Ich bin etwas begütert und ich besitze sogar ein kleines Haus auf dem Lande. Das heißt aber nicht, dass ich die Einsamkeit bevorzuge, sonst säße ich heute nicht hier! Also, liebe Männerwelt, es würde mich freuen, wenn ich Ihr Interesse an mir wecken konnte und hoffe auf baldiges Kennenlernen. Auf Wiedersehen sagt: Anne-Katrin Backmann!"
"Schnitt!"
Fräulein Backmann sackte in sich zusammen.
"Das war fabelhaft!", jubelte Alex bewundernd.
Fräulein Backmann winkte müde ab: "Nichts Besonderes. Ich schau mir manchmal solche Partnersuchsendungen im Fernsehen an, und die reden immer so."
"Trotzdem", rief Angie hochachtungsvoll, "das war ganz große Klasse!"
"Ja, und nicht ein Wort gelogen", betonte Fräulein Backmann und grinste schadenfroh.
"Fräulein Backmann, wenn Sie mit dieser Videobotschaft nicht bald unter der Haube sind, dann werde ich Toilettenmann", lachte Alex enthusiastisch.
"Und ich Reinigungskraft!", ergänzte Angie fröhlich.

"Und ich will dann mein Geld zurück!", betonte Fräulein Backmann und verabschiedete sich, kurz angebunden und das grämliche Gesicht wieder aufgesetzt.

## Ulrikes Leben zum Zeitpunkt der Fährenankunft

Die kleine Buchhandlung war morgens immer ziemlich leer. Ulrike und ihre Kollegin Maike wanderten wie zwei pensionierte Generäle zwischen den Büchertischen herum.
"Hast du dieses tolle Buch über Apfelessig gelesen?", fragte Maike aufgeregt.
"Nein."
"Es ist ganz klasse, Rieke, wirklich! Man kann alles mit Apfelessig kurieren, Akne und Fußpilz und Magenbeschwerden ..."
Eine ältere Dame mit Tirolerhut näherte sich den beiden und fragte mit knittriger Stimme: "Entschuldigen Sie bitte, aber haben Sie ein Buch, das erklärt, wie man mit Depressionen umgeht?"
Ulrike überlegte, aber Maike war schneller: "Natürlich! Wir haben da ein ganz tolles Buch im Angebot: Apfelessig. Was der alles kann! Das Buch streift jedes Anwendungsgebiet!"
"Aber ich wollte doch eigentlich nur was für Depressionen ..."
"Eben", fiel ihr Maike freudig ins Wort. "Besonders für depressive Menschen ist dieses Buch absolut ergiebig!"
"Ich bin nicht depressiv! Aber mein Dackel ..."
"Und eben da ist Apfelessig eine besonders empfehlenswerte Arznei! Gerade heutzutage, wo man die Tiere mit chemischen Mitteln vollstopft und das, obwohl Tiere so was von natürlich sind! Glauben Sie mir, gnädige Frau, dieses Buch wird sich doppelt und dreifach für Sie bezahlt machen!"
"Was kostet es denn?", fragte die Frau, ganz mitgerissen von Maikes Euphorie.
"49,90 Euro!"

"Nun, das erscheint mir doch etwas ..."
"Teuer? Ja, da haben Sie ganz Recht! Aber nur auf den ersten Blick! Auf den zweiten werden Sie erkennen, dass sich dieses Buch in den nächsten fünfzig Jahren bezahlt machen wird. Und das kostete Sie nicht mal einen Euro pro Jahr! Sie können natürlich auch warten, bis das Buch in der Grabbelkiste landet, aber ...", Maike verstummte und zog die Achsel hoch, "ob Ihr Dackel ...", abermals verstummte sie und schien die Dame stehen lassen zu wollen.
Diese griff nach Maikes Blusenärmel und hielt sie fest: "Gut! Wenn Sie es sagen, dann wird es stimmen."
"Dann darf ich Sie zur Kasse begleiten", bot Maike strahlend an.

Als die Dame gegangen war, fragte Ulrike: "Warum hast du ihr nicht ein Buch über Tierpsychologie gegeben? Davon haben wir haufenweise da und die sind genauso teuer!"
"Teurer Blödsinn", beschied ihr Maike. "Das Essigbuch bringt ihr wirklich was, dieser andere Quatsch ist nur für begüterte Tiernarren. Und die Dame hat wirklich nicht danach ausgesehen, als könne sie sich so ein Psychobuch leisten."
Ulrike nickte gedankenvoll und fragte belustigt: "Und es hat ganz sicher nichts damit zu tun, dass Apfelessig dein derzeitiger Spleen ist?"
"Ich weiß gar nicht, was du meinst", murmelte Maike und blätterte aufmerksam in einem Bücherkatalog.
"Ich meine damit, dass du noch vor einem halben Jahr jedem Kunden zur Körperbemalung überredet hast, egal, ob sie einen Reiseführer oder ein Kochbuch wollten. Ich kann mich sogar erinnern, dass du einer Kundin, die einen bestimmten Autoren haben wollte, erklärtest, Philosophie sei so was von out, während Körpermalerei absolut in sei!"
"Die Dame hat damals eines von diesen Richard-David-Precht-Büchern gewollt, egal, welches und da habe ich gedacht, bevor sie ein Buch kauft, das später ungelesen im Regal steht, kann sie lieber ein Buch kaufen, das sie noch an ihre Freundin los wird."

"Ein interessanter Gedankengang", musste Ulrike zugeben, "aber woher willst du wissen, dass eine ihrer Freundinnen sich mit Körpermalerei beschäftigt?"
"Na, weil es damals mega-in war", rief Maike, ein wenig ungehalten über die Begriffsstutzigkeit ihrer Kollegin. "Und Frau hatte die Bunte in der Hand!" Maike verließ kopfschüttelnd den Verkaufstisch, um einem Kunden die vorbestellten Bücher zu holen.
Ulrike verbiss sich ein Lachen, zumal es völlig unangebracht gewesen wäre, denn Maike war die beste Buchverkäuferin im gesamten Einkaufszentrum.
"Der Kunde weiß nie, was er haben will. Dafür hat er mich!", lautete ihr Motto, welches sich jeden Tag aufs Neue bewies.
Ulrike beobachte Maike, wie sie die Bücher fröhlich schwatzend in Geschenkpapier wickelte, dann schlenderte sie zu ihr herüber.
"Sag mal, Maike", begann sie zögernd und wickelte das übriggebliebene Papier zurück auf die Rolle, "glaubst du, es ginge, dass ich nachher mal schnell verschwinde?"
"Wieder nach der Post gucken?", fragte Maike, leicht genervt.
"Hm."
"Meinetwegen. Pass aber auf, dass die Gräte nichts mitbekommt."
Die Gräte, das heißt Herr Grät, war der Geschäftsführer der Buchhandlung. Die meiste Zeit des Tages verbrachte er in seinem Büro, wo er berechnete, wie viele Bücher bei wie vielen Verkäuferinnen absetzbar seien. Da er die Feiertage nicht miteinkalkulierte, gingen seine Rechnungen nie auf und diese Tatsache förderte seine Magengeschwüre und seine schlechte Laune.
Ulrike nickte und spähte zum Büro: "Ich gehe gleich, bevor hier der Ansturm losgeht!"
"Wenn er ganz plötzlich einsetzen sollte, werde ich mir die Gräte zu Hilfe holen", grinste Maike. Die Mädchen verdrehten die Augen, dann schlüpfte Ulrike hinaus.

Draußen begann sie zu laufen. Eigentlich ist es albern, dachte sie. Wenn ich wirklich Post habe, werde ich es heute Abend schon merken. Aber die Hoffnung war zu stark, als dass sie bis abends warten konnte
Vor einem halben Jahr schon hatte sie ihr Studium geschmissen und ihre Geschichten an verschiedene Verlage gesandt. Seitdem wartete sie auf eine Antwort, damit sie endlich ihrem Großvater gegenübertreten konnte, ohne sich kleine Studentenalltagsgeschichten einfallen lassen oder ihr Können in Statistik unter Beweis stellen zu müssen.
Schweratmend erreichte sie ihr Haus und stieß die Eingangstür auf. Sie lugte durch die Briefkastenöffnung und ein langer, grauer Brief schimmerte im Dunkeln. Ihr Herz machte einen freudigen Sprung.
Ganz ruhig, Ulrike, redete sie sich zu, bleib ganz locker, es könnte auch die Telefonrechnung sein!
Mit zittrigen Fingern suchte sie den Briefkastenschlüssel hervor und schloss auf. Der Brief fiel heraus und segelte vor ihre Füße. Sie bückte sich und hob ihn auf. Es war die Telefonrechnung.

## Bernhards Leben zum Zeitpunkt der Fährenankunft

Bernhard sah sich aufmerksam in dem kleinen Büro um und freute sich, dass die geringe Miete sogar einen eleganten Bodenbelag beinhaltete, bis er bei genauerer Betrachtung feststellen musste, dass es sich bei dem hübschen Zebramuster um Schmutzstreifen handelte. Er tröstete sich damit, dass keiner seiner Klienten so genau hinschauen würde.
Die Aussicht aus dem Fenster war weniger ermutigend. Ein riesiger Müllhaufen, der nicht mehr in die rostigen Tonnen gepasst hatte, wurde von Katzen und einigen Ratten systematisch durchsucht. Bernhard hoffte für alle, dass sie fündig werden würden, egal, wonach sie suchten.
Er erwog den Kauf eines Gummibaumes, fürchtete aber, dass er bei der zu erwartenden Auftragsflut keine Zeit zur Pflege erübrigen könnte. So stolzierte er ein wenig um seinen neuen

Schreibtisch herum und trat dann vor die Bürotür, um dem Dekorateur bei der Anbringung des Firmenschriftzuges zuzusehen und eventuell behilflich zu sein. Doch dieser kam sehr gut allein zurecht und schon stand: "Privatdetektei B. Steinmetz & Co." in schnörkeligen Buchstaben an der Glasscheibe.

"Was machen Sie denn so für Sachen?", erkundigte sich der Dekorateur freundlich.

"Ach, alles eigentlich! Mord, Kunstraub und Entführungen!"

"Und so Scheidungssachen, wo Sie mit 'nem Fotoapparat der untreuen Gattin hinterher stiefeln?"

"Nein, da liegen meine Stärken keinesfalls. Ich denke, man sollte ein gewisses Niveau nicht unterbieten!"

"Und glauben Sie, dass Sie viele Klienten haben werden?"

"Oh, da bin ich mir ganz sicher! Der Detektiv, der vor mir dieses Büro geführt hat, war ausgesprochen zufrieden!"

"Und warum hat er dann aufgehört?"

"Ich denke, es wurde ihm zu gefährlich!"

Der Dekorateur kratzte sich am Kopf: "So, so! Na, dann wünsche ich Ihnen viel Erfolg!"

"Vielen Dank, den werde ich haben! Schicken Sie mir die Rechnung bitte in den nächsten Tagen zu." Der Mann nickte und verschwand. Bernhard erfreute sich noch ausgiebig an der Beschriftung und betrat dann in gestraffter Haltung erneut sein Büro.

Er setzte sich hinter den Schreibtisch und erwartete gespannt die ersten Klienten.

Nach einer Stunde ging er nachsehen, ob die Eingangstür des Gebäudekomplexes eventuell abgesperrt war. Sie war es nicht. Er eilte zurück an den Schreibtisch, um keinen auftragsbringenden Anruf zu verpassen. Doch das Telefon schwieg. Er nahm mehrmals überfallartig den Hörer ab und lauschte. Aber das Telefon ließ sich nicht überraschen und tutete ausgesprochen aufreizend das Freizeichen.

Pünktlich um 19 Uhr packte Bernhard seinen Aktenkoffer (in dessen leerem Gehäuse ein vereinsamter Kugelschreiber herumrollte), ließ die Jalousie herunter und verschloss sorgfältig die Bürotür. Er tröstete sich mit der plötzlichen Erkenntnis, dass sich die Neueröffnung erst herumsprechen müsse und es vielleicht schon morgen zu den ersten Aufträgen kommen würde.

Leider wartete er auch die nächsten Tage vergebens. Ihn beschlich der leise Verdacht, dass die Angaben des Vormieters eventuell etwas geschönt gewesen waren, als die Bürotür krachend aufgestoßen wurde und ein fettleibiger Herr mit einer schlechtsitzenden Pünktchenkrawatte eintrat und sich ohne Begrüßung schwer auf den Besucherstuhl plumpsen ließ.

Dann nahm er seine Zigarre aus dem Mund und sagte schlechtgelaunt: "Ich glaube, meine Frau betrügt mich! Können Sie das überprüfen?"

Bernhard schluckte schwer und erwiderte kühl: "Natürlich. Haben Sie ein Foto von Ihrer Frau Gemahlin dabei?"

## Die Ankunft auf der Erde, der Barbesuch und die Nacht

**Ausdrücklich sind Nichttänzer schlechten Tänzern immer vorzuziehen!**

"Wie kann so wenig Gepäck so schwer sein", jammerte Cibelle. Sie ließ das Flügelpaar auf den Boden plumpsen und gedachte es mit der Handtasche genauso zu halten. William lächelte und erbot sich, beides für die Engelin zu tragen. Lothar sah rasch weg, er keuchte genug unter seinen eigenen Sachen.

"Sehen Sie nur, da vorne steht eine Bank!", rief er erfreut.

"Und?", schnappte Cibelle.

"Wir könnten eine kurze Pause einlegen und gemeinsam überlegen, wie wir weiter vorgehen wollen", schlug Lothar eingeschüchtert vor.

"Das ist gar keine so schlechte Idee, Sir!", lobte William anerkennend.

Lothar leuchte vor Stolz wie ein Leselämpchen und schritt den beiden voraus, während William die leidende Cibelle stützte. Endlich kamen sie bei der Bank an. Cibelle machte Anstalten, sich lang hinzustrecken, aber Lothar schlüpfte an ihr vorbei und saß.

"Na, dann wollen wir mal", murmelte William und holte seine Liste aus der Tasche. "Bernhard Steinmetz, Privatdetektiv" las er laut vor. Er überlegte eine Weile und sagte schließlich: "Das klingt interessant."

"Ulrike Zimmermann, derzeit Buchverkäuferin und erfolglose Jungautorin", entzifferte Cibelle und verdrehte die Augen. Dann stieß sie Lothar an: "Ich fürchte, ich habe Ihren Auftrag bekommen, Herr Lothar!"

"Nein, nein", wehrte dieser ab, "ich bin ein Dichter und kein Förderer. Meine Werke sind eher klassischer Natur und nicht solcher Art, wie sie heutzutage niedergeklirrt werden. Im Übrigen habe ich das große Los gezogen, mein Klient betreibt eine Partnervermittlungsagentur! Stellen Sie sich nur vor, welch eine Inspirationsquelle das darstellt! Ein Ort, den die Menschen aufsuchen, um die großen Liebe zu finden! Oder einen anderen Menschen, der denkt und fühlt wie man selbst. Andererseits", bemerkte er kritisch, "verstehe ich nicht, wieso dieser Mensch ausgerechnet Hans-Dieter Kaminsky heißt! Welch unpoetischer Name! Kein Wunder, dass er einen Schutzengel benötigt!"

"Also bleibe ich tatsächlich an der Buchverhökerin hängen", stellte Cibelle resigniert fest und zog eine Schnute.

"Wenn Sie wollen, können wir tauschen, Fräulein Cibelle", bot William höflich an.

"Nein, danke. Ich hatte in meinem irdischen Leben genug mit Gangstern zu tun, und ich habe eigentlich keinerlei Freude daran, wenn jemand auf mich schießt!"

"Meinen Sie, es wird so dramatisch?"

"Herr William, ich bitte Sie! Wenn es ein Privatdetektiv wäre, der untreuen Gattinnen hinterher spioniert, bräuchte er doch keinen Schutzengel!"
"Das klingt sehr aufregend! Schade nur, dass ich keine Kriminalromane verfasse, sonst würde ich Ihnen diesen Auftrag freudigen Herzens abnehmen, Herr William!"
"Vielen Dank, Herr Lothar! Aber ich wäre nicht im Mindesten so prädestiniert wie Sie, um einem Menschen zu helfen, der Ehen stiftet", gab William charmant zurück.
Lothar lächelte geschmeichelt.
"Sei es, wie es sei! Da es zwei Uhr in der Früh ist, würde ich vorschlagen, wir suchen uns ein nettes, kleines Hotel und schlafen ein Stündchen. Und morgen früh stellen wir uns unseren Klienten vor!", sagte William und verstaute seine Liste umsichtig.
"Und wie finden wir ein Hotel?", fragte Cibelle schläfrig.
"Ganz einfach, wir rufen uns ein Taxi und bitten den Fahrer, uns zu einem zu bringen!"
"Und wie finden wir ein Taxi?", schloss sich Lothar Cibelles Lethargie an.
"Sir, wir sitzen hier inmitten der Stadt. Wenn wir noch einige Schritte gehen, wird sicher eines unseren Weg kreuzen!"
Also schleppten sich die drei Engel weiter. Es war ein unbehaglicher Fußmarsch, besonders weil Cibelle sich wieder und wieder mit kraftloser Stimme erkundigte, wie weit es noch sei und wozu man Flügel mitschleppe, mit denen man nicht einmal fliegen könne.
Endlich standen sie an einer mäßig belebten Straße und endlich, endlich brachte William ein Fahrzeug zum Stehen.
"Na, Meister, wo soll es denn hingehen?", fragte der Taxifahrer, der einen Arm lässig aus dem Autofenster hängen ließ und an einem grauen Zahnstocher herum kaute.
"Sir, wir wären Ihnen sehr dankbar, wenn Sie uns in ein angemessenes Hotel brächten", erklärte der Engel würdevoll.
"Da lässt sich was machen! Hopsen Sie mal rein!"
William öffnete die Wagentür, um Cibelle einsteigen zu lassen. Lothar drängelte sich vor und brachte die Engelin fast zu

Fall. Diese revanchierte sich, indem sie kräftig auf seine Flügel trat und ihm dann, mit einem zuckersüßen Lächeln, sein beschädigtes Gepäck in das Innere des Wagens schob. Erst danach kroch sie hinterher. William ließ die Tür zufallen und setzte sich neben den Fahrer. Der stellte sein Taxameter ein und gab Gas.
"Und, sind Sie Touristen?"
"Nein. Ja. Nun, wir haben vor Jahren schon mal in dieser Stadt gelebt, Sir."
"Sir? Ah, Sie sind wohl aus England?"
"Ganz recht, Sir. Ich bin Butler."
"Ha! Dann sind wir beide in der Dienstleistungsbranche, wie?"
William schaute nachdenklich auf die speckige Jeans und das bekleckerte Oberhemd des anderen und verbat sich seine Antwort. Der Taxifahrer ließ seinen Zahnstocher von links nach rechts wandern und überfuhr gelassen eine rote Ampel.
"Verzeihen Sie, Sir ...", wollte ihn William auf den kleinen Verstoß gegen die Straßenverkehrsordnung hinweisen, doch der Mann winkte ab. "Keine Aufregung, Meister! Hier fährt man immer auf der rechten Seite!"
Kaum hatte er seinen Satz zu Ende gesprochen, bremste er scharf.
Vor ihnen erhob sich ein riesiges Gebäude, mit hohen Säulen und rotem Teppich vor der Eingangstür. Zwei alte, gusseiserne Laternen leuchteten warm in der Dunkelheit und vor dem Haus stand ein schläfriger Pförtner.
"23,60 kriege ich von Ihnen", erklärte der Taxifahrer mit fester Stimme und kramte seine Geldtasche hervor.
"Für die kurze Strecke?", wunderte sich William.
Der Fahrer riss eine Augenbraue in die Höhe: "Glauben Sie etwa, ich will Sie behumpsen, Meister?"
"Nein, nein", wehrte William ängstlich ab und zog seine Kreditkarte hervor.
Der Taxifahrer schaute auf das Plastikstück und knurrte: "Wollen Sie mich auf den Arm nehmen?"

William folgte seinem Blick und konnte nichts Ungewöhnliches daran feststellen.
"Als nächstes wollen die Leute noch mit Eiern bezahlen!"
Der Engel verstand die Aufregung nicht und hielt dem Fahrer weiter die Karte hin.
"Verstehen Sie nicht, Meister? Hier ist nicht mit Karte, hier ist cash, bar, in Münze!"
"Ich habe aber kein Geld bei mir!"
"Und wieso nehmen Sie sich dann ein Taxi?"
"Weil uns die Füße wehtaten!"
"Ach ja, dahinten sitzen ja auch noch zwei! Vielleicht haben die passendes Kleingeld!"
"Ich fürchte, nein", murmelte William.
"Woher wollen Sie das denn wissen? Sie haben die beiden doch noch gar nicht gefragt!"
"Wir haben leider auch nur Kreditkarten bei uns", piepste Cibelle von hinten.
"Leute! Ihr könnt doch nicht einfach in ein Taxi einsteigen, ohne Kleingeld in der Tasche zu haben!"
"Wir dachten, Sie nehmen auch Kreditkarten."
Der Taxifahrer stierte böse nach vorn.
"Wir könnten doch das Hotel bitten, Sie jetzt zu bezahlen und uns die Kosten dann auf die Rechnung zu setzen, Sir."
"Dann gehen Sie mal rein, Meister und versuchen Sie Ihr Glück!"
Die Engel krabbelten aus dem Wagen.
"Stopp!", rief der Taxifahrer drohend. "Einer von euch bleibt hier, bis ich mein Geld habe!" "Das ist ja die reinste Geiselnahme", empörte sich Cibelle.
"Es ist mir völlig gleich, wie Sie das nennen, meine Dame! Ich nenne es Garantie!"
Die Engelin knurrte und schob Lothar zurück auf den Sitz.
"Wir werden gleich wieder da sein, Herr Lothar, und Sie befreien!", säuselte sie.
"Wieso ich?", begehrte Lothar auf.
"Einer muss es tun und Sie, Herr Lothar, sind der richtige Mann für solche Fälle!"

Das sah Lothar ein, er zog seinen Kopf zurück und lümmelte sich gemütlich in die Polster. Die beiden Engel verschwanden im Hotel und der Fahrer trommelte ungeduldig mit den Fingerspitzen auf dem Lenkrad. Lothar beugte sich zu seinem Ohr vor und fragte freundlich: "Lieben Sie eigentlich Lyrik?"
Die beiden Engel glitten vorsichtig über den blankgeputzten Marmorboden und sahen sich staunend um. Ein Ehepaar mit erheblichem Altersunterschied und aufwendiger Abendgarderobe stand an der Rezeption und plauderte angeregt mit dem adrett gekleideten Angestellten. Dieser überschlug sich vor Höflichkeit und schien das Paar förmlich auf Händen die prunkvolle Treppe hochtragen zu wollen. Doch die beiden dankten und verabschiedeten sich. Der Angestellte trillerte noch einige Gute-Nacht-Wünsche und lachte herzlich über einen kleinen Scherz der Frau Doktor.
Inzwischen erreichten die Engel sicher die Rezeption. Der eben noch so gut gelaunte Jüngling mit den aufwendig frisierten Haaren sortierte einige Prospekte und schien sie nicht zu bemerken.
"Sind wir unsichtbar?", erkundigte sich Cibelle unsicher bei ihrem Begleiter.
William schlug schwungvoll auf die Klingel, die unweit des jungen Mannes stand. Der schreckte auf und schaute die beiden herablassend an.
"Wir hätten gerne drei Zimmer", erklärte William, nachdem jegliche Frage ausblieb.
"So?", staunte der Hotelangestellte und musterte ihn mit zusammengezogenen Nüstern. "Und die wollen Sie hier beziehen?"
"Sie sind sicher völlig ausgebucht?", riet William enttäuscht.
"Nein, aber wir haben eine ziemlich exklusive Preisgestaltung", seufzte der Angestellte und betrachtete angelegen seine Fingernägel.
Der Engel straffte sich und sagte in hoheitsvollem Ton: "Junger Mann, wenn Sie nicht in der Lage sind, uns zu helfen oder zumindest Auskunft über die Möglichkeit einer Übernachtung in Ihrem Hause zu geben, möchte ich Sie bitten,

Ihren Vorgesetzten herbeizurufen und diesen zu befragen, was in solch einem Fall zu tun sei." Cibelle schaute ihn bewundernd von der Seite an und warf dann einen interessierten Blick auf das Gesicht des Jünglings. Dieses hatte seine herrischen Züge verloren und färbte sich rot. "Nun, wie steht es, junger Mann? Schaffen Sie es oder schaffen Sie es nicht?", setzte William ihm zu.
"Natürlich! Sofort, mein Herr! Wie viele Zimmer brauchen Sie denn?"
"Drei Einzelzimmer, wie ich bereits sagte!"
"Aber Sie sind doch nur zu zweit ...?"
"Ich weiß nicht, auf welchem Parkplatz Sie Ihre Ausbildung genossen haben", begann William mit gefährlich leiser Stimme, "aber mehr als augenscheinlich ist, dass die Tätigkeit in einem solchen Haus Sie zu überfordern scheint! Sicher gibt es von Seiten Ihrer Geschäftsleitung bestimmte Vorstellungen, wie man die Gäste des Hotels empfängt und bedient! Wobei es vielleicht nett wäre, jeden Gast gleich zu behandeln, da jeder Ihre furchtbar überzogenen Preise zu zahlen hat. Wenn Ihr Chef Ihnen gesagt hat, Sie sollen die Leute, die Ihr Gehalt bezahlen, schlecht bedienen, dann ist es nicht Ihre Schuld! Wenn Sie aber gehalten sein sollten, höflich und respektvoll mit Ihren Gästen umzugehen, dann wünsche ich auf der Stelle das Beschwerdebuch!" William streckte fordernd die Hand aus.
Dem Angestellten standen die Tränen in den Augen: "Es tut mir furchtbar leid, Herr Doktor, aber ..."
"Ich bin kein Doktor", schnitt ihm William barsch das Wort ab. "Ich bevorzuge die Anrede ‚Eure Exzellenz'! Ich meine, soviel Respekt schuldet man mir! Oder sehen Sie das anders, junger Mann?" Dieser sah das ganz genauso. "Und dürfte ich dann endlich erfahren, wie es mit unseren Zimmern steht?"
"Natürlich haben wir noch drei Einzelzimmer. Ich werde sofort ein Mädchen hinaufschicken, um die Betten aufzuschlagen!"
"Sehr gut! Die Frau Gräfin und ich werden derweil in der Bar einen kleinen Abendtrunk zu uns nehmen. Unser Gepäck ist

im Wagen! Sorgen Sie bitte dafür, dass der Fahrer entlohnt und der Professor in die Lounge geleitet wird. Vielen Dank." Er wandte sich ab und reichte Cibelle seinen Arm, welchen diese hingerissen ergriff.
"Eure Exzellenz!", rief der Hotelangestellte.
"Bitte?"
"Die Vorschriften unseres Hauses bestehen leider noch auf einige Formalitäten!"
"Können wir das nicht morgen klären, die Frau Gräfin ist erschöpft."
"Ich würde Sie sehr herzlich darum bitten ..."
William seufzte und ging zurück. Er füllte ordnungsgemäß die Formulare aus und schob sie dem Jüngling mit einer genervten Geste zu. Der Hotelangestellte wagte es nicht mehr, nach einer Vorauszahlung für die Zimmer zu fragen und gab dem Pförtner mit herrischer Stimme den Auftrag, sich um das Taxi und dessen Insassen zu kümmern.
Der Pförtner eilte zum Wagen und öffnete den Schlag. Lothar plauderte gerade über die Feinheiten eines Knittelreimes, den er anscheinend vorgetragen hatte und der Taxifahrer ließ das Radio laufen und drehte es unauffällig lauter.
"Herr Professor, würden Sie mir bitte folgen?" Lothar schaute den Pförtner verständnislos an. "Ihre ... ähm ... Freunde warten auf Sie in der Lounge", fügte der Mann hinzu. Lothar drehte sich suchend um, aber es war niemand anderes zu sehen.
"Meinen Sie mich?", fragte er erstaunt.
"Ja natürlich. Würden Sie mir bitte folgen?" Der Engel nickte geschmeichelt und schob sich aus dem Auto.
"He, und was ist mit meinem Geld?", rief der Fahrer hastig. Der Pförtner schob ihm diskret eine Banknote zu, die ebenso diskret in der Geldtasche verschwand.
"Ich meine, ich bekomme noch etwas heraus", murmelte der Pförtner. Der Taxifahrer brummte und wühlte in dem Kleingeldfach. "Ich habe Ihnen hundert Euro gegeben", bemühte sich der Pförtner, die Taxlerfinger in die richtige Richtung zu lenken.

Lothar, der wartend neben dem Wagen stand, winkte ab: "Setzen Sie es uns einfach auf die Rechnung! Der Mann hat so viel Verständnis für die hohe Kunst der Dichtung, das sollte man wirklich mal honorieren!" Er steckte seinen Kopf noch einmal in das Auto und sagte gönnerhaft: "Machen Sie sich mit dem Geld einen schönen Tag in einer Buchhandlung!"
Der Mann knurrte, schlug die Tür zu und gab Gas. Im aufwirbelten Staub wandte sich Lothar an den Pförtner und sprach mit erkenntnisvoller Stimme: "Es ist so einfach, einem Menschen eine Freude zu machen! Und es sind immer die kleinen Dinge des Lebens, die wahre Freude schenken können."
Der Pförtner nickte gleichgültig und schob den Engel in das Hotel, während sich ein herbeigesprungener Hausboy mit dem Gepäck abmühte.

In der Bar traf er auf seine Mitstreiter, die nah beieinander am Tresen saßen und sich in die Augen sahen.
"Na, Sie wissen wohl nicht, worüber Sie sich unterhalten sollen!", rief er aufgeräumt und setzte sich neben sie. Die beiden Engel fuhren auseinander. "Eine warme Milch", bestellte Lothar und schaute sich dann neugierig in der Bar um. "Es ist erstaunlich, wie die Menschen ihre Zeit verplempern", bemerkte er angesichts der tanzenden Paare.
"Sie wollen sich eben amüsieren", murmelte Cibelle und warf einen Blick auf William.
"Aber Fräulein Cibelle! Kann man nicht genug Amüsement in der Literatur finden?"
Cibelle stellte ihr Cocktailglas ab und streifte dabei zufällig Williams Hand.
"Man muss vielleicht auch einen Gegenpol zum ernsthaften Amüsement finden, Sir", antwortete William und beobachtete, wie Cibelle ihre Beine übereinander schlug.
"Meinen Sie wirklich?" Lothar dachte nach. Obgleich William es nicht zugeben wollte, war er ein literarischer Meister. Und wenn ein Fontane meint, man müsse einen Ausgleich

schaffen, so ist das höchstwahrscheinlich notwendig. Lothar rutschte schlaff vom Hocker und baute sich vor der Engelin auf: " Darf ich Sie um diesen Tanz bitten, Fräulein Cibelle?"
Sie schaute erstaunt auf den Engel, der mit den Schultern zu den Rhythmen der Kapelle wogte und die Arme einladend ausstreckte. Keine abschlägige Höflichkeitsformel wollte ihr in den Sinn kommen, zumal sie auf einen späteren Tanz mit William spekulierte.
Dieser hatte sich der Tresenkraft zugewandt und plauderte über die korrekte Zubereitung von Longdrinks, wobei das Augenmerk vor allem auf einem aufgeräumten Arbeitsplatz und blitzsauberen Gläsern liegen sollte. Da also aus dieser Richtung keine Hilfe zu erwarten war, willigte Cibelle widerstrebend ein. Lothar führte sie mit geschwellter Brust auf die Tanzfläche und winkte dabei imaginären Preisrichtern zu.
Ein sentimentaler Tango erklang, gurrende Seufzer verließen die Kehlen der Damen und die Herren setzten ein angespanntes Gesicht auf. Alle Tänzer schmiegten sich aneinander und fingen an, mit schlangenartigen Beinbewegungen argentinisches Flair heraufzubeschwören.
Lothar zog Cibelle schwungvoll an seine Brust und begann, mit weit ausladenden Schritten zu tanzen.
"Das ist Walzer", zischte Cibelle.
"Ich weiß", freute sich Lothar und wirbelte mit ihr gegen ein anderes Paar.
"Ich meine, Sie tanzen Walzer! Gespielt wird aber ein Tango!"
"Glauben Sie mir, ich weiß, was gespielt wird!", gab er hochmütig zurück. "Die Lyrik entstammt der Musik, sie ist auch eine Melodie mit Rhythmen! Wenn also jemand weiß, was gespielt wird, bin ich das!"
"Und warum sind wir dann die Einzigen, die Walzer tanzen?"
Lothar stoppte seine Drehungen so plötzlich, dass Cibelle ins Straucheln kam. "Tatsächlich", wunderte er sich laut, "wir sind hier tatsächlich die Einzigen, die Ahnung von Musik haben!"

"Wäre es nicht angebrachter, sich den anderen anzupassen?", fragte Cibelle bittend.
"Die Unwissenheit der Menschen noch bestärken? Nicht mit mir, Fräulein Cibelle!" Kämpferisch begann er wieder zu kreiseln.
"Vielleicht sollten wir uns einfach den anderen anpassen, dem harmonischen Gesamtbild zuliebe", flehte Cibelle, die gerade beobachtet hatte, wie ein verliebt aussehender Mann dem Kapellmeister einen Geldschein in die Fracktasche schob. Das konnte nur eine Verlängerung bedeuten.
"Meinen Sie wirklich?", zögerte Lothar. Cibelle nickte bekräftigend. "Gut. Wenn Sie es so wollen", und er ließ sie los und näherte sich geschmeidig einem der Tischchen, die rund um die Tanzfläche standen. Ein Mann und ein Frau küssten sich dort so leidenschaftlich, dass der Diebstahl einer Rose aus ihrem Tischschmuck nicht bemerkt wurde. Mit der Blume zwischen den Zähnen kehrte Lothar zurück.
"Und weshalb haben Sie jetzt eine Rose im Mund?", fragte Cibelle weinerlich.
"Sie wollten Tango, Sie bekommen Tango", knurrte er und ergriff ihre Hände. Dann ließ er selbstvergessen seine Hüften kreisen. Cibelle schaute ihn entgeistert an, während er den Kopf in den Nacken warf und sie gebieterisch zwei Schrittchen vor und zwei Schrittchen zurück führte, ohne seinem Becken eine Pause zu gönnen.
Nervös blickte Cibelle sich um, doch alle anderen waren so sehr in ihren eigenen Tanzdarbietungen versunken, dass niemand ihr Dilemma bemerkte. In diesem Augenblick der Unaufmerksamkeit wurde sie herumgerissen und hing schließlich über Lothars Arm. Sie hob mühsam den Kopf und sah, wie sich die Rose und seine Lippen ihrem Gesicht näherten. Bevor die florale Gabe überreicht werden konnte, hob Cibelle abwehrend die Hände. Durch die plötzliche Gewichtsverlagerung konnte Lothar die schöne Last nicht länger halten, er kapitulierte unverzüglich und Cibelle rollte zu Boden.
Die Kapelle beendete mit einem lauten Tusch ihre Darbietung und die Tänzer lösten sich seufzend voneinander.

Vor großem Publikum rappelte sich Cibelle wieder auf und hinkte, ohne Lothar noch eines Blickes zu würdigen, zur Bar. Er eilte ihr nach und stellte laut und anschaulich dar, warum dieser Sturz ihre eigene Schuld gewesen war.
William unterbrach nur ungern seine Fachsimpelei und hörte ergeben einem zornigen Bericht zu, dessen Aussage darin gipfelte, dass Cibelle schwor, morgen früh, gleich nach dem Aufstehen, wieder in den Himmel zurückzukehren. William legte ihr beschwichtigend seine warme Hand auf den Arm und sie beruhigte sich sofort.
"Ich denke, wir sollten jetzt alle zu Bett gehen. Es war anscheinend kein guter Einfall, noch ein Glas zusammen zu trinken", sagte William und bat freundlich um die Rechnung.
Cibelle sah den Tanz mit William in unerreichbare Ferne rücken und rief hastig: "O doch! Es war nur keine gute Idee, mit Herrn Lothar zu tanzen."
"Da kann ich mich Ihnen nur anschließen! Wer hätte geahnt, dass ein Engel mit so geringem musikalischen Talent tanzen geht", gab Lothar zickig zurück.
"Bitte?! Ich war immerhin mal Tänzerin!"
"Ja, im Tingeltangel-Kabarett ein bisschen Can-Can getanzt und sich dann Tänzerin nennen!"
Cibelle machte Anstalten, sich auf Lothar zu stürzen und ihn mit einem Fruchtspieß zu pfählen. William warf sich vor den Kollegen und die Spitze des Spießes schrammte ihm einen Schmiss ins Gesicht. Bestürzt trat Cibelle zurück und hielt sich die Hand vor dem Mund. "Es tut mir so leid, William!" Der Engel tupfte mit einer Serviette die Bluttropfen ab und sagte beruhigend: "Es ist nichts passiert, Fräulein Cibelle. Trotzdem sollten wir jetzt schlafen gehen. Sie sind beide ermüdet von der Anreise."
Die Engel traten geschlossen den Rückzug an, wobei sich William schützend zwischen die beiden Kontrahenten schob.

Cibelle streckte sich lang auf dem Bett aus. Die Bettwäsche war angenehm leicht und das Laken gut gespannt, die Matratze war weder zu hart noch zu weich. Es gab keinen Grund, nicht einschlafen zu können. Cibelle erhob sich und wandelte zur Minibar. Abschätzig betrachtete sie das Angebot an Spirituosen und entschloss sich, es sich entgehen zu lassen.

Sie ließ sich auf einen Sessel sinken und überdachte ihr Einschlafproblem. Schließlich kam sie darauf: Sie machte sich Sorgen! Cibelle lachte erleichtert und schlug sich anerkennend an die Stirn. Natürlich! Sorgen! Wenn man ein derartig unbekümmertes Naturell hat wie ich und sich noch nie um jemanden Sorgen gemacht hat, kann man ja nicht so einfach darauf kommen, dachte sie zufrieden.

Cibelle kletterte aus dem Sessel und verließ das Zimmer.

Herrje, in welchem wohnt William noch gleich, überlegte sie angestrengt, denn sie musste unbedingt und sofort zu ihm und sich nach seinem Gesundheitszustand erkundigen. Immerhin hatte sie ihn verletzt und trug deshalb die Verantwortung für seine Genesung! Wenn er eine Blutvergiftung bekommen hatte und nun hilflos in seinem Zimmer lag, ringend mit dem Tode! Dass Engel gegen Krankheit und Tod immun waren, vergaß die schöne Samariterin geflissentlich. Bis unter die goldblonden Locken von Selbstlosigkeit erfüllt, klopfte sie an seine Zimmertür.

Ein schläfriges "Ja?" war vernehmbar.

"Ich bin es, William! Cibelle!" Sie hörte, wie er sich aus dem Bett schwang und zur Tür tapste.

Spaltbreit öffnete sich die Tür und William steckte seinen Kopf heraus. "Fräulein Cibelle", wunderte er sich, "was kann ich für Sie tun?"

"Ich habe mir Sorgen um Sie gemacht", flüsterte sie, atemlos werdend beim Anblick seines nackten Oberkörpers.

"Sorgen? Um mich?"

"Wegen dieser Verletzung!"

Er griff sich an die Wange und strich mit den Fingerspitzen über die Wunde. "Sie müssen sich keine Sorgen machen, Fräulein Cibelle. Mir geht es gut."

"Es ist nur, weil man solche Verletzungen leicht unterschätzt ..." Ihr Gesicht näherte sich dem seinen.

"Aha", murmelte er.

"Und auf einmal wird eine kleine Verletzung richtig schmerzhaft", erläuterte sie und brachte ihre Lippen in Habachtstellung. Er nickte verstehend und sah ihr in die Augen. Ihre beiden Münder waren dicht beieinander, als auf dem Gang eine weitere Tür aufgerissen wurde.
"Oh, Sie sind beide noch wach!", freute sich Lothar laut und kam auf die beiden zu.
Williams Lippen waren wieder meilenweit entfernt und die besorgte Krankenpflegerin verwandelte sich bei Lothars Anblick in eine mordlüsterne Cibelle.
"Ich habe gedacht, wenn wir alle sowieso nicht schlafen können, sollten wir meine Bar ausräumen! Na, was denken Sie?", krähte Lothar. Dann wandte er sich vertraulich an Cibelle: "Besonders, weil man nicht zerstritten schlafen gehen sollte! Ich denke, wir drei Hübschen trinken noch einen Schluck zusammen und ich vergebe Ihnen Ihren kleinen Angriff auf meine Person, Fräulein Cibelle! Na?", und er winkte aufgeräumt mit drei Champagnergläsern.
William gähnte verhalten und murmelte entschuldigend: "Im Grunde sehr gerne, Sir. Aber ich befürchte ernsthaft, dass wir bei unzureichendem Schlaf unseren Aufgaben morgen nicht gewachsen sein werden. Deshalb schlage ich vor, dass wir alle schlafen gehen!"
Cibelle nickte eifrig und beschloss, nach Lothars Entfernung noch einmal Williams Zustand zu kontrollieren. Sie gähnte ebenfalls und rief freundlich: "Gute Nacht, die Herren!" Noch ein kurzes Blinzeln in Williams Richtung und sie verschwand in ihrem Zimmer.
"Na dann ...", maulte Lothar und wanderte den Gang wieder hinunter. William schloss die Tür und ging zurück ins Bett. Sekunden später war er fest eingeschlafen. Cibelle aber zählte bis hundert und öffnete dann geräuschlos ihre Zimmertür. Sie schlüpfte hinaus und wollte sich den Gang herunterschleichen, als hinter ihr plötzlich Lothar freudig rief: "Wie schön! Sie haben es sich doch noch anders überlegt! Kommen Sie und lassen Sie uns ein Glas auf unsere Versöhnung leeren!"

Als geschlagene Engelin schlurfte Cibelle dem Unausweichlichen seufzend entgegen.

**Der erste Morgen auf der Erde ist behaftet**

**mit den Verfehlungen der vergangenen Nacht**

Der Morgen war sonnig, das Frühstücksei weich und der Kaffee frisch. William ließ sich behaglich die kleinen Köstlichkeiten servieren und warf nebenbei einen Blick in die Zeitung. Schließlich schaute er auf die Uhr und winkte der Bedienung. Diese eilte mit einer gutgefüllten Kaffeekanne auf ihn zu und wollte nachschenken.
"Nein, danke", wehrte er freundlich ab. "Ich wollte Sie nur bitten zu veranlassen, dass meine Begleiter Frau Cibelle von Lohmberg und Herr Professor von der Vogelweide geweckt werden. Ich fürchte nämlich, sie haben verschlafen."
Das Mädchen nickte verstehend und nach einer halben Stunde schlurfte eine verkaterte Engelin in den Speisesaal. Schwer ließ sie sich in einen fragilen Korbsessel fallen, um dann den Orangensaft mit einem gierigen Schluck hinunterzustürzen.
"Was ist denn mit Ihnen passiert?", erkundigte sich William mitleidig.
"Ich wollte Sie gestern Nacht noch einmal fragen, wie es Ihnen geht, da hat mich Herr Lothar abgefangen. Wir haben dann einen auf unseren Streit getrunken, einen auf unsere Versöhnung, einen auf unsere Aufgabe, einen auf Sie und noch einen auf unsere Versöhnung. Mehr weiß ich nicht mehr!" Sie blickte angeekelt auf die Reste seines Frühstückseis an und bestellte sich einen Tomatensaft.
"Sie wollten noch mal nach mir sehen?", fragte William verwundert. Cibelle nickte. "Wozu?"
Sie hob den Kopf und blickte ihn erstaunt an. "Wozu?", wiederholte sie ungläubig.

"Ja, wozu? Ich hatte Ihnen doch gesagt, dass es mir gut geht." Cibelle hätte jetzt liebend gerne ihren Kopf in das Tomatensaftglas gesteckt, um durch Erstickung einer Antwort und einer Tatsache zu entgehen. Die Antwort konnte sie durch die Frage nach Salzheringen auf dem Frühstücksbüfett umschiffen, die Tatsache aber blieb bestehen.
Er hatte nichts bemerkt! Er hielt sie gestern Nacht wirklich für besorgt um seine Gesundheit! Er fühlte nichts von den zarten Banden, die sie gesponnen hatte, damit er sich darin verfing. Cibelle hätte weinen mögen, stattdessen aß sie tapfer ihre Heringe und versuchte sich zu beherrschen. Er ahnte nicht, dass sie sich in ihn verliebt hatte!

Ahnungslos war aber auch Cibelle, was den Verlauf der restlichen Nacht anbelangte. Sie war nach dem fünften Glas in eine äußerst schwermütige Stimmung geraten, in der sie dem nicht minder angeschlagenen Lothar einen Vortrag über wahre Liebe und tiefe Gefühle gehalten hatte. Der Engel hatte ihr mit Tränen in den Augen gelauscht und genickt. Zum Schluss war die Versöhnung in eine wilde Küsserei ausgeartet, die aber durch das jähe Einnicken Cibelles abrupt beendet worden war.
Lothar hatte die Engelin in ihr Zimmer getragen und auf das Bett niedergelegt, um dann als Gentleman den Raum ohne weitere Kussräuberei zu verlassen. Beschwingt hatte er die Minibar ausgeräumt und vernichtet, wobei jede Flasche ein eigenes Gedicht ihr zu Ehren ertragen musste. Betrunken wie eine Strandhaubitze war er auf sein Bett gefallen und in selige Träume gesunken. Als am Morgen sein Zimmertelefon klingelte, erwachte er ohne Kopfweh und ohne üblen Nachgeschmack im Mund, aber mit dem berauschenden Hochgefühl, von einer schönen Engelin geliebt zu werden.
Er stand vor dem Spiegel, kämmte sich sein wallendes Dichterhaar und spitzte verführerisch die Lippen. "Betörend, betörend", murmelte er entzückt. Dann verließ er schwebenden Schrittes sein Zimmer, um das Heldenmahl zu sich zu nehmen.

Mit einem lauten "Guten Morgen, ihr Lieben", betrat er den Frühstücksraum und setzte sich gutgelaunt nieder. Mit weitausholenden Handbewegungen verstrich er die Butter und tupfte auf anzügliche Art und Weise die Heidelbeermarmelade auf das Brötchen. Dazu ließ er seine Augenbrauen tanzen und blinzelte Cibelle zu.
William schaute ihn besorgt an: "Geht es Ihnen nicht gut, Sir?"
Lothar lachte fröhlich auf und schaute Cibelle neckend an. Die aber stocherte in ihrem Müsli und schien mit ihren Gedanken ganz woanders zu sein.
Das arme Hascherl schämt sich jetzt seiner Worte, dachte Lothar gerührt. Er musste ihr unbedingt ein Zeichen seines Verständnisses und seiner Zustimmung zur gestrigen Nacht zukommen lassen. Darum murmelte er mit sonorer Stimme in ihre Richtung: "Ich bin so wild nach deinem Erdbeermund!"
Cibelles Kopf fuhr in die Höhe: "Bitte?"
Lothars Lächeln vertiefte sich und er blickte sie listig an: "Ich meine das Gedicht. Ich liebe dieses Gedicht." Trotz ihres verständnislosen Blickes ahnte er, dass sie sein raffiniertes Manöver durchschaut hatte, denn sie griff zu einem Brötchen und beschmierte es mit - Erdbeermarmelade.

Auf der Straße verharrten die Engel noch einen Augenblick. "Also, liebe Freunde, ich wünsche Ihnen viel Glück bei der Erfüllung Ihrer Aufgaben", sagte William endlich und schüttelte beiden fest die Hand. Dann schulterte er sein Gepäck und ging.
"Gut. Tschüss dann, Herr Lothar!", rief Cibelle und wollte William nachlaufen.
"Ich könnte Sie noch ein Stück begleiten, Fräulein Cibelle", bot Lothar eilfertig an.
"Das ist sehr nett, aber ich fürchte, wir müssen in zwei verschiedene Richtungen", antwortete Cibelle rasch und lächelte undankbar.

"Sehen wir uns wieder? Vielleicht auf ein Gläschen Wein?", versuchte er die Geschehnisse des romantischen Abends mit neuem Leben zu erfüllen.
"Sicher, sicher", winkte Cibelle ahnungslos ab und wandte sich endgültig zum Gehen. Lothar blickte ihr verträumt hinterher. Zugegeben, dachte er bei sich, sie hat kein Talent zur Muse, aber ansonsten ist sie äußerst reizend.

## Das erste Aufeinanderprallen: Ulrike und Cibelle

Ulrike schleppte sich die Treppen hinauf und versuchte, ihre Einkaufstasche nicht gegen die Treppenkanten schlagen zu lassen. Der hinter ihr liegende Tag war in keiner Weise erfolgreich zu nennen.
Am Morgen hatte sie verschlafen und war mit einer halbstündigen Verspätung im Geschäft erschienen, leider unter die notierenden Augen der Gräte. Ihre Anstrengungen, an diesem Vormittag nicht nach Hause zu laufen und nach Post zu sehen, hatten einen verkniffenen Ausdruck auf ihr Gesicht gezaubert, was einen älteren Herrn dazu anregte, von seiner vorjährigen Magenoperation zu erzählen. Ulrike, die diesem anschaulichen Bericht ohne Frühstück im Magen lauschen durfte, versuchte die Sache mit einem Scherz zu beenden und erklärte freundlich, sie habe keine Magengeschwüre, sie sei nur schwanger.
Das rief die Aufmerksamkeit einer Gruppe alter Damen hervor. Schon wurden durch das Betasten des flachen Bauches Prognosen über das Geschlecht des Kindes getätigt und nach dem glücklichen Vater gefragt Schließlich hatte sich die Gräte durch die Damengruppe geschlängelt und Ulrike zischelnd zu einem Dienstgespräch in sein Büro gebeten.
Dort hatte er mit viel Wärme in der Stimme der zukünftigen Mutter Glück gewünscht und dann schnörkelig erwähnt, dass dadurch ihre Stelle im Buchladen ja bald frei werden würde.

Ulrike hatte abgewinkt und abgewiegelt: "Ich bitte Sie, Herr Grät, bei diesem Gehalt kann ich mir nun wirklich kein Kind leisten!" Zwar hatte sie sich sofort die Hand erschrocken auf den Mund gelegt, aber zu spät, die Worte waren entschlüpft.
"Verlassen Sie darauf, Frau Zimmermann, ab morgen werden Sie genügend Zeit haben, sich einen besser bezahlten Arbeitsplatz zu suchen", hatte der Geschäftsführer fischig gelächelt und hinzugefügt: "Das wird sicher kein Problem werden, besonders, wenn Sie gleich mit Ihren Schwangerschaftswitzchen kommen!"
Ulrike wies mutig darauf hin, dass man niemanden wegen einer Schwangerschaft kündigen dürfte, aber Herr Grät parierte sofort, dass Zuspätkommen und ständiges Verlassen des Arbeitsplatzes ohne vorzeigbare Notwendigkeit durchaus ein Kündigungsgrund seien.
Ulrike war zornig aufgesprungen und hatte geschrien, dass man sich bekanntlich immer zweimal im Leben sehe und dass er, Herr Grät, sie beim nächsten Mal auf Knien anflehen würde, ihr zu verzeihen.
Die Gräte zog ein Gesicht, als wäre ihr das schon klar, aber erst einmal müsse dieser Moment kommen.
Wütend schrie Ulrike: "Dann gehe ich jetzt nach Hause! Die Papiere schicken Sie mir bitte nach!"
Die Gräte nickte bereitwillig, erwähnte aber, dass man ihr den Lohn für den Monat nur ganz auszahlen könnte, wenn sie heute bis zum Ladenschluss arbeiten würde. Ulrike schnaubte und schwieg. Gelassen betrat sie wieder den Verkaufsraum und verzog auf die Nachfragen Maikes nur den Mund.
Sie sprach bis zum Feierabend kein unnötiges Wort mehr, sondern nutzte die Zeit, um die alphabetische Anordnung der Bücher ein wenig zu verändern und die aufgenommenen Bestellungen zu stornieren. In den letzten fünf Minuten, bevor das Einkaufscenter schloss, schaffte sie es noch, ein Brot und ein paar Tomaten einzuholen, um sich damit ein frugales Abendbrot bereiten zu können.

Ohne Eile war sie nach Hause geschlendert, in dem festen Glauben, dass bei so viel Pech eine mitfühlende Fortuna die erhoffte Post in ihren Briefkasten befördert habe, und sie schon heute abends ihrem Großvater den Studienabbruch mit der Meldung, sie sei Schriftstellerin, schmackhaft machen konnte.
Doch außer der Gratisstadtgebietsangebotszeitung fiel leider nichts aus dem Kasten.
Ulrike hielt mit Mühe ihre Tränen zurück und beschloss, diesen gräuslichen Tag mit einem heißen Bad zu beenden. Sie klemmte die Zeitung zwischen die Zähne und schloss mühsam die Wohnungstür auf. Im Dunkeln ließ sie ihre Taschen auf den Boden sinken und schleuderte die Zeitung in die Richtung ihres Arbeitstisches.
Da sah sie Licht unter der Badezimmertür hervorschimmern. Ulrike erschrak, überlegte und kam zu dem Schluss, dass sie das Licht morgens in aller Eile und aus Versehen angeknipst und dann brennen gelassen habe. Für den Fall, dass sich doch kriminelle Elemente im Badezimmer aufhalten könnten, bewaffnete sie sich mit einem Regenschirm, der neben dem Schuhschrank verstaubte.
Auf Zehenspitzen schlich sie sich näher und öffnete dann fast lautlos die Badezimmertür. Der Duschvorhang war zugezogen, trotzdem war es eindeutig - es lag jemand in der Badewanne! Ulrike dachte kurz an *Psycho* und umklammerte den Schirm fester. Mit Schwung riss sie den Vorhang beiseite und schrie.
Der Schrei wurde, einige Oktaven höher, echogleich zurückgegeben. Bevor Ulrike wusste, was sie tat, ließ sie den Schirm auf die goldblonden Locken der Anderen niedersausen. Diese blickte sie fassungslos an, klappte dann die Augenlider zu und machte Anstalten, in den Schaumgebirgen zu versinken. Mit einem Sprung war Ulrike bei ihr und zog sie über den Wasserpegel. Erwachen tat die Fremdbaderin nicht.
"He, Sie! Aufwachen!", schrie Ulrike und schlug ihr mehrere Mal hart ins Gesicht.

Mit sanftem Zittern hoben sich die Augenlider und die Fremde hauchte fragend: "Wo bin ich?"
"In meiner Badewanne!"
"Aha", wurde leise gemurmelt und die Augen wollten sich wieder schließen.
Ulrike schüttelte sie kräftig und die Fremde maunzte widerwillig: "Was ist denn?"
"Wenn Sie jetzt einschlafen, lasse ich Sie ertrinken!" Die Drohung wurde mit einem gleichgültigen Gesäusel beantwortet. Ulrike ergriff den Duschkopf, schraubte das kalte Wasser auf und hielt der Anderen den eisigen Wasserstrahl ins Gesicht. Diese schrie und sprang auf.
"Ich hoffe, Sie sind jetzt wach!"
Cibelle ließ sich zurück in die Wanne gleiten und maulte: "Erst schlagen und dann malträtieren, das haben wir gern ..." Sie schaute anklagend auf die zerstörten Schaumberge und verzog schmollend den Mund.
"Könnten Sie mir vielleicht mal erklären, was Sie in meiner Wanne machen?"
"Bis eben habe ich noch ganz friedlich darin gebadet!"
"Sie wissen genau, was ich meine!"
"Gut, wie du willst. Ich bin dein Schutzengel!"
"Sie sind was?"
"Dein Schutzengel! Ich heiße Cibelle." Ulrike schaute sich suchend nach dem Schirm um. "Du glaubst mir wohl nicht", erkundigte sich Cibelle und begann, ihr Haar zu shampoonieren.
"Nein!"
"Das ist völlig normal! Ich würde das auch nicht glauben!"
"Ich werde jetzt die Polizei anrufen und sie auffordern, Sie aus meiner Wanne und meiner Wohnung zu werfen!"
"Gut, tu' das! Vermutlich läuft dein Leben so ideal ab, dass du keinerlei Unterstützung benötigst", erwiderte Cibelle gleichgültig und betrachtete verzückt die bunten Seifenblasen in ihren Händen.
Ulrike verschob den Anruf auf später und hockte sich auf den Wannenrand.

"Warum sollte ich Ihnen glauben?", fragte sie.
"Stimmt, warum solltest du? Du hast keinen Grund und, offen gestanden, es wäre mir sehr lieb, wenn du mich rauswerfen würdest! Ich könnte wieder heimreisen und wäre diesen lästigen Job los! Also, lass dir nichts von mir einreden, vertrau auf deine verkümmerten Instinkte und schicke mich fort!"
Sie machte Anstalten, aus der Wanne zu steigen und zu verschwinden. In diesem Augenblick ließ ER, von Ulrike unbemerkt, seine göttliche Stimme erschallen: "Bilde dir bloß keine Schwachheiten ein, Schutzengelin Cibelle! Bei Nichterfüllung des Auftrages erwartet dich immer noch die Archivierung der Statistiken!"
Du hast gut reden! Wenn sie mir nun einmal nicht vertraut, dachte Cibelle aufgebracht.
"Dann gib' dir Mühe, Schutzengelin Cibelle! Was glaubst du denn eigentlich, warum wir so freigiebig Kreditkarten verteilen? Etwa weil diese Schutzberufe so begehrt und überlaufen sind? Ha, ha, ha. Nein! Also, ich rate dir, Schutzengelin Cibelle, strenge dich an! Sonst – Archiv!"
Cibelle seufzte schwer, wandte sich mit einem einfühlsamen Lächeln an Ulrike und flüsterte: "Also hör zu, meine Liebe. Es ist mir klar, wie schwer es dir fallen muss, mir zu glauben. Und ich habe ja auch gelogen! Ja, sieh' mich nicht so an, ich habe gelogen, weil die Wahrheit einfach unglaublich ist! Ich bin", an dieser Stelle sah sie sich verstohlen nach links und rechts um, "ich bin nämlich die Reinkarnation von Jim Morrison!" Sie verstummte und schaute Ulrike bedeutungsvoll an.
Diese hauchte: "Nein!"
"Doch, doch", beharrte Cibelle und starrte mit verschwommenem Blick die Wandkacheln an.
"Wer ist Jim Morrison", fragte Ulrike.
Cibelle vergaß ihre gedankenvolle Haltung und schaute mit großem Staunen auf ihre Schutzbefohlene: "Du weißt nicht, wer Jim Morrison ist?"
"Nein."

Cibelle schüttelte ungläubig den Kopf: "Du warst doch Studentin?"
"Ja!"
"Und du weißt trotzdem nicht, wer das war?"
"Ich habe mich nie stark in das Studentenleben integriert", erklärte Ulrike verlegen.
"Ja, dann ..." Cibelle versank in tiefes Nachdenken.
"Aber Sie sind kein Mann", bemerkte ihre Schutzbefohlene verlegen.
"Natürlich bin ich kein Mann! Warum sollte ich auch?"
"Na, ich dachte, Jim wäre ein männlicher Vorname ..."
"Ach so. Ja, das ist er tatsächlich! Aber ich bin außerdem noch die Reinkarnation von Cibelle Lohmberg."
"Die kenne ich auch nicht!"
"Das ist allerdings ein wirklich schwache Leistung, meine Liebe. Cibelle Lohmberg war bis zu ihrem Autounfall ein gefeierter Star im hiesigen Kabarett!"
"Ach, sie war eine Komikerin!"
"Nein, eine äußerst talentierte Tänzerin! Die Männer haben sich nach ihr verzehrt!" Cibelle ließ sich wieder tiefer in das Wasser sinken und schwelgte in Erinnerungen.
"Und warum sitzt ihre Reinkarnation in meiner Wanne?"
Cibelle schnaubte gereizt: "Nun, um dein Leben zu verändern! Um dich glücklich zu machen!"
"Wer sagt denn, dass ich unglücklich bin?"
"Mein Chef", und die Engelin wies vage an die Zimmerdecke.
Ulrike folgte ihrem Finger und nickte dann verstehend: "Das ist ein Scherz, oder?"
"Was?"
"Na, dass du eine Reinkarnation bist und mir helfen willst! Sie sind doch sicher von ..., ich meine, Sie schickt doch ...", aber Ulrike fiel niemand ein, mit dem sie so befreundet wäre, dass er ihr einen Streich spielen würde.
"Ich merke schon, du willst einen Beweis", konstatierte Cibelle lustlos.
"Ja! Ein Beweis wäre gar nicht schlecht."

"Und wie müsste dieser Beweis aussehen, damit du mir glaubst?"
"Na, zum Beispiel könnte ich Ihnen drei Wünsche nennen und Sie müssten sie mir erfüllen."
Cibelle hatte schon so etwas kommen sehen. "Und dein erster Wunsch wäre?"
"Ein neuer Arbeitsplatz mit gutem Gehalt und netten Kollegen und ..."
"Stopp, Stopp", gebot Cibelle Einhalt, "das ist doch wohl nicht dein Ernst? Hör zu, mein liebes Fräulein, ich bin hier nicht dein privates Dienstleistungsunternehmen und nicht deine Leibzauberin! Ich sagte, dass ich dir helfen will, nicht, dass ich die Drecksarbeit für dich erledige!"
"Sie wollten, dass ich mir einen Beweis aussuche!"
"Ja, aber ich habe nicht gesagt, dass sich die Beweisführung mit dem Ergebnis meiner Arbeit deckt! Wenn du schnelle Erfolge und wenig Arbeit haben willst, musst du dich schon an die andere Seite wenden", und sie deutete nachdrücklich Richtung Bademuatte.
"Und welcher Beweis wäre Ihnen genehm?", fragte Ulrike resigniert.
"Meinetwegen etwas Okkultes, ich denke, ihr seid heutzutage alle so esoterisch? Ich könnte deine Toilettenartikel durch das Zimmer fliegen lassen oder so."
"Moment mal! Fliegen! Wo sind denn eigentlich Ihre Flügel?"
"Die liegen im Wohnzimmer", antwortete Cibelle abwinkend und duschte sich den Schaum aus dem Haar.
"Fein. Dann möchte ich, dass Sie nachher eine Runde vor meinem Wohnzimmerfenster fliegen!"
Cibelle seufzte wieder. Sie hatte keine Ahnung, ob diese Flügel außer zur Kostümierung zu irgendetwas brauchbar waren. Sie erhob sich aus der Wanne und frottierte sich ab. Dann begann sie ihre Locken zu bürsten, zu föhnen und zu toupieren, denn, falls sie auf der Straße landen würde, wollte sie wenigstens gepflegt aussehen. Sie wagte noch einen letzten Versuch und fragte, mit den Haarnadeln im Mund, knurrig:

"Findest du es eigentlich richtig, jemanden, der dir helfen soll, auf so argwöhnische Weise auszutesten?"

"Ich bitte Sie! Ich möchte doch nur einmal sehen, wie Sie fliegen! Als Engel sollte das kein Problem darstellen", gab Ulrike kühl zurück und ging schon einmal voraus ins Wohnzimmer.

Schlurfenden Schrittes und ihrem Chef zürnend folgte Cibelle. Sie schlüpfte in das mitgeführte Nachthemd (wegen der Authentizität) und streifte dann die Flügelriemen über. Mit zittrigen Knien kletterte sie auf das Fensterbrett und stieß das Fenster auf. Noch nie war ihr ein fünfter Stock so hoch vorgekommen.

"Nun?", drängte Ulrike.

"Ja, gleich doch!" Cibelle ging in die Hocke und streckte die Arme vor.

"Wollen Sie einen Kopfsprung machen?", erkundigte sich Ulrike amüsiert.

Also erhob sich Cibelle wieder und zog die Arme ein.

Gut, dachte sie. Ich werde jetzt springen. Ich werde springen und sehen, was passiert. Wenn ich runterfalle und mir alle Knochen breche, kann ich mich wegen eines Betriebsunfalls krank melden. Niemand kann mich dann in die Archive stecken. Vielleicht bekomme ich sogar einen Schonplatz im spanischen Sektor, wo es den Leuten egal ist, wie viel Sangria ich trinke und, vor allen Dingen, wie ausgezogen ich bin - unter einem Ganzkörpergips ist das schwerlich auszumachen. Ich muss nur springen! Kurzum, ich springe jetzt! Und Hopps!

"Werden Sie heute noch fliegen?"

Cibelle schreckte zusammen. Herrje, kann die dumme Ziege nicht ihre Klappe halten? Die will wohl unbedingt meine Körper auf den Pflastersteinen zerschellen sehen! Ich wusste gleich, dass sie neidisch auf mein Aussehen ist! Warum habe ich nicht einen männlichen Klienten abbekommen? Dann könnte sich Lothar hier alle Knochen brechen! Für den wäre es sogar noch hilfreich, er könnte ein herrliches Heldenepos daraus machen! Aber ich, ich kann daraus überhaupt nichts machen. Ich...

In diesem Augenblick fühlte sie sich gestoßen und bemerkte, wie ihre Füße den Untergrund verloren. Das eben noch so weit entfernte Straßenpflaster kam näher und näher. Doch plötzlich wurde sie von etwas zurückgerissen. Ihre Flügel hatten zu schlagen begonnen und schienen gar nicht mehr aufhören zu wollen.

"He, ich fliege! Ich fliege!", schrie sie. Nun war sie in einer Höhe mit dem Wohnzimmerfenster und strahlte der fassungslosen Ulrike in das ungläubige Gesicht. "Schau her, ich fliege! Ist das nicht Wahnsinn? Ich fliege!"

"Natürlich fliegen Sie", brüllte Ulrike aus dem Fenster. "Darum ging es doch, oder?"

"Natürlich! Klar! Kein Wunder, dass ich fliege! So war das ja auch geplant", versuchte Cibelle schnell Selbstverständnis zu markieren. "Ich habe nur gerufen, damit du es siehst!"

"Dann können Sie jetzt damit aufhören und wieder hereinkommen!"

"Ja, natürlich! Ich komme jetzt! Wenn man so oft fliegt wie ich, ist das überhaupt keine tolle Sache mehr", erklärte Cibelle betont locker und versuchte hektisch, die Fensteröffnung anzuvisieren. Sie streckte sich bleistiftgerade und beschloss, wie ein abgeschnellter Pfeil in das Wohnzimmer zu sausen. Leider wurde der Engelin ihre ignorierte Kurzsichtigkeit zum Verhängnis, denn sie prallte knapp neben dem Fenster gegen die Hauswand und glitt dann bewusstlos an ihr herunter. Ulrike lief aus der Wohnung, stürzte die Treppen hinunter und riss die Haustür auf.

Direkt zu ihren Füßen lag der gefallene Engel.

"He, Sie!", rüttelte das Mädchen an Cibelle. "Stehen Sie auf!"

Cibelle rührte sich nicht. Ulrike scheute sich davor, erneut Ohrfeigen zu verteilen und lud sich die Engelin auf die Schultern. Ächzend trug sie Cibelle die Treppen hinauf. Bereits im zweiten Stock kam die Ohnmächtige wieder zu sich, vermied aber jede Bewegung, um ihrer Schutzbefohlenen ein für alle Mal die Lust auf solche Experimente zu nehmen.

Schweißgebadet traf das irdische Lastentier in der fünften Etage ein und zeitgleich erwachte ihre himmlische Last aus seinem bewusstlosen Zustand.

"Wo bin ich?", hauchte Cibelle mit gebrochener Stimme.

"Bei mir! Gleich wird es Ihnen besser gehen", ächzte Ulrike und schleppte sie noch bis zum Sofa. Dort bettete sie Cibelle sanft auf ihr bestes Kissen und erbot sich, eine Tasse Kräutertee aufzubrühen.

"Wozu?", fragte Cibelle leidend. "Willst du mich für neue Torturen aufpäppeln?"

"Nein", beeilte sich Ulrike zu versichern, "ich glaube Ihnen jetzt alles!"

"Dann solltest du dir merken, dass Engel durch das Trinken von Kräutertee sterben können und sich im Allgemeinen von Wein und Sekt ernähren!"

"Du lügst doch!" (Ulrike glitt unbemerkt zum "du" über. Wenn der eigene Schutzengel verletzt auf dem Sofa liegt, wird man umgänglicher.)

"Willst du das etwa auch ausprobieren, ja?"

"Nein, nein, entschuldige bitte. Aber ich habe keinen Wein im Haus."

"Sekt auch nicht?"

"Nein."

"Kein Wunder, dass dein Leben eine einzige Katastrophe ist", murmelte Cibelle. Laut fragte sie: "Hast du irgendetwas außer Kräutertee zu Hause?"

"Nur Milch."

"Milch? Fantastisch! Ich liebe Milch! Schon seit einem Jahrhundert keine mehr getrunken! Her damit!"

"Habt ihr im Himmel keine Milch?"

"Wir haben keine Kühe! Weil sich die Kühe nicht national unterordnen lassen wollten, haben sie einen eigenen Himmel bekommen. Und weil ihnen die Milchproduktion auf der Erde nie wirklich zugesagt hat, haben sie das Milchgeben eingestellt."

"Du spinnst doch!"
"Oho, man spielt sich nun auch schon als Expertin in himmlischen Lebensformen auf, ja?" "Nein, aber ..."
"Ich fürchte, wenn ich nicht sofort etwas zu trinken bekomme, werde ich ohnmächtig", beendete Cibelle das unschön gewordene Geplänkel und verdrehte die Augen. Ulrike eilte in die Küche, aus der man sie laut hantierten hörte.
Cibelle drückte ihr schönes Haupt in das Kopfkissen und überdachte ihr bedauernswertes Schicksal. Erst verliebte sie sich in einen sturen Engel und dann bekam sie noch eine Schutzbefohlene, die Widerworte gab. Diese trat gerade an das Sofa heran und berührte sanft die Schulter der Engelin.
"Was?", knurrte die.
"Hier, deine Milch. Ich habe uns auch ein kleines Abendbrot gemacht."
Cibelle hob den Kopf und schaute interessiert zum Küchentisch. "Was ist das?"
"Tomatensalat und Weizenbrot mit Kräuterbutter."
"Und was gibt es zum großen Abendbrot?"
"Das fällt aus."
Cibelle war erschüttert, so etwas hatte sie nun doch nicht erwartet. Langsam erhob sie sich und schlenderte zur Küche. Dort verteilte sie höchst ungerecht den Salat und die Brote und begann zu essen. Ulrike setzte sich neben sie, faltete die Serviette säuberlich über ihre Schenkel und wünschte: "Guten Appetit!"
Cibelle, die den Mund voll hatte, nickte nur unwillig. Schnell schaufelte sie ihren Anteil in sich hinein und erhob sich sofort, um ins Badezimmer zu laufen und sich die Zähne putzen. Ulrike folgte ihr und fragte: "Willst du schon schlafen gehen?"
"Wieso?"
"Weil du dir schon deine Zähne putzt."
"Du hast so viel Kräuterzeugs reingemacht, das bleibt immer zwischen den Zähnen hängen!" "Ah, ja. Wo willst du eigentlich heute Nacht schlafen?"

"Keine Angst, ich nehme dir nicht dein Bett weg! Ich werde auf dem Sofa nächtigen!"
"Das heißt, du willst in meiner Wohnung schlafen?"
"Ich werde sogar hier wohnen!"
"Die Wohnung ist etwas klein für zwei Personen ..."
"Du kannst dich ja bei meinem Chef beschweren", schlug Cibelle milde lächelnd vor.
"Also wohnst du hier", gab sich Ulrike geschlagen. "Wie steht es mit der Übernahme eines Mietkostenanteils?"
Cibelle schaute sie mit hochgerissenen Augenbrauen an: "Wie bitte?"
"Nun, du wirst Wasser, Strom und Energie verbrauchen. Soll ich das alles alleine berappen?" Cibelle spuckte die Zahnpasta aus und murmelte dann gut hörbar: "Soweit ist es mit der Welt gekommen. Sie verlangt von ihrem Schutzengel Geld, damit er bleiben darf. Tss tss tss!" Sie schwankte an Ulrike vorbei in das Wohnzimmer und ließ sich beleidigt auf das Sofa sinken.
"Es tut mir leid", sagte Ulrike verlegen und ging ihr unsicher nach. "Es ist nur, weil ich so schrecklich pleite bin und keinen Job mehr habe ..."
"Moment", rief Cibelle und wedelte aufgeregt mit den Händen, "was heißt denn hier: keinen Job? Ich denke, du arbeitest in einer Buchhandlung?"
"Seit heute nicht mehr. Die Gräte hat mich gefeuert, weil ich gesagt habe, ich sei schwanger." "Und? Bist du es?"
"Natürlich nicht!"
"Gibt man heutzutage mit Schwangerschaften an?", erkundigte sich Cibelle höflich.
"Nein, es war nur ein Scherz ..."
"Ach, man scherzt darüber, ja?"
"Nein, natürlich nicht! Vergiss es einfach."
"Gut. Aber was heißt, dass du *natürlich* nicht schwanger bist? Ist man als Frau nicht ständig in Gefahr, es zu sein?"
"Heutzutage gibt es eine Pille, die so etwas verhindert! Außerdem habe gar ich keinen Freund."

"Ein so trauriges Leben", säuselte Cibelle mitleidig. Sie überlegte einen Augenblick und sagte dann im entschlossenem Tonfall: "Lass uns eine Liste aufstellen, was du brauchst, um glücklich zu sein. Die arbeiten wir ab, und ich kann wieder nach Hause. Aber komm mir bitte nicht mit großen Jachten oder riesigen Einfamilienhäusern! Der Himmel ist kein Bestellkatalog!"
"So was brauche ich alles gar nicht! Meine Großeltern sind reich genug, um mir diese Dinge zu finanzieren."
"Und dann heulst du einem Halbtagsjob in einer Buchhandlung hinterher? Du bist schon seltsam!"
"Mein Großvater denkt, ich studiere. Er weiß noch nicht, dass ich das Studium hingeschmissen habe."
"Ach so! Hm. Und warum?"
"Ich wollte mich auf meine schriftstellerische Karriere konzentrieren."
"Und die läuft nicht so berauschend, ja?"
"Nun, der schriftstellerische Teil schon, nur mit dem verlegerischen hapert es noch ... stark." "Also kann ich notieren: Schriftstellerkarriere, neuer Halbtagsjob und einen Freund."
"Der Freund ist nicht so wichtig!"
"So, denkst du? Worüber schreibst du denn dann, bitteschön?"
"Über meine Gefühle und meine Träume!"
"Ohne einen Freund zu haben? Das ist ja lächerlich! Ebenso gut könnte ein asthmatisches Nilpferd vom erfrischenden Nordpol schreiben!"
"Das ist eine hübsche Metapher!", erwiderte Ulrike säuerlich.
"Danke. Was ist eine Metapher?"
"Egal, vergiss es. Aber die Sache mit dem Freund ist wirklich nicht wichtig!"
"Nun, das können wir zu einem späteren Zeitpunkt neu bestimmen! Jetzt bin ich müde."
"Ich bringe dir gleich Bettzeug."
"Das wäre nett", Cibelle gähnte hinter vorgehaltener Hand.
"Morgen sehen wir dann weiter." Ulrike nickte zustimmend und ging, dass Bettzeug zu holen. Als sie wieder zurückkehr-

te, war die Engelin bereits fest eingeschlafen. Ulrike breitete vorsichtig eine Decke über sie und so endete der Abend.

## Die erste Begegnung: William und Bernhard

William schaute sich nachdenklich um und dann angespannt auf seinen Adresszettel. Doch es schien zu stimmen, sein Schutzbefohlener hatte seinen Geschäftssitz in dieser anrüchig wirkenden Gegend. Vermutlich ist er dann schneller am Ort des Verbrechens, dachte William verständig und betrat dann stetigen Schrittes den Gebäudeklumpen. Er durchschritt einen langen Gang, dessen schmutzige Strenge nur durch einige tote Blattpflanzen aufgelockert wurde. Schließlich sah er die gesuchte Firmenaufschrift: Privatdetektei Steinmetz & Co. Er klopfte erleichtert an die Glasscheibe.
Ein leises "Herein" erklang und zaghaft drückte William die Klinke herunter. Er blickte auf einen Mann, der sich augenscheinlich in dem Papiermeer auf seinem Schreibtisch ertränken wollte.
"Was kann ich für Sie tun?", kam es müde aus dem Zettelgebirge.
William drückte sanft die Tür zu und erwiderte gemessen: "Das steht hier nicht zur Debatte. Die Frage ist: Was kann ich für Sie tun, Sir?"
Der Kopf des Privatdetektivs wühlte sich langsam frei und ein erstauntes Gesicht erschien. "Wie bitte?", erkundigte es sich höflich.
"Sie sind Herr Steinmetz", riet William freundlich und trat an den Schreibtisch.
"Ja."
William ergriff seine Hand und schüttelte sie herzlich: "Mein Name ist William. Ich bin Ihr Schutzengel."
"Steht es denn schon so schlimm um mich?", fragte der Mann hoffnungslos.

"Ich kenne leider Ihre momentane Lage nicht so genau", antwortete William langsam, "aber wahrscheinlich sind Sie nicht besonders glücklich!"
"Das bin ich tatsächlich nicht", murmelte der Mann überrascht.
"Und deshalb bin ich hier. Ich soll Ihnen unterstützend zur Seite stehen."
"Sie kommen also von Molle?", fragte der Mann ängstlich.
"Molle, Sir?"
"Molle, der Spitzbauch! Sind Sie einer seiner Männer?"
"Da ich annehme, dass es sich bei Herrn Molle um einen Gangster handelt", der Detektiv nickte kraftlos, "kann ich Ihnen nur aus vollstem Herzen versichern, dass ich nicht von ihm komme. Mein Chef hat ein redliches Naturell!"
William verstummte einen Augenblick und fragte dann mit sachlicher Stimme: "Haben Sie mit Herrn Molle, dem Spitzbauch, Ärger?"
"Nein, eher mit seiner Frau!"
"Mit Frau Molle?"
"Nein, Frau Evita. Molle glaubt, dass sie ihn betrügt und er will Fotos!"
"Aber Frau Evita betrügt ihn nicht?"
"Doch! Aber nicht, wenn ich in ihrer Nähe bin!"
"Ein schwerwiegendes Problem", musste der Engel zugeben.
"Und wie gedenken Sie fortzufahren, Sir?"
"Ich werde ihr weiter hinterherlaufen, bis ich ein Foto habe oder Molle des Wartens müde wird und mich aus dem Auftrag entlässt."
"Wann werden Sie wieder losziehen, Sir?"
"Morgen, bei Tagesanbruch."
"Ich werde Sie begleiten, da es anscheinend Ihr Wunsch ist, ein erfolgreicher Privatdetektiv zu sein! Haben Sie sonst noch Wünsche?"
"Ich habe darüber nie nachgedacht", musste der Mann zugeben.
"Ich habe mir schon auf der Fahrt hierher einige Gedanken gemacht und sie notiert, Sir. Darf ich Sie Ihnen vorlesen?"

Bernhard Steinmetz nickte verwirrt. "Also, da hätten wir Erfolg im Beruf, ja? Wie wäre es mit einer Lebensgefährtin?"
"Darüber ..."
"Haben Sie noch nicht nachgedacht, oder? Nun wir können es ja erst einmal notieren. Und da wäre noch die Sache mit Ihrem Freund ..."
"Karli" bestätigte der Detektiv trübsinnig.
"Genau! Auch das wäre wieder ins Reine zu bringen. Ich meine, wir sollten das alles morgen in Angriff nehmen. Für heute möchte ich mich gerne verabschieden, Sir."
"Ach? Ich dachte, Sie als mein Schutzengel übernachten bei mir?"
"Aber nein! Ich möchte Sie beschützen, aber Ihnen nicht zur Last fallen! Ich werde in einem reizenden, kleinen Hotel untergebracht sein, Sir."
"Ja, gut. Dann bis morgen früh!"
"Bis morgen früh und eine angenehme Nachtruhe wünsche ich Ihnen, Sir!" William schloss die Tür hinter sich und hörte noch, wie sich Bernhard Steinmetz wieder in die Zettel vergrub.
Draußen atmete er auf. Das war ja wirklich einfach gewesen.

## Wer gesucht werden muss, will oftmals nicht gefunden werden:
### Lothar und Pierre-Alexander

Lothar war außer sich. Eine Riesenschweinerei, ihn mit falschen Daten auf die Erde zu schicken. Man ist ja gerne bereit, zu helfen, wo man kann und wie man kann, aber es gibt keinen Grund, jemandem die Arbeit derartig zu erschweren! Es gab keinen Kaminsky in dieser Stadt, der eine Partnervermittlungsagentur führte! Und die angebliche Behausung dieses mysteriösen Karl-Heinz Kaminsky gehörte dem Namen nach einem gewissen Reinbold!

Seufzend ließ sich Lothar auf einer Bordsteinkante nieder. Er würde noch einmal den Fall scharf durchdenken und wenn ihm dann nichts einfiel, würde er zum Anlegesteg der Fähre gehen und wieder heimfliegen! Also, der Kaminsky hatte eine Agentur. Und in der angegebenen Wohnung lebte ein Reinbold. Entweder hatte der auch eine Agentur oder aber... Eine kleine Idee sauste durch seinen Kopf und wollte sich nicht einfangen lassen. Durch heftiges Schütteln des Hauptes gelangte sie zögerlich in das Stammhirn, stolperte und fiel hin. Und schon blitzten Lothars Augen auf! Das war es! Kaminsky ist der Gruppenname dieses Reinbolds. Er hat eine Schwäche, die er, genauso wie Lothar, mit einer Gruppe ausdiskutierte! Hochachtungsvoll prustete der Engel - diese Schutzengelvermittlungsagentur wusste genau, wenn sie für wen einsetzen musste! Der Schutzengel und der Schützling würden sich gegenseitig helfen! Lothar schlug sich fassungslos an die Stirn. Und er hatte nicht auf die Erde gewollt, er Dummkopf! Freudig erhob er sich und suchte die nächste Telefonzelle auf.

Beschwingt ließ Lothar die Seiten des Telefonbuches durch seine Finger gleiten und hielt suchend bei R das Flattern an. "Reinarm, Reinart, Reinbart, Reinbold! Da ist er ja!" Den Finger fest auf die betreffende Telefonnummer gedrückt, nahm er umständlich den Hörer von der Gabel und tippte die Nummer ein.

Das Freizeichen ertönte und dann folgte die freundliche Ansage: "Partnervermittlungsagentur Reinbold, guten Tag! Mein Name ist Reinbold, was kann ich für Sie tun?"

"Ich würde gerne einen Herrn Kaminsky sprechen, Karl-Heinz Kaminsky", forderte Lothar mit tiefer Stimme und kicherte hinter vorgehaltener Hand.

Am anderen Ende der Leitung herrschte tiefes Schweigen, dann kam zögerlich die Frage: "Was wollen Sie denn von Herrn Kaminsky?"

Hoho, dachte Lothar voller Respekt, anscheinend handelt es sich bei Kaminsky um eine streng geheim gehaltene Schwä-

che. Dann erwiderte er ernst: "Ich möchte ihn einfach nur sprechen!"
"Geht es um irgendwelche Alimente?"
Lothar überlegte. Irgendetwas in seinem Inneren sagte ihm, dass er die Angelegenheit zum Abschluss bringen sollte, doch der Schalk in seinem Nacken flüsterte, dass ein Scherz unter zwei Gruppenangehörigen immer eine hübsche Sache sei. Leider hatte Lothar keine Ahnung, was Alimente sind.
"Genau! Es ist wegen der Alimente! Ich bin von dieser Sucht genauso befallen wie Herr Kaminsky und wünsche deshalb ein klärendes Gespräch!"
"Aha", kam es nachdenklich aus dem Hörer. "Kommen Sie doch einfach vorbei und wir sprechen darüber, ja?"
"Gut. Ich werde in einer halben Stunde bei Ihnen sein, Herr Reinbold-Kaminsky!"
Lothar legte den Hörer zurück auf die Gabel und klopfte sich anerkennend auf die Schulter. Eigentlich hätte er bei seinen Fähigkeiten auch den Detektiv betreuen können.
Er fuhr mit einem Taxi vor. Natürlich hätte er auch die Straßenbahn nehmen können, aber sein Eindruck von Taxifahrern war seit der ersten Fahrt so positiv, dass er keine Chance auslassen wollte, diese kleine Berufsgruppe zu unterstützen. Er brauchte auch dieses Mal nicht zu bezahlen, weil der Fahrer durch den schnellen Hinauswurf seines Fahrgastes um den zweiten Teil der schillerschen Glocke herumkam und diese Chance wahrnahm. Obendrein sammelt sich nach drei Minuten Fahrzeit nicht allzu viel auf dem Taxameter an.
Freundlich winkte ihm Lothar hinterher. Dann bestieg er in der Haltung eines Königs die Treppe und läutete.
Die Tür wurde aufgerissen und der überraschte Lothar ohne Umstände hereingezerrt. Sein Schutzbefohlener schloss hastig die Tür und stellte sich vor sie. Dann keuchte er: "Ich bin es nicht gewesen!"
"Was?", fragte Lothar erschrocken.
"Das Kind von der Bäckerstochter! Ich bin es nicht gewesen! Ehrlich!"

"Das glaube ich Ihnen! Wer behauptete denn so etwas Gemeines?" Lothar stand augenblicklich auf der Seite seines Schützlings und war bereit, jeden Angriff auf dessen Ehre niederzuschlagen.
"Ja, sind Sie nicht deshalb hier?", fragte Alex verständnislos.
"Wegen eines Kindes? Nein! Ich bin wegen Ihnen hier!"
"Meinetwegen?"
"Ja!" Lothar versuchte sich an den Namen dieses englischen Rockstars zu erinnern, aber er fiel ihm wirklich nicht mehr ein. Darum sagte er nach einer Weile: "Ich bin Lothar."
"Schön, und weiter?"
"Ich bin Ihr Schutzengel!"
"Ich werde verrückt", murmelte Alex und tastete nach seiner Temperatur.
Lothar lächelte verständnisvoll: "Man hat uns schon gesagt, dass wir auf Ungläubigkeit stoßen würden!"
"Wer wir? Kommen noch mehr?"
"Wir, das sind das Fräulein Cibelle, der Herr William und ich. Obwohl", und der Engel senkte die Stimme, "der Herr William anscheinend Theodor Fontane ist. Aber er will es nicht zugeben."
"Fontane? Das ist der mit dem Pferd oder?"
"Nein, das war Storm. Herr Fontane schrieb Effi Briest. Ein Roman um eine lüsterne Frau."
"Ich weiß, ich werde verrückt", sagte Alex ganz ruhig und schwankte in die Teeküche.
Lothar folgte ihm hüpfend und rief beruhigend: "Es ist alles in Ordnung, Herr Kaminsky ..."
"Ich heiße Reinbold! Pierre-Alexander Reinbold!"
"Meinetwegen", gab Lothar sich gutgelaunt geschlagen.
"Aber was ich sagen wollte: Sie müssen nicht verrückt werden, Sie bekommen auch so einen Schutzengel!"
Abrupt drehte sich Alex zu ihm um: "Können Sie mir erklären, was das alles soll? Erst sagen Sie, Sie kämen wegen der Alimente! Dann sagen Sie, Sie seien ein Schutzengel. Und was kommt als Nächstes?"

"Ihr Glück!" Lothar bedauerte heftig, dass zu diesen Worten kein Licht hell erstrahlte und kein himmlischer Choral ertönte. Aber sein Schützling schien sich auch so zu beruhigen. Er streckte seinen Zeigefinger aus und sagte tonlos: "Raus!"
"Nein", widersprach Lothar. "Ich bin Ihr Schutzengel! Sie können mich nicht einfach so vor die Tür setzen!"
"Raus!"
"Nein!"
"Doch!"
"Nein!"
"Entweder Sie gehen freiwillig oder ich hole die Polizei!"
"Ich fürchte mich nicht, denn ich habe eine Mission!" Lothar fühlte sich am Kragen gepackt und vor die Tür geschoben. Sein Gepäck folgte ihm unmittelbar. Laut schlug die Pforte in das Schloss. Lothar erhob sich und putzte nachdenklich den Staub von seinem Anzug. Er überdachte kurz die Möglichkeit eines gewaltsamen Eindringens in sein Hilfsgebiet, entschloss sich dann aber dagegen.

Langsam wanderte er die Straße herunter. Was mache ich denn nun, dachte er verzweifelt. Wenn die da oben spitzkriegen, dass ich meine Zielperson noch nicht einmal von meiner Identität überzeugen konnte, werden die mich doch nie wieder in eine Gruppe reinlassen. Der Engel war den Tränen nah. Aber, überlegte er und blieb stehen, ich darf mir von den anderen helfen lassen! Ich werde Fräulein Cibelle anrufen und sie um Unterstützung bitten. Bei dem Gedanken an sie leuchtete sein Gesicht fröhlich auf und es wurde ihm leichter um das Herz. Ja aber, dachte er und blieb erschrocken stehen, wenn sie mich auslacht und sagt, ich sei ein inkompetenter Schutzengel? Vielleicht sollte ich doch lieber Herrn William anrufen? Andererseits, der denkt dann vielleicht, wer kein guter Schutzengel ist, kann auch kein guter Dichter sein. Natürlich würde er sich irren, aber beharrten nicht gerade so hochklassige Poeten auf ihrer einmal gefassten Meinung? Lothar fühlte sich auf einmal sehr, sehr einsam.

Ich werde wohl doch Fräulein Cibelle anrufen. Die Liebe mag ja gut und schön sein, aber was ist sie gegen die kollegiale Anerkennung? Und wenn Fräulein Cibelle ihn wirklich liebte (und ihre Küsse waren diesbezüglich eindeutig), würde sie auch keinen Zweifel an seiner Persönlichkeit haben. Der Engel atmete auf. Er winkte nach einem Taxi und bat, in ein Hotel gefahren zu werden.

## Der erste Arbeitstag

## Das zweite Zusammentreffen: William und Bernhard

William erhob sich beim ersten Ton des Weckers aus seinem Bett und öffnete das Fenster. Er atmete tief durch und absolvierte seine morgendliche Körperertüchtigung. Danach begab er sich sofort unter die Dusche. Kalt floss das Wasser an seinem durchtrainierten Körper herunter. Er verließ die Nasszelle und rubbelte sich gründlich trocken. Dann putzte er hingebungsvoll seine Zähne und striegelte sein nasses Haar nach hinten. Ein Blick auf die Uhr, es war zwei Minuten nach sechs.

William nahm seinen ausgebürsteten Anzug aus dem Schrank und fuhr mit dem Zeigefinger prüfend über das Oberleder seiner Schuhe. Zufrieden lächelte er - kein Stäubchen haftete an seiner Fingerkuppe. Er schlug das Bettzeug zurück und ging hinunter zum Frühstücksraum, wo er die schläfrige Bedienung aufschreckte.

Hungrig verzehrte er seine zugeteilte Frühstücksportion und hinterließ seinen Tisch ohne einen Krümel auf der Tischdecke. Mit einem freundlichen Gruß verließ er das Hotel und machte sich auf den Weg zu seinem Arbeitsplatz.

In der überfüllten U-Bahn räumte er seinen Platz für eine ältere Dame und zog damit die allgemeine Aufmerksamkeit auf sich. Er verbarg sich hinter einer gefundenen Morgenzeitung und zählte im Stillen die Stationen mit. Als die Bahn in seiner Station einlief, war er der einzige Fahrgast, der ausstieg.

Eiligen Schrittes lief er zum Büro seines Schützlings. Doch dieser öffnete auch nach beharrlichstem Klopfen nicht. Entweder ist er allein losgegangen, überlegte William, oder ihm ist etwas passiert. Er holte seinen Dietrich aus der Tasche und schloss die Tür auf. Der schale Geruch nach abgestandenem Bier schlug ihm entgegen.
Bernard Steinmetz schlief, den Kopf auf den Schreibtisch gebetet, und schnarchte diskret. William rüttelte an seiner Schulter, doch der Schläfer grunzte nur unwillig. Der Engel unterließ weitere Bemühungen, verschränkte die Arme und versank in tiefes Nachdenken. Dann schlich er sich leise aus dem Büro und verschloss es wieder.
Zurück auf der Straße lenkte er seine Schritte zu einem der ansässigen Müllhaufen und fragte einen hingebungsvoll grabenden Kater: "Wo ist hier in der Nähe ein Lebensmittelgeschäft?" „He, Sie sprechen ja meine Sprache!", freute sich das Tier mit vollem Maul.
"Gut beobachtet. Wo ist hier das nächste Lebensmittelgeschäft?"
"Ist schon komisch, dass Sie meine Sprache sprechen! Kommt nicht so oft vor, wissen Sie?" "Das kann ich mir gut vorstellen. Also ...?"
"Ehrlich, das ist ganz, ganz selten", unterbrach ihn der Kater aufgeregt. "Einmal ist hier so ein alter Mann rumgelaufen, der hat auch mit den Katzen geredet. Hat sie aber wohl nicht verstanden, denn die haben immer gesagt, er solle frischen Fisch mitbringen und er brachte immer alten ..."
"Wo ...?"
"Ist hier das nächste Lebensmittel, ich weiß, ich weiß! Also, Sie gehen bis zur Ecke und dann links und dann noch hundert Meter und weiter links und da kommt eine Tankstelle!"
"Ich will nicht tanken, sondern ..."
"Essen kaufen, ich weiß, ich weiß. Sie kriegen dort Brötchen und so."
"Gibt es denn ..."
"Kein Lebensmittelgeschäft? Ich weiß, ich weiß! Nein, wozu auch? In dieser Gegend lebt doch niemand mehr!"

"Ich danke Ihnen verbindlich", sagte William höflich und wandte sich zum Gehen.
"Nichts zu danken", rief der Kater, "schauen Sie doch gelegentlich wieder vorbei. Ich besorge uns ein bisschen Fisch und wir naschen und plaudern dann!"
Doch William war schon an der Ecke. Er fand mit einiger Mühe die angegebene Tankstelle und sammelte aus dem überschaubaren Sortiment die Produkte, die ihm für einen Morgen danach angemessen erschienen. Er musste sich dabei auf die gängigen Klischees stützen, da er selbst noch nie verkatert war.
Vollbepackt verließ er das kleine Einkaufsparadies und trat den Rückweg an. Kurz vor dem Gebäude warf er noch einen spähenden Blick zu dem Müllhaufen, aber der Kater war verschwunden. Aufatmend betrat William erneut das Büro und legte die Sachen behutsam auf den Schreibtisch. Dann setzte er sich leise auf den Besuchersessel und las in Steinmetzens Unterlagen.

## Rasche Hilfe und Meinungsverschiedenheiten:
## Ulrike und Cibelle

Mit zerzaustem Haar tapste Ulrike in die Küche. Es war gerade acht Uhr und eigentlich hätte sie endlich einmal ausschlafen können, aber gruselige Träume ließen keinen erholsamen Schlaf zu. Sie versuchte leise zu sein, um ihren Gast nicht zu wecken, doch dieser saß schon frischgeduscht und frisiert am Küchentisch und malte mit einem dicken Leuchtstift Kreise in eine Zeitung.
"Ich hätte dich eigentlich für eine Langschläferin gehalten", sagte Ulrike statt eines Morgengrußes.
"Bin ich auch", erwiderte Cibelle kläglich, "aber die Vielzahl deiner Probleme ließen mir keine Ruhe."
"Was machst du da?"
"Ich gehe die Stellenangebote durch!"

"Aha. Und wo hast du um die Uhrzeit eine Zeitung her?"
"Aus dem Briefkasten."
"Ich bekomme keine Tageszeitungen!"
"Aber deine Nachbarn!" Cibelle blickte auf und setzte erklärend hinzu: "Harte Zeiten erfordern unliebsame Maßnahmen!"
Sie griff zum Telefonhörer und wählte eine Nummer. "Guten Tag, hier ist Ulrike Zimmermann! Ich rufe wegen Ihrer Annonce an, das Stellenangebot! ... Ja, natürlich halte ich mich für befähigt, dieser Arbeit gerecht zu werden! ... Nein, um 16 Uhr passt es mir nicht, um 17 Uhr wäre mir lieber. ... Was soll das heißen, Extrawünsche? Ich habe leider schon um 16 Uhr etwas vor. ... Was geht es Sie denn an, was ich vor habe? ... Gut, wenn Sie es wirklich wissen wollen, ich muss vor Gericht aussagen. ... Ja, vor Gericht! Meinem ehemaligen Chef wird vorgeworfen, er hätte sich nicht an die Arbeitsschutzgesetze gehalten und ich möchte ihn da gern rausboxen. ... Natürlich bin ich nur irgendeine Angestellte gewesen, aber wes Brot ich ess, des Wort ich sprech! ... Schön, dass Sie meine Einstellung freut! Wir sehen uns dann um 17 Uhr! ... Ja, ich bin auch schon ganz gespannt! Auf Wiedersehen!" Sie legte den Hörer auf und schaute Ulrike triumphierend an.
"Was machst du da? Was soll das Gerede, ich müsse vor Gericht, um meinen Chef rauszuboxen?"
"Nun, ich dachte, deinen neuen Chef würde es freuen, wenn du derart loyal bist! Aufmucken kannst du ja, wenn sie dich eingestellt haben! Außerdem hast du um 16 Uhr einen anderen Vorstellungstermin", erklärte Cibelle dynamisch. Dann klatschte sie in die Hände: "Jetzt aber schnell! Du hast fünf Termine, einen um zehn, um zwölf, um dreizehn, um vierzehn, um sechzehn und um siebzehn Uhr! Deine U-Bahnlinien habe ich dir auch schon herausgesucht und hier sind deine Bewerbungsunterlagen!"
"Du hast in meinem Schreibtisch rumgewühlt!", konstatierte Ulrike angesäuert.

"Nun, ich musste doch alles vorbereiten! Außerdem habe ich die Unterlagen ein wenig geändert und sie dem jeweiligen Betrieb angepasst!"
"Das ist Urkundenfälschung!"
"Nein, das ist eine Optimierung der Chancen! Oder glaubst du, jeder Betrieb möchte eine ehemalige BWL-Studentin haben? Am Fließband kann Bildung sehr hinderlich sein!"
"Du willst mich ans Fließband stellen?"
"Erst einmal musst du den Job bekommen, meine Liebe!"
Ulrike kramte in den Unterlagen. "Welcher von diesen Terminen ist das Fließband? Den kannst du gleich wieder rausnehmen!"
"Entspann dich! Vielleicht nehmen sie dich gar nicht! Außerdem kannst du dann eine tolle Reportage darüber schreiben!"
"Ich bin nicht Wallraff! Ich will poetische Geschichten schreiben!"
"Dann kannst du dir eben ein schönes Fließbandmärchen einfallen lassen, mein Gott!"
Ulrike sah ein, dass Cibelle nichts einsehen wollte. Ich fahre einfach nicht überall hin, dachte sie listig.
"Ich habe dir einen Zettel dazu gepackt, auf dem du bitte alle unterschreiben lässt, die dich nicht nehmen wollen", befahl Cibelle ungerührt.
"Ich bin dir keine Rechenschaft schuldig", widersetzte sich Ulrike.
"O doch! Ich habe hier eine Aufgabe zu erfüllen und bin nicht bereit, mich von dir daran hindern zu lassen! Anhand der unterschriebenen Zettel kann ich erkennen, für welche Berufe du nicht tauglich bist und was du falsch machst! Und denke daran", an dieser Stelle lächelte Cibelle ihren Schützling aufmunternd an, "was du heute abarbeitest, musst du morgen nicht machen!"
Ulrike wollte sich lustlos auf den Küchenstuhl sinken lassen, wurde aber erbarmungslos von Cibelle in das Schlafzimmer getrieben. Die Engelin riss den Schrank auf und wühlte in den Anziehsachen. Schließlich kam sie mit einem knappen Kostümchen wieder zum Vorschein. "Das kann ich nicht anzie-

hen", sagte Ulrike ruhig, "das passt mir seit Jahren nicht mehr!"
"Probiere es doch einfach mal an", beharrte Cibelle auf ihre Wahl. Sie beobachte aufmerksam, wie sich Ulrike in die Sachen quälte. Der Rock bedeckte knapp den Po und die Jacke konnte nur mühsam das Herausschnellen ihres Busens verhindern.
"Perfekt", jubelte Cibelle.
"Vergiss es", wehrte sich Ulrike, "damit werde ich nicht losgehen! Ich habe nicht vor, mich so in eine U-Bahn zu setzen!"
"Langsam habe ich das Gefühl, du willst keine neue Arbeitsstelle finden", rief die Engelin aufgebracht.
"Doch! Aber nicht im horizontalen Gewerbe!", konterte Ulrike wütend. "Es sei denn, du hast auch ein Vorstellungsgespräch in einem Bordell für mich eingeplant!"
"Meinetwegen", gab Cibelle nach. "Dann such dir selbst etwas heraus!"
Ulrike blähte siegessicher die Nasenflügel und schritt zum Kleiderschrank. Sie entschied sich für eine unauffällige Hose und eine noch unauffälligere Bluse und verzog sich mit beiden Teilen in das Badezimmer. Nach einer guten Weile trat sie wieder vor die Tür und schaute Cibelle herausfordernd an.
"Kein Make-up?", erkundigte die sich.
"Hab' ich doch drauf", erwiderte Ulrike erstaunt. "Grundierung, Wimperntusche, Lidschatten und Lippenstift!"
"Man sieht überhaupt nichts!"
"Ich will ja auch nicht wie ein Clown aussehen!"
"Hackenschuhe?", bettelte Cibelle.
"Nein!" Ulrike schlüpfte in die flachen Mokassins und angelte nach ihrer Handtasche. "Darf ich noch eine Kleinigkeit frühstücken?", fragte sie ironisch.
"Du hast ja nichts im Kühlschrank", gab die Engelin giftig zurück. "Außerdem musst du jetzt los, wenn du pünktlich zu deinem ersten Termin kommen willst!" Ulrike stöhnte und verließ die Wohnung. "Viel Glück", rief Cibelle ihr hinterher

und rieb sich die Hände. Das erste Problem schien sich zu lösen.

## Bernhard und William

Bernhard Steinmetz erwachte nur widerwillig und unter heftiger Gegenwehr aus seinem Tiefschlaf. Stöhnend hob er seinen Kopf an und versuchte ungeschickt, sich aus den zahllosen Zetteln auf seinem Schreibtisch ein Kopfkissen zu bauen. Leider erreichte er nicht die gewünschte Weichheit, welche sein Kopf so bitter nötig hätte, also ließ er diesen erst einmal frei im Raum hängen. Dann, wie durch die Hand des Schabernacks geführt, fiel der Kopf nach hinten, schwankte wieder nach vorne und blieb schließlich auf halber Strecke stehen, senkrecht zum Hals. Bernhard klimperte vorsichtig mit den Augenlidern, die sich irgendwie verklebt anfühlten und riss sie in einem Akt der Gewalt endlich völlig auf. Er stierte den Engel an und fragte dann mit schwerer Zunge: "Wer sind Sie?"

"Guten Morgen, Herr Steinmetz! Ich habe mich bereits gestern bei Ihnen vorgestellt, ich bin Ihr Schutzengel, Sir! William!" Der Engel reichte seine Hand über den Schreibtisch und schüttelte die Pranke des Privatdetektivs.

Dieser öffnete seinen Mund, ließ einen Rinnsal Speichel herauslaufen und rief schließlich mit heiserer Stimme: "Blödsinn!"

"Bitte?"

"Blödsinn! Schutzengel!! So 'n Quatsch-Matsch!"

William überlegte kurz, ob er darauf mit beleidigtem Schweigen reagieren sollte, beschloss aber, Nachsicht walten zu lassen. "Nun gut, Sir, wenn Sie das meinen. Ich bin Ihre neue Hilfe."

"Ich habe keine bestellt", jaulte Bernhard auf und versuchte, mit der Faust auf den Tisch zu hauen. Es misslang. Er winkte ab und begann, in seiner Schreibtischschublade zu kramen.

Hoffentlich holt er jetzt keine Waffe hervor, dachte William erschrocken. Er musste nicht um sein Leben fürchten, aber

wie soll man einem Menschen, der nicht an Schutzengel glaubte, im Einzelnen erklären, dass man zwar erschossen, aber nicht tot sei. William sah bereits größere Konfusionen voraus, als Bernhards Hand mit einer halbvollen Whiskyflasche wieder zum Vorschein kam.
"Mit einem freundlichen "Wollen Sie auch?" wanderte die Flasche in Williams Richtung. Der Engel schüttelte verneinend den Kopf. "Dann nicht!" Die Flasche kehrte zurück an die Lippen ihres Besitzers. Dieser warf seinen Kopf in den Nacken und trank mit zwei, drei heftigen Zügen den Inhalt aus. Die unnütz gewordene Verpackung plumpste zu Boden und der Detektiv wischte sich befriedigt über den Mund.
"Was kann ich für Sie tun?", fragte er mit belegter Stimme.
William kratzte sich am Kopf und sagte: "Vorerst würde es mir reichen, wenn Sie etwas von den Sachen essen würden!" Er wies auf die Brötchen und den eingelegten Hering. "Später", fuhr er fort, "können wir uns über Ihre berufliche Situation unterhalten!"
Bernhard nahm sich ein Brötchen und biss kräftig hinein. "Hm, frisch", bemerkte er anerkennend. "Ich habe schon ewig keine frischen Brötchen mehr gegessen!" Er angelte mit zwei Fingern einen Rollmops aus dem Glas und stopfte ihn sich in den Mund. Langsam wurden seine Augen wieder klarer und sein Geist wach. "Sie sind meine Hilfe?" William nickte erleichtert, erfreut, endlich verstanden worden zu sein.
"Da hat Sie das Arbeitsamt aber mächtig verkohlt", erklärte der Detektiv kauend. "Ich habe nämlich überhaupt keine Hilfskraft angefordert!"
"Ich werde trotzdem für Sie arbeiten, Sir!"
"Ich habe kein Geld, Sie zu bezahlen!"
"Ich brauche kein Geld, Sir!"
"Herrje, Mann! Ich habe auch nicht genug Arbeit, um Sie zu beschäftigen!"
"Gestern sprachen Sie über einen heiklen Auftrag, den Sie nicht allein zu bewältigen glaubten. Es ging dabei um eine wahrscheinlich untreue Ehefrau ..."

"Was heißt hier wahrscheinlich? Hundertprozentig ist sie untreu! Wenn sie es nicht ist, sehe ich kein Geld und kriege 'ne Menge Ärger!"
"Sehen Sie, Sir, und da komme ich ins Spiel! Ich werde die Frau für Sie beschatten und Ihnen notfalls auch den Ärger vom Hals halten!"
Bernhard hörte auf zu kauen und schaute William andächtig an. Dann fragte er leise: "Warum wollen Sie das tun? Für nichts und wieder nichts?"
William lehnte sich zurück und faltete die Hände über den Bauch. "Ich arbeite für eine Gesellschaft, die es sich zur Aufgabe gemacht hat, Menschen wie Ihnen unentgeltlich zu helfen. Das bedeutet, wenn Sie sich weigern, mich helfen zu lassen, bin ich meinen Job los und Sie aus Reue gezwungen, mich einzustellen und zu bezahlen." William lächelte milde über seinen Scherz.
"Warum will Ihre Gesellschaft mir helfen?", hakte Bernhard nach. "Wollen Ihre Leute, dass ich dafür irgendetwas für sie tue? Jemanden beschatten? Oder umbringen?" William schüttelte wortlos den Kopf. "Oder", und Bernhard senkte seine Stimme, "wollen die meine Seele?"
"Würden Sie die denn hergeben?", erkundigte sich William, ebenfalls im Flüsterton.
"Nein!"
"Na, sehen Sie! Außerdem darf man für unverlangt erbrachte Dienste keinen Lohn fordern!" Bernhard starrte ihn zweifelnd an. Der Engel beugte sich vor und sagte mit inbrünstiger Stimme: "Ich bin Ihr Schutzengel, Sir! Ob Sie mir glauben oder nicht, ist mir egal! Es reicht mir schon, wenn Sie es akzeptieren und mich meine Arbeit machen lassen würden."
Bernhard schluckte den letzten Hering herunter und sagte abschließend: "Nun gut! Ich werde Ihnen schon auf die Schliche kommen! Immerhin bin ich Privatdetektiv und auf solche Sachen spezialisiert und ..." In diesem Augenblick klingelte das Telefon. Bernhard Steinmetz riss fahrig den Hörer ans Ohr und rief mit dröhnender Stimme: "Privatdetektei Steinmetz und Co., Bernhard Steinmetz am Apparat, was kann ich

für Sie tun?" Er lauschte kurz und reichte William den Hörer hinüber. "Es ist für Sie", sagte er verwundert. "Eine Cibelle!" Der Engel nahm mit einem höflichen Nicken den Hörer an sich und lauschte hinein. Hin und wieder murmelte er ein knappes "Hm" und "Verständlich" in die Muschel und fragte dann in Bernhards Richtung: "Glauben Sie, Sir, dass wir heute Nacht arbeiten müssen?" Bernhard zuckte mit den Schultern. "Also nicht", entschied William und sprach dann: "Fräulein Cibelle, wir treffen uns in diesem kleinen Lokal in Ihrer Straße ... Um 21 Uhr ... Nein, sagen *Sie* bitte Herrn Lothar Bescheid ... Ja, auf Wiedersehen!" William reichte den Hörer zurück und beantwortete die Frage, welche Bernhard ins Gesicht geschrieben stand, mit einem kurzen: "Meine Kollegin!" Sein Schutzbefohlener grinste verständnisvoll.

Da Sie, geschätzte Leserschar, im Gegensatz zu William nicht wissen, was passiert ist und warum ein Treffen anberaumt wurde, möchte ich Sie mit einigen Sätzen über das Geschehene in Kenntnis setzen.

### Lothar ohne Alex

Das war so: Lange nach Cibelle und William war Lothar aus dem Bett gekrochen und hatte sich erneut der Tatsache gestellt, bereits im ersten Teil seines Schutzengeldaseins versagt zu haben. Der Kummer schlug ihm so sehr auf den Magen, dass er ihn mit einer Vielzahl von Lachs-, Schinken-, und Lachsschinkenscheiben vom Frühstücksbüfett beruhigen musste. Die letzten Scheiben schnappte er einer älteren Dame, die gerade in den Frühstücksraum eingetreten war, vor der Nase und vom Teller weg. Dieser unfrommen Tat brachte er selbst sehr großes Verständnis entgegen, denn er hatte immerhin eine Mission zu erfüllen und sie machte anscheinend ja nur Urlaub.
Die Dame setzte sich laut schimpfend an den benachbarten Tisch und beobachtete ungläubig, wie Lothar die Scheiben zusammenrollte und ohne Brot in sich hineinschob. Die

Schinkenscheiben beruhigten den Magen und der frischgepresste Orangensaft schwemmte die Sorgen endgültig fort. Als Krönung des Morgens erwog Lothar den Genuss einer kleinen Massage, beschloss aber, zuerst Cibelle anzurufen und seine Sorgen auf ihre Schultern abzuwälzen. Für eine Frau, die liebt, ist es das Seligste, wenn sie dem Liebsten in einer Notsituation helfen darf, dachte er selbstlos. So schlenderte er zum Hoteltelefon.
Leider stand in der Zelle bereits ein telefonierender Mann. Lothar klopfte so lange an die Scheibe, bis der Mann entnervt den Hörer aufknallte, die Tür aufstieß und "Was ist denn?" brüllte.
Der Engel schenkte ihn ein verständnisvolles Lächeln und lispelte höflich: "Ich müsste mal ganz vordringlich telefonieren!"
"Ich auch!"
"Ich bitte Sie! Wenn man so lange telefoniert, kann es gar nicht mehr *so* wichtig sein! Wichtige Angelegenheiten bedürfen nur weniger Worte!" Der Mann schnaubte vor Wut und machte Anstalten, sich auf Lothar zu stürzen. Dieser schaute ihn leidend an und glitt an dem Mann vorbei in die Telefonzelle. Erfreulicherweise hatte der Wüterich noch einen kleinen Restbetrag im Automaten gelassen, den Lothar gut nutzen konnte. Er schlug das Telefonbuch auf und suchte langsam die Nummer von Ulrike Zimmermann heraus. Aus den Augenwinkeln konnte er sehen, wie der Mann vor der Zelle von einem Bein auf das andere hüpfte. Er hat anscheinend wirklich ein dringendes Gespräch, dachte Lothar schadenfroh und blätterte ohne Eile und ohne Grund weiter im Buch herum. Endlich wurde es ihm zu dumm und er wählte die Nummer.
Das Klingeln des Telefons ließ Cibelle aufschrecken, war sie doch gerade dabei, Ulrikes Schreibtischschubladen einer gründlichen Kontrolle zu unterziehen. Außer einigen schlechtgetippten Manuskripten hatte sie nichts Interessantes entdecken können.

Gerade versuchte sie hoffnungsfroh, mit einer Nagelfeile ein verschlossenes Geheimfach aufzuhebeln, als es klingelte. Lustlos schlenderte sie zum Telefon. "Bei Zimmermann?"
"Fräulein Cibelle, sind Sie es?"
"Hm!"
"Ich bin es, Lothar!"
"Das höre ich!"
"Mir ist etwas ganz Schreckliches passiert ..." Schweigen.
"Ich sagte, mir ist etwas ganz Schreckliches passiert!"
"Ja, das sagten Sie! Was ist Ihnen denn passiert?"
"Meine Zielperson möchte nichts mit mir zu tun haben!"
Das glaube ich gern, dachte Cibelle höhnisch.
"Meine Zielperson glaubt nämlich nicht an Schutzengel!"
"Haben Sie es mal mit Fliegen versucht?"
"Nein, wozu? Sie müssen mir helfen, Fräulein Cibelle!"
"Ich sehe wirklich nicht, wie ich Ihnen helfen könnte, Herr Lothar!"
"Bitte!!!"
"Wirklich, ich weiß es nicht!"
"Fräulein Cibelle!!! Ich flehe Sie an. Seien Sie meine Retterin in der Not!"
"Herr Lothar ..."
"Bitte!!! Ich knie bereits!" Lothar tat nichts dergleichen, zumal er auf den Boden einen alten Kaugummi erspäht hatte.
"Nun gut", gab Cibelle seufzend nach.
"Ich danke Ihnen, ich danke Ihnen aus vollstem Herzen! Was werden Sie tun?"
"Ich weiß noch nicht. Hören Sie, geben Sie mir Ihre Nummer und ich melde mich bei Ihnen, wenn ich eine Idee habe, ja?"
Lothar atmete auf und diktierte deutlich die Rufnummer des Hotels. "Ich habe Zimmer 207. Falls ich nicht anwesend sein sollte, hinterlassen Sie bitte eine Nachricht!"
"Wieso nicht da sein, ich ...", fragte Cibelle erstaunt, doch der Anrufer hatte bereits aufgelegt und war auf den Weg zur Massage.
Cibelle seufzte noch einmal und schimpfte im Stillen mit sich, weil sie sich derartig hatte überrumpeln lassen. Doch

dann hellte sich ihr Gesicht wieder auf. Sie würde William anrufen und ihm alles erzählen. Immerhin sollten sie sich untereinander helfen! Lothar hatte ein echtes Problem und sie damit die Möglichkeit, William wiederzusehen.

William hatte den Hörer wieder aufgelegt und sein Schutzbefohlener hatte getrunken und nun war es Zeit, an die Arbeit zu gehen.
"Die Frau ist 1,60 groß, mollig und trägt am liebsten Rot", erklärte Bernhard.
"Eine sehr schöne Frau", sagte William beim Betrachten der Fotos beeindruckt.
"Ja, das ist wahr. Kein Wunder, dass Molle Angst, sie könnte fremdgehen", stimmte ihm Bernhard zu.
"Wo werden wir nach ihr suchen?"
"Im Stadtpark!"

Durch das sommerlich reichbelaubte Gestrüpp schlichen zwei Männer. Der eine versuchte, eine umfangreiche Fotoausrüstung durch die Zweige zu balancieren, der andere achtete strikt darauf, sich durch eben diese Zweige kein Dreiangel in die Anzugjacke zu reißen.
"Ich denke, ab jetzt sollten wir robben", wisperte der Erste.
"Das halte ich für keine gute Idee, Sir", widersprach der Andere, ohne seine Lautstärke zu zügeln.
"Und warum nicht?"
"Sir, wir sind mitten in einem Stadtpark! Es ist auffälliger, wenn wir versuchen, auf dem Bauch durch diese sperrige Vegetation zu kriechen, als wenn wir wie normale Parkbesucher hier spazieren gehen!"
"So, denken Sie? Dann möchte ich Sie darauf hinweisen, dass eine Frau, die ihren Mann betrügt, feine Antennen hat. Wenn die Dame mich mit meiner Fotoausrüstung sieht, weiß sie doch, was die Stunde geschlagen hat!"
"Aber nur, weil bei dieser Hitze jemand mit Hut und Mantel stark ins Auge sticht, Sir!"

"Das ist kein Mantel, sondern ein Originaltrenchcoat, William! Und ein leichter Sommermantel ist an einem Herrn von Welt nicht ungewöhnlich! Also, runter auf den Boden!"
William blieb aufrecht wie eine Eiche stehen und beobachtete seufzend, wie Bernhard sich auf einen Hundehaufen legte. Einer Eidechse gleich kroch der Privatdetektiv vorwärts, die Ausrüstung auf den Rücken geschoben, während William pfeifend neben ihm her schritt.
"Ich finde Sie ein wenig arrogant und uneinsichtig!", kam es von unten.
"Da haben Sie sicher Recht, Sir", gab William bereitwillig zurück. Doch dann stockte er. "Da kommt sie", meldete er seinem Schützling.
"Wer?", knurrte der Detektiv, der gerade dabei war, sich einen Glassplitter aus der Hand zu ziehen.
"Madame Molle!"
"Ich sehe nichts!"
"Nun, Sir, wenn Sie sich auf meine Höhe begeben würden ..."
Die Frau kam rasch näher. Ein gelbes Sommerkleid, über und über mit Klatschmohnblüten bedruckt, flatterte um ihre wohlgeformten Beine. Der Mund war in einem kräftigen rot eingefärbt und harmonierte mit ihren schwarzen hochgelockten Haaren.
Bernhard drückte sein Gesicht auf die Erde und deckte den Hinterkopf mit seinen Armen ab, um unerkannt zu bleiben. Die Frau blieb vor den beiden stehen und fragte besorgt, während ihr rundlicher Finger auf den Detektiv wies: "Ist mit ihm alles in Ordnung?"
"Sicher, Madame", sagte William beruhigend. "Er praktiziert so eine Art Sonnenanbetung!" "In Hut und Mantel?", staunte die Frau.
"Nun, das ist bei dieser Gruppe seit Jahrhunderten so Sitte, weil die ersten Anhänger dieses Kultes Inuits waren. Irgendwann wurde der Brauch in das Abendland getragen, aber man mag sich nicht so recht an Neuerungen gewöhnen."
"Das ist sicher beschwerlich für ihn", bedauerte ihn die Dame. "Glauben Sie, ich könnte ein paar Worte mit ihm wech-

seln und ihm sagen, wie sehr ich seinen Glauben bewundere?"

"Nun, ich fürchte, er ist in Trance, Madame! Aber wenn er wieder bei uns ist, werde ich ihm Grüße von Ihnen ausrichten!"

"Danke, das wäre sehr nett von Ihnen! Vielleicht treffe ich ihn ja mal in einem wachen Zustand!"

"Schauen Sie einfach in den Büschen nach, wenn Sie wieder durch den Park spazieren, Madame", schlug William vor und verabschiedete sie mit einem Lächeln. Die Frau ging weiter und drehte sich immer wieder um. Dann war sie verschwunden.

"Tolle Fesseln", murmelte Bernhard und richtete sich ächzend auf. "Aber es war sehr unklug von Ihnen, William, der Zielperson unseren Beobachtungsposten zu verraten!"

"Verzeihen Sie mir, Sir", bat der Engel unaufrichtig. Doch der Detektiv hatte gerade die Flecken auf seinem Trenchcoat entdeckt und fluchte ungehalten. "Was gedenken Sie als Nächstes zu tun, Sir?", erkundigte sich William höflich.

"Ich gehe nach Hause!"

"Dann darf ich meine Arbeit heute als beendet betrachten, Sir?"

"Ja, ja, gehen Sie schon! *Sie* haben ja eine Verabredung!"

"Ich werde alles in meiner Macht stehende tun, damit wir das bald auch von Ihnen sagen können, Sir."

Doch Bernhard hörte nicht auf die versöhnlichen Worte, er schlenderte davon, die Hände in die Taschen vergraben. Er war so in Gedanken versunken, dass er nicht einmal das laute Klappern bemerkte, welches sein Fotoapparat verursachte, der hinter ihm auf dem Boden schliff. William sah ihm mitleidig nach und beschloss, ab morgen der ganzen Angelegenheit mit größerer Aufopferung entgegenzutreten. Notfalls auch, wenn er bäuchlings robbend durch den brennenden Dornenbusch müsste.

**Der erste Feierabend, der erste Krach,
die Problembewältigung
und - einige Küsse und noch eine Problembewältigung**

Cibelle hatte die Durchsicht der Schränke abgeschlossen und war zu dem Ergebnis gelangt, dass ihr Schützling keine Geheimnisse hatte, außer der Schwindelei ihrem Großvater gegenüber. Ulrike war l-a-n-g-w-e-i-l-i-g! Resigniert ließ sie sich auf den Schreibtischstuhl nieder und blätterte in den Manuskripten. Ohne genauer zu lesen, fiel ihr eine gewisse lautmalerische Schreibweise auf. Bevor sie sich näher damit beschäftigen konnte, wurde die Wohnungstür aufgerissen und eine verschwitze und abgekämpfte Ulrike stand vor ihr.
"Kannst du mir erklären, womit ich das verdient habe?", erkundigte sie mit kaum unterdrücktem Zorn. Cibelle schaute sie fragend an. "Du hast mich in einen Schlachthof, in eine Fischverarbeitungsfabrik, in eine Bauarbeiterkantine, zu einem Männerklo am Bahnhof und in ein Bordell geschickt!"
"Ja", bestätigte Cibelle nickend.
Ulrike kam näher und zischte mit leiser Stimme: "Keiner dieser Arbeitsplätze wäre von mir in Betracht gezogen worden. Soll ich in der Schlachterei Schweinehälften schleppen? Oder am Fließband Fische entgräten? Kannst du dir vorstellen, wie viel flache Witze ich mir anhören musste, als ich über diese kilometerlange Baustelle gelatscht bin? Nein? Das glaube ich. Du hast auch sicher keine Ahnung, wie eine Männertoilette stinken kann, oder?"
Diesen Vorwurf wies die Engelin brüsk zurück: "Oh doch! Ich habe mich auch schon einmal auf einer Männertoilette verirrt! Und so schlimm ist das wirklich nicht!"
"Aber was würde dein Chef wohl dazu sagen, dass du mich zur Arbeitssuche in ein Bordell geschickt hast?"

"Als Küchenhilfe, nur als Küchenhilfe! Dagegen ist doch nichts zu sagen. Ihr Menschen schleppt zu viele Vorurteile mit euch herum!"
"Halt' die Klappe!", brüllte Ulrike. "Heute war der schlimmste Tag in meinen Leben und das habe ich dir zu verdanken!"
"Du brauchst doch Arbeit", hielt Cibelle in gleicher Lautstärke dagegen. "Oder glaubt das Fräulein Reichgeboren, eine angenehme, leichte und gutbezahlte Arbeit würde mal so eben auf der Straße liegen? Du hättest viel Geld verdienen können!"
"Bevor ich so etwas mache, hungere ich lieber!"
"Genau! Oder du rufst deinen Großvater an! Wozu sich sein Geld hart selbst verdienen, wenn die Familie welches hat, oder?"
"Es macht sich natürlich viel besser, wenn ich meinen Großvater anrufe und sage: Ich habe mein Studium geschmissen, aber sei ohne Sorge, dafür trage ich jetzt Teile von toten Kühen durch die Gegend!"
Cibelles Finger trippelten bösartig auf der Tischplatte. Mit ganz ruhiger Stimme sagte sie völlig beherrscht in Richtung Schreibtischlampe: "Es tut mir leid. Ich hatte einfach übersehen, dass ein Studienabbruch, gefolgt von leichter Arbeit und anschließender Fettleber auf Großvaters Kosten in deiner Familie Tradition ist!"
Dann erhob sich die Engelin und glitt an Ulrike vorbei, die wie versteinert dastand. Laut fiel die Tür ins Schloss. Ulrike ließ sich auf das Sofa fallen und weinte.

Die Kneipe war eng und verräuchert. Volltrunkene Männer pöbelten sich gegenseitig an und hauten das Bierglas viel zu hart auf den Untersetzer. Ein Spielautomat klingelte und tütete bunt und lustig vor sich hin. Von Zeit zu Zeit steckte jemand ein paar Münzen hinein, welche die Maschine ohne Dank und Lohn verschluckte. Die Musikuntermalung kam aus einem Radio, dessen Sendungsangebot zwischen kurzweiliger Operette und Reportagen über Kleintierzüchteraus-

stellungen schwankte. Zwischen all dem gemütlichen Mief saßen die Engel und hielten sich an ihren Gläsern fest. Cibelle hatte diesen unangenehmen Geschmack im Mund, den man bekommt, wenn die Oberhand durch Schläge unter die Gürtellinie errungen wurde.
In William nagte das schlechte Gewissen, weil er die Gefühle seines Schützlings verletzt hatte.
Der Einzige, dem es gut ging, war Lothar. Nach einer schönen Sauna mit darauffolgender Massage und Dufttherapie hatte er dem Zimmermädchen einen ausführlichen Vortrag über den Wert des Wohlgefühls beim Dichten gehalten und das Mädchen hatte immer wieder genickt und geknickst.
Sicherlich versteht sie die ganze Bedeutung meiner Ausführungen nicht, aber in ihr wohnt eine russische Seele, die allen empfindsamen Menschen Zugang zueinander verschafft, dachte er zufrieden. Nachdem er das Mädchen trinkgeldlos entlassen hatte, war er in einen erquicklichen Nachmittagsschlaf versunken.
Jetzt saß er hier, bemängelte im Stillen die Qualität des Weines und erfreute sich an Cibelles Anblick. "Und, wie läuft es bei Ihnen so?", versuchte er eine Konversation anzuleiern.
"Entsetzlich", seufzte Cibelle. "Ulrike sieht nicht ein, dass es wichtig ist, eine Arbeit zu finden."
"Warum? Ich denke, sie hat Arbeit?", wunderte sich William.
"Nein, sie wurde gefeuert. Und heute war sie auf Jobsuche, ohne Erfolg!"
"Mein Schützling bedient sich veralteter Observierungsmethoden und scheint auch ansonsten nicht der Fähigste in seinen Beruf zu sein", versuchte William zu trösten.
"Na und? Ulrike schreibt Texte, die einem schon beim kurzen Anlesen das Blut in den Adern gefrieren lässt", trumpfte Cibelle auf.
"Das ist noch gar nichts! Herr Steinmetz hat sich einen höchst prekären Auftrag aufgehalst, er beschattet nämlich die Frau eines Gangsters!", überbot William.
"Aber mein Schützling will mit seinen Werken Geld verdienen und wenn Ulrike es nicht schafft, bekommt ihr Großvater

einen Herzanfall vor Wut, weil der immer noch glaubt, sie studiere!" "Mein Schützling wird sogar erschossen, wenn er nicht bald Fotos von der untreuen Ehefrau abliefert!" Die beiden Schutzengel hatten ihre Asse ausgespielt und schauten einander mitleidig an. "Sie haben da wirklich einen schwierigen Fall abbekommen, Fräulein Cibelle!"

"Nein, nein, William, an Ihrem Fall möchte *ich* nicht sitzen! Stellen Sie sich mal vor, Ihr Schützling wird gemeuchelt! Wie wollen Sie das im Himmel erklären?"

William überdachte die Frage und bestellte dann noch ein Glas Sherry, das er mit einem Schluck austrank. Wieder breitete sich Schweigen in der Runde aus und wieder war es Lothar, der das Gespräch ins Rollen brachte.

"Trotzdem haben Sie es beide noch gut getroffen", rief er mit weinerlicher Stimme und versuchte, ein neidisches Gesicht aufzusetzen. "Mein Schützling nimmt mich gar nicht erst an!"

"Verzeihen Sie uns, Sir! Wir treffen uns, um Ihr Problem zu besprechen und dann jammern wir nur herum", erwiderte William betroffen.

Cibelle zog ein beleidigtes Gesicht. Der blöde Lothar mit seinen blöden Problemen. "Haben Sie die Ihren Schutzbefohlenen gleich angedichtet?", fragte sie gehässig.

"Nein! Denken Sie nur, soweit kam es ja gar nicht! Kaum war ich drin, war ich schon wieder draußen!"

"Was haben Sie ihm denn erzählt, Sir?"

"Nur, dass ich sein Schutzengel bin und ihm helfen möchte!"

"Und was noch?"

"Nichts weiter! Ich weiß selbst nicht, warum dieser Kaminsky so unkooperativ reagiert hat!" Lothar nahm einen großen Schluck und hielt dann inne. "Und soll ich Ihnen noch etwas erzählen?" Ohne ein aufforderndes Nicken abzuwarten, rief er mit fassungsloser Stimme: "Die haben mir eine vollkommen falsche Adresse gegeben! Der Mann heißt Reinbold! Hach, was ich gesucht habe! Und dann diese Abfuhr!" Er nahm einen weiteren Schluck und wischte sich bei der Erinnerung eine Träne aus dem Auge.

Die beiden anderen sahen ihn betroffen an, Cibelle kam sich furchtbar schlecht und gemein vor. Der arme Herr Lothar!
"Was werden Sie als nächstes tun, Sir?"
"Ich habe keine Ahnung. Vermutlich muss ich jetzt in den Himmel zurückkehren und allen erzählen, was für ein Versager ich bin!" Lothar schluchzte und bestellte mit einem herrischen Fingerschnippen ein weiteres Glas Wein.
"Sie Armer", zwitscherte Cibelle mitfühlend und streichelte seinen Arm.
Lothar schaute ihr mit flehendem Hundeblick in die Augen: "Ich habe so gehofft, Sie könnten mir helfen!"
"Ja, sehr gern! Aber wie stellen Sie sich das vor?"
Lothar hatte da noch keine genaueren Vorstellungen, die Zeit zwischen Anruf und Treffen war einfach zu kurz bemessen gewesen. "Ich habe mir so meine Gedanken gemacht", log er langsam. Die Engel waren ganz Ohr. "Aber dann habe ich sie alle wieder verworfen!" Die Engel sanken zurück.
Cibelle drehte ihr Sektglas in der Hand und blickte dann nachdenklich auf Williams Hände. Schöne Hände, so sensibel. Einmal von diesen Händen ...
"Ich hoffe, ich habe da so eine Idee", riss sie der Händebesitzer aus ihren Träumereien.
"Ja?", fragte sie erfreut.
"Es ist vermutlich nicht die Lösung", milderte William kommenden Beifall im Vorfeld ab. "Sehen Sie, es ist nicht festgeschrieben, dass ein Schutzengel mit seinem Schützling in direkten und persönlichen Kontakt treten muss, oder? Sie könnten ihn also auch aus der Ferne betreuen, Sir!" William lehnte sich mit zufriedenem Gesicht zurück.
Weniger zufrieden war Lothar, der eine Menge unkreative Arbeit auf sich zukommen sah. "Wie soll das denn gehen?", fragte er in weinerlichem Ton.
"Ganz einfach", rief Cibelle, die sich einem Ende der unerquicklichen Unterhaltung entgegensehnte. "Sie überlegen, welche Probleme es bei Ihrem Schützling auszurotten gibt und dann sehen wir weiter!"

"Probleme in der Agentur", sagte Lothar schnell, bevor seine Kollegen glauben konnten, so einfach das Thema wechseln zu dürfen.
"Bitte, Sir?"
"Er hat Probleme mit der Agentur! Die geführten Töpfe finden keine Deckel!"
"Bitte???"
"Oh, das war ein kleines Wortspiel, verzeihen Sie mir! Ich meinte, die Leute, die sich bei ihm melden, finden keine passenden Partner! Was können *wir* denn da tun?" Er nahm die Haltung eines Vorstandsvorsitzenden ein, der auf die Lösungsvorschläge seiner Untergebenen wartete.
Cibelle wollte sich dieser Übervorteilung erwehren, als sie William schon in tiefem Nachdenken verfallen sah. Also gut, dachte sie widerwillig.
"Fällt Ihnen etwas ein, Frau Kollegin?", erkundigte sich William lächelnd.
Jetzt Eindruck machen, jetzt Eindruck machen, dachte Cibelle panisch und faltete die Hände unter das Kinn. "Das Wichtigste scheint mir zu sein, die Agentur bekannter zu machen", begann sie zu dozieren. "Die Medienlandschaft hat sich ja bekanntlich in den letzten Jahren stark verändert und vergrößert. Wir blicken auf Kommunikationsmöglichkeiten, die noch vor einigen Jahrzehnten als absolut utopisch erachtet worden sind. Diese Möglichkeiten können genutzt werden, um Menschen, Ideologien und Partnerschaftsagenturen noch populärer zu machen!"
"Woran dachten Sie dabei?", fragte William ehrfürchtig.
"Nun, es gibt Radio, Fernsehen, Zeitungen und Zeitschriften, Talkshows ..."
"Talkshows?"
"Talkshows! Ich habe heute kurz ferngesehen und da lief gerade eine. Menschen setzen sich da hin und erzählen anderen Menschen Geschichten aus ihrem Leben und dann darf das Publikum sie beschimpfen! Eine tolle Sache! Manchmal beschimpfen sich die Erzählenden auch gegenseitig und spre-

chen dann auch von ganz anderen Problemen, also so am Thema vorbei!"
"Und wo sehen Sie da eine Möglichkeit?", erkundigte sich William belustigt.
"Ich meinte nur, dass es viele Möglichkeiten gibt, bekannt zu werden oder etwas bekannt zu machen! Natürlich kann Herr Lothar nicht in eine Talkshow gehen und erzählen, wie er als Schutzengel abgeblitzt ist!"
"Ich finde es nicht nett von Ihnen, in meiner Wunde zu bohren, Fräulein Cibelle", murmelte Lothar verletzt. Cibelle machte sich nicht einmal die Mühe, ein entschuldigendes Gesicht aufzusetzen.
"Sind die Probleme mit der Agentur die einzigen, die Ihr Schutzbefohlener hat, Sir?"
"Ich glaube schon. Weiter steht nichts auf meinem Zettel!"
"Wie steht es um die Liebe?", fragte Cibelle und schaute William von der Seite an.
"Steht nichts auf meinem Zettel. Soll ich es dazuschreiben?"
"Ja! Manchmal kann eine junge Liebe dem Geschäft Flügel verleihen", säuselte Cibelle und schob ihren Fuß an Williams Schuh.
"Aber wenn es nicht auf dem Zettel steht. ..." Lothar hatte eigentlich keine Lust, sich zusätzliche Arbeiten auf seine zarten Dichterschultern zu laden.
"Wir können ja später noch einmal darüber nachdenken, Herr Lothar ..." Williams Schuh erwiderte den Druck, doch dann - "Liebe Kollegen, seien Sie mir nicht böse, aber ich muss wirklich ins Bett!" Williams schöne Hand verbarg diskret ein Gähnen. "Morgen früh ist die Nacht vorbei und in meinem Fall heißt das - sehr früh! Darum möchte ich mich verabschieden. Gute Nacht und auf Wiedersehen!" Der Engel erhob sich, legte eine Handvoll Münzen auf den Tisch und schritt zur Tür.
Kaum war er draußen, raffte Cibelle hastig ihre Sachen zusammen und sprang auf.

"Ich muss leider auch sofort gehen, Herr Lothar! Mein Schützling wirkte bei der Verabschiedung äußerst depressiv, ich mache mir schon die ganze Zeit Sorgen!"
"Das ist aber schade! Ich hatte gehofft, wir zwei ..."
"Ja, ja, ich bedauere das auch sehr. Aber wir sehen uns sicher bald wieder, nicht?! Also, tschüss und noch einen schönen Abend, Herr Lothar!" Schon war sie fort.
"Wenn du wüsstest, was du verpasst ...", seufzte Lothar ihr bedauernd nach und bestellte noch ein Glas Wein. Eine ganz heiße Schnecke, dieses Fräulein Cibelle, dachte er genießerisch.

Auf der Straße schaute sich Cibelle suchend um, bis sie die schmale Silhouette Williams gerade um die Ecke biegen sah. Sie lief ihm hinterher und er drehte sich, aufmerksam geworden durch das Geklapper ihrer Pfennigabsätze, zu ihr um.
"Ich wollte nur fragen ...", kam Cibelle angeschlendert und dann blieben beide stecken, das Wort im Hals und der Absatz in einer kleinen Bodenritze.
"Kann ich Ihnen helfen, Fräulein Cibelle?", und der Engel eilte fürsorglich auf sie zu. Nun wäre es sicher ein Leichtes gewesen, den Fuß aus dem Schuh und den Schuh aus der Ritze zu ziehen, aber wer will denn Liebende für diese kleine Gedankenlosigkeit tadeln? Cibelle war gezwungen, ihre zarten Arme um Williams Hals zu legen und sich durch sanftes Ziehen helfen zu lassen.
Nach einem kleinen Ruck war der Absatz abgebrochen und der Engel gefangen, denn wegen der plötzlichen und unerwarteten Befreiung war Cibelle noch näher an Williams Brust geschleudert worden. Ihre Arme nahm sie einfach nicht herunter und Williams schlossen sich um sie und dann endlich folgte ein Kuss. Er war etwas verwischt und hastig, denn Cibelle nutze den Augenblick seiner Verwirrung und wagte nicht mehr.
Er schon. Eine ganze Weile gingen die Küsse hin und her, wobei der Gedanke des gegenseitigen Übertrumpfens eine gewichtige Rolle spielte.

Doch schließlich löste sie sich von ihm. "Ich muss gehen!", flüsterte sie sittsam und mit niedergeschlagenen Augen. "Wann sehe ich dich wieder?"
"Bald!", flüsterte sie und sprang leichtfüßig davon, ihre Schuhe in der Hand tragend.
Er stand mit hängenden Armen da und schaute ihr verwirrt nach.

Lothar begutachtete die Minibar. Aus der bereitliegenden Fernsehzeitung hatte er erfahren, dass es im Nachtprogramm eine Wiederholung der gezeigten Talkshows gab und es war noch früh am Abend. Darum die Minibar. Der Wein in dieser Kneipe war entsetzlich gewesen und Lothar bevorzugte edlere Tropfen. Er griff blind hinein und mischte seine Wahl mit Cola.

Atemlos vom schnellen Laufen betrat Cibelle die Wohnung. Sie lehnte sich gegen den Türrahmen und überdachte mit geschlossenen Augen das Geschehende. Mit einem übermütigen Kichern schleuderte sie ihre Handtasche in das dunkle Zimmer und folgte ihr dann leichtfüßig. Mit Schwung wollte sie Ulrikes Schlafzimmertür aufreißen, um das Mädchen an ihren überschäumenden Gefühlen teilhaben zu lassen, entschied sich aber kurzfristig um und betrat mit gesammelter Miene die Räumlichkeiten.
Ihr Schützling saß auf dem Bett und kramte in alten Fotos. "Weißt du eigentlich, dass ich meinen Vater nie kennengelernt habe?", fragte sie mit kratziger Stimme. Cibelle schüttelte den Kopf und setzte sich schweigend auf die Bettkante. "Ich glaube, du hast Recht, wenn du mir unterstellst, ich würde mich auf das Geld meines Großvaters stützen", fuhr Ulrike fort. "Wenn ich nämlich Vertrauen in meine Fähigkeiten hätte, wäre es mir doch egal, was er von meinen Plänen hält, oder?"
Cibelle biss sich auf der Unterlippe herum. Sie verspürte keine Lust, sich in diesem Augenblick der erfüllten Liebe mit solch irdischen Problemen zu beschäftigen. Nein, sie war

vielmehr mit dem Gedanken beschäftigt, William wiederzusehen.
"Weißt du", antwortete sie gähnend, "du solltest das, was ich gesagt habe, nicht so schwer nehmen! Was weiß denn ein Engel wie ich von den Erschwernissen des weltlichen Lebens?" Ulrike blätterte weiter in den Bildern und antwortete nicht.
Die Engelin aber wurde von einer Idee überwältigt. "Wusstest du", begann sie vorsichtig, "dass die Kenntnis über den eigenen Vater sehr richtungsweisend für die Entwicklung der eigenen Persönlichkeit ist?"
Ihr Schützling schaute sie waidwund an und nickte: "So etwas habe ich schon geahnt!"
"Darum solltest du versuchen, deinen Vater ausfindig zu machen!" Das Mädchen starrte sie erschrocken an, aber Cibelle war nicht mehr zu zügeln: "Es ist so wichtig für dich! Wie willst du leben, ohne zu wissen, woher deine Wurzeln stammen? Wer für die zweite Hälfte deines Wesens verantwortlich ist? Du schreibst Bücher! Schreibt sonst noch jemand in deiner Familie Bücher?" Ulrike verneinte. "Na, siehst du! Vermutlich ist dein Vater ein gefeierter Schriftsteller!"
Ulrike blickte die Engelin mit großen Augen an, hatte diese doch ihre geheimsten Überlegungen erraten. Doch Cibelle war noch nicht am Ende: "Ein geachteter Schriftsteller, der sich wegen seiner herausragenden Stellung nicht zu seiner unehelichen Tochter bekennen kann! Wenn du ihn findest, wird er vielleicht nicht erfreut, aber unheimlich gefügig sein!"
"Was meinst du mit *gefügig*?"
"Nun, ich meine, dass in dieser ganzen, angeblich aufgeklärten Gesellschaft immer noch recht antiquierte Ansichten vorherrschen! Jeder aufgeklärte Engel weiß, dass man auch ohne väterlichen Beistand sehr gut geraten kann, aber wenn der Vater auf der Prominentenliste ganz weit oben steht, gibt es immer noch zahllose Neider, die plötzlich das Gegenteil behaupten und diesen Mann zum Saulus küren! Ja, ja, sieh'

mich nicht so erstaunt an, solchen Menschen ist alles recht, um jemanden zu diffamieren!"
"Und warum soll ich ihn dann finden?"
"Nun, meine Liebe, *ich* bin der Auffassung, dass ein Mann, der ein so bezauberndes Kind im Stich lässt, ordentlich bestraft gehört! Aber andererseits - er ist immerhin dein Vater! Nenn mich sizilianisch, aber ich glaube fest daran, dass die eigene Familie beschützt werden muss! Besonders, wenn man noch den einen oder anderen Vorteil aus ihr ziehen kann!"
"Moment, Moment! Warst du es nicht, die mir noch vor einigen Stunden vorhielt, ich würde auf Kosten meiner Familie existieren und das sei das Letzte?!"
Ja, ja, dachte Cibelle genervt, aber da hat mich William auch noch nicht geküsst! "Das siehst du zu eng", sagte sie laut, "natürlich bin ich gegen Schmarotzertum! Aber dein Vater hat dich im Stich gelassen und ist vermutlich ein hohes Tier geworden. Was also sollte dagegen sprechen, ihn zu finden, sich vorzustellen und im Gespräch das Wort Protektion zu murmeln?"
"Das glaube ich einfach nicht", rief Ulrike fassungslos. "Du schlägst mir hier allen Ernstes vor, meinen Vater ausfindig zu machen und ihn zu erpressen?"
"Ich habe die Regeln nicht gemacht", erwiderte Cibelle kühl.
"Und ich dachte, du bist ein Engel! Ich kann mir beim besten Willen nicht vorstellen, dass ein Engel solche Sachen vorschlagen darf!"
"Aber helfen darf ein Engel, ja?! Ich kann nichts dafür, dass ein Lächeln und ein frommer Spruch allein jemanden nicht mehr weiterbringen! Selbstverständlich sind im Himmel solche Methoden verpönt! Aber wir sind hier auf der Erde und du willst etwas erreichen! Aber", und Cibelle zuckte gleichgültig mit den Achseln, "der Schlachthof sucht immer fähige Mitarbeiter!"
Ulrike warf wütend die Fotos auf das Bett und rief entschlossen: "Vergiss' es! Ich werde das nicht tun! Und jetzt gehe ich schlafen!"

"Bei deinen miserablen Manuskripten wird dir aber gar nichts anderes übrig bleiben!"
"Raus!!!"
Die Schutzengelin zuckte zusammen und verließ beleidigt das Zimmer. Sie ließ sich auf das Sofa fallen und grummelte. Ihr musste einfach etwas einfallen, um zu diesem Detektiv zu kommen und dabei unauffällig William wiederzusehen. Also stemmte sie die Hände in die Hüften und ging erneut zum Angriff über. "Es tut mir leid", säuselte sie demütig, "du hast natürlich recht mit deiner Abscheu gegen solche Methoden!" Ulrike schaute sie ernst an und Cibelle senkte schuldbewusst den Kopf. "Aber", der Kopf war wieder oben, glaubst du nicht auch, dass es gut für deine Seele wäre, wenn du deinen Vater finden würdest? Einfach, um mal zu sehen, wie er ist und was er macht ..."
"Nein! Wenn er etwas mit mir zu tun haben wollte, hätte er sich mal nach mir erkundigt!" Cibelle verdrehte die Augen. "Lass das! Ich will ihn wirklich nicht kennenlernen!"
"Und warum hast du dann jammert, dass du ihn nicht kennst?" Ohne eine Antwort abzuwarten, verließ Cibelle das Zimmer und legte sich wütend schlafen. Später hörte sie Ulrike herantapsen, aber sie stellte sich schlafend und reagierte nicht auf die zaghaften Weckrufe.

William lag in seinem Bett und zählte die Sterne. Die Leuchtzeiger seiner Uhr rückten auf Mitternacht, aber der Schlaf wollte und wollte nicht kommen. Er umklammerte sein Kopfkissen, küsste es zärtlich und ließ es dann plötzlich wieder los, als hätte ihn jemand bei seiner Albernheit sehen können. Im Zimmer war es zu warm, darum erhob er sich und öffnete das Fenster. Die Gardine wehte ins Freie und winkte potentiellen Einbrechern, also schloss er das Fenster wieder. Die Bettdecke lastete zu schwer auf ihm, doch ohne sie fröstelte er. Das Kissen sackte zusammen und verwandelte sich in einen Klumpen. Er warf sich von einer Seite auf die andere, doch den Schlaf schien das zu verschrecken. Also lag er bewegungslos und hoffte, schnell hinüberzudämmern. Nichts geschah. Das Zimmer blieb zu warm, die Bettdecke zu schwer und der Schlaf fern. Mit einem Blick auf den Wecker machte sich William die geringe Anzahl der noch verbleibenden Stunden gegenwärtig, aber selbst diese selbsterzieherische Maßnahme führte nicht zum erwünschten Ergebnis. So erhob er sich wieder und begann zu turnen. Verschwitzt breitete er sich danach auf seinem Laken aus und die Augen wurden schwer und fielen zu. Die Erschöpfung verscheuchte jeden Gedanken an Cibelle und leise, leise kroch der Schlaf auf sein Kissen. Die Luft wurde süß, das Kissen weich und William schaukelte in die erste Woge Träumerei, als eine Mücke zu singen begann.

Lothar war vor dem Fernseher eingeschlafen. Während auf dem Bildschirm leichtgekleidete Mädchen um seinen Anruf baten und ihm teuflische Genüsse in Aussicht stellten, hing er desinteressiert im Sessel und schnarchte mit offenem Mund. Ein Speichelfaden floss aus seinem linken Mundwinkel und seilte sich gelassen auf seinem Oberhemd ab. Das halbausgetrunkene Glas war seinen Händen entglitten und hatte einen unübersehbaren Flecken auf der Hose hinterlassen. Doch - vor dem Abgleiten in Morpheus Arme hatte Lothar einen Entschluss gefasst!

**Neuer Tag, frisches Glück, frische Enttäuschung**

**und - eine Verfolgungsjagd**

"Guten Morgen!"
Cibelle antwortete nicht und vertiefte sich in die Zeitung.
"Guten Morgen!", wiederholte Ulrike lauter.
Die Engelin knurrte etwas, was alles bedeuten konnte.
"Ich wollte gestern noch mit dir sprechen, aber du hast schon geschlafen!"

Cibelle ließ die Zeitung sinken und las interessiert die Aufschrift auf dem Marmeladenglas.
"Ich glaube, du hast Recht. Ich, ich meine damit, dass ich meinen Vater kennenlernen sollte!"
Das Marmeladenglas war vergessen. "Das ist ja eine ganz wunderbare Idee!", jubelte Cibelle. "Und weißt du was? Ich weiß schon jemanden, der uns dabei helfen könnte!"
"So schnell? Ich meinte, wieso hast du es so eilig?"
"Wer hat es denn hier eilig? Ich jedenfalls nicht! Ich dachte nur, dass du vielleicht ..."
"Ja, so schnell wie möglich", rief Ulrike, die einen neuen Wutanfall befürchtete.
"Dafür habe ich Verständnis, meine Liebe! Wenn man sich erst einmal zu so einer Tat durchgerungen hat, dann lässt man sich ungern Zeit mit der Ausführung! Ich werde gleich bei einem Privatdetektiv anrufen!"
"Ist so ein Detektiv nicht furchtbar teuer?", fragte Ulrike ängstlich und überschlug in Gedanken die kümmerlichen Zahlen auf ihrem Konto.
Cibelle zückte mit einer eleganten Bewegung ihre Kreditkarte und rief fröhlich: "Der Himmel zahlt alles!"
Eilig suchte sie die Nummer von Bernhard Steinmetz heraus und wählte. Sie ließ es klingeln und klingeln, doch niemand nahm den Hörer ab. "Er scheint sehr beschäftigt zu sein", wunderte sie sich und legte traurig auf. "Wir werden es später noch einmal versuchen!"
"Oder wir rufen einen anderen Detektiv an", schlug Ulrike schüchtern vor.
"Nein!!!", brauste Cibelle auf. "Entweder diesen oder keinen!" Sie besann sich einen Augenblick und raunte dann verschwörerisch: "Es ist nämlich so, dass gerade dieser Detektiv auf solche Fälle spezialisiert ist! Diskretion ist ihm alles!"
Ihr Schützling nickte verstehend.


Seit dem frühen Morgengrauen schlichen die beiden Männer durch den Stadtpark. Ihr Erfolg war mäßig: Mehrere alte Damen hatten wegen des plötzlichen Auftauchens der beiden

aus einem Busch schreiend die Flucht ergriffen und ein Jogger drohte gar mit der Polizei.
Später gerieten sie unter einen Beschuss von Frühstücksbroten, einem Angriff, der von einem aufgeweckten Drittklässler vorgeschlagen und von dessen Klassenkameraden wohlwollend aufgenommen wurde. Auf Bernhards wütendes Geschimpfe entgegnete die Lehrerin kühl, dass es sich immerhin um Kinder handele, und man deren Kreativität nicht in irgendwelche Verbote quetschen dürfe. Außerdem sollten zwei erwachsende Männer etwas anderes zu tun haben, als ausgerechnet im Park herumzulungern.
William, der eine unangenehme Ausweitung dieser Diskussion befürchtete, ging in die Hocke und stellte knurrend klar, dass sie beide von der Polizei und hiermit alle Kinder verhaftet seien. Er erwähnte modrige Kerkerzellen und brutale Monsterwärter und schon schoss die ängstliche Kinderschar die Parkwege entlang, gefolgt von einer entsetzten Pädagogin, die laut schreiend fragte, wie die kleinen Kreativen das wohl verarbeiten sollten.
William wandte sich zu Bernhard: "Hören Sie, Sir, das geht so nicht weiter! Man bringt uns viel zu viel Aufmerksamkeit entgegen und diese Aufmerksamkeit wird auch Madame Molle bemerken! Gestern konnte ich noch einen unangenehmen Zusammenstoß verhindern, aber heute ..."
"Aber wie sollen wir sonst vorgehen? Wir müssen sie abpassen, sie verfolgen und zum Schluss fotografieren!"
"Aber woher wollen Sie wissen, Sir, dass sie heute hier entlang geht?"
"Mein lieber William, auf Grund meiner langzeitlichen Beobachtungen kann ich Ihnen eines ganz klar sagen: Sie geht heute durch diesen Park!"
"Nun gut, Sir, aber wird sie jetzt durch den Park gehen?"
"Nein, voraussichtlich erst um 15 Uhr. Molle beendet um diese Uhrzeit seine Mittagspause und kümmert sich wieder um die Geschäfte!"
"Aber es ist erst neun Uhr! Was tun wir also schon hier, Sir?"

"Wir verschmelzen mit der Umgebung! Außerdem - es ist unser einziger Fall, was sollen wir denn sonst machen?"
William stöhnte innerlich. Ihm taten die Füße weh, er schwitzte, seine Kleidung war fleckig und eigentlich hatte er die Nase gestrichen voll vom Observieren. "Verzeihen Sie mir eine vorlaute Frage, Sir, aber wie könnten wir auch andere Fälle haben, wenn wir uns den ganzen Tag außerhalb des Büros befinden?"
Bernhard blickte auf: "Sie haben Recht, William! Daran habe ich noch gar nicht gedacht! Natürlich! Wir bekommen keine Aufträge, weil wir nie da sind! Ab morgen werde ich einen Anrufbeantworter installieren!"
"Sir, wir können uns doch auch die Arbeit teilen! Sie observieren und fotografieren und ich betreue das Büro!"
"Nein, nein, nein! Das kommt gar nicht in Frage! Sie sind hier, um mir zu helfen und mich zu beschützen! Wenn jemand auf mich schießt ..."
"Ich bin nicht Ihr Kugelfang, Sir!"
"Gut, einverstanden! Aber was ist, wenn jemand kommt und Sie nehmen einen Auftrag an, den ich gar nicht lösen kann?"
William kratzte sich am Kopf: "Sir, nach zwei Tagen traue ich es mir durchaus zu, einen Auftrag richtig einzuschätzen und notfalls auch abschlägig zu bescheiden!"
"Ha, das denken Sie! Aber mein Lieber, ich glaube nicht, dass Sie nach zwei Tagen dieselbe kriminalistische Erfahrung vorweisen können, auf die ich verweisen kann!"
"Sir, aus meinen Unterlagen geht hervor, dass ..."
"Papperlapapp! Natürlich habe ich keine Detektivschule besucht! Aber glauben Sie mir, William, das Wichtigste in diesen Beruf sind die Erfahrungen! Niemand kann das nachvollziehen, der nicht selbst aus aufklärerischen Gründen mit dem Gesicht im Schlamm lag! Um einen Gauner zu stellen ist mehr von Nöten als Kenntnisse über Schusswaffen und dem Bürgerlichen Gesetzbuch! Nein, mein Lieber, dazu braucht es extra, respektive, anderes Wissen! Denn diese Gauner denken nicht nach den Richtlinien eines Gesetzbuches, nein, die denken ganz anders in ihren kleinen verwinkelten Hirnen! Das

kann nur jemand nachvollziehen, der genauso verwinkelt denkt!" Der Detektiv hatte sich in Rage geredet und die ersten Rentner auf den Parkbänken wurden aufmerksam.
"Ich habe verstanden, Sir", murmelte William eindringlich.
"Was ich damit sagen wollte, William", kam Bernhard zum Schluss, "es geht nicht, dass Sie das Büro allein beaufsichtigen!"
"Gut, das sehe ich ein. Aber wie steht es mit Ihrem Kompagnon? Kann der sich nicht für ..."
"Was für ein Kompagnon?", fragte Bernhard erstaunt.
"Nun, an Ihrer Bürotür steht ..."
"Ach so! Nein, das habe ich nur so dahin schreiben lassen. Ich fand, es sieht irgendwie besser aus! So, und nun", und er klatschte aufmunternd in die Hände, um jede weitere Frage im Keim zu ersticken, "jetzt gehen wir frühstücken!"
William freute sich, denn sein knurrender Magen hatte schon einen hoffnungsfrohen Bernhardiner nähergelockt. Doch seine Hoffnung, sich gemeinsam in ein kleines Café zu setzen und bei einer fachlichen Plauderei Rührei und Kaffee zu vertilgen, wurde auf das Ärgste enttäuscht. Bernhard Steinmetz stieg in die U-Bahn und sie fuhren zurück ins Büro.


Alex hielt die Luft an und riss mit einem Ruck die Briefkastentür auf. Ein Stapel Rechnungen rutschte ihm entgegen und fiel dann auf den Boden. Er bückte sich seufzend und sammelte die Post langsam wieder ein.
"Angie", rief er im Hausflur, "wir müssen dringend etwas unternehmen!" Das Mädchen saß am Schreibtisch und malte in den Papieren. "Angie, hörst du nicht?"
"Du wirst mich wohl entlassen müssen", antwortete sie langsam und begann ihre Tasche zu packen.
"Aber nein! Nein! Wie kommst du darauf?"
"Alex", sagte sie zärtlich. "Ich weiß doch, dass du kein Geld mehr hast, um mich zu bezahlen! Es kommt seit Tagen kein Klient mehr vorbei, wie willst du da die paar Leutchen in deiner Kartei verkuppeln? Wir haben jetzt schon alle mitei-

nander ausgehen lassen und es gab keinen Erfolg! Fräulein Backmann hat auch noch immer keinen Knecht gefunden und droht damit, irgendwelche Behörden einzuschalten!"
"Ja, aber das alles kann sich doch schon heute ändern!"
"Ach, Alex! Glaub' mir, es ist schon in Ordnung, wenn du mich rauswirfst!"
Der junge Mann wurde misstrauisch: "Hat Herr Dicki wieder angerufen?"
"Wieso?" Sie schaute nicht von ihrer Tätigkeit auf.
"Gestern noch hast du mir angeboten, selber mit den Klienten auszugehen, damit sie sehen, das wir aktiv an ihren Fällen arbeiten und heute scheint es dir egal zu sein."
"Na und? Dicki hat sich bei mir entschuldigt und gesagt, es täte ihm wahnsinnig leid! Seine Frau hat sich von ihm getrennt und er braucht einen Freund in der Not!"
"Aber er wird diesen Freund sicher nicht heiraten!"
"Ich wusste gar nicht, wie verspießert du bist, Alex! Er muss mich nicht heiraten, es reicht, wenn wir uns lieben!"
"Und was ist mit uns?"
"Wie mit uns?"
"Na, ich dachte ..."
"Alex, ich habe dir doch gesagt, ich helfe dir bei deiner Agentur, wenn das mit Dicki nicht mehr ist! Und jetzt ist es wieder mit Dicki!"
Sie schritt erhobenen Hauptes an ihm vorbei und war schon an der Tür, als er verzweifelt rief: "Aber ich liebe dich doch!"
Angie eilte zurück, gab ihm einen hauchzarten Kuss auf die Wange und beteuerte freundlich: "Ich habe dich auch sehr lieb, Alex!" Sie griff ihre Tasche und ging.

"Und hier arbeitet also dieser Spezialist?", erkundigte sich Ulrike mit kaum zu überhörender Ironie. Cibelle, die angesichts der Gegend selbst hat schlucken müssen, antwortete nicht. Hochmütig ging sie voraus, und ohne anzuklopfen betrat sie das Büro. Die beiden Männer hoben gleichzeitig den Kopf und die Füße vom Schreibtisch.

"Guten Tag, mein Name ist Cibelle Lohmberg und ich habe einen Auftrag für Sie! Leider konnte ich mich nicht anmelden, weil bei Ihnen niemand ans Telefon geht. Kein Wunder ...", und ihr Blick streifte strafend den Kanten Brot und die angeschnittene Salami, die in der Wärme fettig glänzte.
Bernhard rappelte sich auf und wischte seine Hände an der Hose sauber, während William in Cibelles Richtung schmunzelte. Doch diese hatte aus strategischen Gründen kein Auge für den Engel. Sie zerrte die plötzlich scheue Ulrike weiter in den Raum hinein und rief mit grollender Stimme: "Ich weiß natürlich, dass Sie völlig mit Arbeit überhäuft sind ...", Bernhard wollte widersprechen, "aber es ist wichtig, dass Sie meiner Freundin helfen!", schnitt ihm Cibelle das Wort ab.
Sie drückte ihren Schützling in einen der Besucherstühle und redete weiter: "Ich weiß, dass Sie der Beste auf diesem Gebiet sind", Bernhard wollte abwinken, "und darum kommen wir zu Ihnen, Herr Steinmetz! Meine Freundin hier sucht ihren leiblichen Vater!"
Bernhard ließ jede Gegenwehr fahren und setzte sich hinter den Schreibtisch. "Wie ist denn der Name des Gesuchten?", fragte er höflich und zückte einen Kugelschreiber.
"Das wissen wir leider nicht", erwiderte Cibelle schnippisch und stellte ihre Handtasche ab. Bernhard nickte verständnisvoll und machte einen Strich auf seinem Zettel. "Haben Sie ein Foto von Ihrem Vater?"
"Nein!"
"So." Wieder ein Strich.
"Kennen Sie seinen Aufenthaltsort?"
"Nein!"
"Aha. Wissen Sie, was er beruflich macht?"
"Eigentlich nicht."
"So, so." Bernhard patrouillierte mit der Bleistiftspitze seine Striche ab und fasste zusammen: "Sie wissen also gar nichts über Ihren Vater!"
"Richtig."
"Sieht er Ihnen wenigstens ähnlich?", wandte er sich an Ulrike.

Diese schüttelte den Kopf und sagte bedauernd: "Ich komme nach meiner Mutter!"
"Ihre Mutter muss eine wunderschöne Frau sein", versuchte der Detektiv seiner Auftraggeberin zu schmeicheln. Dann schaute er unschlüssig zu William. "Was denken Sie, Kollege? Werden wir diesen Fall in den Griff bekommen?" William versuchte durch unsichtbares Kopfschütteln zu verneinen, doch Bernhard hatte ein Entscheidung getroffen: "Meine Damen, wir haben den Vater so gut wie in der Tasche!" Die anderen starrten ihn erstaunt an. "Ja, ja", sagte er verständnisvoll, "es wird natürlich nicht leicht sein. Aber es ist auch nicht unmöglich, oder?" Er wedelte zustimmungsheischend mit den Händen, aber keiner der Anwesenden war bereit, diese kühne These zu unterstützen. "Oder?!", wiederholte er eindringlich in die Richtung seines Schutzengels.
"Wie wollen Sie denn vorgehen?", versuchte ihn William von diesem aussichtslosen Fall abzubringen.
Doch der Detektiv wollte nicht zu sehr ins Detail gehen, daher antwortete er nur mit überlegener Stimme: "Lassen Sie dies ruhig meine Sorge sein, Herr Kollege! Als Privatdetektiv hat man schon so seine Mittel und Wege!"
William, der die Mittel und Wege kannte, stöhnte innerlich. Er versuchte, Cibelle ein Zeichen zu geben, doch diese zwinkerte ihm nur neckisch zu und ahnte nichts von seiner Not.
"Vielleicht darf ich die Damen um einen Tag kostenfreier Recherche bitten, damit wir Ihnen über die Aussichten eines möglichen Erfolges Bescheid geben können", versuchte es der Engel auf die deutliche Art, aber er hatte die Rechnung ohne den Detektiv gemacht.
"Papperlapapp!", rief dieser. "Ich werde diesen Vater finden und zwar in Nullkommanichts!"
Ulrike sah ihn hingerissen an und flüsterte: "Glauben Sie wirklich, dass Sie das schaffen?"
Er beugte sich über den Schreibtisch und sah ihr in die Augen: "Ja!"
Sie blickte ihm unverwandt ins Gesicht.
"Wirklich?"

"Aber ja!"
"Und was würde das in etwa kosten?"
"Für Sie mache ich das kostenlos!"
"Aber das darf ich nicht verlangen! Sie haben doch sicher Aufwendungen!"
"Wenn Sie wirklich auf eine Begleichung der Kosten bestehen ..."
"Ja?", hauchte sie fragend.
"Vielleicht darf ich Sie einmal zum Abendessen ausführen?"
"Natürlich! Das wäre mir ein Vergnügen!"
Bei den Engeln klingelten die Alarmglocken.
Sie wird sich doch nicht in diesen schäbigen Detektiv verliebt haben, dachte Cibelle entsetzt.
Er wird doch wohl keinen Gefallen an diesem Blaustrumpf finden, überlegte William erstaunt.
Sie schauten sich über die Köpfen der Verhandelnden an und zuckten mit den Achseln.
"Wir müssen los", sagte Cibelle laut und erhob sich.
"Haben wir denn schon alle Einzelheiten besprochen?", fragte Ulrike eindringlich, ohne sie anzuschauen.
"Es gäbe sicher dieses oder jenes noch zu besprechen", stimmte der Detektiv zu.
"Wir müssen aber schleunigst los", beharrte Cibelle.
"Und wir haben noch einen dringenden Auftrag zu erledigen, Herr Kollege", unterstützte sie William.
"Ich lasse Ihnen meine Telefonnummer da - falls noch etwas zu klären ist", rief Ulrike hastig und kritzelte ihre Nummer auf ein Blatt Papier. Dann ließ sie sich von Cibelle herausführen.
"Wie heißen Sie eigentlich?", fragte Bernhard laut.
Das Mädchen kam noch einmal zurück: "Ulrike! Ulrike Zimmermann." Dann wurde sie mit einem Ruck aus dem Büro gezogen.
Bernhard ließ sich auf seinen Stuhl fallen und rauchte gedankenschwer den Kugelschreiber. "Haben Sie je eine so schöne Frau gesehen, William?"
"Ja, Sir", antwortete dieser trocken.

"Ich auch noch nicht! Gleich als sie reinkam, dachte ich ... diese Augen! Dieser Mund! Haben Sie die kleinen Ohren gesehen?"

"Nein."

"Die sind ja auch zu niedlich, um unentdeckt zu bleiben! Und wie schüchtern sie war! Kaum ein Wort hat sie gesagt! Sie wird bestimmt von ihrer grässlichen Freundin dominiert!" William wusste das sicher, enthielt sich aber jeder Meinung.

"Wie können zwei solche Frauen miteinander befreundet sein, William? So ein zartes Pflänzchen und so eine aufgedonnerte Person!"

"Ich fand sie eigentlich gar nicht so aufgedonnert!"

"Ich bitte Sie, William! Die Frau war so was von aufgedonnert! Leider, leider, wie in den meisten Fällen, ohne Geschmack! Sie sah in diesem gelben Kostüm aus, als wäre eine Packung Safran explodiert!" Der Engel überlegte, ob das Würgen eines Schützlings statthaft sei.

"Aber 'ne schnuckelige Figur hatte sie", schloss der Detektiv seine Bewertung ab.

William biss erbost auf seiner Unterlippe herum: "Sir?"

"Ja?"

"Glauben Sie, dass diese Frau mit Ihnen essen geht, wenn Sie keinen Erfolg haben?" Das schien gesessen zu haben, der Detektiv wurde blass. Betrübt starrte er auf die Tischplatte.

"Ich hoffte ..."

"Ja?"

"Nun, es ist nur eine Überlegung ..."

"Jaaaa?"

"Vielleicht könnten Sie mir mit Ihren Verbindungen helfen?" Es war heraus und Bernhard strahlte erleichtert.

"Nein!", beschied William entschlossen.

Das Strahlen erlosch. "Und warum nicht?"

"Weil es unlauterer Wettbewerb wäre, Sir! Wenn ich Ihnen auf Grund meiner Verbindungen helfen würde, wären alle Ihre Fälle sofort gelöst!"

"Ja, und?"

"Sie würden mehr und schneller Fälle lösen und anderen, reell arbeitenden Detektiven die Arbeit wegnehmen! Irgendwann wären Sie Marktführer auf dem Gebiet, würden ein Monopol errichten, andere für niedrigste Tarife für sich arbeiten lassen, immer reicher und mächtiger werden ..." William redete sich in Rage, die Haare wirr und mit fuchtelnden Händen.
Bernhard ließ den Kugelschreiber fallen und schaute mit fassungsloser Miene auf den Engel. "So habe ich das doch gar nicht gemeint", beteuerte er bestürzt.
"Ja, das sagen sie alle! Und dann ist der Erfolg da und sie werden immer gieriger und gieriger, kennen kein Maß mehr, raffen und raffen ..."
"Um Gottes Willen! Ich wollte doch nur ..."
"Haben Sie je darüber nachgedacht, was es bedeutet, ein selbstständiger Detektiv zu sein? Sie können doch nicht einfach auf Unterstützung durch überirdische Verbindungen hoffen! Wenn ich nicht wäre, würden Sie dann Ihre Fälle mit Pendel und Tischerücken aufklären? Nichts können, aber wildfremde Frauen verurteilen!"
"Ach, *so* meinen Sie das!", atmete Bernhard erleichtert auf und kam aus dem Stuhlpolster hoch. "Sie möchten nicht, dass ich diese Frau Lohmberg beleidige! Puuhh! Ich dachte schon, Sie wären ernstlich böse mit mir!"
"Ich bin ernstlich böse!"
"Ja, schon. Aber nur wegen einer Frau, das gibt sich. Sagen Sie, gefällt Ihnen diese Frau Lohmberg etwa? Hi, hi, Sie werden ganz rot, William! Das hätten Sie doch gleich sagen können, dann hätte ich meine vorlaute Klappe gehalten!"
William stand verlegen da und knetete seine Hände. Bernhard beugte sich kichernd über seine Strichliste. So was! Da hatte sich sein Helfer in eine Frau verliebt! So wie Karli damals in diese Melanie! Bei dem Gedanken an seinen Freund wurde Bernhard wieder ernst und sah auf die Uhr. Mit einem Laut des Erschreckens sprang er auf und zog sich eilig seinen Trenchcoat über. "William! Verdrängen Sie alle Liebeleien! Wir haben zu tun!"

Die beiden Frauen saßen am Küchentisch, aßen frischen Pflaumenkuchen und tranken Kaffee. Ulrike schaufelte löffelweise die Zuckerdose leer und rührte die Brühe dann gedankenverloren kalt. Cibelle wartete auf eine Erklärung, einen Hinweis oder irgendein Wort, doch ihr Schützling war tief in Gedanken versunken.
"Ich bezweifle doch sehr, dass der Mann seine Versprechungen halten kann", sagte Cibelle endlich.
"Hm ..."
"Ich meine, er hat keinerlei Anhaltspunkte! Wie will er also deinen Vater finden?"
"Du sagtest, er sei der Beste", antwortete Ulrike fröhlich.
"Ja, aber was weiß ich denn! Vielleicht ist er nur ein Aufschneider!"
"Vielleicht."
"Vermutlich schafft er es gar nicht!", insistierte Cibelle.
"Und wenn schon ..."
"Ich finde es ungeheuerlich, wenn Menschen so tun, als könnten sie einem jungen Mädchen helfen und es eigentlich gar nicht können!"
"Hm."
"Ich hasse solche Menschen einfach! Sie enttäuschen ungerührt Unbedarfte!"
"Er will doch gar kein Geld dafür haben."
"Gerade das finde ich sehr verdächtig!"
Ulrike streckte sich und nahm einen Schluck Kaffee. Dann fragte sie ganz ruhig: "Was willst du eigentlich, Cibelle? Du hast mich zu diesem Mann geschleppt, er will es versuchen und er will kein Geld dafür! Also, wo ist dein Problem?"
"Mein Problem? Ich habe kein Problem! Ich war nur besorgt um dich!"
"Dazu gibt es keinen Grund!"
"Und ich habe den Verdacht, dass du dich in diesen Mann verliebt hast!", setzte Cibelle noch schnell hinzu. Sie hoffte, das Mädchen würde in schallendes Gelächter ausbrechen und glaubhaft diese Unterstellung abstreiten.

Doch Ulrike rührte in ihrem Kaffee und erwiderte lächelnd: "Du liegst ganz richtig!"
"Bitte?"
"Ich glaube auch, ich habe mich verliebt!" Sie grinste und fragte dann mit glucksender Stimme: "Ist das nicht ein irres Gefühl?"
Die herab sausende Hand fegte die Kaffeetasse zu Boden.
"Das ist nicht dein Ernst!", brüllte Cibelle.
"Cibelle, bitte, keine Szene!"
Doch diese Bitte war nur Wasser auf die wild rotierende Mühle der cibellischen Wut. "Ich mache Szenen so viel ich will! Und ich will!"
"Dann gehe ich ein bisschen spazieren!", flötete Ulrike und tat, als würde sie sich erheben. Die Mühle kam sofort zum Stehen. Cibelle zog die Augenbrauen in die Höhe, schob ihre Untertasse zur Seite und schwieg verstimmt.
Ihr Schützling seufzte, strich sich die Ponyhaare nach hinten und fragte sanft: "Was ist denn so schlimm daran, dass ich mich in diesen Herrn Steinmetz verliebt habe? Bevor daraus irgendein Problem erwachsen könnte, müsste er auch in mich verliebt sein!" Cibelle starrte bewegungslos an die Wand.
"Cibelle! Bitte sprich mit mir!"
Die Engelin schüttelte störrisch den Kopf. Sie hatte kein Interesse daran, dass sich Ulrike in irgendeinen dahergelaufenen Detektiv verliebte. Wenn das schief ging, würde sie nie wieder Strip-Poker im Himmel spielen können! Was sollte sie also dazu sagen? Dass der Mann in seinem Beruf völlig unfähig war? Dass er nur einen Fall bearbeitete und diesen nicht einmal zufriedenstellend? Dass sein Mantel schäbig und fleckig war? "Warum gerade der?", klagte sie leise.
"Ich habe keine Ahnung!", antwortete Ulrike, zerknirscht lächelnd.
Cibelle hieb die Gabel tief in den Pflaumenkuchen. Der Sache würde sie einen Riegel vorschieben!

Das Zimmermädchen klopfte zaghaft an die Tür, doch nur herzhaftes Schnarchen war die Antwort auf ihr Ansinnen. Sie

zuckte mit den Achseln und zog den Staubsauger weiter. Laut heulte der Staubsauger auf. Lothar erwachte nur sehr widerwillig aus seinen Träumen, doch das Zimmermädchen ließ ihm keine andere Wahl. Einem Irrwisch gleich rammte sie die Bürste des Saugers unter die Schränke, das Bett und zwischen Lothars Füße.
"Was soll denn das?", fragte er schläfrig.
"Ich gleich Feierabend, muss machen!", erwiderte das Mädchen kurz angebunden und riss das Stromkabel hinter sich her, bevor sie über den Teppich wütete. Um der Lärmbelästigung zu entfliehen, schaltete der Engel den Fernseher ein. Eine blonde und modisch gekleidete Frau lächelte zahnreich in den Bildschirm und verkündete mit jubilierender Stimme: "Und vergessen Sie nicht das Thema meiner nächsten Sendung: ‚Ich bin, was ich bin und die Leute regen sich über mich auf!'" Ein anfeuerndes Jingle ertönte und eine aggressive Männerstimme wiederholte den Satz und nannte eine Rufnummer mit der drängenden Aufforderung, anzurufen.
Lothar folgte auf dem Fuß. Hastig kritzelte er die Nummer auf seine Handfläche und eilte zum Telefon. Er musste brüllen, um den Staubsauger zu übertönen, aber anscheinend hatte diese lautstark vorgebrachte Anmeldung eine einnehmende Wirkung, denn er wurde prompt eingeladen. Zufrieden lächelnd schob er das Telefon beiseite, um sich bei einem Glas frischgepresstem Orangensaft die folgende Talkshow zu Gemüte zu führen.
Vorbereitung ist bei einem solchen waghalsigen Plan alles, dachte er entschlossen. Was er sah, beflügelte ihn. Das Publikum würde staunen, wenn er ganz sanft und in grammatisch richtig formulierten Sätzen seine Geschichte erzählen würde.

"Da ist sie!", flüsterte Bernhard.
William, der wegen der Nachmittagshitze in ein kleines Nickerchen gefallen war, schreckte auf. "Wer?"
"Die Frau von Molle! Heute kriege ich sie!"
Die Detektive beobachteten, wie die Zielperson vorbeischlenderte.

"Los", befahl Bernhard im Flüsterton und beide folgten der Frau, wobei sich William des Öfteren einen abstrafenden Blick Bernhards gefallen lassen musste, wenn wieder ein Zweiglein lautstark unter seinen pirschenden Füßen zerbrach.

Madame Molle verließ den Park, die Männer folgten. Die Frau schlenderte die Einkaufspassage entlang und blieb stehen, um die neue Herbstkollektion in den Auslagen der Modemacher zu bewundern. Sie betrat ein Geschäft und man sah sie durch das Schaufenster mit einer Verkäuferin verhandeln. Lange verhandeln. Ihre Verfolger betrachteten derweil die aufwendig verarbeitete Miederware eines Sanitätsgeschäfts. Madame verließ das Geschäft ohne Beute und verschwand in einer Seitengasse, doch die Verfolgung musste vorerst abgebrochen werden.

Ein vor dem Geschäft angeleinter Spitz interessierte sich auffällig für die Duftspuren auf Bernhards Hosen. Er schnupperte und schnupperte und entschied sich dann für eine Paarung. Bernhard, dem in seiner Anspannung jegliches Verständnis für derartige Wünsche fehlte, versuchte den Hund mit einer schwungvollen Beinbewegung abzuschütteln. Das Tier verstand das falsch und freute sich über den Konsens. Der Detektiv begann, das Bein stärker zu schlenkern und setzte zum Tritt an. Der Hund jaulte vor Vergnügen. Seine Besitzerin, die gerade aus der benachbarten Drogerie kam, stieß einen lauten Schrei aus, bevor sie sich wie eine Dampfwalze den Kämpfenden näherte. "Lassen Sie sofort meinen Hund in Ruhe!"
"Sagen Sie das *ihm*! Ich will nichts von ..."
"Sie sollen ihn sofort in Ruhe lassen, Sie Schänder!!!"
"Was kann ich denn dafür, dass Ihr Köter mich anspringt?"
"Sie Bestie! Lapsus ist kein Köter, sondern ein reinrassiger ..."
"Es ist mir egal, was er ist! Ich habe keine Zeit, hier mit Ihnen ..."

"Spitz! Wenn Sie einen Hund hätten, wäre das vermutlich ein Köter, aber ich ..."
"Ich habe keine Zeit! So lassen Sie doch meinen Ärmel los!"
"Erst wenn Sie sich bei Lapsus entschuldigt haben!"
"Was soll ich? Mich bei dieser Töle entschuldigen, bei dieser Mistbiene? Ha, wissen Sie, solche Hunde haben wir früher in den Dorfteich geschmissen! Als Futter für die Frösche!"
"Sie unverschämter Kerl! Ich werde Sie verklagen!"
"Weshalb? Weil ich Ihre Töle Köter genannt habe? Ha, das mache ich gleich noch einmal! Köter, Köter, Köter!!!"
"Ich zeige Sie an! Wegen Tierquälerei!"
William zog den Detektiv weiter, doch Spitz und Spitzfrauchen folgten laut kläffend.
Dem Engel wurde diese Anhänglichkeit zu viel. Er drehte sich um und sprach mit ernster Stimme: "Gnädige Frau, Sie stören unsere Aktion!"
Ein angemessenes Staunen blieb aus. "Was denn für eine Aktion?", fragte die Frau giftig.
"Wir verfolgen einen ungemeldeten Dobermann! Wir müssen befürchten, dass der Besitzer keine Hundesteuer bezahlt hat und Sie wissen ja, was dann passiert!" Die Frau verstummte und schüttelte verneinend den Kopf. "Der Hund wird eingezogen und bekommt neue Besitzer! Leider finden die sich vornehmlich in asiatischen Ländern, aber was soll man machen? Immerhin kann man die armen Tiere nicht ewig auf Staatskosten ernähren!" Die engagierte Hundemutter nahm ihren wildgewordenen Liebling auf den Arm und drückte ihn fest gegen ihre Brust. William nickte nachdenklich und rieb sich die Nase. Dann fragte er mit leiser Stimme: "Haben Sie schon Ihre Hundesteuer bezahlt?"
"Natürlich", rief die Dame eine Spur zu schnell und schaute dem Engel fest ins Auge. "Aber ich will Sie nicht länger stören, Sie haben ja einen Job zu erledigen!"
William senkte dankend den Kopf und die Frau ließ den Hund eilig in ihrer Einkaufstasche verschwinden, bevor sie sich, immer schneller werdend, auf den Heimweg machte.
"Gut gemacht, William", knurrte Bernhard anerkennend.

"Danke, Sir!"
"Aber leider scheinen wir unsere Observationsperson verloren zu haben!"
"Sie verschwand in dieser Seitengasse, Sir!"
"Ehrlich? Fantastisch, dann sitzt sie in der Falle!"
In diesem Augenblick trat die Gesuchte aus der Seitengasse heraus und schlenderte weiter. Ungläubig starrte Bernhard ihr nach. "Verdammt", murmelte er. "Wenn wir Pech haben, hat sie ihr kleines Treffen hinter sich und wir bekommen wieder keine Fotos!"
"Aber wir können den Namen des Mannes herausbekommen", tröstete William. Unauffällig bogen sie in die Gasse ein. Ein altes Gemäuer versperrte den weiteren Durchgang.
"Schauen Sie sich dieses zerbröckelnde Gebäude an, William", rief Bernhard kopfschüttelnd. "Warum suchen sich finanziell so gut gestellte Frauen immer Männer aus solchem Milieu? Vermutlich ist es ein armer Student, der gar nicht weiß, in welche Gefahr er sich begibt. Dieser kleine Student liebt eine Gangsterfrau und er liebt sie und liebt sie und sie nutzt ihn eiskalt aus. Diese Welt ist so ungerecht, William! Glauben Sie mir, in meiner Praxis werden mir noch hunderte solcher Fälle unterkommen!"
William zuckte mit den Schultern und trat an die Tür. Lautlos las er die Namensschilder und begann zu lachen.
"Was ist so komisch, William?", fragte Bernhard streng.
"Hier ist der Sitz eines Hundefriseurs und einer Kosmetikerin", erklärte der Engel.
"Sie meinen, Madame Molle hat etwas mit einem Hundefriseur?"
"Nein, ich glaube, sie war einfach zur Kosmetik, Sir!"
Bernhard eilte zu den Namenschildern und vergewisserte sich. "Sie könnte auch was mit dem Hundefriseur haben", beharrte er dann auf seine Meinung.
"Ich glaube nicht, dass sie was mit einem kleinen Hundefriseur hat, der nicht weiß, dass sie eine Gangsterfrau ist", widersprach William lächelnd.

Bernhard zuckte mit den Achseln und drehte sich wortlos auf dem Hacken um.
"Könnten wir dann unsere Arbeit fortsetzen oder haben Sie vor, mich weiter mit Klischees zu überschütten?", fragte er über die Schulter.
"Verzeihen Sie mir, Sir", bat William amüsiert.
"Ja, ja! Aber jetzt kommen Sie bitte, sonst ist unsere Zielperson weg!"
Doch die Zielperson hatte sich erneut an einem Schaufenster festgesehen und so konnte die Verfolgung fortgesetzt werden. Endlich verließ sie die Einkaufspassage und wanderte weiter. Sie lief durch Straßen, überquerte Plätze und schien kein festes Ziel zu haben. Die Sonne stach und quälte mit ihrer Wärme die beiden Detektive.
"Wie sind Sie eigentlich zur Kriminalistik gekommen, Sir?", fragte William, um sich ein wenig von der kräftezerrenden Arbeit abzulenken.
Seinem Schützling lief der Schweiß in Strömen in den Kragen des Trenchcoats. "Ich habe gefühlt, dass ich dafür geschaffen bin", antwortete er kurz angebunden.
Die Frau bog um die Ecke und ihre beiden Beschatter beschleunigten ihre Schritte. Fast wären sie mit ihr zusammengestoßen, denn sie stand hinter der Ecke und plauderte mit einem Obsthändler. Mit gleichgültigen Gesichtern gingen die Detektive an ihr vorbei und taten, als wären sie in ein wichtiges Gespräch vertieft.
Nach einigen Metern schob Bernhard seinen Begleiter in einen Hauseingang. "Wir müssen warten, bis sie weitergeht", flüsterte er erklärend. William nickte. Aufseufzend ließen sie sich auf einer Treppenstufe nieder und genossen die Kühle des Flures. Draußen lärmte die Straße, die Sonne winkte durch die bunten Butzenfensterscheiben der Eingangstür und Bernhard tupfte sich umständlich mit einem riesigen Taschentuch den Schweiß vom Gesicht.
"Es ist sehr heiß", sagte William verständnisvoll.

"Seien Sie froh, dass wir hier nicht auf dem Lande sind", lachte der Detektiv. "Die Pferdebremsen wären über uns hergefallen und hätten uns ausgesaugt!"
William hatte keine Ahnung, was Pferdebremsen waren, war aber zu erschöpft, um nachzufragen. Er beließ es bei einem zustimmenden Nicken und lehnte sich gegen das Treppengeländer.
"Was haben Sie genau gefühlt, Sir?"
"Hä?"
"Damals, als Sie beschlossen, Detektiv zu werden, was haben Sie da gefühlt?"
Bernhard Steinmetz verstaute das Taschentuch und überlegte. "Ich glaube, ich wollte etwas ganz Besonderes erreichen", sagte er langsam. "Ich habe viele Krimis gelesen und wollte immer herausbekommen, wer es gewesen ist. Und bevor ich auf dem Land versauere ... ich meine, ich wusste nicht genau, was ich machen will. Ich wollte nur mit meinem Leben etwas ganz Besonderes anstellen. Wenn jemand Erde an den Schuhsohlen hat, war er im Wald und trotzdem nicht der Mörder, verstehen Sie?"
"Nein, Sir."
"Ich auch so nicht richtig. Aber in den Krimis war es so, dass der Verdächtigste nie schuldig war, ganz einfach."
"Sir, ich verstehe Sie nicht ganz! Sie meinen, Sie haben geglaubt, das Leben sei wie im Krimi?"
"In etwa, ja."
"Und Sie haben geglaubt, die Lösung eines Kriminalfalles sei ebenso simpel?"
"Hm."
"Oh je." William ahnte, dass dieser Fall nicht so leicht abzuschließen sein würde, wie er gehofft hatte.
"Ich fürchte, ich muss mal austreten", kam es verschämt von der Seite.
Ohne auf eine Entgegnung zu warten, erhob sich der Detektiv und ging zur Hoftür. William folgte ihm gedankenverloren. Bernhard nestelte an seiner Hose.
"Was machst'n da?", erkundigte sich eine piepsige Stimme.

Der Detektiv schreckte zusammen. Ein kleiner Junge trat näher und betrachtete ihn aufmerksam. Schmutzstreifen auf den Wangen und schorfverkrustete Knie zeugten von einem bewegten Leben. Anscheinend war er auf Patrouille, denn ein wurmstichiges Holzgewehr baumelte an einem Bindfadenriemen über seiner Schulter. "Wolltest du hier hinpinkeln?" Bernhard hob abwehrend die Hände.
"Das darf man nämlich nicht", erklärte der Junge ernst und bohrte in der Nase.
"Das habe ich auch nicht gewollt", beteuerte Bernhard.
"Sah aber so aus!"
"Wie heißt du denn, Kleiner?" versuchte William das Kind abzulenken.
"Das geht dir gar nisct an", antwortete der Kleine höflich. Dann befasste er sich wieder mit Bernhard. "Ich werde es meiner Mutter sagen, dass du hier hinpinkeln wolltest und dann gibt es Kloppe!"
"Ich wollte gar nicht ..."
"Das sind nämlich die Blümchen von meiner Mutter und wenn jemand dadrauf Pipi macht, wird sie sauer!" Die drei schauten nachdenklich auf die kümmerlichen Pflänzchen, die matt aus alten Kochtöpfen hingen. "Einmal ist mir mein Fußball draufgefallen, ganz aus Versehen und ich habe auch Kloppe gekriegt!"
"Also bewachst du die Blumen?", fragte William verständnisvoll.
Der Junge zog geräuschvoll die Nase hoch und antwortete nicht. Stattdessen zog er einen verbeulten Sheriffstern aus der Hosentasche und brummte mit verstellter Stimme: "Du bist verhaftet!"
"Was?"
"Du bist verhaftet! Hände hoch!" Bernhard schaute hilfesuchend zu William. "Beide Hände hoch!"
"Hör mal, Kleiner, wir haben keine Zeit ..."
"Hände hoch, oder ich hole meine Mutter!" Resigniert erhoben die beiden die Hände, Bernhards Hose rutschte haltlos in die Kniekehlen. Der jugendliche Gesetzeshüter schaute streng

192

auf die Sünder. "Ich werde jetzt eine Wäscheleine holen und euch fesseln!", verkündete er. "Geht ja nicht weg!" Die Männer schüttelten heftig die Köpfe. Der Junge lief rückwärts in einen ansässigen Schuppen, schrie noch einmal: "Schön stehen bleiben, ich bin gleich wieder da" und verschwand in dessen Inneren.
Die Detektive verschwanden zurück auf die Straße. Und vor ihnen flatterte leuchtend das Kleid der Madame Molle, das auf dem schönen Körper weiter die Straße entlang getragen wurde.

## Noch eine Enttäuschung, ein bedingter Kaufrausch, viele unnütze Fotos und - eine Kaffeetafel

"Warum handeln alle deine Geschichten von Mooren und Weiden?", fragte Cibelle und ließ das Manuskript sinken.
"Weil ich mich damit am ehesten verbunden fühle!"
"Aber es klingt alles so furchtbar ungemütlich! Morast, Nebel, Eulen ... Kannst du nicht einmal was Hübsches schreiben?"
"Die Welt ist nicht hübsch!"
"Darum wollen sich die Buchkäufer das Elend dieser Welt auch in Buchform mit nach Hause nehmen und bei einem schönen Glas Rotwein nach Feierabend genießen, ja?"
"Wenn du die Texte nicht verstehst, höre bitte auf, sie zu lesen!"
Erleichtert schob Cibelle die Blätter beiseite.
"Ich sehe mal nach der Post", murmelte Ulrike und sprang auf.
"Du warst schon dreimal am Briefkasten! Die Post kommt erst um 15 Uhr!"
"Vielleicht ist sie heute schon früher da", und die Tür klappte zu.
Cibelle schlug das nächste Manuskript auf und begann zu lesen: "Der eisige Winterwind schlug hart gegen die Fensterscheiben, doch mir schien es, als schlüge er gegen mein Herz.

Ich ließ meinen Blick schweifen über die Landschaft, die wie eine Bedrohung da draußen vor dem Fenster lag und ein Schauer fuhr mir über die Seele. Eine Eule schrie durch die Dunkelheit und ihr Ruf forderte mich auf, hinauszugehen und mich im Moorwasser zu ertränken. Blass würde mein Antlitz im brackigen See schwimmen, umrahmt von saftlosen Ästen und gestorbenen Blättern. Treiben werde ich, treiben und mich irgendwo verfangen, bis die Ruhe in meinen toten Körper einkehrt. Wassergespinste werden sich wie Kreise um mich drehen und mich bitten, mitzuhalten. Seelenlos werde ich auf der Stelle treiben und die Wellen nicht mehr fühlen. Leblos ihre langen Finger auf dem Boden schleifend, stehen die alten Krüppelweiden da, wie Gespenster auf meinen Tod wartend ..." Cibelle blinzelte zum Fenster. Herrliches Wetter da draußen, dachte sie sehnsüchtig.

Hinter ihrem Rücken klappte die Wohnungstür auf. "Es ist passiert! Sie haben geantwortet, Cibelle! Sie haben mir geantwortet!"

Die Engelin schaute sie überrascht an: "Wirklich?"

"Aber ja! Endlich! Endlich eine Antwort!!" Das Mädchen riss den Briefumschlag auf und zog hastig das Blatt heraus, das Gesicht vor Freude hochrot. Dann ließ sie das Papier sinken.

"Sie nehme es nicht, es sei zu anspruchsvoll", murmelte sie, ohne Cibelle anzuschauen.

Die Engelin trat zu Ulrike und streichelte sanft ihren Arm.

"Los, wir gehen einkaufen!", schlug sie aufmunternd vor.

"Du, dazu habe ich überhaupt keine Lust."

"Klar hast du Lust!! Ich werde dir schon Lust machen", drohte Cibelle aufmunternd und schob ihren widerspenstigen Schützling durch die Tür. Draußen riss sie dem Mädchen den Brief aus der Hand, zerknüllte ihn und kickte den kleinen Papierball zum offenen Flurfenster hinaus. Dann rannte sie polternd die Treppe hinunter, Ulrike fest untergehakt.

"Wohin geht dieses Teufelsweib nur?", knurrte Bernhard ungehalten.

"Sir, bitte nicht solche Ausdrücke in meiner Gegenwart!"

Plötzlich begann Madame Molle zu laufen und sprang in eine Straßenbahn. Die beiden Verfolger begannen zu rennen, denn die Bahn setzte sich schon in Bewegung. Mit letzter Kraft setzten die beiden zum Sprung an und landeten im Inneren. Die Türen klappten zu und ein Stück des Trenchcoats schliff auf der Straße. Bernhard drückte hektisch auf den Türknopf, die Türen klappten auf und sofort wieder zu. "Verdammte Technik!"
"Sir!"
"Was?"
"Ihre Ausdrücke!"
"Herrje, William, seien Sie keine Memme! Mein Mantel hängt draußen!"
"Bei der nächsten Haltestelle können Sie ihn bergen! Lassen Sie jetzt bitte vom Knopf ab, Sir!"
Widerwillig zog der Detektiv seine Hand zurück und sah hilflos der Verlumpung seines geliebten Kleidungsstückes zu. Die nächste Haltestelle wollte und wollte nicht kommen. Bis die Bahn nach einer Ewigkeit dann endlich stoppte, hatte der heraushängende Mantelzipfel alle erreichbaren Dreckspuren auf der äußeren Waggonseite weggeputzt und ähnelte einem überanstrengten Scheuerlappen. Die immer noch adrett aussehende Madame Molle verließ die Straßenbahn.
"Kommen Sie, Sir", drängte William und schob seinen Schützling ins Freie.
"Sehen Sie sich nur diese Schweinerei an, William", jammerte Bernhard. "Mein schöner Trench!"
"Wir können doch einen neuen kaufen, Sir, aber bitte, kommen Sie! Sie läuft uns sonst davon!"
"Einen neuen kaufen? Wissen Sie eigentlich, was so ein Mantel kostet? Außerdem ist das auch eine emotionale Angelegenheit, ich habe diesen Mantel geliebt, er hat mich überallhin begleitet."
"Ein Teil ist aber zum Schluss untreu geworden und hat den Dienst quittiert, Sir", versuchte William das Gejammer mit Härte zu unterbinden.
"Wie können Sie nur so grausam sein, William?"

"Bitte, kommen Sie jetzt, Sir! Sie ist kaum noch zu sehen!"
"Ich habe aber keine Lust mehr! Soll sie doch hingehen und lieben, wen sie will! Soll doch Molle ihr in der Hitze nachstiefeln und sich seine Sachen zerreißen! Ich habe die Nase voll!"
William seufzte und betrachtete mitfühlend den trauernden Detektiv, der wieder und wieder über den zerfetzten Mantelsaum strich. "Sir", sagte er leise, "wenn wir aufgeben, wird Herr Molle dafür sorgen, dass Sie wie Ihr Trenchcoat aussehen, das wissen Sie doch?!"
"Ist mir egal!"
"Bitte, Sir! Wir können sie noch einholen. Irgendwelche Resultate muss dieser Aufwand doch bringen!"
Bernhard hob seinen Kopf und in seinen Augen blinkte es mordlüstern. "Sie haben recht, William!", raunte er. "Immerhin ist sie die Schuldige! Ich werde mich aufraffen und Rache nehmen! Folgen Sie mir, William!"
Dieser gehorchte und überlegte beim Weitergehen, ob in diesem Fall eine psychiatrische Behandlung nicht angebrachter wäre, als einen friedliebenden Schutzengel zu bemühen. Er würde Bernhard im Auge behalten müssen, wer weiß, wozu der in seiner Wut fähig war.

"Ich verstehe das nicht", sagte Ulrike zwischen zwei Blusen. "Die Texte sind emotional konzipiert und mit Leidenschaft geschrieben."
"Hm", kam es aus der benachbarten Umkleidekabine.
"Du findest sie doch auch gut, oder?"
"Wie findest du dieses?", erkundigte sich Cibelle. Sie war aus der Kabine herausgetreten und drehte sich bewundernd vor dem Spiegel herum.
"Ganz hübsch, aber ..."
"Ist der Ausschnitt nicht zu klein?"
"Nein. Aber ..."
"Die Knöpfe sind einfach scheußlich! Die sehen richtig billig aus!"
"Cibelle!!!"

"Kannst du mir erklären, warum die Spiegel mitten im Laden hängen und nicht in der Umkleidekabine? Jedes Mal muss man rauskommen und läuft Gefahr, sich grässlich zu blamieren! Und dieses Licht! Das gräbt sich ja in jede Falte!"
"Cibelle! Ich habe dich was gefragt!"
"So? Oh, diese Jacke steht dir wunderbar, meine Liebe!" Die Engelin verschwand wieder in der Kabine, von oben herab fiel der graue Stoffvorhang hinter ihr nieder. Ulrike zog die Jacke aus und hing sie nachlässig zurück auf den Bügel.
"Gefällt Sie Ihnen nicht?", fragte eine Verkäuferin, die sich herangeschlichen hatte.
"Doch, doch, sie ist sehr hübsch", stotterte Ulrike verlegen.
"Ja, nicht wahr?", lächelte die Andere und strich verliebt über die Goldknöpfe. "Ein Meisterwerk aus dem Hause Speicheracker! Sehen Sie nur die ziselierte Spitzenarbeit! Und hier, kleine Käferchen als aufmunterndes Detail, aber ohne verspielt zu wirken. Das ideale Kleidungsstück für eine exklusive Landpartie!"
"Ja, sehr schön, aber es kommt für mich nicht in Frage!"
"Aber warum denn nicht? Wenn Sie keine Landpartien mögen, tragen Sie diese Jacke einfach, wann Sie wollen!"
"Ich danke Ihnen herzlich für Ihre Erlaubnis, aber ich möchte diese Jacke nicht kaufen!"
"Jetzt seien Sie doch nicht gleich so beleidigend, ich habe doch nur gesagt ..."
"Ich weiß, was Sie gesagt haben. Aber ich bin der Auffassung, dass diese Jacke absolut nicht in meinen Kleiderschrank passt!"
"Man kann sie aber auch zur Jeans tragen!"
"Und wenn man sie zu Karoröcken tragen könnte ..."
"Sehen Sie, auch eine hübsche Idee!"
"Hören Sie, ich möchte diese Jacke nicht kaufen!"
"Niemand drängt Sie dazu", erwiderte die Verkäuferin weinerlich. "Es ist nur so, dass die Jacke wirklich außergewöhnlich schön ist!"
In diesem Augenblick riss Cibelle den Vorhang zurück. Sie trug ein feuerrotes Abendkleid, das keine (und ich meine

wirklich: keine) Rundung ihres Körpers ignorierte. Der Rücken lag bloß, die Brüste ruhten in kleinen Halbschalen und vom Kinn bis zum Bauchnabel zog sich eine brache Spur.
"Na, wie findest du es?", fragte sie Ulrike, doch der hatte es die Sprache verschlagen.
„Ich muss zugeben", mischte sich die Verkäuferin ein, "dass dieses Kleid ein weniger gelungenes Stück aus der Kollektion ist."
"Es ist schamlos, nicht?", fragte Cibelle atemlos und beäugte sich im Spiegel.
"Auf jeden Fall! Ich fürchte sogar, es wird ein Ladenhüter."
"Man ist ja fast nackt in diesem Kleid", bemerkte Cibelle begeistert.
"Das ist richtig, gnädige Frau! Es gibt die Möglichkeit, es in unserer geschäftseigenen Schneiderei umnähen zu lassen!"
"Umnähen?"
"Nun, ein wenig Taft am Rücken und eine schließende Naht auf der Vorderseite und schon ist dieses Kleid tragbar!"
"Wenn man dieses Kleid auf einer Party tragen würde, wäre man der absolute Hingucker, oder?"
"Ja, leider, gnädige Frau, aber wohl eher im negativen Sinne!"
"Im negativen Sinne?"
"Ich bitte Sie, die emanzipierte Frau von heute wirft sich nicht mehr in so aufreizende Fummel, um auf ihre Stärken hinzuweisen. Die hat sie bereits bewiesen, wenn sie auf so eine Party eingeladen wird!"
Cibelle strich sich nachdenklich über die Hüften. "Das Problem ist nur", erwiderte sie langsam, "dass die meisten Männer heutzutage nicht emanzipiert genug sind, um zu begreifen, was für eine Frau sie da im Arm halten. Sehen Sie, ich bin der Auffassung, man kann den Männern nicht deutlich genug zeigen, was man will!"
"Wie meinen?", fragte die Verkäuferin verwirrt.
"Schauen Sie mich an", rief Cibelle, "sehe ich nicht aus wie eine moderne Venus? Natürlich sehe ich so aus! Würde ich so aussehen, wenn ich Nadelstreifen tragen würde? Nein, außer

der Anzug ist kurz vorm Bersten. Und jetzt kommt die entscheidende Frage: Würden Sie mich eher in Nadelstreifen oder in diesem Kleid begehren? Überlegen Sie gut und denken Sie daran: Wir reden hier von Männern!"
Ulrike verdrehte die Augen, aber die Verkäuferin war sichtlich beeindruckt. "Sie kaufen dieses Kleid also?"
"Aber natürlich!"
"Fein!" Die Frau huschte erfreut zur Kasse.
"Was hast du mit dem Kleid vor?", erkundigte sich Ulrike interessiert.
"Wieso vor? Kann eine Frau sich nicht einfach ein Kleid kaufen, um sich selbst zu gefallen?" "Das ist einer der abgedroschensten und verlogensten Aussagen, die es gibt!"
"Vielen Dank. Dein Detektiv wird sich freuen, wenn du ihm in deinem Wohlfühl-Jogginganzug entgegen trittst!"
"Ich habe keine Lust, mich derartig aufzutakeln, denn ich möchte einen Mann, der mich nimmt wie ich bin."
"Vorher musst du ihn erst einmal dazu bringen, dich zu möchten!" Cibelle schlenderte zur Kasse und bezahlte lässig mit ihrer Kreditkarte. Die Nobelpapiertüte unter den Arm geklemmt, verließ sie das Geschäft wie eine Königin.
Nach ein paar Schritten begann Ulrike erneut: "Du hast noch nichts zu meinen Texten gesagt!"
"Oh, da ist ja noch so ein einladendes Geschäft", rief Cibelle sofort und betrat eiligen Schrittes einen Ramschladen.
"Sieh' nur, was für bezaubernde Reißverschlüsse!" Sie begann hektisch in einer Grabbelkiste zu wühlen. Da lobe ich mir Lothar, dachte sie genervt, während sie mit gespieltem Interesse Schuheinlagen betrachtete, der glaubt wenigstens an seine schlechten Gedichte und fragt nie nach einer Meinung.

"Jetzt haben wir sie, jetzt haben wir sie", jubelte Bernhard aufgeregt und zerrte begeistert an Williams Jackenärmel.
"So beruhigen Sie sich doch, Sir! Sie werden mit Ihrem Geschrei noch alles verderben!" Madame Molle war auf dem Hof eines riesigen Mehrfamilienhauses verschwunden. Ganz schnell war sie durch die Toreinfahrt hineingeschlüpft, nach-

dem sie sich vorher hastig nach links und rechts umgesehen hatte.
"Jetzt haben wir sie", flüsterte Bernhard noch einmal begeistert. "Diese Ehebrecherin und Schänderin unschuldiger Mäntel!"
Die Männer überquerten die Straße und traten durch das Hoftor. Hier war es still und freundlich. Eine riesige Kastanie wuchs mitten im Hof und irgendjemand hatte eine kleine Holzbank um sie herum gebaut. Im Hintergrund standen einige illegal errichtete Schuppen, deren Erbauer sich bei der äußeren Gestaltung keinerlei handwerkliche Genauigkeit hatten zuschulden kommen lassen. Sie standen in friedlicher Nachbarschaft zu einer kleinen Ziegelbaracke, die von Sonnenblumen umzingelt war. An den Fenstern hingen grüngestrichene Kästen voller blühender Geranien.
"Ein Idyll", murmelte William beeindruckt.
"Und trotzdem hat hier die Sünde ihr Zuhause", versetzte Bernhard mit grollender Stimme. Er hob sich auf die Zehenspitzen und näherte sich, hüpfend wie ein Wiesel, dem Ziegelhäuschen. William schlenderte hinter ihm her. Der Detektiv huschte durch die Sonnenblumen und bückte sich unter ein Fenster. Er winkte dem Engel aufgeregt, sich ihm unauffällig zu nähern. Dieser zuckte gottergeben die Schultern und trat an das Fenster.
Was er sah, ließ seinen Atem stocken. Ein breites Bett, mit weißen Leinentüchern bezogen, darauf ein Adonis in seiner nackten Pracht. Madame Molle hatte anscheinend eine Vielzahl von Haarklammern gelöst, denn ihr langes Haar floss in lockigen Kaskaden den Rücken herunter. Sie streifte langsam die Schuhe ab und knöpfte die Bluse auf, Knopf für Knopf, bis die Bluse von den Schultern rutschte. Der Adonis veränderte seine Stellung und sagte etwas.
"Was hat er gesagt?", fragte Bernhard aufgeregt.
"Psst!"
Mit dem Fuß schob Madame Molle die Bluse beiseite und senkte den Kopf, um sich dem Rock zu widmen. William

schluckte schwer und war verzaubert, bis ein penetrantes Klicken ihn aus der Verzückung riss.
Bernhard fotografierte. Es klang wie ein Maschinengewehr und hatte irgendwie dieselbe Wirkung, fand William. Drinnen schien man das ohrenbetäubende Geräusch nicht zu hören, denn in diesem Augenblick glitt der Rock zu Boden und Madame Molle stand da, wie Gott sie einst erschuf. Leicht wie eine Gazelle näherte sie sich dem Bett und blieb davor stehen. Sie kreuzte die Arme hinter dem Kopf und lächelte strahlend. Der Adonis streckte die Hand nach ihr aus, doch sie schüttelte den Kopf und griff...
"Da wird sich Molle freuen!", krächzte Bernhard und legte einen neuen Film ein.
"Ich bitte Sie, Sir, was ist eine schnöde Rache gegen solch eine Pracht?"
"Mein Trenchcoat war auch eine Pracht, bevor uns diese Dame durch die ganze Stadt geschleppt hat!"
Inzwischen lagen die Liebenden ineinander verschlungen, die Hand des Mannes glitt...
"Verdammt, dieser Film klemmt!", schrie Bernhard wütend. Schnaubend schüttelte er den Apparat, um die Rolle zu lockern. William warf einen Blick durch das Fenster, doch die beiden waren verschwunden.
Die Tür wurde aufgerissen und Madame Molle stand, nur in ein Laken gehüllt, vor ihnen. "Was ist hier los?", fragte sie ängstlich.
"Ha, Madame, ich habe Sie!", rief Bernhard und drohte mit dem Fotoapparat.
"Ihr Mann hat Sie schon lange in Verdacht und jetzt bekommt er die Beweise!"
Die Frau wurde blass. "Sie sind mir gefolgt?"
"Ja!"
"Sie sind mir hinterhergeschlichen wie Strauchdiebe und haben mich fotografiert?" Bernhard nickte stolz. "Aber warum? Was habe ich Ihnen denn getan?"
Der Detektiv ließ die Kamera sinken und schien verwirrt über die Frage. Bevor er auf den Mantel kam, erklärte William

freundlich: "Sie haben uns nichts getan, gnädige Frau. Aber Ihr Mann wünscht Bilder von Ihrer Untreue, um die Scheidung einzureichen."
"Das glauben Sie wirklich? Dass mein Mann eine Scheidung will?"
"Nun, ich ...", begann William und schaute dann hilfesuchend zu Bernhard. Doch der war noch mit seiner Kamera beschäftigt.
"Er wird mich umbringen!", sagte die Frau tonlos. Ihr Geliebter, der völlig angezogen hinter ihr erschien, sah sie besorgt an.
"Aber nein", meinte William begütigend. "Wir leben in einem zivilisierten Land, da darf man nicht einfach jemanden umbringen!"
Die Frau sah ihn an, als sei er geistesgestört. Dann trat sie einen großen Schritt vor und fiel Bernhard um den Hals. Die Kamera glitt zu Boden. "Ich flehe Sie an, verraten Sie nichts meinem Mann", rief Madame Molle und presste ihre Brüste fest gegen seine Brust.
"Ich werde tun, was Sie wollen, aber bitte, bitte sagen Sie ihm nichts!"
"Aber ich muss", piepste der Detektiv erschrocken.
"Nein! Sie müssen gar nichts! Sagen Sie einfach, Sie haben nichts entdecken können!"
"Dann dreht mich Ihr Mann durch die Mangel! Er ist sich doch so sicher!"
"Da haben Sie's!", schluchzte die Frau. "Könnten Sie mit einem Mann zusammenleben, der Sie der Untreue verdächtigt?"
"Nein, aber ..."
"Sie verstehen mich also! So lassen Sie mich ziehen!"
"Aber Sie haben ihn doch betrogen!"
"Ja, aber das kann er doch gar nicht wissen!"
"Wenn er es nicht ahnen würde, hätte er mich doch nicht auf Sie angesetzt!"
"Sehen Sie nicht selbst, wie misstrauisch er ist? Nichts kann eine glückliche Beziehung mehr belasten als Misstrauen!

Glauben Sie, es macht mir Spaß, ihn zu betrügen? Nein, weiß Gott nicht! Aber Jochen vertraut mir und das ist so wichtig für mich!"

Sie löste sich von dem Detektiv und kuschelte sich schutzsuchend an ihren Geliebten. Adonis Jochen nickte bestätigend und legte seinen Arm um Madame Molle.

"Möchten Sie vielleicht eine Tasse Kaffee?", fragte er freundlich.

"Sehr gern, Sir", antwortete William höflich und zog Bernhard hinter sich her.

Wie Sie sich sicher vorstellen können, geschätzte Leserschar, war es eine recht seltsame Kaffeerunde. Ein äußerst elegant gekleideter Engel, der einem britischen Filmbutler wie vom Zelluloid geschnitten ähnlich sah, ein sportlich gekleidetes Männermodel, ein urwüchsig wirkender Privatdetektiv, in einen schäbigen, beschmutzten und zerrissenen Trenchcoat gewickelt, und, in ein reinweißes Leinenlaken gehüllt, der leibhaftig gewordene Männertraum, saßen friedlich um einen wackligen und schlecht abgewischten Tisch und schlürften Billigkaffee. Bernhard schielte verlegen auf seine Zielperson, die unterm Tisch heimlich mit ihrem Geliebten füßelte. Seine aggressive Haltung war verschwunden, nachdem er die kleine Toilette des Ziegelhäuschens aufgesucht hatte. Das Gespräch verlief schleppend, da es noch zu keiner endgültigen Entscheidung, das Schicksal der Madame Molle betreffend, gekommen war.

"Nun, Madame, was haben Sie jetzt vor?", erkundigte sich William höflich, um Bernhard zu einem Entschluss zu bringen.

"Tja", sagte Madame und beendete die Fußarbeit. "Wie ich Sie bereits bat: Verraten Sie nichts meinem Mann!"

"Aber Madame", seufzte Bernhard, "Ihr Mann beschuldigt Sie der Untreue, schickt mich los, ich finde Sie und Sie bitten mich, alles zu vergessen!"

"Ja, und?"

"Sie zeigen aber nicht die Spur von Reue!"

"Oh doch, ich bereue meine Taten aus tiefstem Herzen!" Unter der Tischplatte näherten sich wieder Füße.
"Verstehen Sie mich richtig, Madame, ich bin kein Moralapostel. Wenn man auf dem Dorf großgeworden ist, mit all den Schweinen und Bullen ... ähm ...Also, was ich sagen wollte: Wenn ich zu Ihrem Mann gehe und steif und fest behaupte, Sie seien treu, wird er mir vielleicht glauben. Wenn nicht, wird er einen anderen Detektiv losschicken, der Ihnen vermutlich viel schneller auf die Schliche kommt als ich, und was dann? Ich hätte ihn belogen, Sie haben ihn betrogen, wir wären beide Futter für die Fische!"
"Und wenn ich Ihnen verspreche, ab jetzt immer eine gehorsame Ehefrau zu sein?"
"Dann würde ich Ihnen nicht glauben, Madame!"
"Ha! Eine Unverschämtheit! Sie sind ein sehr frecher Kerl! Wieso glauben Sie mir nicht, wenn ich sage ..."
"Weil Sie die ganze Zeit, während wir reden, mit meinen Füßen flirten!"
"Mit meinen auch!", lächelte William.
Jochen blickte zärtlich zu Madame Molle: "Und mit meinen!"
"Oh, ich fürchte, das waren meine!", grinste William verlegen und zog sie zurück.
"Sehen Sie, Herr Detektiv, es ist nicht leicht, mit einem Mann zu leben, der so aussieht wie Molle!"
Bernhard nickte verständnisvoll, blieb aber streng: "Warum haben Sie ihn dann geheiratet?"
"Hach, ich war jung und talentiert und Bardame und Molle hatte immer diese schicken Krawatten!" William lachte auf.
"Werden Sie die Fotos vernichten?", bat Madame und blinkerte treuherzig mit den Augen.
"Werden Sie Ihrem Mann treu sein?", fragte Bernhard argwöhnisch.
"Aber sicher, Herr Detektiv."
William erhob sich und küsste ihr charmant die Hand. "Verehrte Madame Molle", sagte er lächelnd, "eine Frau, die so galant schwindeln kann, darf nicht verraten werden!"

Madame runzelte erfreut das Näschen und hauchte: "Vielen, vielen Dank!"
Der Engel gab seinem Schützling einen Wink, ihm zu folgen und die beiden Turteltauben allein zu lassen. Bereits aus der Tür, rief Madame sie noch einmal zurück. "Wenn Sie mir noch einen Gefallen tun wollen", kicherte sie und kniff vertraulich ein Auge zu, "dann knöpfen Sie meinem Mann ruhig einen Haufen Geld ab und kaufen sich davon einen neuen Mantel, Herr Detektiv. Ihr Trenchcoat sieht sehr mitgenommen aus, so sollten Sie nicht herumlaufen."
Mit Gewalt zog William den schimpfenden Bernhard über den Hof und auf die Straße. Dort standen sie schweigend, bis sich der Detektiv umdrehte und wütend wegstampfte. William eilte an seine Seite und fragte vorsichtig: "Sind Sie böse, Sir?"
"Nein, ich bin überglücklich! Keine Fotos, kein Geld und keinen Auftrag! Könnte das Leben schöner sein?"
"Und wenn ich Ihnen anbiete, Ihnen bei der Suche des Vaters von Ulrike Zimmermann behilflich zu sein?"
Bernhard blieb stehen und bohrte die Hände in die Taschen.
"Na gut", antwortete er, ohne zu zögern.

## Einsame Nacht, seltsame Nacht, himmlische Nacht

Seit zwei Stunden stand Cibelle vor dem Spiegel und probierte verschiedene Posen aus, bei denen das Kleid unangemessen eng saß. Sie war sehr zufrieden mit ihrem Einkauf, jedenfalls mit diesem einen. Alles andere, die Socken, Knöpfe, Fahrradschläuche, Suppenlöffel und ähnliches, musste gekauft werden, um Ulrikes Fragen nach einer Bewertung zu entgehen.
Es sind wahrlich Frustkäufe, dachte Cibelle beim Anblick der gefüllten Einkaufstüten. Ihr Schützling hatte sich in die Küche verzogen und versuchte, die Berge von Kaviar, Trüffel und Wachteln im Kühlschrank zu verstauen. Cibelle hatte an

keinem der Stände des Delikatessengeschäfts vorbeigehen können, und da sie hungrig gewesen war, kaufte sie in riesigen Mengen. Der Geschäftsführer persönlich hatte sie beraten und die blasierten Bemerkungen Cibelles über sich ergehen lassen.

"Weshalb warst du so unfreundlich?", erkundigte sich Ulrike aus der Küche.

"Weil ich die Visage kenne! Der Großvater dieses Knilchs hat mich damals aus dem Geschäft geworfen, nur weil ich den Verendungsgrad der Austern wahrheitsgemäß vorausgesagt habe!"

"Du kannst nur schwer verzeihen, wie?"

"Doch! Nach einer anständigen Rache mag mir das wohl gelingen!"

Ulrike stand jetzt bis zu den Knöcheln in den kulinarischen Kostbarkeiten und überdachte die Anschaffung eines weiteren Kühlschrankes, als das Telefon klingelte.

"Ich gehe schon", rief Cibelle und man hörte sie eilen. Nach einer ganzen Weile erschien sie in der Küche. Sie steckte sich eine Weintraube in den Mund und fragte harmlos: "Du kommst doch heute Nacht alleine klar, oder?"

„Warum denn nicht?"

"Na, wegen dieser Ablehnung ..."

"Hast du Angst, dass ich mich aus dem Fenster stürze?"

"Nein, dafür hast du ja mich! Also kann ich heute mal außerhalb übernachten, ja?"

"Natürlich! Wo willst du denn schlafen?" Leider hatte Cibelle den Mund voller Trauben und konnte nicht antworten. Ulrike schlug die Kühlschranktür zu und hakte nach: "Oder hast du ein Rendezvous? Hast du?" Cibelle kaute und betrachtete ihre Fingernägel. "Kann mir ja auch egal sein, nicht? Ich meine, du bist erwachsen und weißt, was du tust ..." Immer noch keine Erklärung, aber die Weintraube war so gut wie runtergeschluckt. "Du mischt dich zwar in mein Leben und meckerst rum, wenn dir das, was ich mache, nicht gefällt, aber wer bin ich denn, dass ich erwarten dürfte, Auskunft über dein Leben zu erhalten ..."

"Ich muss mich jetzt wirklich fertig machen", erwiderte Cibelle bedauernd und verschwand im Badezimmer.
Ulrike klopfte und rief: "Ich will dich nicht nerven, aber du wolltest mir doch noch sagen, wie du meine Texte findest."
"Ganz toll!"
"Wie bitte?"
"Deine Texte sind ganz toll! Ich habe noch nie etwas so Gutes gelesen!"
"Sagst du das nicht einfach nur so?"
Natürlich sage ich das nur so, was soll ich denn sonst sagen, um ohne schlechtes Gewissen ausgehen zu können, dachte Cibelle ärgerlich.
"Hör zu, meine Liebe", rief sie laut unter der Dusche hervor, "du solltest dir eins merken: Schutzengel lügen nie! Lügen ist eine Angewohnheit von Menschen, um sich irgendeinen Vorteil zu ergaunern. Das haben Engel nicht nötig!"
Ein kurzes Brausen der Dusche und dann folgte die Frage: "Kann ich mir deinen Anzug ausleihen?"
"Welchen?"
"Den du zum Vorstellungsgespräch anziehen solltest!"
"Den engen?"
"Ja, den engen!"
"Meinetwegen kannst du ihn haben!" Das ließ sich die Engelin nicht zweimal sagen, und ehe Ulrike sich versah oder weitere Fragen stellen konnte, war die Engelin angezogen und zur Tür raus.
"Bis morgen früh!", flötete sie im Treppenhaus. "Ich bringe frische Brötchen mit!"


Alex lag wach. Er hatte Angie verloren an Herrn Dicki, und er hatte kein glückliches Händchen bei der Vermittlung von Liebenden. Unruhig wälzte er sich hin und her. Es musste etwas geschehen! Vielleicht sollte er diesen komischen Kauz ausfindig machen, der behauptet hatte, er sei sein Schutzengel. Vermutlich hatte er sein eigenes Glück verjagt und all die Pleiten waren die Strafe einer überirdischen Macht? Alex rollte sich auf den Bauch und runzelte die Stirn. Vielleicht war dieser Kauz aber auch schuld an dem ganzen Unglück?

Der komische Kauz kämpfte zur selben Zeit auf seine eigene Art mit Alex' Schicksal. Er stand vor dem großen Schrankspiegel und übte: "Guten Tag, mein Name ist Lothar und ich bin ein Schutzengel. Mein Schützling hat mich rausgeschmissen ... Nein, rausgeschmissen ist ein unfeines Wort! Also, noch einmal: Mein Name ist Lothar und mein Schützling ... Hach, jetzt habe ich vergessen, was ich bin ... Mein Name ist Lothar und ich habe eine Mission! Ich bin ein Schutzengel, aber mein Zielobjekt weigert sich, von mir Hilfe anzunehmen! Heute will ... Heute möchte ich ihm sagen: Ich bin wirklich ein Schutzengel und dir vom Himmel zur Hilfe geeilt!"
Zufrieden lächelte sich Lothar im Spiegel an. Er würde eine imposante Erscheinung abgeben, mit diesem neuen T-Shirt. In neongrünen Fettbuchstaben prangte der Aufdruck: "Pierre-Alexander Reinbold - Partnervermittlungsagentur".

Sie trafen sich in einem kleinen Motel. Er stand an der Bar und erwartete sie bereits. Wortlos gingen sie auf das Zimmer. Er hatte das Bett mit Rosenblättern übersät, und sie ließ sich kichernd darauf fallen. Dann begann die himmlische Nacht. Aber wie soll man himmlische Nächte beschreiben? Kann man das überhaupt? Soll man von Feuerwerken und herabregnenden Blumen sprechen, von süßen Versprechen und heiligen Schwüren? Soll man das Laken beschreiben, welches in sanften Wellen zerwühlt wurde? Oder das Bettzeug, das neben dem Bett lag? Vielleicht sollte man die leere Flasche Champagner erwähnen und die wie verwaist stehenden Gläser? Oder lieber doch die Lust?
Ich sage einfach, es war eine himmlische Nacht.

# Der Tag der großen Gefühle oder - die Talkshow

Spät am Morgen erwachten sie, immer noch eng umschlungen. Wie Träumende gingen sie zum Frühstück herunter und selbst die ungastliche Kellnerin mit ihrer schrillen Stimme konnte den Zauber nicht vertreiben.
"Bis bald", flüsterte Cibelle beim Fortgehen.
"Willst du wirklich schon nach Hause?"
"Ich muss! Ulrike wartet auf mich!"
"Wann sehen wir uns wieder?"
"Wer weiß?", und sie schlüpfte in ein Taxi. An der Ecke, vor einem Bäckerladen ließ sie den Fahrer halten. Die Engelin versuchte, das glückliche Lächeln aus ihrem Gesicht zu wischen und betrat den Bäckerladen. "Guten Morgen", rief sie fröhlich. Die Frau hinter dem Verkaufstisch blickte nicht auf, sondern vertiefte sich stärker in das Umschichten der Brote.
"Ich hätte gerne sechs Brötchen!"
"Brötchen sind alle!"
"Wie bitte? So früh am Morgen?"
Die Frau erhob ihren schlechtfrisierten Kopf und murrte: "Früh am Morgen? Es ist fast zehn!"
"Man kann über die Frühe des Morgens unterschiedlicher Auffassung sein, liebe Frau, trotzdem hätte ich gern sechs Brötchen!"
"Liebes Fräulein, die sind alle", gab die Frau gallig zurück.
Cibelle überlegte, ob ein kleiner Zank das Verschwinden ihres Hochgefühls wert war und entschied sich dagegen. Sie beließ es dabei, den fülligen Körper der Verkäuferin zu mustern und zu murmeln: "Wenn das Personal nicht ständig alles selber essen würde, wäre für die Kundschaft genügend da."
Sie sprang aus dem Laden und hörte nur noch, wie ein Dreipfünder hinter ihr gegen die Ladentür schlug. Humorlose Menschen sind wahrlich ein Kreuz, dachte sie seufzend und hüpfte die Straße entlang. Unterwegs traf sie auf den Brief-

träger. "Sie sind aber heute früh unterwegs", wunderte sich Cibelle.
"Heute ist ja auch nicht so viel", gab der Mann freundlich Auskunft.
"Haben Sie etwas für Ulrike Zimmermann dabei?" Der Bote wühlte in seiner Tasche und nickte dann. "Sie können es mir gleich mitgeben", schlug Cibelle vor.
"Sind Sie Ulrike Zimmermann?"
"Ja!"
"Können Sie sich ausweisen?"
Cibelle wies wortlos auf ihre enge Kleidung, die keinen Platz für einen Personalausweis ließ.
"Dann tut es mir leid", bedauerte der Briefträger und schob sein Fahrrad weiter. Cibelle zeigte sich verständnisvoll und unterhielt den Mann beim Weitergehen mit Weisheiten über die Liebe. Der Bote schob merklich schneller und auch die Briefe schienen alle zur Eilpost zu gehören. Vor Ulrikes Haus seufzte der Postbote erleichtert und steckte zuerst Ulrikes Sendungen in den Kasten, die umgehend von Cibelle daraus befreit wurden.
Ungeniert öffnete sie die Briefe und - ihr Tag war verdorben! Wäre verdorben, wenn Ulrike diese Briefe sehen würde. Es waren samt und sonders Ablehnungen und zwar ein ganzer Haufen! Manche gingen erneut auf das hohe Niveau der Manuskripte ein, andere empfahlen Ulrike, sich nach einem anderen Betätigungsfeld umzusehen, und einer lobte die hohe Qualität des genutzten Papiers.
Cibelle trug die Post auf den Hof und feuerte sie in die Mülltonne. Eine alte Gummiente, die sich faul auf dem Hof gesonnt hatte, warf sie zur Tarnung obendrauf. Sie klopfte sich die Hände ab und atmete tief durch, um dann ihrem Schützling gelassen entgegenzutreten. Ohne Brötchen, aber auch ohne Ablehnungen.

"Hallo, hallo, hallo, hier ist Vroni!"
Die Begrüßungsrufe hallten bis hinter die Kulissen.

"Ich bin ja so aufgeregt", erzählte Lothar zum achten Mal der Gästebetreuerin und biss seelenruhig in das fünfte Leberwurstbrötchen.

"Haben Sie noch Hunger?", erkundigte sich die Betreuerin ironisch.

"Oh ja, ich hätte gerne noch ein Tellerchen voll dieser leckeren Brötchen", strahlte Lothar. "Und bringen Sie mir bitte gleich noch so ein Fläschchen Wasser mit! Danke!"

Die hübsche Betreuerin murmelte etwas Unflätiges und machte sich auf den Weg in die Kantine.

Lothar kuschelte sich auf das Sofa und verfolgte interessiert die laufende Sendung. Sind das Idioten, dachte er kopfschüttelnd. Ein Junge outete sich gerade als asozial. Während er dem schimpfenden Publikum freche Antworten gab, versuchte er, eine quicklebendige Ratte in Schach zu halten, die sich immer wieder in seinen vielen Pulloverausschnitten verirrte.

"Wieso schleppt er denn dieses Ungeziefer mit in die Sendung?", fragte Lothar die wiederkehrende Betreuerin.

"Es wirkt authentischer!"

"Aber hätte er das Tierchen nicht lieber zu Hause lassen sollen?"

"Was heißt hier zu Hause? Das Viech gehört ihm gar nicht, das ist aus der Requisite!"

Jetzt trat ein Mädchen auf, das ähnlich gekleidet, aber ohne Ratte war. Es stellte sich als Lebensgefährtin des Asozialen vor und begann ohne Umschweife, ihn zu beleidigen. Die Moderatorin bat sie, sich erst einmal hinzusetzen und in Ruhe weiter zu schreien. Das Mädchen gehorchte wohlerzogen.

"Hatten Sie für die keine Ratte mehr übrig?"

"Ratten haben wir hier genug", antwortete die Betreuerin beziehungsreich. "Aber das Mädchen stellt den positiven Teil der Beziehung dar."

Jetzt hörte Lothar das auch. Das Mädchen hatte mehrere Jahre an der Nadel gegangen, sich in zwielichtigen Etablissements verdingt und mit Hilfe ihrer Mutter (am Telefon zugegen!) war sie wieder auf den rechten Pfad zurückgekehrt.

"Das arme Mädchen", sagte Lothar bedauernd. "Erst so viel Elend, dann die Rettung und dann dieser Kerl! Manche haben wirklich Pech!"
"Das Mädchen kennt den Typen doch gar nicht! Sie ist eine Umschülerin aus Gamsbach, die sich ein paar Euro verdienen will!"
"Und der Junge?"
"Ein arbeitsloser Kfz-Mechaniker! Aber er macht seine Sache gut."
"Dann lügen diese Leute?", fragte Lothar entsetzt.
"Was heißt denn hier lügen? Sie werden gerade gecastet, und wenn sie sich tapfer halten, bekommen sie eine Rolle in unserer Vorabendserie!"
"Und die Mutter weiß das?"
"Welche Mutter? Ach, die am Telefon! Das war eine von unseren Telefonistinnen."
"Wie können Sie Ihre Fernsehzuschauer nur so betrügen?", fragte Lothar kopfschüttelnd.
"Die Welt will betrogen sein", erwiderte die Betreuerin mit einer pathetischen Geste und riss dabei den Brötchenteller um. Lothar schaute traurig auf die herunterpurzelnden Brötchen, ohne einen Versuch der Rettung zu unternehmen. Die Betreuerin stand an der Tür und rief hektisch: "So, jetzt aber hopp, hopp, Sie sind dran!"
Lothar fühlte sich am Arm gezogen und zu einer Schwingtür gebracht. Draußen hörte er das Geschrei der aufgepeitschten Masse, hinter sich das Wispern der technischen Mitarbeiter. Er drehte sich zu den Männern um und sagte beglückt: "Die sind so begeistert, obwohl sie noch gar nicht wissen, dass ich komme!" Die Männer starrten ihn stumm an und machten sich dann an irgendwelchen Kabeln zu schaffen.
"Vielen Dank", rief Lothar, der ahnte, dass ein Am-Kabel-zuschaffen-machen in der bunten Welt des Fernsehens so viel hieß wie über die Schulter zu spucken oder auf Holz zu klopfen oder eine miauende Katze zu begraben. Er kniff ein Auge zu und rief: "Danke Jungs, ich werde das Kind schon schaukeln!"

Draußen rief die Moderatorin: "Vielen Dank, Dominik, wir werden sehen, was unser nächster Gast zu dem Drogenproblem deiner Stiefmutter zu sagen hat! Begrüßen Sie mit mir: Lothar!" Das Publikum klatschte und trampelte mit den Füßen, während der Engel mit weitausgebreiteten Armen in das Studio einlief. Er lief einen Kreis um die Stuhlreihe der anderen Gäste, kehrte wieder zur Schwingtür zurück, blieb kurzentschlossen stehen und verbeugte sich. Das Publikum schrie vor Begeisterung. Lothar winkte ab und rief: "Eine Rose ist eine Rose ist eine Rose!" Das Publikum verstummte. Er dankte mit einem Lächeln für die Aufmerksamkeit und verkündete: "Mein Name ist Lothar und ich bin ein Schutzengel!" Der Applaus schwoll wieder an. "Aber mein zugewiesener Schützling will mich nicht!" Das Trampeln setzte ein. "Er hat mich hinausgeworfen!" Ein Jubel aus mindestens vier Kehlen erscholl. Lothar schritt wie ein Feldherr seinem Stuhl zu und setzte sich hoheitsvoll nieder.

Die Moderatorin warf ihre kurzen Locken in den Nacken und las sich auf ihrer Karteikarte fest, bis sie das Problem erkannt hatte. "Lothar", rief sie erfreut, (es klang ein bisschen wie ‚Hackfleisch'), "du glaubst also, du bist ein Schutzengel!"
"Nein, Vroni", gab Lothar strahlend zurück, "ich weiß, dass ich einer bin!"
"Du hast ja 'ne Macke!", stänkerte der Junge mit der Ratte.
"Bei deiner Ausdrucksweise, guter Knabe, wirst du nie ein Seriendarsteller", belehrte ihn Lothar nachsichtig.
"Lothar", forderte Vroni wieder seine Aufmerksamkeit ein, "wie kommst du denn darauf, dass du ein Schutzengel bist?"
"Ich bin eben einer. Mein Chef hat mich zur Erde geschickt, um hier einem gewissen Hans-Dieter Kaminsky im Leben behilflich zu sein, aber der hieß ganz anders und, hach, was habe ich den gesucht ..."
"Du kommst also aus dem Himmel?"
"Ja, ich bin ein Engel. Aber weil ich ein besonders guter Engel war, durfte ich als Schutzengel auf die Erde!" Lothar er-

wartete schwitzend, dass ER sich einmischen und vor der ganzen Fernsehnation diese kleine Schwindelei aufdecken würde, aber ein Grollen blieb aus. Nur hinter den Kulissen war etwas umzufallen. ER schaut anscheinend keine Talkshows, dachte der Engel erfreut. Gut zu wissen!
"Und wie ist es so im Himmel, Lothar?"
"Tja, Vroni, eigentlich ..."
"Du wolltest etwas sagen", wandte sich die Moderatorin an einen wild zuckenden Jungen im Publikum. Dieser sprang auf und rief in das Mikrofon: "Ich wollte noch etwas zu diesem Dominik sagen, nämlich, ich finde das voll Scheiße, dass du nicht arbeiten gehst und deine Freundin so ausnutzt!"
Der befragte Gast schaute ängstlich zu Lothar, doch der schaute nur den Frager ungnädig an. Also machte sich Dominik daran, die Publikumsnachfrage zu befriedigen: "Du Vollpfosten! Kannst du ihn nicht erst mal aussprechen lassen, du Blödmann?"
"Wieso? Ich wollte wissen, wieso du ..."
"Ich bin doch gar nicht mehr dran! Lass' den Mann aussprechen!"
Die beiden machten Anstalten, die Sendung an sich zu reißen, als sich Vroni mit fröhlicher Stimme einmischte: "Gleich sehen Sie, nach einer kurzen Werbeunterbrechung DAS! Bleiben Sie dran!"
DAS fiel aus, weil man DAS erst nach der Aufzeichnung herstellen konnte, dafür bemerkte Dominik, dass die Ratte verschwunden war. Er fragte höflich, ob jemand das Tier gesehen hätte, er müsse es nach der Sendung zurückgeben. Die Mädchen in der ersten Reihe schrien hysterisch und sprangen auf die Stühle, während die Männer hektisch auf dem Boden herumstampften.
"Ihr dürft sie nicht zertreten", brüllte Dominik und begann, zwischen den Zuschauerreihen zu suchen.
"Ich denke, du bist ein Engel, dann musst du sie doch finden", schrie ein Mädchen aufgebracht in Lothars Richtung.
"Ich bin ein Engel, aber kein Rattensuchgerät", gab der zickig zurück.

"Kann nicht jemand von den Kabelträgern suchen helfen?", giftete Vroni. "Wozu bezahlt meine Produktionsfirma euch eigentlich?!"
"Sollen wir aus den Kabeln Lassos bauen und sie damit einfangen?", fragte einer der Träger, der sich schon länger eine neue Arbeitsstelle wünschte.
"Ich habe sie, ich habe sie", rief ein Mädchen triumphierend, doch bevor das Tier dingfest gemacht werden konnte, war es schon weitergezogen.
"Wieso hast du sie nicht festgehalten", fauchte Vroni das Mädchen an.
"Bin ich deine Sklavin, eh?"
Die Ratte, völlig verängstigt durch den Aufruhr, sprang zurück zur Bühne. Lothar legte seine Hand auf den Boden und das Tier, den langhaftenden Leberwurstgeruch erschnuppernd, setzte sich auf die Handfläche und ward gefangen.
Das Publikum verstummte, die Kabelträger verstummten, Vroni verstummte. Lothar genoss die Situation und erhoffte in diesem Augenblick nicht mehr, als dass ein Heiligenschein, gleich einer Leuchtreklame, über seinem Haupt aufblinken würde. Aber der Eindruck, den er gemacht hatte, war ausreichend. Die sichtlich verwirrte Moderatorin stand mit wirrem Haar vor der Kamera und krächzte stockend: "Schön, dass Sie dabeigeblieben sind, liebe Zuschauer, wenn es heute um das Thema geht: Ich bin, was ich bin, egal was die Leute reden. Mein letzter Gast behauptet, ein Engel zu sein. Darauf möchte ich jetzt zurückkommen."
Sie wandte sich ihren Gästen zu und ohne, dass sie einen weiteren Begrüßungssatz herausbringen musste, ergriff Lothar das Wort: "Danke Vroni! Ihr wollt also wissen, wie es im Himmel ist? Das darf ich leider nicht verraten!"
Das Publikum murrte.
"Kein Grund zur Aufregung, ihr werdet es alle früh genug erfahren!"
Das Publikum schwieg schlagartig und schaute betreten zu Boden.

"Aber ich kann euch etwas über meine Rolle im Himmel erzählen", schlug Lothar mit verheißungsvoller Stimme vor. Das Publikum wagte keinen Einspruch.
"Alsoooo", eine kleine Gedankenpause, "ich bin im Himmel einer der hoffnungsvollsten Literaten! Hoffnungsvoll bedeutet aber nicht, dass man noch keinen Erfolg hatte! Nein, es heißt schlicht und einfach, dass man als Dichter lieber im Hintergrund bleibt. So wie ich. Trotzdem bin ich der gefeierte Star sämtlicher literarischen Zirkel! Mein Freund Goethe und mein Kumpel Schiller fordern mich immer und immer wieder auf, meine Gedichte vorzulesen und so manche Inspiration habe ich schon davongetragen! Möchten Sie ein Gedicht von mir hören? Keiner traut sich, was? Ich werde jetzt einfach mal eins vortragen, es heißt: Die Feigenblattmemoiren. Von Lothar."
Er räusperte sich umständlich und begann, zu deklamieren:

Die Feigenblattmemoiren

An einem Baume wuchs es auf,
genauer: an einem Zweigelein.
Mit Geschwistern gar zuhauf,
das Feigenblatt, so klein, so klein.
Es wuchs und wuchs am Maulbeerbaum,
es wacht bei Tag und schlief bei Nacht.
Es wuchs heran mit gelapptem Saum,
hielt noch keine frivole Wacht.

Doch, ach, es kam der spezielle Morgen,
da rupfte es eine strenge Hand.
Um mit dem Blättchen zu verborgen,
was fremde Augen übermannt.

Die Eva schmückte sich und auch der Adam,
doch ER warf alle beide raus.
Und so standen sie am Fahrdamm
und hielten ihre Daumen raus.

Sie baten um Beförderung,
es wollte niemand halten.
So machten sie eine Bevölkerung
und konnten selber walten.

Sie arbeiteten hart Tag um Tag
und bauten eine Hütte.
Das Feigenblättchen wurde welk,
und war bald nichts mehr nütze.

Die Eva warf mit leichter Hand
das Blättchen in den Abfallkorb.
Bis dieser vor Unrat überrann,
da war das Blättchen fort.

Die Eva und der Adam auch,
die tragen neue Kleider.
Das Blättchen liegt auf dem Komposthauf´
und verrottet schnell - leider!

Es stirbt und stirbt
und wird von gierig´ Würmern aufgefressen.
Das Feigenblättchen ist jetzt tot
und hatte doch einst so viel Macht besessen!

Heut´ lebt es nur in Wortgebilden,
man deckt mit ihm viel Schande zu.
Auf allen Schmutz legt man ein Feigenblättchen
und das schlechte Gewissen hat seine Ruh´.

So, und jetzt kommt die bestechende Moral:
seid nie ein benutztes Feigenblättchen!
Ein todbringendes Lindenblatt
steht meistens besser da!"

Die letzte Strophe schleuderte er mit tiefster Inbrunst hinaus und in die Zuhörerschaft hinein. Nach einem langen Augenblick der Stille flüsterte er bescheiden: "Sie dürfen ruhig klatschen, wenn Ihnen danach ist!" Vereinzelt wurden die Hände zusammengeschlagen, die meisten aber wagten einen verstohlenen Blick auf die Uhr.

"Ich muss sicher nicht darauf hinweisen, dass die Sache mit dem Lindenblatt eine literarische Anspielung auf Siegfried ist, dem sich beim Bade im Drachenblut ein Lindenblatt auf die Achillesferse legte und sie damit verwundbar machte! Das ist so eine kleine ..."

"Leider müssen wir jetzt zum Schluss kommen ..."

"Aber Vroni, ich habe doch noch gar nicht alles über mich erzählt! Nein, nein, winken Sie nicht ab, es macht mir ja nichts aus, ein wenig über mein Leben zu plaudern! Und wenn es die Leute interessiert ... Jedenfalls habe ich meine künstlerische Bestimmung schon früh gespürt, faktisch gleich nach meiner Ankunft im Himmel. Ich kam rein - und hoppla, da bemerkte ich sie, meine künstlerische Bestimmung. So ein Spüren einer Bestimmung ist ja immer ein schmerzhafter Prozess, so ähnlich, als würde sich eine Reißzwecke in die Fußsohle bohren. Man ringt mit sich und windet sich im Schmerz und man gebiert den ersten Reim. Und schon ist man Dichter! Das hört sich alles furchtbar einfach an, aber meine Herrschaften, es ist eine unglaublich harte Erfahrung."

Ein Junge meldete sich zaghaft. Da die Talkmasterin vor Erschöpfung fast schlief, forderte Lothar ihn selbstständig zum Sprechen auf.

"Ich wollte nur wissen, ob Sie auch so andere Leute kennen, zum Beispiel Sänger!"

"Zu Walter von der Vogelweide, den berühmten Minnesänger, habe ich eine ganz eigenwillige Verbindung!"

"Na, ich meinte eher so modernere ..."

"Junger Mann, Mozart hat nie gesungen! Es wäre richtiger, ihn einen Komponisten zu nennen!"

"Ich meinte ja auch nicht Mozart, sondern ..."

"Es ist auch ganz unwesentlich, wen Sie meinen! Ich rede ja schließlich von mir, nicht wahr und das ist für Sie doch auch viel interessanter! Also, wo war ich? Ach so, bei meiner Entscheidung für ein Dichterleben. Es hat natürlich auch seine schönen Seiten, zum Beispiel der allmonatliche literarische Umtrunk. Hach, die Witze, die dort gerissen werden, die sind einfach herrlich. Wissen Sie was, ich erzähle Ihnen einfach mal einen: Warum konnte Marcel Reich-Ranicki so alt werden? Na? Weil alle Literaten dafür spendeten, dass er dem Himmlischen Literarischen Kränzchen fernbleiben möge! Ha, ha, ha!"

"Wer war Reich-Ranicki?", fragte ein Mädchen im Publikum leise ihre Freundin.

"Ich glaube, so 'n Diktator!"

Vorne rief Lothar: "Ich sehe, viele von Ihnen haben den Witz nicht begriffen. Nun ja, er ist in seiner Vollendung auch nicht so leicht zu verstehen. Also, ich erkläre das mal: Wir sprechen hier von hochdekorierten Dichtern, ja? Und alle hatten Angst, dass Reich-Ranicki ihre Werke verreißt, ist das verständlich? Nein? Nun, es ist ja auch nicht so wichtig. Vielmehr ..."

"Und leider sind wir schon wieder am Ende unserer heutigen Talkrunde! Ich bedanke mich bei meinen Gästen und wünsche Ihnen daheim noch einen schönen Tag! Und schalten Sie auch morgen wieder ein. Mein Thema dann: Meine Mutter ist eine Außerirdische. Machen Sie es gut!" Die Moderatorin lächelte mit letzter Kraft in die Kamera und fiel dann in sich zusammen. Ein wichtig aussehender Assistent lief zu ihr und rüttelte an ihrer Schulter. Die Frau lag still und gab keinen Mucks von sich.

"He, Vroni, wach auf", rief der Assistent, "wir haben noch zwei Aufzeichnungen, da kannst du nicht einfach schlappmachen!"

Vroni ließ die Kinnlade herunterklappen und Speichel tropfte auf den staubigen Fußboden des Studios.

"Ich glaube, die kriegen wir heute nicht mehr hin!" brüllte der Assistent dem Aufnahmeleiter zu. Der machte durch Armrudern deutlich, dass er das so nicht akzeptierte.

Inzwischen hatten sich die Zuschauer von ihren Stühlen erhoben und schlenderten zum Ausgang, der eine oder andere trampelte versehentlich auf Vronis Hand. Alle hatten bereits mehrere Aufzeichnungen hinter sich und waren emotional zu stark ausgelaugt, um noch Mitleid heucheln zu können. Der Assistent orderte ein Plastebecher voll Wasser, das er über Vronis bleiches Gesicht schüttete. Ein Erfolg blieb aus.

"Schafft sie weg!", schrie der Aufnahmeleiter und kritzelte auf seiner Mappe herum.

"Dürfen wir auch gehen?", fragte Lothar im Namen der geladenen und verhörten Gäste.

"Hauen Sie ab, die Show ist vorbei!"

"Och Mann!", rief eine weibliche Stimme hinter die Schwingtür. "Ich bin noch gar nicht dran gewesen!"

Der Produktionsleiter trat in der Haltung eines äußerst gestressten Managers in das Studio. "Ich höre, hier ist ein kleines Unglück passiert?", erkundigte er sich mit unterkühlter Stimme. Die Kabelträger ließen ihre Kaffeebecher fallen und machten sich geräuschvoll ans Arbeiten.

"Ich will aber auch noch dran kommen", jaulte die Frau hinter der Tür.

"Die Show ist vorbei", brüllte der Aufnahmeleiter in ihre Richtung.

"Was heißt denn hier: vorbei?", pflaumte ihn der Produktionsleiter an. "Hier ist nichts vorbei, bevor ich es sage!"

"Ich komme also doch noch dran?", freute sich die Frau.

"Nein!!!"

"Das ist aber gemein! Seit Jahren gucke ich Ihre Talkshow und jetzt das! Entweder komme ich noch dran oder ich wechsele den Sender!"

"Mach' doch!", fauchte der Aufnahmeleiter.

"Mach' ich auch!", klang es hinter der Tür hervor.

"Machen Sie nicht!", schrie der Produktionsleiter. "Sie können auch in der folgenden Aufzeichnung auftreten!"

"Und was ist das Thema?"
"Meine Mutter ist eine Außerirdische!"
"Aber ich wollte doch was zu dem Thema mit dem Anderssein sagen!"
"Ging es um Ihre Mutter?"
"Nein, um meinen Wellensittich!"
"Dann ist der jetzt außerirdisch!"
"Nein, der ist ..."
"Stopp!", brüllte der Produktionsleiter gegen die Tür, die sachte schwang. "Entweder ist der verdammte Wellensittich außerirdisch und von Ihrer Mutter oder Sie können zurück in Ihr Kuhdorf fahren!"
"Glauben Sie, dass er außerirdisch ist, weil er grün ist?", fragte die Frau zaghaft.
"Natürlich! Ganz genau so was erzählen Sie nachher dem Publikum!"
"Der ist aber blau, mein Wellensittich ..."
Der Produktionsleiter lief hochrot an und marschierte mit zornbeflügelten Schritten auf die Schwingtür zu. Eine aufmerksame Betreuerin zog die Frau mit dem Wellensittich hastig in eine Garderobe und so lief die Wut ins Leere.
"Und wie wollen wir das jetzt machen?", fragte der Aufnahmeleiter zaghaft.
"Was machen?"
"Mit der Aufzeichnung! Die Vroni ist immer noch leblos!"
Tatsächlich lag die beliebteste Fernsehtalkmasterin der Nation noch immer auf dem Boden und speichelte ihre teure Bluse voll.
"Wir haben noch 19 Minuten bis zur Aufnahme, bis dahin wird sie doch wieder okay sein, oder?", brüllte der Produktionsleiter hilflos. Der Assistent, der in seiner Verzweiflung bereits mit zwei Plastebechern arbeitete, schüttelte nur den Kopf. "Haben wir denn keinen Arzt hier?"
"Kommt gleich!"
Der Produktionsleiter schritt auf die Bewusstlose zu und tippte sie mit seiner Schuhspitze an. Sie grunzte und verlagerte ihr Becken ein wenig.

"He, Vroni, steh auf!!!"
Doch nichts rührte sich, dabei galt Vroni Holzhammer als absolut professionell. Sie war bereits mit komplizierten Bein-, Arm- und Genickbrüchen in das tobende Studio gehumpelt und hatte sich so den Ruf erarbeitet, immer für ihr Publikum da zu sein. Aussagekräftige Weihnachts-Homestorys mit den Titeln: "Auch ich habe Eltern!" oder: "Am meisten liebe ich meine Familie!" oder "Der Tod meines Hamsters hat mich völlig aus der Bahn geworfen!" meißelten ihren Ruf als Harmonietante fest. Vroni Holzhammer war ein Medienmensch zum Anfassen. Zahllose Signierstunden hielt sie lächelnd und schweißlos durch, jeder erahnte die hart arbeitende Frau hinter ihrer makellosen Fassade. Eine Frau, die sich bestimmt nicht freiwillig so perfekt frisierte und aufwändig kleidete. Sie lief ja eigentlich am liebsten in alten Jeans und Karohemden herum und genoss auf ihrer spanischen Finca das "bisschen abseits sein". Gerüchte, sie hätte schaulustige Spanientouristen mit einer Herde bissiger Hunde von ihrem Grundstück vertrieben, stellten sich rasch als sehr üble Nachrede heraus. Und als ihr kleine Unregelmäßigkeiten bei der Gehaltsabrechnung nachgesagt wurden, wischte sie jeden Irrglauben mit der Moderation einer spektakulären Gala zu Gunsten bedrohter Pollenblütler vom Tisch und aus den Köpfen.
In den Gazetten ließ sie immer wieder verlauten, dass sie den Gästen in ihrer Sendung wirklich helfen und ihnen ein Forum zum Reden bieten wolle. Sie prangerte leidenschaftlich Kollegen an, die in ihren Augen "Freakshows veranstalteten" und "Menschen auf das Peinlichste vorführten."
Ihr Sendungskonzept war ein gänzlich anderes, in ihrer Show wurden Ehen gestiftet, Scheidungen gütlich ausgetragen, für Toleranz geworben und interessante Freizeitbeschäftigungen vorgestellt.
Und nun lag die Biederfrau der Fernsehunterhaltung bewegungslos am Boden und ließ sich auch durch gutgemeinte Drohungen nicht mehr auf die Beine bringen.

"Noch zehn Minuten bis zur nächsten Aufzeichnung", meldete ein zweiter Assistent, unwissentlich die Stimmung weiter anheizend.
"Wie konnte nur so etwas passieren?", begehrte der Produktionsleiter eine Auskunft. Die wenigen zurückgebliebenen Studiogäste wiesen wortlos auf Lothar. Der zeigte sich geehrt durch so viel Aufmerksamkeit und nickte bestätigend mit dem Kopf.
Tigergleich schlich der Produktionsleiter auf ihn zu. "Wie kommen Sie dazu, mir meine Sendung zu ruinieren?", fragte er drohend und sein sanfter Mundgeruch strich über Lothars Gesicht.
Der Engel begriff, dass ein Ungläubiger vor ihm stand. Darum sammelte er sich und knurrte zurück: "Ich habe Ihre Sendung nicht ruiniert! Sie haben sich selbst ruiniert!"
Verwirrt über diesen unerschrockenen Widerspruch und die prophetischen Worte zuckte der Mann zurück.
"Er ist nämlich ein Engel", erklärte der Junge andachtsvoll und schüttelte die Ratte ab. Diese pirschte sich unbeaufsichtigt näher an die schönen Beine der kaffeeschlurfenden Betreuerinnen.
"Da muss ich meinem jungen Freund recht geben", erklärte Lothar freundlich und lächelte den Produktionsleiter milde an.
"Das kannst du deiner Großmutter erzählen, du Spinner!"
"Oh, dass weiß sie längst. Sie ist sehr stolz auf ihren Enkel, der sie jeden Sonntag zu Kaffee und Kuchen besuchen kommt! Aber unter uns", er lächelte friedlich, "sie hört sich auch sehr gerne meine Gedichte an. Sie sagt immer, das Talent hätte ich von ..."
"VERSCHWINDEN SIE!" Der Produktionsleiter war rasend vor Zorn, seine Augen schienen die Höhlungen verlassen zu wollen.
Lothar fühlte sich herausgefordert und streckte die Zunge soweit heraus, dass er sie sich um die Taille wickeln konnte. Dann wackelte er mit den Ohren und ließ sie um seinen Kopf rotieren, bis sie am Hinterkopf gegen seine Nase stießen. Die

Leute klatschen aufgeregt Beifall, doch Lothar winkte ganz bescheiden ab und erklärte: "Bevor ich mein literarisches Talent entdeckt habe, war ich bei einer Laienschauspielgruppe angestellt. Leider habe ich mich im Eifer der Darstellung vergessen und ständig Teile meines Körpers überbeansprucht. Einen Karl Moor mit wackelnden Ohren wollte angeblich niemand sehen, da haben mich meine Schauspielkollegen in das Kindertheater abgeschoben. Aber ich bitte Sie, bin ich ein lustiger Kasper?"

Alle schüttelten verneinend den Kopf, außer dem Produktionsleiter, der seinen Augen nicht trauen wollte. Er überlegte, was davon zu halten war und beschloss, auf irgendwelche himmlische Zeichen zu warten. Dabei stellte er sich fauchende Löwen oder wenigstens feuerspeiende Drachen vor, die sich gierig und mordlüstern auf ihn stürzten.

Als das alles ausblieb, brüllte er laut: "Schmeißt diesen Typen endlich raus!"

"Nein!", widersprach Lothar energisch. "Ich werde bleiben, denn ich habe noch so viel zu erzählen! Gehen Sie doch!"

"Das ist mein Studio!"

"Alles ist in SEINER Hand und alles gehört IHM!"

"Das ist mir egal", brüllte der Mann gellend. "In diesen Räumen bin ich Gott! Ich alleine und niemand wird mir widersprechen!!! Zeig' mir doch deinen Gott, los, los! Wo ist er denn, hä? Ich kann ihn nicht sehen, ich kann ich nicht sehen!"

Die letzten Worte sang er aufgeregt und hüpfte von einem Bein auf das andere.

"Sie dürfen IHN nicht versuchen!", warnte Lothar besorgt, aber es war zu spät. Ein Sandsack, von dem sich keiner erklären konnte, wie er dahin gekommen sein sollte, rauschte von der Decke und warf den Mann um. Bewusstlos blieb er liegen.

"Ich habe es ja gleich gesagt", tadelte Lothar rechthaberisch. "Wenn ich es sagen dürfte, würde ich sagen, dass ER manchmal ein Spielverderber ist..."

Ein Grollen zog auf, "Lothar", ertönte SEINE Stimme.

"Aber ER ist absolut kein Spielverderber und nie nachtragend!", beendete Lothar noch schnell seinen Satz und fragte dann höflich: "Ja?"
"Schutzengel Lothar, ich wünsche, dass du die Moderation dieser Sendung übernimmst!"
"Was?"
"Ja, du hast mich schon richtig verstanden! Dir obliegt ..."
"Halt mal! Ich habe schon einen Job und der füllt mich zur Gänze ..."
"Schutzengel Lothar! Ich dulde keinen Widerspruch!"
"Ich will aber nicht! Immer soll ich schuften, schuften, schuften! Nimm' doch einen von den anderen beiden!"
"Lothar", versuchte ER es mit vernünftigem Zureden, "du siehst doch, dass du hier gebraucht wirst. Tausende von Menschen warten auf ihre Sendung und du willst dich drücken?"
"Ich kann doch nichts dafür, dass DU den Mann niedergestreckt hast!"
"Das war ein Betriebsunfall", entgegnete ER bedauernd. "Solche Dinge passieren, Schutzengel Lothar! Manchmal geht ja auch eine Gruppenliste verloren oder ..."
"Ich habe schon verstanden", rief Lothar misslaunig. "Andere haben ihren Spaß und ich soll jetzt alles geradebiegen und mir den Buckel krummschuften und ..."
"Noch fünf Minuten bis zur Livesendung", schrie der Assistent dem verhandelnden Lothar zu. "Denk' an das Publikum, dass du erreichst, Schutzengel Lothar!", flüsterte ER verführerisch, bevor sich das Grollen endgültig verzog.
"Also, ich werde die Sendung moderieren!", rief Lothar dem Aufnahmeleiter zu.
"Wie kommen Sie darauf?"
"ER will es nun einmal so", antwortete Lothar schlicht und wies mit den Kopf nach oben.
"Noch einer, der auf dieser Masche reist", knurrte der Aufnahmeleiter dem Assistenten zu.
"Wir sollten es trotzdem versuchen, der andere hatte damit ja auch Erfolg", gab der Assistent nachdenklich zurück. "Die Leute stehen eben auf so 'n bisschen Himmel und so", er-

gänzte er noch schnell und holte sich einen Kaffee. Die endgültige Entscheidung wollte er lieber nicht mitfällen, dann konnte er im Nachhinein auch nicht dafür belangt werden.
"Nun, wenn es so sein soll", murmelte der Aufnahmeleiter unsicher. "Notfalls können wir noch schnell eine Wiederholung senden."
Das Publikum strömte zurück in den Saal, eilig wurden die Opfer des lotharischen Auftretens beiseite geschafft und der Engel fragte nervös: "Was soll ich denn jetzt machen?"
"Sie halten sich einfach das Mikrofon vor den Mund und plaudern mit den Gästen! Es geht hier um Spaß und Themen, die die Leute interessieren, seien Sie also schön locker. Und denken Sie daran, wir sind jetzt live auf Sendung!", ermunterte der Assistent und rückte seine Krawatte gerade.
"Ich bin sicher ideal für diesen Job", vermutete Lothar. "Schon oft wurde ich um mein fotogenes Gesicht beneidet. Man sagt mir nach, ich hätte eine einfühlsame Art, mit Leuten zu sprechen!"
"Natürlich können Sie das! Wo Sie doch vorhin so ein schönes Gedicht aufgesagt haben!"
"Fanden Sie es gut?", fragte Lothar geschmeichelt.
"Natürlich! Alle fanden es klasse!", beteuerte der Assistent.
"Ich könnte noch mehr aufsagen", schlug Lothar aufgeregt vor.
"Machen Sie, was Sie für richtig halten!", wisperte der Assistent nervös. "Hauptsache, den Zuschauern vor dem Bildschirm gefällt es! Und denken Sie an die Quote!"

Der Countdown lief und mit ihm Lothars Schweiß. Er hatte es geschafft! Wenn auch im Himmel seine Werke verlacht wurden, hier war er wichtig! Man wollte, dass er eine Sendung machte. ER wollte es, der Assistent wollte es, die ... ähm ... die Frau hinter der Schwingtür wollte es, er musste es tun! Vronis Jingle lief und die Zuschauer schluckten ihre Kaugummis herunter.

"Willkommen bei Vroni - Schütten Sie mir Ihr Herz aus", ertönte eine Stimme aus dem Off und ein Sprecher setzte bedauernd hinzu: "Heute, in Vertretung - Lothar!"
Lothar schaute in die falsche Kamera und winkte. "Guten Tag", sagte er schüchtern, "mein Name ist Lothar und ich spreche heute über das Thema ... Über welches Thema sprechen wir heute?", wandte er sich in Richtung Kameramann.
"Meine Mutter ist eine Außerirdische", flüsterte der hilfsbereit.
"Aha. Wer will zuerst?"
Das Publikum sah ihn staunend an. "Sie müssen erst einen Gast vorstellen, damit wir etwas dazu sagen können", erklärte ein Mädchen hilfsbereit.
"Ach ja", rief Lothar dankbar, "da haben Sie ganz recht! Also, mein erster Gast!"
Die Schwingtür öffnete sich und die Frau mit dem Wellensittich stolperte herein.
"Ich bin die Heidrun und meine Mutter schenkte mir einen Wellensittich und der ist blau und außerirdisch!"
Das Publikum klatschte und trampelte, sehr zu Lothars Erleichterung. Die Frau warf sich auf das Gästesofa und schaute den Engel gespannt an. Dieser setzte sich neben sie und fasste nach ihrem Arm. "Heidrun", säuselte er und schaute ihr in die Augen. "Warum glauben Sie, dass Ihr Wellensittich außerirdisch ist?"
"Ich glaube das eigentlich nicht, Herr Fliege, pardon, Lothar, ich meinte eher, er ist anders!"
"Also nicht außerirdisch?"
"Nein, nur anders!"
Der Assistent kam auf die Bühne gerannt und drückte dem neuen Moderator einen Packen Karteikarten in die Hand. Auf der ersten stand gekritzelt: "Verständnisvoll mit den Kopf nicken und nächsten Gast reinholen!!!"
Lothar schüttelte den Kopf, drückte Heidrun fest die Hand und sagte aufrichtig: "Auf Wiedersehen!"
Dann erhob er sich und las vor: "Als nächsten Gast begrüße ich ... Was soll das heißen? Kurt? Kant? Karl? Karl!"

Wieder öffnete sich die Schwingtür und ein mittelgroßer Mann mit greller Fliege trat hervor und rief: "Meine Mutter ist eine Außerirdische und ich darum auch!" Mit gemessenem Schritt ging er zur Sitzreihe und ließ sich in die Polster fallen. Lothar fand sich langsam in seine Rolle ein. "Karl!", rief er, als würde er sich freuen.
"Ja!", antwortete Karl.
"Soll ich mal sagen, was ich gelesen habe? Ich habe Kant statt Karl gelesen!", lachte Lothar herzlich.
"Stellen Sie sich mal vor, *Karl*, Sie seien *Kant*! Ist das nicht urkomisch?" Der Engel kicherte hingebungsvoll.
"Lothar, ich weiß nicht, was Sie meinen! Meinen Sie den Kant, wo meine Schwester geheiratet hat?"
"Nein, ich meinte *den* Kant!"
"Na, den meinte ich auch. Den Kuno Kant, wo meine Schwester geheiratet hat!"
"Nein, nein, ich meinte den Philosophen ..."
"Na, der Kuno ist Dachdecker, der ist nicht so was!"
"Das ist mir klar, dass Ihr *Kant* nicht ..."
"Nee, das ist der Hanni seiner, der Kuno, nicht meiner! Das ist der, wo meine Schwester geheiratet hat!"
Lothar schnaufte und warf dem armen Mann die Karteikarten ins Gesicht. Die Schwingtür wurde aufgerissen und eine aufgebrachte Frau stürme in das Studio: "Was mein Bruder sagte, ist alles gelogen!"
Ihr Bruder sammelte gerade die Karten vom Boden auf und knurrte: "Ich habe noch nischt gesagt, Hanni!"
Die Frau war verwirrt: "Ich denke, du sollst zwei Minuten reden und dann soll ich kommen?!"
"Nu, aber der Lothar redet immer vom Kant ..."
"Der sitzt doch in der Küche! Mit die Kopfhörer! Der soll doch gar nicht wissen, dass wir hier sind!"
"Weiß er auch nicht, der Lothar meinte 'nen andern Kant, nicht deinen!"
"Ach so!"
Der Mann reichte Lothar höflich seine Karteikarten zurück und die Frau setzte sich.

Lothar hatte sich wieder gesammelt und las seine Karteikarte. Dann hob er den Kopf und sagte freundlich: "Sabine, ich ..."
"Nee, ich bin nicht die Sabine! Die Sabine ist unsere Nachbarin, der wir heute mal richtig die Meinung sagen wollten!"
"Und wer sind Sie?"
"Na, die Hannelore Kant! Die Schwester vom Karl!"
"Lothar!", rief eine Stimme aus dem Off.
"Was willst DU denn, ich gebe mir ja Mühe!"
"Lothar, hier spricht der Ton! Wir müssen in die Pause!"
"Dann geht doch!"
"Nein, in die Werbepause!"
"Warum wird mir das nicht vorher gesagt? Mitten im schönsten Gespräch!"
"Wir haben Pausenmusik gespielt, du hast nicht darauf gehört!"
"Weil ihr so laut quatschen musstet!" schnauzte Lothar Karl und Hanni an. Dann wurde er vom Assistenten aus dem Studio gewunken.
"Lothar", beteuerte der Assistent mit zittriger Stimme, "du machst das ganz, ganz toll. Bleib' schön ruhig, es ist bald geschafft und die Vroni biegt das schon irgendwie wieder hin!"
"Mach' dir keine Sorgen", versuchte Lothar ihn zu beruhigen, "ich glaube, ich habe das Prinzip verstanden! Ich frage und die antworten, oder?"
"Genau! Du machst das richtig klasse!"
"Ach, weißt du, es ist meine Mission! Ich wollte eigentlich nicht, weil ich nicht so gern im Mittelpunkt stehe, aber das Schicksal, pardon, die GÖTTLICHE FÜGUNG setzt einen Engel immer an das richtige Plätzchen!"
"Ganz genau", bestätigte der Assistent, der nicht zugehört, sondern die Uhr im Auge behalten hatte, "es ist nur wichtig, dass du dir merkst, was für uns alle auf dem Spiel steht!"

Die Musik setzte wieder ein und Lothar ging zurück auf die Bühne. Er warf ein breites Rundumlächeln in die Zuschauermassen und las langsam vom Teleprompter ab: "Willkommen

zurück zu meiner heutigen Sendung: Hilfe, meine Mutter ist eine Außerirdische! Meine reizende Kollegin Vroni ist leider kurzfristig erkrankt, darum vertrete ich sie. Mein Name ist Lothar und ich hoffe, Sie freuen sich mit mir, mich heute bei Ihnen zu sehen! Ich bin Lothar und das sind meine Gäste!"
Er hob den Kopf und strahlte. Jemand neben der Kamera machte aufgeregte Zeichen und er schloss daraus, dass gleich wieder ein Gast das Studio entern würde.
"Eine Hektik heute, was?", lächelte er zum Kameramann hinüber und vertiefte sich in die Karteikarten. "Und hier: Kuno Kant!!!"
Der Mann lief fröhlich herein und hob abwehrend die Hände, doch jeglicher Beifall war ausgeblieben. Also nahm er die Hände wieder herunter und rief laut: "Mein Name ist ..."
"Wissen wir", gähnte das Publikum.
"Und ich soll heute überrascht werden", schloss der Mann verlegen.
Lothar war auch überrascht. "Haben Sie denn heute Geburtstag?"
"Nein, wieso?"
"Na, wegen der Überraschung. Ich dachte ..."
"Nein, Lothar", meldete sich Hanni und erhob sich. "Ich wollte den Kuno überraschen!"
"Ach so?" Lothar staunte, doch die Tonzentrale schien das geahnt zu haben, sie begannen eine Instrumentalversion von *Time to say goodbye* einzuspielen.
"Nee!, rief Hanni und stemmte die Arme in die Hüften. "Nicht so was! Ich wollte was von der Andrea Bach!"
"Haben wir leider nicht", erscholl die Stimme aus dem Off.
"Dann will ich gar nichts!"
"Nun mach' schon!", wurde sie von ihrem Mann motiviert.
"Kann ich denn nicht was Schönes von Michael Jackson haben?"
"Nein!", bellte es aus der Tonzentrale und das Stück setzte von Neuem ein.
"Na gut", gab sich die Frau geschlagen.

Die Techniker dämpften das Licht und setzten die Diskokugel in Bewegung.
"Kuno", piepste die Frau ergriffen, "ich wollte dir danken für die Sachen, wo du immer für mich getan hast! Und für unsere Kinder, den Justin, die Britney und die Gina!"
Ihrem Mann rollte eine Träne herunter, ein Blumenstrauß tauchte aus dem Nichts auf und wurde in seine zittrigen Finger geklemmt.
"Und Kuno", fuhr die Frau fort, "ich wollte nur sagen, dass ich dich liebe und immer lieben werde und ich wollte dich fragen ..." Der Rest ging in Schluchzen unter.
"Was denn, Hanni?", fragte Kuno besänftigend.
"Ich wollte dich fragen, ob du mich heiraten magst!"
"Ja", flüsterte er und unter dem Jubel des Publikums versanken die beiden in einen langen, verschlingenden Kuss. Der Bruder der glücklichen Braut wollte darauf hinweisen, dass die beiden längst miteinander verehelicht waren, wurde aber von den bösen Blicken der Betreuerin ausgebremst. Er biss also die Zähne zusammen und fiel seinem zukünftigen Schwager in die Arme. Heidrun mit dem Wellensittich wurde unter Tränen gebeten, als Trauzeugin zu fungieren und durfte dann in die Umarmung mit einstimmen.
Der Assistent versuchte Lothars Aufmerksamkeit zu erlangen, doch der stand völlig verklärt neben dem Umarmungspulk und hoffte, zum Mitmachen aufgefordert zu werden. Erst als man dazu überging, kleine Papierknäuel nach dem Talkmaster zu werfen, drehte er sich um. Der Aufnahmeleiter tippte wild auf seiner Armbanduhr und Lothar verstand ihn richtig. Er trat einen Schritt auf seine Gäste zu und sagte ernst: "So, wir müssen jetzt damit aufhören, die Werbung geht gleich wieder los!"
"Och ...", maulte Heidrun.
"Vielleicht haben wir zum Schluss noch ein bisschen Zeit...", versuchte Lothar seinen Vorschlag schmackhaft zu machen und tatsächlich, die Gäste lösten sich voneinander und man konnte mit der gewünschten Aufmerksamkeit in die Werbepause gehen.

"Wie lange noch?", begehrte Lothar von der Bühne her zu erfahren.
"Noch eine Viertelstunde!", rief der Aufnahmeleiter. "Wir lassen noch schnell die Sabine rein und dann bist du fertig!"
"Wie bin ich denn so? Gut, was?!"
Der Assistent versuchte das Stöhnen im Publikum zu überhören und nickte mit letzter Anstrengung. Lothar lachte glücklich auf: "Ich weiß gar nicht, warum man auf der Erde sagt, das Fernsehen sei ein hartes Brot und verlogen! Ihr seid doch alle so nett hier!"
Die Pause war vorbei und der Aufnahmeleiter legte seinen müden Kopf in die Hände.
Ich bin zu alt für diesen Job, dachte er, unendlich erschöpft.
"Also", rief Lothar, "hier bin ich wieder! Und jetzt kommt Sabine!" Sabine kam nicht. "Sabine?", fragte Lothar erstaunt und ging nachschauen.
Doch keine Sabine hinter der Schwingtür. Nach einigem hektischen Hin und Her fand man Sabine immer noch in der Studioküche sitzend, die Kopfhörer fest auf die Ohren gepresst. Als Lothar ihr vorsichtig auf die Schulter tippte, schreckte sie aus einem Nickerchen hoch. "Wo bin ich?"
"Bei Lothar", erklärte Lothar.
"Ich dachte, ich soll zu Vroni - Schütten Sie mir Ihr Herz aus!"
"Sind Sie ja auch, ich bin nur die Vertretung!"
"Ach so!" Die Frau erhob sich, brachte kurz ihre Frisur in Ordnung und folgte dem Engel. An der Schwingtür angekommen, rief sie ohne Vorwarnung: "Ich bin die Sabine und der Kuno hat mit mir seine Frau betrogen!"
Das Publikum klatschte erfreut und Kunos schöner Blumenstrauß sauste auf seinen Kopf nieder. Das verehelichte Brautpaar begann, sich auf das Übelste zu beschimpfen, so dass sich Sabine nicht mit auf das Sofa traute und unschlüssig neben dem irritierten Talkmaster stehen blieb. Dieser sah, wie ein Kameramann ein riesiges Pappschild hochhielt und entzifferte das Wort: "ENDE".

"Leider ist Schluss für heute", rief Lothar erfreut. "Es ist traurig, dass wir nicht alle Streitpunkte klären konnten, aber Sie wissen ja: Es gibt immer einen neuen Tag und eine neue Sendung! Ich hoffe, ich kann Sie morgen wieder begrüßen, wenn es heißt, Vroni ist erkrankt und ihre Vertretung ..."
Doch da lief bereits die Werbung. Die Studiotüren wurden aufgestoßen und die Zuschauer eilten ins Freie. Hinter Lothars Rücken stritten sich seine Gäste weiter, drohten mit Schlägen, Mord und Anwälten. Lothar selbst schlenderte auf den Aufnahmeleiter zu, in Erwartung eines festen, dankbaren Händedruckes. Doch der stand nur starr da und stotterte: "Raus!"
"Bitte?", fragte Lothar höflich.
"Sie sollen verschwinden, Mann!"
"Wieso sind Sie denn jetzt so?", fragte Lothar verdutzt.
"Wieso ich so bin? Wieso ich so bin?", brüllte der Aufnahmeleiter und die Adern an seinem Hals schwollen fingerdick an. "Sie haben die ganze Sendung ruiniert! Sie haben die Moderation an sich gerissen und dann haben Sie alles zerstört! Wissen Sie eigentlich, wie lange wir an diesem Konzept gesessen haben? Wie lange es brauchte, die richtige Mischung aus Ekel, Gewalt und provozierter Versöhnung im Sender zu etablieren?"
Lothar schüttelte eilfertig den Kopf: "So lange sehe ich diese Sendung noch gar nicht!"
"Was ist denn das für eine Antwort? Sie marschieren hier herein, bekommen die Chance, von der Tausende träumen und verwandeln das Studio in ein Irrenhaus!! Können Sie mir vielleicht sagen, wie wir das wieder in Ordnung bringen sollen? Unsere Sendung wird vermutlich abgesetzt, nachdem, was Sie heute Unprofessionelles geleistet haben!"
Lothar klopfte dem zürnenden Mann aufmunternd auf die Schulter: "Machen Sie sich nichts draus! Es gibt so viele Talkshows im Fernsehen, die Leute da draußen werden es gar nicht bemerken, wenn eine fehlt!"
Aber der Aufnahmeleiter ließ sich damit nicht trösten, er begann vielmehr, Lothars Hals würgend in seine Hände zu

schließen. Die Betreuerinnen und der Assistent rissen beide voneinander los und brachten den Engel in Sicherheit. Genauer, sie brachten ihn vor die Tore des Studios und riegelten dann schnell hinter ihm ab.
"He!", rief Lothar den Flüchtigen hinterher, "wann soll ich denn morgen wieder da sein?" Niemand antwortete. "Hallo, hallo", versuchte er es noch einmal, "morgen um dieselbe Zeit?" Als erneut eine Antwort ausblieb, zuckte er mit den Achseln und winkte nach einem Taxi.
Wenn Frau Vroni morgen noch krank ist, werden sie sich schon rechtzeitig bei mir melden, dachte er beruhigt.

## Kleine Schwindeleien, Sekt pur und - eine Enttäuschung

Cibelle saß am Küchentisch und malte auf einem Block herum. Ihre Zunge arbeitete eifrig mit, trotzdem schienen beide zu keinem befriedigenden Ergebnis zu kommen. Ulrike war bereits das achte Mal die Treppe hinuntergelaufen, um nach der Post zu sehen und kehrte erneut mit leeren Händen zurück. "Vermutlich war heute nichts", sagte sie bekümmert und setzte sich mit an den Küchentisch.
"Hm", machte Cibelle und ließ sich nicht stören.
"Was machst du denn da?", erkundigte sich Ulrike neugierig und schielte auf das Blatt.
Cibelle deckte alles mit ihren Händen ab und steckte die Zunge wieder in den Mund. "Ich habe nachgedacht", begann sie langsam. "Ich glaube, dass du als junge Autorin etwas Schützenhilfe gebrauchen könntest ..." Ulrike nickte nachdenklich. "Und dabei", fuhr Cibelle fort, "dachte ich an Schützenhilfe, die dir den Weg ebnen könnte ..."
"So?"
"Ich meine, ich dachte, es wäre ganz gut, wenn es jemanden gäbe, der berühmt ist und deine Werke auch noch gut fände ... weil sie es ja auch sind!", setzte sie eilig hinzu. Ulrikes Gesicht entspannte sich wieder.

"Du meinst, ich sollte jemanden Berühmten anschreiben und ihn bitten, meine Manuskripte zu lesen und sie dann seinem Verlag anzubieten? Du, das ist eine klasse Idee!" Ulrike sprang auf und lief zum Schreibtisch.
"Welches Werk würdest du favorisieren?", fragte sie laut.
Cibelle saß in der Zwickmühle. Sie konnte sich beim besten Willen nicht vorstellen, dass sich jemand diese Texte freiwillig durchlas, aber wie sollte sie das Ulrike schonend beibringen? "Du hast mich gar nicht zu Ende sprechen lassen!", klagte sie, sich eine Antwort sparend.
"Hä?" Ulrike kam zurück in die Küche.
"Ich wollte sagen, dass die meisten Prominenten heute zu viel Stress und zu wenig Verständnis haben, um deine Werke im würdigen Maße zu bearbeiten", lächelte Cibelle. "Ich denke, wir sollten einen direkteren Weg wählen und lieber gleich als Berühmtheiten die Verlage anschreiben!"
"Du meinst doch nicht etwa Urkundenfälschung?"
"Nein, ich meinte, wir schreiben einen Brief: Lieber Verlag, mein Name ist Herr Sehr Berühmt und Anerkannt, ich habe dieses Buch der jungen Autorin Ulrike Zimmermann mit großer Freude und tiefster Ergriffenheit gelesen und rate Ihnen eindringlich, es zu verlegen! Mit freundlichen Grüßen, blablabla!"
"Cibelle, das *ist* Urkundenfälschung!"
"Nur die Unterschrift! Aber wen stört das? Ein guter Berühmter gibt jeden Tag etliche Unterschriften, was schert ihn da eine mehr oder weniger!"
"Außerdem ist das Vortäuschen falscher Tatsachen!"
"Wie kommst du nur darauf? Deine Bücher sind so gut!", Cibelle äugte rasch zur Zimmerdecke und bekreuzigte sich. „Und selbst, wenn sie dir auf die Schliche kommen, kannst du immer noch alles abstreiten!"
"Ich weiß nicht, Cibelle ..."
"Ich denke, du willst eine Schriftstellerin sein? Glaubst du, der Weg zum Erfolg ist mit Nelken gepflastert?"
"Rosen!"
"Was?"

"Mit Rosen bepflastert!"
"Nein, ist er nicht, meine Liebe! Weder mit der einen Pflanze noch mit einer anderen! Wer Erfolg haben will, muss sich eben was einfallen lassen!"
"Aber du nimmst es auf deine Kappe!"
"Aber ja doch!" Cibelle kritzelte weiter.
"Und, an wen hast du dir so gedacht?"
"Hm?"
"Na, wer ist mein unbewusster Fürsprecher?"
"Ach so" Cibelle nahm den Stift beiseite und hielt Ulrike das Papier unter die Nase.
*B. Brecht* stand in unterschiedlichen Schriftzügen über die Seite gemalt. Ulrike schluckte und fragte harmlos: "Du willst also meine Bücher mit einer Empfehlung Bertolt Brechts losschicken?"
"Ja! Ich dachte, der passt ganz gut!"
"Und du meinst nicht, dass es auffallen wurde?"
"Aber nein! Ich übe noch ein wenig und ..."
"Brecht ist tot", schrie Ulrike so laut, dass Cibelles Fingern der Stift entfiel.
"Das ist doch nicht meine Schuld", murrte diese und bückte sich.
"Du wolltest meine Texte mit der Empfehlung eines Toten absenden!"
"Nun, das geht natürlich nicht", gab ihr Cibelle Recht. "Aber wer lebt denn heute noch Bedeutendes hier unten?" Mit einem kühnen Schwung warf sie ihre kalligraphischen Bemühungen in den Papierkorb.
Ulrike schnaufte und verließ wütend das Zimmer.
Nach einer Weile klopfte es an ihre Schlafzimmertür. "Es tut mir leid", sagte Cibelle zerknirscht.
"Schon gut", murmelte es aus dem Kopfkissen.
"Weißt du, auf Dauer fällt es mir schwer, zu unterscheiden, wer hier unten und wer oben ist. Brecht sehe ich so oft in meiner Stammkneipe, dass ich das wohl irgendwie verdrängt habe ..."

"Du siehst ihn in deiner Stammkneipe?", fragte Ulrike lächelnd unter Tränen.
"Aber ja! Weißt du, es ist eigentlich eine wüste Spelunke und eigentlich gehe ich da nur rein, um Zigaretten zu ziehen, aber Brecht ist ziemlich oft da!" Die Engelin trat ans Bett und setzte sich vorsichtig auf die Kante. "In dem Laden sind viele ehemalige Matrosen und Freudenmädchen und Zuhälter und Betrüger", erzählte sie weiter, "und er interviewt die alle. Er will einen zweiten Teil der Dreigroschenoper schreiben, weil es irgendwie im Trend liegt, von allem einen zweiten Teil zu schreiben!"
Bevor sie weitere himmlische Details zum Besten geben konnte, klingelte das Telefon.
Bernhard Steinmetz war dran und bat Ulrike Zimmermann um die Ehre eines gemeinsamen Abendessens, auch wenn noch keine Ergebnisse vorlagen. Ulrike sagte freudig zu.
Das Telefon klingelte erneut und Lothar lud Cibelle zur Feier seiner TV-Karriere zu einem kleinen Festakt. Cibelle suchte hastig nach einer Ausrede, als der Engel auch Williams Erscheinen in Aussicht stellte. Die Engelin sagte umgehend zu, verbat sich aber im Vorfeld jegliche Tanzerei.

## Und weiter

Cibelle stand am Eingang des Clubs. Ein Tanzlokal, dachte sie entsetzt. Ein grobschlächtiger Mann musterte ungeniert ihre Rundungen und winkte sie durch. Die Luft war verräuchert, bunte Lichter schnitten sich durch den Rauch und die Musik taktete wie ein Fleischermesser. Menschen, die noch geringfügiger bekleidet waren als Cibelle, bewegten sich unkontrolliert zuckend auf den kleinen Tanzflächen, angefeuert von halbnackten Mädchen, die in Käfigen eingesperrt gegen die Gitterstangen traten. Um jeden Käfig stand ein Rudel Männer, die andächtig die eingesperrte Tänzerin beobachteten.

Cibelle ließ sich auf einen Barhocker gleiten und schaute sich suchend um. Derweil hatte sich auf der Tanzfläche ein aufgeregt wirkender Pulk gebildet, der einen Tänzer umkreiste. Cibelle bestellte ein Glas Sekt. Sie versuchte, die Musik zu überhören und schloss die Augen. Als sie sie wieder öffnete, stand ein Glas vor ihrer Nase. "Was soll das sein?", fragte sie brüllend den Barkeeper.
"Ihr Sekt", schrie der zurück.
"Nein, guter Mann, da müssen Sie sich irren! Mein Sekt ist durchsichtig und kalt, dieser ist giftgrün, mit Strohhalm und lauwarm!"
"Ach, Sie wollten einen Sekt pur?", staunte der Barmann.
"Ja, ich wollte einen Sekt pur!", bestätigte Cibelle und schob das Glas weg.
"Lady, kein Schwein trinkt heute mehr Sekt pur! Das ist so was von out!"
"Das ist mir egal!"
"Hör mal, Lady, ich versaue mir doch nicht meinen Ruf als Trendmixer, nur weil du dich so asymptotisch aufführst!"
"Ich will aber ..."
"Sorry, Lady", und der Barkeeper ließ sie stehen, um auf den Tresen zu springen und zu tanzen. Dabei trat er auf Cibelles Handtasche herum. Wütend zog diese sie weg und der Barkeeper kam ins Taumeln. Er schwankte und suchte, verzweifelt mit den Händen rudernd, einen Halt. Cibelle erhob ihren Arm und schubste ihn, ganz leicht, mit den Ellenbogen gegen das Schienbein. Der Mann stürzte und schlug auf dem Boden auf.
Die Engelin lächelte, übergoss ihn mit ihrem Partygetränk und sagte bedauernd: "Oh, Boy, es ist ja so inadäquat, was dir da passiert ist!" Dann stöckelte sie weiter.
Sie suchte Schutz unter einer großen Plastikpalme und beobachtete weiter den Eingang. Da löste sich der Pulk auf der Tanzfläche und Lothar, verschwitzt und überglücklich, steuerte auf sie zu. "Halli, hallo, hallöle, Fräulein Cibelle", quietschte er fröhlich und winkte. Eine Gruppe knapp bekleideter Mädchen hielt sich hartnäckig in seinem Windschatten,

doch er verscheuchte sie mit einen strengen: "Nachher, Girls, ich habe hier was Geschäftliches zu klären!" Er umarmte Cibelle heftig und schrie ihr ins Ohr: "Na, wie gefällt es Ihnen hier?"
"Ein wunderschönes Restaurant", flüsterte Ulrike und nippte aufgeregt am Wein.
"Sie sind ja auch eine wunderschöne Frau", gab Bernhard scheu zurück.
Das gedämpfte Licht ließ die prächtigen Perserteppiche und den edlen Parkettfußboden erstrahlen, ein Klavierspieler spielte gefühlvoll unvergessene Evergreens von Richard Clayderman. Prachtvolle Blumengestecke erblühten auf kostbaren Damasttischdecken und kunstvoll gefaltete Servietten wurden von Besteck aus Sterlingsilber umrahmt. Schwarzbefrackte Kellner schritten wie Kaiser zwischen den Tischen herum, und bei jedem ihrer Schritte klirrte der Kronleuchter leise.
"Die Suppe ist vorzüglich, Herr Steinmetz! Ich kann kaum das Dessert erwarten!"
"Vorher kommt aber noch der Hauptgang, liebe Frau Zimmermann!"
Beide schauten sich tief in die Augen, zuckten zurück und senkten ihre Köpfe, um die Ochsenschwanzsuppe weiter zu löffeln.
"Wie sind Sie eigentlich Detektiv geworden?", fragte Ulrike nach einer Weile.
"Ach, wissen Sie", sagte er und schob die Terrine beiseite, "ich komme aus einem kleinen Dorf und da hat man gewisse Jugendträume. Und die habe ich mir erfüllt."
"Ach, Sie wollten sicher schon als kleiner Junge Verbrecher jagen und haben immer Räuber und Gendarm gespielt?", lachte Ulrike entzückt.
Bernhard dachte an die einzige, kindliche Verfolgungsjagd, bei der er Karli und Melanie aufgespürt hatte und entschloss sich zu einer Lüge: "Ja! Schon damals war es mein größter Wunsch!"

"Sie haben sicherlich immer in der Scheune auf dem Dachboden gelegen und Sherlock Holmes gelesen?"
"Ja, so ungefähr!"
"Fahren Sie noch manchmal nach Hause?"
"Nein, nach dem Tod meiner Eltern habe ich den Hof verkauft. Wissen Sie, so ein Hof ist nichts ohne eine Familie!"
"Aha." Die Köpfe der beiden näherten sich. "Wollen Sie gern eine Familie, Herr Steinmetz?"
"Nennen Sie mich bitte Bernhard!"
"Aber nur, wenn Sie mich Ulrike nennen!"
"Einverstanden!"
"Und wie ist es, wollen Sie eine Familie?"
Ihr Mund war seinem sehr nah, als ein leidenschaftsloser Kellner die *Maison Schlachtplatte pour deux* zwischen die beiden stellte.
"Hm, das sieht lecker aus", bekundete Ulrike ernüchtert. Bernhard nickte nur, ein Kloß saß ihm im Hals. "Guten Appetit ... Bernhard!"
"Danke, Frau, ähm ... Ulrike. Ihnen auch!"

"Wieso haben Sie noch nichts zu trinken bestellt?", erkundigte sich Lothar aufmerksam. "Ich weiß doch, was Sie für eine kleine Pichelheimerin sind, Fräulein Cibelle!"
Cibelle versuchte, ihn mit einem Blick abzustrafen, aber Lothar war viel zu vergnügt, um auf solche Feinheiten zu achten. Er winkte einem herumlaufenden Clubbesucher zu und schrie: "Champagner für die Dame!" Dann wandte er sich wieder der Engelin zu und küsste feucht ihre Hand. "Für die Dame meines Herzens", murmelte er betörend und schielte nach oben, um den Erfolg seiner Huldigung ermessen zu können.
In diesem Augenblick sah Cibelle William wie ein herrenloses Boot im Meer der Tanzenden herumkreiseln. "William!", rief sie beglückt über die Köpfe der anderen hinweg. "Hier sind wir!"
William blickte auf, erkannte sie und kam auf sie zu. "Da sind Sie ja", lächelte er erfreut, "beide!"

240

Lothar drängelte sich vor und berichtete aufgeregt: "Stellen Sie sich vor, ich habe meine eigene Talkshow!" William starrte ihn verständnislos an und wies auf seine Ohren. "ICH HABE MEINE EIGENE TALKSHOW", brüllte Lothar überdeutlich und wies mit beiden Händen auf sich. William hob anerkennend die Augenbrauen und deutete pantomimisch an, dass er ihm alles Gute wünsche. "DANKE!", erwiderte Lothar und winkte bescheiden ab. William fragte weiter, ob sie drei sich nicht eine ruhigere Ecke suchen wollten, aber Lothar wurde schon wieder von drei Mädchen zur Tanzfläche gezogen. "ALLES MEINE NEUEN ASSISTENTINNEN!", erkläre er stolz, dann war er in der Masse verschwunden.
"Und was machen wir zwei jetzt?", fragte William laut.
"Ich habe da oben eine Cafeteria gesehen", schrie Cibelle. "Vielleicht finden wir dort einen ruhigen Platz!" William nickte und beide schoben sich durch das Menschengewühl, die Treppe zur Galerie hoch. "Schon besser", atmete Cibelle auf und setzte sich. Der Tisch war übersät von Zigarettenkippen und klebrig von getrockneten Bierlachen, aber das störte die beiden nicht.
"Ich freue mich, dich endlich wiederzusehen", lächelte William zärtlich und griff nach ihrer Hand.

"Sie haben wunderschöne Hände, Ulrike", bemerkte Bernhard und beobachtete, wie diese Hände den Dessertlöffel zum Mund führten.
"Sie schmeicheln mir", lächelte Ulrike verlegen und ließ das Eis vom Löffel tropfen.
"Aber nein! Da, wo ich herkomme, haben alle Mädchen solche Pranken!" Er deutete die ungeheuren Ausmaße an, indem er sich eine Serviette um die Hand wickelte. Sie kicherte. Stolz auf seinen Erfolg als Humorist winkte Bernhard dem Kellner, noch zwei Viertel Wein zu bringen.

"Es scheint, als hätte sich mein Schützling in deinen verliebt", berichtete Cibelle leise.
William nickte: "Ich weiß!"

"Es ist mir eigentlich gar nicht recht!"
"Aber warum nicht? Sie liebt ihn, er liebt sie und dafür kann ich mich verbürgen, warum also nicht?"
"Weil er nichts hat und nichts ist!" "Aber er kann doch noch alles werden!" Er zog ihre Hand an seinen Mund und küsste sie innig. "Durch die Macht der Liebe ist ein Mann wie Bernhard Steinmetz zu großen Taten fähig!"
"Ich weiß nicht recht, William ..."
"Vertrau mir, Liebes! Zusammen werden sie sich gegenseitig glücklich machen! Wir sollten sie heiraten lassen!"
"Findest du es nicht ein wenig übereilt, Liebster?"
"Mitnichten! Es war Liebe auf den ersten Blick und vielleicht für die Ewigkeit! Oder willst du so lange hier unten bleiben, bis sie sich irgendwann verstritten haben und auseinanderlaufen? Dann beginnt die Sucherei und Arbeit von neuem!"
Cibelle nippte nachdenklich an ihrem Champagner. Dann stellte sie das Glas entschlossen ab: "Du hast recht, die beiden sollten heiraten! Sie sind wie füreinander geschaffen: Er hat keinen Erfolg, sie hat keinen Erfolg, da können sie sich gegenseitig nichts vorwerfen!"
"Auf dich und unsere Liebe, du Schöne", sagte er und hob sein Glas. Sie stieß sanft dagegen und lächelte ihm zu.

"Wie sollte die Frau sein, die Sie einmal heiraten?", erkundigte sich Ulrike, kühn den kleinen Schwips, der in ihrem Hirn tobte, nutzend.
"Sie sollte lachen können, essen können und möglichst ein Studium abgebrochen haben!", antwortete er mit einem lustigen Funken in seinen Augen.
Ulrike kicherte glücklich. "Möchten Sie mich heiraten?", fragte sie mit tiefer Stimme und bestellte mit einem verrutschten Handzeichen noch zwei Schoppen Wein.
"Möchten Sie denn?", fragte er mit noch tieferer Stimme zurück.
"Ich werde darüber nachdenken, mein Prinz", gab sie geziert zur Antwort und zog einen Schmollmund. Dann stemmte sie beide Ellenbogen fest auf den Tisch und legte ihr Gesicht in

die Hände: "Wissen Sie, dass mir noch nie ein Mann wie Sie untergekommen ist", murmelte sie träumerisch und blinzelte ihm zu.
Er beugte sich über den Tisch und hauchte einen Kuss auf ihre Stirn. "Danke. Gleichfalls!"


Lothar hatte sich aus dem Gewühl befreit und schaute sich nach seinen Kollegen um. Er sah sie oben auf der Galerie sitzen und sich anschauen.
"MÄDELS", brüllte er, "ICH MUSS GEHEN! MEINE GÄSTE LANGWEILEN SICH OHNE MICH!"
"SIND DIE AUCH BEIM FERNSEHEN?", fragte eines der Mädchen aufgeregt und streckte ihre Brüste raus.
"JA! ABER SIE ARBEITEN MIR NUR ZU!" Dann eilte er die Treppe hinaus: "HALLO! ICH KOMME SCHON!"
"Müssen Sie so herumbrüllen", zischte Cibelle aufgeschreckt. Ihr fiel erst jetzt der glitzernde Paillettenanzug im Eidechsenprint auf, den Lothar trug.
"Oh, hier ist es so viel stiller als unten", stellte er erfreut fest und setzte sich zu den beiden. "Nun, wie geht's, wie steht's?", fragte er strahlend und schlug William jovial auf die Schultern.
"Erzählen Sie uns lieber, was bei Ihnen so läuft, Herr Lothar. Sie haben am Telefon was von Fernsehkarriere und Telestar erzählt!"
"Liebes Fräulein Cibelle! Sie haben die Ehre, mit einem neuen Stern am Fernsehhimmel ein Glas Champagner zu trinken!"
"Wie meinen Sie das?"
"Nun, ab heute moderiere ich eine Talkshow! Ich werde sie: *Lothar - Ich verstehe alles* nennen!"
"Das ist nicht Ihr Ernst!"
"Finden Sie *Lothar zum Mittag* etwa besser? Nein, nein, Fräulein Cibelle, so was sollten Sie mir überlassen!"
"Nein, ich meinte, dass Sie eine Talkshow moderieren ..."
"Das ist auch nicht weiter verwunderlich! Ein Mann mit meinen Qualitäten, ich bitte Sie, da liegt doch das hiesige Fern-

sehen auf den Knien und bettelt! Sie müssen wissen, Fräulein Cibelle, ein solch künstlerisch veranlagter Mensch, wie ich es einer bin, der kann die Probleme anderer unheimlich gut nachempfinden und sich ganz in eine fremde Seele hineinversetzen! Ich sehe einen Menschen und spüre förmlich, was ihn bedrückt! Oft kann schon ein gutgewähltes Gedicht helfen und alle Sorgen sind mit einem Schlag vergessen!"
"Ich dachte immer, Künstler seien besonders egozentrisch und selbstbezogen, Sir", bemerkte William erstaunt.
"Sicher, *alle* anderen. Ich bin da die berühmte Ausnahme von der Regel!"
"Was ich aber meinte", hakte Cibelle nach, "ist nicht, ob Sie eine Talkshow moderieren könnten, sondern, ob Sie es bei Ihrem Job können!"
"Welcher Job?", erkundigte sich Lothar verwirrt.
"Sie sind ein Schutzengel!", rief Cibelle ihm ins Gedächtnis zurück, "und Sie haben einen unglücklichen Schützling!"
"Ach ja..." Lothar fiel ein bisschen in sich zusammen und auch der Anzug hörte auf zu funkeln. "Aber ich habe in der Sendung ein T-Shirt getragen, auf dem der Name seiner Agentur draufstand!"
"Das wird aber nicht immer möglich sein, Sir! Sie können doch nicht jeden Tag dasselbe T-Shirt anziehen!"
"Och, ich habe mir gleich ein Dutzend machen lassen, da war der Stückpreis niedriger!"
"Sir, bitte! Was glauben Sie, was die ER dazu sagen würde?"
"Er hat mich doch dazu ermutigt!"
"Aber wohl kaum zu einem Arbeitsvertrag, Sir!"
"Na ja, ER musste auch ziemlich schnell wieder weg und ..."
"Herr Lothar, Sie sind als Schutzengel auf die Erde gekommen! Sie sollen einem Menschen helfen und nicht so furchtbar egoistisch sein!"
"Ich bin aber ein Dichter", schmollte Lothar und faltete die Hände vor die Brust, "es ist meine Bestimmung, mich zu offenbaren und nicht ..."
Ein junger Mann war unbemerkt an ihren Tisch getreten und verbeugte sich artig vor Cibelle: "Darf ich bitten, Madame?"

Cibelle wollte schon freundlich abdanken, aber Lothar rief schallend: "Klar dürfen Sie mal mit meiner Kleinen tanzen! Aber wieder zurückbringen!" und er drohte neckisch mit dem Zeigefinger. Die Engelin erhob sich seufzend und schoss einen giftigen Blick in Lothars Richtung ab. Dieser lachte nur vergnügt und klapste ihr auf den Hintern: "Viel Spaß!" Der junge Mann zog sie freudig die Treppe hinunter, auf die Tanzfläche rauf und sprang dort wild um sie herum. Cibelle schaute hilfesuchend hoch zur Galerie, doch dort drehte William gerade unschlüssig sein Glas und rang sich endlich zu der Frage durch: "Wieso nennen Sie Fräulein Cibelle eigentlich Ihre Kleine?"
Lothar war damit beschäftigt, Bierdeckel auf die tanzende Menschenmenge heruntersegeln zu lassen und hörte nichts. Ab und zu winkte ihm ein Mädchen zu und er winkte übertrieben ausladend zurück und schielte dann zu Cibelle, ob sie seine Beliebtheit auch mitbekäme. Tat sie nicht.
"Herr Lothar!", versuchte es der Engel noch einmal.
"Hm?"
"Wieso nennen Sie Fräulein Cibelle Ihre Kleine?"
"Weil sie es ist! Ich könnte natürlich auch Hoppel, Schnurki, Schnuppel, Schnupsi oder Schäuzibäuzi sagen, aber sie ist eher der nüchterne Typ. Und sie ist auch nicht besonders groß, körperlich meine ich!"
"Aber wieso ist sie *Ihre* Kleine?"
"Weil sie mich liebt!" Lothar drehte sich zu William um und sah in dessen ungläubiges Gesicht. "Tatsache!", bekräftigte er. "Sie ist ganz verrückt nach mir! Erinnern Sie sich an die Nacht im Hotel, als sie in der Bar so sauer auf mich war?"
William nickte und fühlte sich einem Schweißausbruch nahe.
"Alles Mache!", trompetete Lothar. "Sie war nur verwirrt, weil sie sich so irrsinnig in mich verliebt hatte! Ja, ja, bei meinem Tango werden die Frauen schwach!"
"Sie glauben also, Sir ...?"
"Herr William, was heißt denn hier glauben? Ich weiß es! Gott, die Frau kann küssen, meine Herren! Wissen Sie, ein Mann wie ich wurde ja schon von unzähligen Frauen geküsst,

wir nennen es das Dichtergroupiesyndrom, aber in dieser Nacht", Lothar neigte verträumt den Kopf', in dieser Nacht habe ich die Engel singen gehört!"

"So!" William saß sehr steif da und starrte vor sich hin.

"Hm!" Die Bierdeckel flogen wieder.

"Ich muss ... ich bedauere ... ich fürchte, ich muss jetzt gehen!", sagte William tonlos und erhob sich.

"Och, bleiben Sie doch noch ein bisschen", bat Lothar gleichgültig, ohne seine Beschäftigung zu unterbrechen.

"Nein, Sir, so leid es mir tut, ich ..."

"Dann geben Sie mir wenigstens noch einen Stapel vom Nebentisch her", unterbrach ihn Lothar und hielt ihm die offene Handfläche hin.

"Sir?"

"Na, noch so ein paar Pappscheiben!" William raffte sein zerbrochenes Herz zusammen, drückte Lothar eine durchnässte Papierserviette in die Hand und eilte dann die Stufen hinunter.

"Ich glaube, wir müssen gehen!", rief Ulrike. "Der Kellner guckt schon ganz scheel!!"

"Nicht so laut", wehrte Bernhard besänftigend ab.

"Wieso denn nicht? Wenn du mich liebst, dann schrei mit mir!", forderte Ulrike gellend und hielt eigensinnig an der Lautstärke fest. Bernhard legte ein paar Geldscheine auf den Tisch und hob das betrunkene Mädchen vom Stuhl.

"Hilfe, Hilfe, ich werde entführt", jauchzte sie und strampelte mit den Beinen. "Aber es ist in Ordnung", setzte sie leise hinzu und küsste Bernhard fest auf den Mund. Dann ließ sie sich aus dem Restaurant tragen, lauthals einen Bolero intonierend.

"William!" Cibelle kämpfte sich durch die Menschen und erreichte ihn endlich und vollkommen außer Atem. "William!" Sie hielt ihn an seinem Jackenärmel fest und fragte ahnungslos: "Willst du schon gehen?"

"Ja, Madame!", antwortete er steif.

"Ohne mir auf Wiedersehen zu sagen?"

"Auf Wiedersehen, Madame und noch einen schönen Abend!" Er schüttelte ihre Hand ab und ließ sie fassungslos stehen.

Die kalte Nachtluft ernüchterte Ulrike nur wenig. Bernhard winkte ein Taxi heran und half ihr einzusteigen. "Sehen wir uns morgen?", fragte sie mit verschliffener Stimme.
"Ich begleite dich noch bis nach Hause ..."
"Nein, nein, nein", lallte sie kategorisch. "Ich werde nicht zulassen, dass du deine kleine Prinzessin die Treppen hochtaumeln siehst! Behalte mich so in Erinnerung, wie ich hier gerade vor dir sitze!"
"Ich denke aber, es wäre doch besser ..."
"Nein! Wenn ich mich übergeben sollte ..."
"Wäre es nicht schlimm für mich!"
"Aber für mich! Es kommt nicht in Frage, dass ich mich derartig vor dir demütige!"
"Bitte ..."
"Nein, ich will alleine nach Hause fahren! Aber gib mir noch einen Kuss auf den Weg, mein Prinz!" Er beugte sich zu ihr herunter und sie presste ihre Lippen auf seine.
"Ich liebe dich", flüsterte sie.
"Ich liebe dich auch!"
"Ich rufe dich morgen an, ja?"
"Ich bitte darum."
"Gute Nacht, Prinz!" Die Wagentür schlug zu und das Taxi setzte sich in Bewegung. Er sah ihr nach, bis die Rücklichter von der Dunkelheit aufgesaugt waren.

"So warte doch, William!" Cibelle lief so schnell, wie ihre Hackenschuhe es zuließen, doch er schritt ungerührt weiter stocksteif geradeaus. "William!!!" Endlich hatte sie ihn erreicht. "Kannst du mir bitte erklären ... bleib doch mal stehen!" Er hielt an und schaute an ihrem Gesicht vorbei zum Sternenhimmel hinauf. "Kannst du mir bitte erklären, was los ist?"
"Sie haben gesagt, Sie würden mich lieben!"

"Ja, und ...?"
"Sie haben gesagt, Sie würden mich lieben, seit Sie mich das erste Mal sahen!"
"Ja! Wieso siezt du mich?"
"Sie haben mich das erste Mal an der Anlegestelle der Fähre gesehen!"
"Ja!"
"Und Sie waren sofort in mich verliebt?"
"Ja! Ja! Ja!"
"Dann möchte ich Ihrer Liebe nicht wert sein, Madame!", schloss er kalt und ließ sie stehen.
"Kannst du mir das erklären?", schrie sie ihm nach, doch er schien nichts zu hören.
"Rufst du mich morgen an, William?", versuchte sie es noch einmal.
"Nein!" Dann bog er um die Ecke und war verschwunden.
Sie stand da und eine seelenlose Kälte kroch ihr ins Herz.
"Ich habe dir nichts getan, was dich zu so einer Handlungsweise berechtigt", schrie sie wütend in die Nacht und die ersten Tränen liefen an ihren Wangen herunter. Ein Kater strich um ihre Beine, sie verscheuchte ihn gereizt. "William!" Nichts. "Du blöder, sturer ...!"
"Nun ist aber gut!", meldete sich eine Stimme über ihr. Ein Mann steckte den Kopf aus dem Fenster und sagte belehrend: "Wenn Sie so weiterbrüllen, Fräulein, muss ich die Polizei rufen und Sie wegen ruhestörenden Lärms ..."
"Machen Sie doch!", fauchte Cibelle aufgebracht. Dann drehte sie sich auf den Hacken um und ging gesenkten Hauptes die Straße hinunter. Der Mann schüttelte den Kopf und schloss das Fenster wieder. Die Jugend von heute, dachte er ärgerlich und kuschelte sich in sein Kissen. Keine Achtung, nörgelte er noch, bevor er wieder einschlief.

# Liebe ist eine Sache, mit der viel Schindluder getrieben wird.

## Außerdem bekommt Lothar keine Talkshow

Der Morgen danach kann recht unterschiedlich sein. Entweder man hat getrunken und einen mächtigen Kater oder man hat sehr viel getrunken und überhaupt keinen oder man hat sehr viel getrunken, ist aber zu glücklich, um verkatert zu sein oder man hat fast gar nichts getrunken und ist es trotzdem.

Lothar, zum Beispiel, hatte äußerst viel Alkohol zu sich genommen und fühlte sich schmerzfrei. Zwei Mädchen hatten ihn auf sein Hotelzimmer begleitet, wollten aber nach der mehrstündigen Faust-Interpretation lieber auf etwaige Assistentinnenstellen in seiner Sendung verzichten und waren wieder gegangen. Lothar störte das nicht weiter. Solange man einen mannshohen Spiegel sein Eigen nennt, ist man als Dichter nie einsam.

Fast ähnlich schmerzfrei wachte Bernhard auf. Er dachte vergnügt an den verflossenen Abend, trank ein großes Glas Milch und spendierte sich ein riesiges Rührei. Während der Zubereitung dachte er darüber nach, ab wann man seine Liebste am Morgen danach anrufen durfte.

Absolut verkatert dagegen war Ulrike, die gegen zehn Uhr kurz den Kopf hob, um auf den Wecker zu schielen und ihn dann wieder stöhnend auf das Kopfkissen sinken zu lassen. Doch sie wusste ganz sicher: Wenn diese Schmerzen irgendwann einmal nachlassen würden, wäre sie die glücklichste und verliebteste Frau der Stadt. Dafür lohnte es sich zu leiden.

An Kater anderer Art litten William und Cibelle. Der Erstere überlegte, ob er nicht zu hart mit der Engelin umgegangen sei, aber sein Stolz sperrte sich gegen diese vernünftige Überlegung.

Cibelle hatte die Nacht fast schlaflos verbracht, in Gedanken herumirrend zwischen der Möglichkeit eines Missverständnisses und der Wahrscheinlichkeit männlicher Dummheit. Zum Schluss blieb sie wie eine kaputte Schallplatte immer bei dem letzteren Gedanken hängen und schwor unter Tränen grausamste Rache.

Diese nahm ihren Anfang, als Ulrike gegen Mittag an dem Wohnzimmersofa vorbeiwankte. Cibelle erhob sich und folgte ihr in das Badezimmer, wo ihr Schützling Anstalten machte, die Wasserleitung leerzutrinken.
"Lass' noch etwas zum Waschen übrig", mahnte sie lächelnd.
"Mir ist sooo schlecht! Und ich habe solche Kopfschmerzen", kam es mühsam vom Waschbecken.
Cibelle setzte sich auf den Toilettendeckel und strich nachdenklich das Nachthemd über die Knie.
"Ich finde es eigentlich nicht so gut", begann sie langsam, "wenn ein Mann, der eine verliebte junge Frau ausführt, sie übermäßig betrunken macht. Nein, wirklich, das wirft kein gutes Licht auf diesen Mann!"
"Er hat mich nicht betrunken gemacht, ich habe selbst ..."
"Ich bitte dich! Ulrike! Du willst mir doch nicht erzählen, dass du alle deine guten Manieren und deine sehr gute Kinderstube vergessen und dich aus freien Stücken derartig betrunken hast!" Vom Waschbecken kam verlegendes Schlürfen. "Es ist ja leider so", fuhr Cibelle fort, "dass solche Männer glauben, sie könnten mit einer Frau machen, was sie wollen. Sie fangen an zu bestellen, dann sagen sie ein, zwei nette Sachen, bestellen die nächste Lage, sagen dann wieder was Nettes und das weibliche Unterbewusstsein merkt, es muss trinken, um gelobt zu werden und darum trinkt es und trinkt und trinkt ..." Schweigendes Schöpfen am Waschbecken.
"Besonders traurig an diesem Fall ist, dass der spezielle Mann dem armen Mädchen spezielle Hoffnungen gemacht hat. Oh, welch' Hinterlist!" Cibelle schüttelte betroffen den Kopf. "Ein junges Mädchen kommt mit einer kleinen Bitte, deren Erfüllung so viel für ihr emotionales Weiterleben be-

deutet, zu einem Mann. Dieser Hinterlistige verspricht ihr das Blaue vom Himmel und ihren Vater in leibhaftiger Natur und flicht dann ein, er könne es nur bewerkstelligen, wenn das unschuldige, junge Mädchen mit ihm zu Abend essen würde. Das naive, junge Ding willigt ein, will sie doch so gerne ihren Vater finden! Und was passiert? Er macht sie betrunken und willenlos!"
"Das ist doch gar nicht wahr, Cibelle!" Mühsam richtete sich Ulrike auf. "Ich bin weder naiv, noch hat er gesagt, er könne meinen Vater nur finden, wenn ich mit ihm essen gehe ..."
"Natürlich habe ich die Sachlage jetzt stark vereinfacht dargestellt", erwiderte Cibelle schnippisch. "Würde ich es im Einzelnen beleuchten, würdest sogar du die Infamie der Situation erkennen. Der Mann ist Privatdetektiv und verfügt über große Kenntnisse der Psychologie und weiß genau, wie er ein Mädchen wie dich ..."
"Ich will von diesem Blödsinn nichts mehr hören", bat Ulrike und hielt sich ächzend den schmerzenden Kopf. "Cibelle", fuhr sie fort, "du hattest von Anfang an etwas gegen Bernhard."
"Ach, wir nennen ihn schon Bernhard, ja", erkundigte sich Cibelle mit gespielter Überraschung. Ulrike winkte unwillig ab und tapste zurück in das Schlafzimmer. Cibelle folgte ihr. "Ich will dir bestimmt nicht wehtun, Liebes, aber der Mann ist nur ein normaler Schuft, der deiner nicht wert ist. Vermutlich hat er es gar auf das Geld deines Großvaters abgesehen! Weißt du, diese schmierigen Privatdetektive sind alle gleich und ..." Die Schlafzimmertür knallte vor der Nase der dozierenden Engelin zu. "Ja, verstecke dich nur vor der Wahrheit", rief Cibelle. "Wenn es dir besser geht, dann ruf' diesen Bernhard doch an und frag' ihn, wie weit er mit seinen Ermittlungen schon ist! Oder ob er überhaupt schon damit angefangen hat! *Du* hast deinen Teil der Abmachung ja bereits erfüllt!"
"Lass' mich schlafen", kam es kläglich aus dem Zimmer. Cibelle zuckte mit den Achseln und schlich sich in die Küche. Die Saat war gelegt.

Lothar stand vor der Studiotür und klopfte. Eine übermüdet aussehende Betreuerin öffnete und schaute ihn erstaunt an.
"Ich bin es: Lothar", strahlte er.
"Was wollen Sie denn hier?", zischte die Frau.
"Nun, meine Sendung fängt in zwei Stunden an. Ich dachte, ich wärme mich ein bisschen auf, spreche mit meinen Gästen und gehe noch mal diese vertrackten Karteikarten durch! Gestern hat es damit ja nicht so gut geklappt", erklärte Lothar dynamisch und wollte sich an der Betreuerin vorbeidrängeln.
"Halt!"
"Lothar drehte sich erstaunt um: "Bitte?"
"Sie werden da nicht reingehen!"
"Mein liebes Fräulein, ich, der Moderator von: *Lothar - Ich weiß, was du meinst*, darf nicht in meine eigene Sendung? Schade, schade, aber ich fürchte, mein liebes Fräulein, wir zwei werden uns voneinander verabschieden müssen!"
Die Frau wirkte auf einmal sehr amüsiert: "Das glaube ich auch!"
"Nun, dann sind wir uns ja einig. Schön, wenn man im Frieden auseinandergehen kann."
"Ich würde Ihnen trotzdem davon abraten, da reinzugehen!"
"Und warum glauben Sie meinen zu dürfen, dass ich Ihren Rat nötig hätte?"
Die Betreuerin hielt dem Engel schweigend eine Zeitung vor die Nase.
In großen Letter stand die Schlagzeile geschrieben: **VRONI - Ich kann nicht mehr!**
Daneben war ein Foto der Moderatorin abgedruckt, das ihr Gesicht unvorteilhaft betonte. Lothar ergriff die Zeitung und begann zu lesen.
"Die Talkmasterin Veronika Holzhammer, bekannt für ihre Show *Vroni - Schütten Sie mir Ihr Herz aus*, gab gestern bekannt, sie stelle ihre Sendung ein. "Ich kann nicht mehr", so Frau Holzhammer. "Jeden Tag diese Durchgeknallten und Verrückten! Ich mache diese verlogene Chose nicht mehr mit!" Was war passiert? Ein Mann, vermutlich geistig gestört, war gestern in einer Aufzeichnung ihrer Sendung aufgetreten

und gab sich als Schutzengel aus. Insider werten das als Versuch, auch öffentlich-rechtliche Zuschauer für die Sendung zu begeistern. Doch der Versuch ging daneben, der Mann, vermutlich falsch instruiert, begann, scheußliche Gedichte aufzusagen. Danach quälte er die Zuschauer mit Ansichten über den Himmel und trieb die Moderatorin zur Verzweiflung. Die Sache gipfelte in der Übernahme der Moderation der darauffolgenden Livesendung. Die Sendung verlief in absolutem Chaos, der Mann erschreckte Zuschauer und Gäste gleichermaßen. (TV-Hinweis: Die Sendung wird am Montag wiederholt ausgestrahlt!) Bisher hat sich noch keine Glaubensgruppe für diesen Anschlag verantwortlich gezeigt, doch Veronika Holzhammer hat ihre Schlüsse gezogen: "Es war ein Zeichen", weiß sie. "Ich habe zu lange mit den Gefühlen fremder Menschen gespielt, das war meine Strafe und ein Fingerzeig!" Frau Holzhammer versucht nach Angaben ihrer Presseagentur Eintritt in ein Kloster zu finden. Wir werden die Sache weiterverfolgen und unseren Lesern über neue Entwicklungen berichten. Die Sendung *Vroni -Schütten Sie mir Ihr Herz aus* wird noch zwei Wochen lang ausgestrahlt. Über eine neue Besetzung des Sendeplatzes konnte uns der Sender noch keine Auskunft geben."
Lothar ließ die Zeitung sinken und korrigierte beleidigt: "Ich habe nur ein Gedicht aufgesagt! Und das war nicht scheußlich! Kein Wunder, dass die Menschen Schutzengel brauchen, wenn sie keine Ahnung von Qualität haben!"
"Gehen Sie jetzt bitte!", drängte die Betreuerin.
"Aber wieso denn? Ich kann doch reingehen und Bescheid sagen, dass ich gern den neuen Sendeplatz übernehme!"
"Hören Sie", raunte die Frau und näherte sich ihm vertraulich. "Wenn der Produktionschef Sie sieht, wird er Sie lynchen! Man sucht Sie schon, um Sie für den Schaden verantwortlich zu machen! Also, bitte, gehen Sie!"
"Ja, ja, wer's glaubt! Vermutlich sind Sie auf meinen Sendeplatz scharf und wollen mich mit so dummen Argumenten aus dem Feld drängen. Ihnen ist klar, dass Sie einem Mann

mit meinen Qualitäten nichts entgegenzusetzen haben", lachte Lothar besserwisserisch auf.
"Nein!", betonte die Frau mit unterdrückter Stimme. "Ich will Ihnen helfen!"
"Warum sollten Sie das wollen, hä?"
Die Frau schaute verlegen auf ihre Hände: "Vielleicht sind Sie ja wirklich ein Engel."
Lothar stutzte und schaute sie nachdenklich an. Dann besann er sich, machte kehrt und ging langsam zurück.
"Meine geschätzten Damen", rief er dem Tross wartender Damen vor der Studiotür zu: "ich habe mich gegen die Übernahme einer eigenen Sendung entschieden!"
"Aufschneider", kam es aus der Menge. "Angeber!"
"Sicher mag es Ihnen auf den ersten Blick so erscheinen, als hätte ich Ihnen allen das Blaue vom Himmel gelogen, um mich Ihrer Aufmerksamkeit zu versichern", rief Lothar rhetorisch, die Mädchen nickten einstimmig, "aber dem ist nicht so! Ich habe mich lediglich besonnen! Ja, besonnen, nachdem ich vom Schicksal meiner geschätzten Kollegin Vroni gehört habe. Wissen Sie, Vroni und ich waren wie Brüder, alles haben wir geteilt, die Freude und den Schmerz, den Erfolg und die Niederlagen, den Sekt und die Mitilli alla marinara. Doch Vroni ist untergegangen, gescheitert, ausgebrannt, ich aber möchte leben und nicht nur überleben! Und auch Sie sollten zu Ihren angestammten Berufen zurückkehren und nicht um eine lausige Assistentinnenstelle buhlen! Sicher, Sie wären dadurch berühmt geworden, hätten Verbindungen knüpfen und ausnutzen können, hätte es vermutlich gar zu einer richtigen Fernsehkarriere gebracht und Geld gescheffelt und die schönsten Männer des Landes Ihr eigen nennen können, aber ist es das wert?" Die Mädchen nickten. Lothar übersah es beflissentlich und rief laut über den Platz: "Wählen Sie die Freiheit, Gedichte zu schreiben! Wählen Sie die Freiheit, sie so aufzusagen, wie Sie wollen! Wählen Sie die Freiheit, sie schlecht aufzusagen!" Er riss die Arme in die Höhe und faltete die Hände wie ein Sieger. Als der stürmische Applaus aus-

blieb, ging er einfach durch die knurrende Masse hindurch und seiner Wege.

Bernhard betrat beschwingt sein Büro. Pfeifend ließ er die Rollos in die Höhe sausen und warf dann schwungvoll seinen Mantel auf den Stuhl.
"Verzeihen Sie, Sir...", tönte es unter dem Trenchcoat hervor.
"Oh", flugs wurde der Trench wieder fortgenommen, "ich habe gar nicht gesehen, dass Sie da sitzen!" William nickte nur resigniert. "Heute haben wir einen schwierigen Tag vor uns", plauderte Bernhard vergnügt. "Molle kommt und will sich die Ergebnisse unserer Ermittlungen abholen! Da heißt es, geschickt schwindeln! Aber was tut man nicht alles für die Liebe!" Er ließ sich auf seinen Bürostuhl plumpsen und drehte sich im Kreise.
"Sir!"
"Ja?" Der Stuhl hielt an.
"Sir, ich würde mir ein wenig mehr Ernsthaftigkeit bei der Arbeit wünschen. Wir stehen vor dem Augenblick, in dem wir einen schwerkriminellen Ehemann zum Wohle seiner untreuen Ehefrau belügen! Ich weiß nicht, ob wir damit nicht eine bereits stark verbreitete Unmoral fördern!"
Bernhard sah ihn erstaunt an: "Was ist denn in Sie gefahren, William? Immerhin waren Sie es, der mir zu dieser Tat geraten hat! Und jetzt dieser Sinneswandel, wie kommt das?"
"Nun, Sir, ich habe noch einmal in Ruhe darüber nachgedacht, und ich denke nun anders über solche Verfehlungen! Wir schützen eine Frau, die aus Leichtfertigkeit das Herz eines Mannes bricht, der sie liebt! Der sie geheiratet hat, sie beschützte, der ihr von ganzen Herzen zugetan ist!"
"Och, ich glaube eigentlich nicht, dass Molle sie noch liebt ..."
"Und woher wollen Sie das wissen, Sir? Nur weil ein Mann ernsthaft seinem Tagewerk nachgeht und nicht rund um die Uhr seine Liebe bekundet, ist das doch noch lange kein Grund zum Fremdgehen, Sir!"

"Der Mann betrügt und stiehlt, William, der würde auch im Urlaub nicht sagen, dass er seine Frau liebt."
"Wissen Sie das so genau, Sir? Selbst der reißende Wolf, der tötende Hai, das gefräßige Schwein liebt wahrhaftig, Sir. Wer sind wir denn, dass wir entscheiden dürften, wer wen wie zu lieben hat? Nein, nein, ich glaube fest an seine Liebe und ich glaube, dass sie es nicht wert ist!"
"So beruhigen Sie sich doch, William! Natürlich wird er sie mal geliebt haben, aber das ist vorbei! Wenn eine Frau ihren Mann betrügt und das unter so widrigen Umständen, dann fühlt sie sich nicht mehr geliebt. Und Frauen lieben die Liebe!" Bernhard lächelte selig.
"Aber Sir, glauben Sie, dass Madame Molle diesen Jochen wirklich liebt? Sie ist doch nur auf ein Abenteuer aus, Frauen sind so!"
Bernhard war beleidigt. "Das ist nicht wahr", rief er. "Frauen sind die Hüterin der Liebe und sie sind die Letzten, die eine reine Liebe beschmutzen würden!"
"Außer, sie haben die Möglichkeit, sich zwischendurch in wildfremde Arme und Küsse zu werfen", gab William hitzig zurück.
Beide schwiegen erschrocken. "Meinen Sie wirklich, William", fragte der Detektiv schließlich unsicher.
"Ja, Sir!", gab der Engel fest zurück.
"Aber es gibt doch sicher Ausnahmen, nicht?"
"Nein, Sir!"
"Natürlich gibt es Ausnahmen", beharrte Bernhard in trotziger Verzweiflung, "es gibt so viele Ehepaare, die glücklich sind!"
"Nein, Sir, die Ehepaare sind nicht glücklich, die sind sich nur sehr vertraut! Wissen Sie, Sir, eine gute Ehe funktioniert wie ein gutes Verbrechen, man arbeitet Hand in Hand. Je größer die eingebrachten Emotionen, umso geringer der Erfolg. Kaltblütigkeit gehört gleichermaßen zum Geschäft!"
Bernhard schüttelte gereizt den Kopf: "Nein, nein, nein! William, aus Ihnen spricht ein eingefleischter Zyniker. Leute wie

Sie, William, können *einer* Frau nicht vergeben und lassen es an allen aus! Das ist schändlich, pfui, schämen Sie sich!"
"Warum soll ich mich schämen, Sir? Frauen besitzen doch auch keine Scham! Sie rauben ein wehrloses Männerherz, flüstern süße Schwüre in vertrauensselige Ohren und verraten alles Glück bei der ersten Gelegenheit in den Armen eines Mannes, der ihrer nicht wert ist. *Das*, Sir, sind die Frauen!"
"Ich werde mich einfach nicht weiter mit Ihnen unterhalten, William", beschloss Bernhard laut. "Leute wie Sie verderben einem jede Freude!"
Der Gerügte zuckte mit den Achseln und setzte schweigend Teewasser auf. Er wusste, dass Bernhard Tee nicht mochte, aber das war kein Grund, sich selbst eine kleine Freude zu verderben.

Cibelle saß vor dem Telefon und ließ ihren Plan reifen. Eigentlich hasste sie Intrigen (das tut man immer, wenn man selbst das Opfer einer geworden ist - und eine ehrgeizige Kabaretttänzerin wird das häufiger). Aber was tat man nicht alles zum Wohle des eigenen Schützlings. Selbstbezogene Rachegelüste wies Cibelle weit von sich; auf so ein Niveau würde sie nicht herabfallen. Aber wenn der gute William glaubte, er könne einer Cibelle das Herz brechen und trotzdem seinem Schützling nützlich sein, dann würde sich dieser Herr gewaltig irren! Ulrike war noch so jung, warum sollte sie nicht einen neuen Mann finden? Die selbstlose Cibelle wird ihr dabei helfen und der Herr, an dessen Name sich Cibelle überhaupt nicht mehr erinnern konnte, darf dann schön zusehen, wie sein Schützling mit dem Verlust einer Liebe klarkäme. Aber das war ja nicht ihr Problem und darum griff sie beherzt zum Hörer.

An der anderen Seite der Leitung meldete sich Bernhard: „Privatdetektei Steinmetz und Co. Guten Tag, was kann ich für Sie tun?"
"Einen wunderschönen guten Morgen", zwitscherte Cibelle, "hier ist Frau Lohmberg, Ulrike Zimmermanns Freundin!

Wie ich hörte, haben Sie sich beide gestern gut verstanden, ja?"
"Ebenfalls einen guten Tag, Frau Lohmberg, wie nett, dass Sie anrufen! Was hat Ulrike denn erzählt?"
"Nur, dass der Abend interessant war! Wer weiß schon, was das bedeutet, nicht? Hat sie Sie noch nicht angerufen?"
"Äh, nein. Ist sie denn schon wach?"
"Aber natürlich, schon seit Stunden, Herr Steinmetz! Und sie hat Sie wirklich noch nicht angerufen?"
"Nein!"
"Das wundert mich aber", murmelte Cibelle mit gespielter Überraschung. "So unfair kenne ich Frau Zimmermann gar nicht! Sie ist eher der Typ, der so schnell wie möglich reinen Tisch macht!" Der Mann schwieg unsicher. "Aber was soll's, sie wird es Ihnen noch früh genug sagen!"
"Was sagen, Frau Lohmberg?"
"Na, dass ... nein, ich werde nichts verraten. Das ist Frau Zimmermanns Angelegenheit und ich werde mich da nicht einmischen!"
"Ja, ähm, gut ..." Bernhard fühlte, wie seine Knie weich wurden, "aber warum rufen Sie an, Frau Lohmberg?"
"Hach, das hätte ich ja fast vergessen! Wenn man so ins Schwatzen gerät, Sie wissen ja ... Auf jeden Fall, Herr Steinmetz, möchte ich in Frau Zimmermanns Namen den an Sie gestellten Auftrag stornieren. Wir danken Ihnen für Ihre Mühen und bitten Sie, Ihre Spesenrechnung spätestens bis Ende des Monats an Frau Zimmermanns Adresse zu schicken. Guten Tag!" Bevor er noch irgendeine Frage stellen konnte, hatte sie aufgelegt.

"Irgendetwas stimmt nicht", teilte er dem teekochenden Engel verwirrt mit.
"Sie sind der Detektiv, Sie müssen es wissen, Sir", entgegnete dieser trocken.
"William, sind Sie etwa böse auf mich?", fragte Bernhard erstaunt.
"Nein, Sir!"

"Aber Sie sind so distanziert, Sie sprechen von der Liebe wie von einer Krankheit und Sie kochen Tee! Was habe ich Ihnen denn getan?"

"Nichts, Sir! Verzeihen Sie mir meine Äußerungen von vorhin! Wenn Sie der Auffassung sind, die Liebe sei etwas Wunderbares, so ist das nun einmal Ihre Einstellung und muss von mir akzeptiert werden. Ich habe mir immer eine gewisse liberale und aufrichtige Denkweise attestiert, und der möchte ich treu bleiben. Wer war denn am Telefon?"

"Niemand, niemand", antwortete Bernhard rasch. Er wollte seine Befürchtungen besser nicht mit diesem radikalen Frauenverdammer teilen. Wasser auf dessen Mühlen hätte den Vormittag nicht angenehmer gestaltet und das Warten auf Ulrikes Anruf war nervenaufreibend genug.

Cibelle schlich durch die Wohnung und wartete geduldig auf Ulrikes Erwachen. Doch nur gelegentliches Stöhnen und Seufzen drang aus dem Schlafzimmer.
Macht nichts, dachte Cibelle grimmig lächelnd. Langer Schlaf erhöht die Einwirkungszeit.

## Unausgereifte Pläne und wilde Rachegefühle

Lothar stand vor der Tür der Partnerschaftsagentur und wartete. Er hatte bereits mehrmals und lange den Klingelknopf gedrückt, aber nichts rührte sich. Doch Lothar war geduldig, Penetranz zählte zu seinen leichtesten Übungen. Er überlegte und begann schließlich, in aller Seelenruhe die schönen Rosenstöcke im Vorgarten umzutreten. Das Knacken war weithin zu hören und die vorbeikommenden Spaziergänger wurden neugierig.
"Dürfen Sie das?", erkundigte sich ein älterer Herr mit hellem Hütchen.
"Nein", antwortete Lothar knapp, ohne seine Bemühungen zu unterbrechen.

"Dann muss ich die Polizei rufen", erklärte der Herr traurig.
"Nur zu", rief Lothar aufmunternd. "Und sagen Sie denen, sie sollen mit Blaulicht und Sirene kommen!"
"Gut, dann gehe ich mal anrufen", drohte der Herr zögerlich und rührte sich nicht von der Stelle.
"Na, dann aber flott, flott", forderte Lothar ihn frohgelaunt auf.
"Ach, ich weiß nicht so recht", erwiderte der Herr verängstigt.
"Doch, es ist völlig in Ordnung, mein Herr. Sie sehen doch, was ich mit diesen herrlichen Rosen anstelle." Ein weiteres Knacken untermalte seine Worte eindrucksvoll. "Und es ist nicht die feine Art, Blumen so zu behandeln! Immerhin nennt man die Rose die Königin der Blumen und so darf keine Königin sterben!"
Immer mehr Menschen versammelten sich vor dem Zaun.
"Denken Sie einmal an das Heideröschen", fuhr Lothar in seinen Bemühungen um Aufmerksamkeit fort. "Die Rose ist ein Kulturgut! Und Sie alle wollen zulassen, dass ich dieses Kulturgut schände? Sie zögern immer noch? Vielleicht sollte ich noch erwähnen, dass es nicht einmal meine Rosen sind! Sie sind erstaunt? Aber es stimmt: Ich zerstöre hier die Pracht eines wildfremden Vorgartens! Ja! Einfach so! Sehen Sie her, ich rupfe diese herrliche Blüte Blatt für Blatt auseinander! Will denn niemand ihr zu Hilfe eilen? Will niemand Alarm schlagen? Muss ich erst mit dieser Katze hier ...?"
Weiter kam der zerstörerische Engel nicht, denn die Eingangspforte wurde aufgerissen und Alex schrie genervt: "Was wollen Sie denn bloß von mir?"
Lothar ließ die Katze sinken, die erleichtert davonsprang und antwortete schlicht: "Ich möchte Ihnen helfen."
"Indem Sie meinen Vorgarten zerstören?"
"Ich wollte ja gleich die Polizei rufen", brüstete sich der ältere Mann, "aber dieser Verbrecher hat das so ausdrücklich gewollt und da habe ich gedacht: lieber nicht! Man will ja auch keine Beihilfe leisten, nicht wahr?"

"Ich danke Ihnen trotzdem", erwiderte Alex höflich und wandte sich dann wieder Lothar zu: "Also, was wollen Sie?"
"Darf ich hereinkommen?", bat dieser sehr zahm und stand schon auf der Treppe. Alex hielt schweigend die Tür auf und Lothar schlüpfte unter seinem Arm hindurch ins Innere.
"Sie hätten wenigstens Ihre Schuhe abtreten können", meckerte Alex und wies anklagend auf die Häufchen dunkler Erde, die Lothar hinterließ.
"Das ist guter Mutterboden, der tut Ihnen nichts", entgegnete Lothar forsch und flegelte sich auf das Besuchersofa. Alex hockte sich ihm gegenüber auf die Schreibtischkante und sah ihn abwartend an. Lothar blickte sich im Zimmer um und pfiff vor sich hin. Beide warteten darauf, dass der Andere den Anfang machen würde.
"Sehen Sie gelegentlich fern?", ergab sich Lothar schließlich und setzte ein bescheidenes Gesicht auf.
"Nein, nie", kam die Antwort. "Ich bin der Auffassung, das Leben ist interessanter als jedes Fernsehprogramm."
"Eigentlich ja", stimmte Lothar lässig zu und schlug die Beine übereinander. "Aber manchmal hat das Fernsehen sogenannte Sternstunden. Vorgestern erst, da lief eine hochinteressante Talkshow ..."
"Talkshows sind das Letzte, was ich mir ansehen würde."
"Das ist sicher auch richtig, aber diese Talkshow hatte erst einen faszinierenden Gast und danach auch noch einen bestechenden Moderator", erklärte Lothar freundlich.
"So", war alles, was an Interesse kam.
"Die Wiederholung wird heute Nacht gesendet!"
"Und warum erzählen Sie mir das?"
"Ich würde vorschlagen, Sie sehen sich einfach die Wiederholung an, und wir reden morgen weiter." Lothar erhob sich und schüttelte dem verdutzten Alex kräftig die Hand. "Morgen um die gleiche Zeit, ja? Und sehen Sie sich bitte diese Talkshow heute Nacht an, Sie werden begeistert sein!"

Die Bürotür schwang auf und der Mann mit dem finstersten Gesicht der Stadt trat ein. Unfreundlich glänzten seine Haare

in der Nachmittagssonne, auf der Krawatte schillerte ein aggressives Blümchenmuster und in seinen Augen funkelte die Freude auf kommende Vergeltung. Molle warf sich ohne Begrüßung in den Besucherstuhl und fragte mit drohender Stimme: "Nun, Steinmetz, was haben Sie herausgefunden?"
"Nichts." Kalt starrten sich beide Männer an. Bernhard saß ihm hochaufgerichtet gegenüber, William stand wie ein Sekundant an seiner Seite. Sie hatten sich gut vorbereitet, haltungsmäßig.
"Das ist Blödsinn, Steinmetz", sagte Molle leise. "Sie wissen ebenso gut wie ich, dass meine Frau mir untreu ist. Warum lügen Sie mich also an? Haben Sie sie nicht erwischt?"
"Doch! Nein! Ich meine, ich habe sie dabei erwischt, dass sie nichts getan hat!"
"So, so, sie hat also nichts getan, ja?" Molle erhob sich und ging mit verschränkten Armen durch das Zimmer. "Hat sie eventuell nichts mit Ihnen getan, Steinmetz?"
"Ich verbitte mir solche Unterstellungen, Herr Molle!"
"So, Sie verbitten sich also solche Unterstellungen, wie niedlich." Der Mann nickte verstehend mit dem Kopf und Bernhard wollte schon aufatmen, als Molle zu brüllen anfing: "Sie verbitten sich überhaupt nichts, Steinmetz! Haben Sie das verstanden? Nichts werden Sie mir verbieten! Ich habe Ihnen einen Auftrag gegeben, obwohl mir jeder gesagt hat, dass Sie ein untalentierter Nichtskönner sind, ein Bauerntrampel, ein Ackerknecht! Nein, habe ich gesagt, der Mann besitzt Bauernschläue, der findet Mittel und Wege, meine Alte zu erwischen! Die Leute haben mich ausgelacht, weil ich Ihnen vertraut habe. Und jetzt haben die Leute recht behalten, Sie sind ein Nichtskönner!"
Bernhard merkte, wie ihm die Zornesröte ins Gesicht stieg. Doch bevor er aufbrausen konnte, fasste ihn Molles haarige Hand am Hemdkragen und zog ihn langsam in die Höhe. Ihre Gesichter waren sich ganz nahe, als Molle drohend zischte: "Sie spucken sofort die Fotos aus oder ich drehe Ihnen den Hals um, Sie Schmeißfliege!"

"Sir, lassen Sie bitte sofort meinen Kompagnon in Ruhe", hörte Bernhard noch, bevor es in seinen Ohren zu rauschen begann.
"Wer bist du denn?", fragte Molle schlechtgelaunt, als ihn Williams Faust traf. Molle fiel um wie ein Sack und Bernhard, der sich seinen malträtierten Hals rieb, starrte William fassungslos an.
"Nun, Sir, fragen Sie mich nicht. Ich bin gegen jede Art von Gewalt, doch ich sage auch: Auge um Auge, Zahn um Zahn!"
"Ich wundere mich auch nicht darüber, ich wundere mich nur, dass Sie die Angelegenheiten von Madame Molle so verteidigen!"
"Sir, ich habe Sie verteidigt und nicht Madame Molle!"
"Sie hätten aber auch abwarten können, bis er die Wahrheit aus mir herausgequetscht hat!"
"Offen gestanden, Sir, hatte ich das auch vor! Aber es schien mir, als hätte Herr Molle nicht so rechte Kenntnisse darüber, wie weit man jemanden mit einem Hemdenkragen strangulieren darf, ohne ihm bleibende Schäden zuzufügen! Ja, ich hatte sogar den Eindruck, als wären Herrn Molle die Folgeschäden seines Handels sehr egal, Sir!"
"Da könnten Sie Recht haben, William", antwortete Bernhard nachdenklich und schaute den bewusstlosen Molle böse an. "Aber was machen wir jetzt mit ihm?"
"Nun, Sir, wir warten, bis er erwacht und sich verabschiedet. So gebietet es die Höflichkeit."
"Tja, wir haben ja nichts weiter vor heute", stimmte Bernhard zu. "Wollen Sie auch einen Kaffee, William?"

Ulrike kam langsam aus dem Schlafzimmer geschlurft.
"Schönen guten Tag!", rief Cibelle fröhlich. "Nicht so laut", knurrte Ulrike und fasste sich an die Stirn. "Wie spät ist es eigentlich?"
"Bereits Viertel nach sechs! Abends!"
"Hm ... Dann erreiche ich ihn gar nicht mehr im Büro", überlegte Ulrike und schlich zum Kühlschrank. "Haben wir irgendetwas Salziges im Haus?", fragte sie hoffnungsvoll.

"Kaviar!"
Ulrike lachte und erschien mit einer der Dosen in der Hand. "Normalerweise sind solche Sprüche Witze", sagte sie und fing an, die kleinen Eier zu löffeln.
"Einen Vorteil muss es ja haben, dass ich bei dir bin", antwortete Cibelle bescheiden.
"Nun stell' mal dein Licht nicht so unter den Scheffel", schmatzte Ulrike großmütig und mit vollem Mund. "Ohne dich hätte ich Bernhard nicht kennengelernt und ... Ohne dich hätte ich Bernhard nicht kennengelernt!" Das Gespräch vom Vormittag schien ihr wieder einzufallen und sie schaute Cibelle misstrauisch an: "Hat er angerufen?"
"Nein", antwortete Cibelle und stutzte. Dann schüttelte sie erstaunt den Kopf. "Ha! Nicht, dass ich mit meiner Sicht der Dinge doch Recht habe."
"Sicher, dass er nicht angerufen hat?"
"Du hättest das Telefon doch klingeln gehört!"
"Na schön. Vielleicht ist er doch noch im Büro, was meinst du?", fragte Ulrike verträumt.
"Nun, ich glaube, wenn er so ist, wie du sagst, ist er unterwegs und sucht deinen Vater!" Cibelle betrachtete ihre Fingernägel.
"Meinst du?"
"Nun, du kannst ihn doch morgen früh anrufen. Das sieht erstens besser aus und zweitens kannst du dir ein Bild über seine Glaubwürdigkeit machen!"
"Wie meinst du das?"
"Nun, wie ich es heute Morgen schon angedeutet habe: Du warst gestern mit ihm essen, dann sollte er sich heute auch mit deinem Fall beschäftigt haben, oder?" Ulrike nickte widerwillig. "Siehst du! Du rufst ihn morgen an und fragst ganz unauffällig, wie es so mit dem Fall läuft. Und dann kannst du gleich feststellen, was für ein Mann das ist und ob er deine Liebe verdient!"
"Das tut er auf jeden Fall", sagte Ulrike überzeugt und kratzte die Dose leer.

Cibelle schaute sie mütterlich an und erklärte inbrünstig: "Das würde ich dir auch von ganzem Herzen wünschen, meine Liebe!"

Aus dem Haus mit dem zerstörten Vorgarten hörte man mitten in der Nacht laute Wutschreie.

## Aus einem missratenen Plan resultieren Folgen,
## aus denen neue Folgen resultieren können

Ulrike stand unter der Dusche und sang. Der Morgen war sonnig, am Himmel stand kein Wölkchen und ein schwerer Blumenduft lag in der Luft, der war vom Shampoo. "Ich rufe ihn an, meinen Herzensmann, gleich rufe ich ihn an", sang Ulrike und stellte jauchzend die Dusche auf kaltes Wasser um.
Cibelle schlich in das Badezimmer und putzte sich die Zähne. Sie gurgelte laut, spie kräftig aus und rief: "Ich bin ja schon so gespannt, wie weit dein Bernhard mit seinen Ermittlungen ist!"
"Ach, weißt du", kam es hinter dem Duschvorhang hervor, "eigentlich ist mir diese Vaterkiste völlig egal! Ich meine, ich habe jetzt Bernhard, da kann es mir doch egal sein, wer mein Vater ist!"
Cibelle zuckte zusammen und ihr erschrockenes Gesicht starrte sie aus dem Spiegel heraus an. Sie zählte langsam bis zehn und erwiderte empört: "Wie kannst du nur so etwas sagen, Ulrike? Es geht um deinen Vater!"
"Der nie etwas von mir wissen wollte! Warum sollte mich dieser Mann interessieren?"
Cibelle stöhnte unwillig und suchte verzweifelt nach einer Antwort. "Weil ... nun, vielleicht klärt sich dann, warum du dich in Bernhard verliebt hast!"
"Hä?"

"Na ja", Cibelle hämmerte nervös mit ihrer Zahnbürste auf dem Waschbeckenrand herum: "Weil sich Frauen bei der Partnersuche oft nach dem Vorbild des Vaters orientieren! Es wäre doch interessant zu erfahren, wie es damit aussieht, wenn man seinen Vater nicht gekannt hat!"
"Mich interessiert das überhaupt nicht!"
"Aber wie es um seine Glaubwürdigkeit bestellt ist, sollte dich schon interessieren. Also ruf' ihn bitte an und frag', wie weit seine Ermittlungen gediehen sind!"
"Wenn er etwas herausbekommen hat, wird er mir das schon sagen! Ich verstehe deine Hektik nicht, Cibelle! Und selbst wenn er noch nichts herausgefunden hat, wäre es noch lange kein Grund, an seiner Integrität zu zweifeln!"
"An was?"
"An seiner Glaubwürdigkeit!"
"Aha, du bist also schon unsicher", frohlockte Cibelle.
"Ich bin nicht unsicher, ich sage nur ..."
"Ich weiß, was du meinst! Du wirst ihn anrufen und wenn er sagt, er hätte sich noch nicht mit dem Fall beschäftigt, dann könnte es an allem Möglichen liegen, nur nicht an seinem ernsthaften Willen, alle deine Wünsche zu erfüllen!"
"Genau!"
"Aber da irrst du dich, meine Liebe! Er weiß ja nicht, dass es dir egal ist, ob er deinen Vater findet. Darum muss er davon ausgehen, dass es immer noch dein größter Wunsch ist und wenn er dich liebt, wird er dementsprechend gehandelt haben!"
Aus der Dusche hörte man nur das Rauschen des Wassers.
"Aber du musst nichts auf meine Meinung geben", setzte Cibelle nach. "Wer bin ich schon, dass ich dir Ratschläge geben dürfte, nicht? Ich bin nur dein Schutzengel, der dafür Sorge zu tragen hat, dass du glücklich wirst. Und wenn du mir sagst, Bernhard ist der Mann, den du dir immer erträumt hast, so werde ich das akzeptieren! Ich finde nur, dass die kleine Überprüfung eines männlichen Charakters noch niemandem geschadet hat!"

Ulrike trat entschlossen aus der Dusche und wickelte sich in ein Handtuch. Mit tropfenden Haaren und nassen Füßen eilte sie zum Telefon und wählte die Nummer.
"Steinmetz und Co ..."
"Bernhard, ich bin es, Ulrike!"
"Guten Morgen, meine Schöne! Hast du endlich ausgeschlafen?"
"Ja! Sag mal ..."
"Warum hast du gestern nicht angerufen, mein Herz?"
"Mir ging es nicht so gut, Bernhard", murmelte sie verlegen. Herrje, hoffentlich hält er mich jetzt nicht für eine Schnapsdrossel, die morgens nicht hochkommt!
"So, so", kam es nachdenklich aus dem Hörer.
Toll! Er hält mich für eine Schnapsdrossel, die morgens nicht hochkommt! Laut sagte sie: "Du, Bernhard, ich hätte da eine Frage ..."
"Ja, Liebes?", kam es freundlich aus dem Hörer.
"Wie weit bist du mit der Suche nach meinem Vater?"
"Bitte?"
"Ich meine, es ist ja auch nicht so wichtig, aber hast du schon angefangen? Zu suchen, meine ich?"
"Nein", kam es erstaunt, "sollte ich ...?"
Ulrike knalle den Hörer auf die Gabel.

"... ihn jetzt doch wieder suchen?", vollendete Bernhard seine Frage und bemerkte endlich das Besetztzeichen. Verwirrt legte er auf, sehr wach beobachtete ihn William.
"Ist etwas passiert, Sir?"
"Ich bin mir da nicht so sicher", antwortet der Detektiv nachdenklich und ließ sich auf seinen Stuhl sinken. Er griff zum Telefonhörer und wählte Ulrikes Nummer.

"Dieser Schuft", murmelte Ulrike und wischte sich eine Träne aus dem Augenwinkel.
"Was ist denn nur passiert?"

Ulrike fuhr herum, vor ihr stand Cibelle mit einem mitleidigen Gesicht und einem seltsamen Funkeln in den Augen. "Du hast mich erschreckt", fauchte Ulrike.
"Das tut mir leid. Aber du weinst ja, meine Liebe!"
"Quatsch", schnaubte Ulrike und warf sich auf das Sofa.
"Hat er etwa wirklich noch nicht mit den Ermittlungen begonnen?", erkundigte sich Cibelle ahnungsvoll.
"Nein! Aber das ist auch nicht so wichtig! Du hast mich ganz rammdösig gesabbelt! Er liebt mich, und dass er noch nicht mit der Suche begonnen hat, ist kein Beweis für irgendetwas!" In diesem Augenblick klingelte das Telefon, Cibelle, die sich denken konnte, wer der Anrufer war, hob den Hörer ab und ließ ihn gleich wieder auf die Gabel fallen.
"Was machst du denn da?", fragte Ulrike zornig. "Wenn das jetzt Bernhard ..."
"Es war Bernhard", fiel ihr Cibelle ins Wort.
"Ich werde ihn anrufen und ihm sagen, dass es mir egal ist, ob er gesucht hat oder nicht!" Ulrike sprang auf und ging entschlossen zum Telefon.
"Bitte, bitte", rief Cibelle nachgiebig und warf den Kopf in den Nacken. "Ruf' ihn an! Erzähl ihm von deiner Liebe! Wirf' dich weg!"
"Das mache ich auch", versetzte Ulrike trotzig und begann zu wählen.
"Aber fasse dich bitte kurz", fuhr Cibelle kühl fort, "damit ich deinen Großvater noch erreiche. Der wird vielleicht erstaunt sein, wenn er erfährt, dass du dein Studium abgebrochen hast!"
Ulrike ließ den Hörer sinken: "Das traust du dich nicht!"
"Ich habe mich zu Lebzeiten sogar getraut, in einem Zeppelin zu rauchen", antwortete Cibelle lässig, "da ist das Verkünden von Hiobsbotschaften eine Kleinigkeit für mich!"
Ulrike legte den Hörer auf und frage verzweifelt: "Warum tust du das nur? Warum drohst du mir, was habe ich dir denn getan?"
"Meine Liebe, ich drohe nie! Ich kündige immer nur an", sagte Cibelle hoheitsvoll und schlenderte in die Küche.

Ulrike ging ihr nach: "Aber wieso darf ich nicht mit Bernhard telefonieren? Was hast du nur gegen ihn?"
"Wieso?" Cibelle öffnete den Kühlschrank und spähte suchend hinein. "Ich habe nichts gegen diesen Bernhard Steinmetz. Gut, ich muss zugeben, dass ich am Anfang etwas gegen ihn hatte, aber deine Liebe zu ihm hat mich überzeugt, und ich dachte: Cibelle, gib' dem Mann eine Chance! Lass' ihn zeigen, dass es ihm ernst mit Ulrike ist! Und was passiert? Du rufst ihn an und das erste, was er dir kalt in das Gesicht sagt, ist, dass er mit den Ermittlungen noch gar nicht begonnen hat! Nennst du das etwa Liebe?" Cibelle schüttelte missbilligend den Kopf und entschied sich für eine Scheibe Lachs ohne Brot. Kauend sprach sie weiter: "Sicher, eine verliebte Frau verzeiht alles! Aber ich als deine Schutzengelin muss schon genauer hinsehen und ich sage dir: Der Mann ist keine deiner Tränen wert!" Sie schluckte herunter und schloss: "Wenn du noch Argumente hast, ich bin unter der Dusche!"
Ulrike sah ihr fassungslos nach und begann zu weinen.

Beschwingt hatte sich Lothar auf den Weg gemacht und seine Vorfreude auf das verdiente Lob steigerte sich mit jedem Schritt. Stürmisch klingelte er an der Tür und übte gerade die Geste des bescheidenen Abwinkens, als sich die Tür öffnete. Lothar fühlte sich am Kragen gepackt und hereingezogen.
"Langsam, langsam", rief er fröhlich, "das war doch das Mindeste, was ich für Sie tun konnte!"
Alex ließ entgeistert von ihm ab und durch den plötzlichen Stabilitätsverlust kam Lothar zu Fall.
"Was soll das heißen?", zischte Alex und sah ohne Mitleid zu, wie Lothar mühsam wieder auf die Beine kam. "Was werden Sie mir noch antun?"
"Wieso antun?", wunderte sich Lothar und klopfte sich beleidigt den Staub von der Jacke.
"Also, Sie besuchen in einem hässlichen T-Shirt, auf dem überdeutlich mein Firmenlogo prangt, eine Talkshow und verursachen den Fernsehskandal des Jahres", schrie Alex wü-

tend. "Was könnte denn da noch kommen, hä? Wollen Sie mir nicht lieber gleich ein Messer in die Brust stoßen? Dann wären Sie ein Schwerverbrecher und könnten mit diesem T-Shirt Ihren Gerichtsverhandlungen bewohnen!"
"Aber, aber, junger Freund", rief Lothar beschwichtigend. "Klappern gehört nun einmal zum Handwerk!"
"Herzlichen Dank für den schlauen Spruch! Haben Sie vielleicht noch mehr von denen?" "Schön, dass Sie fragen! Und tatsächlich, ich weiß noch welche! Zum Beispiel: ‚Der Krug geht so lange zum Wasser, bis er bricht' oder ‚Morgenstund' hat Gold im Mund' oder ‚Fischers Fritz fischt frische Fische' oder ‚Wer anderen eine Grube gräbt' ..."
"Verschwinden Sie aus meinem Leben", überbrüllte Alex seinen Schutzengel. "Sie machen mir Angst und Sie bringen mir nur Unglück! Dank Ihres Fernsehauftrittes haben mich heute Morgen alle meine Klienten angerufen und ihr Geld zurückgefordert!"
"Ach, lassen Sie diese Ignoranten ziehen", erwiderte Lothar mit tiefer Verachtung in der Stimme. "Husch, fort mit ihnen, rufe ich. Die haben doch alle gar keine Ahnung von moderner Werbung! Was wissen die von neuen Wegen in der Medienlandschaft, hä? Wenn diese Leute nur halb so kreativ wie ich wären, dann hätten die es gar nicht nötig, bei Ihnen einen Partner zu suchen! Die Frauen würden ihnen zu Füßen liegen, jawohl! Wissen Sie eigentlich, warum Napoleon so berühmt geworden ist? Bestimmt nicht, weil er so ein friedliebender Mann war. Oh, nein, sondern weil er ungewöhnliche Wege der Werbung beschritten hat! Ja, ja, junger Mann, schauen Sie nicht so verdutzt. Was glauben Sie denn, was Waterloo war? Gut, zuerst schien es wie eine Niederlage, aber heute ist es Napoleons Markenzeichen! Und so war das auch geplant! Die Leute mögen nämlich keine Siegertypen, man muss erst einmal verlieren, um geliebt zu werden. Und da hat sich Napoleon gesagt: Mensch, ich werde jetzt einfach mal hier verlieren, dann sehen die Leute, dass ich auch nur ein Mensch bin und es fällt ihnen leichter, mich zu mögen. Gesagt, getan, er verlor und alle liebten ihn und er durfte sogar seine Pensi-

on auf einer schicken, kleinen Insel genießen! Ja, sein Ruhm war so groß, dass man nach dieser Insel, ihm zu Ehren, einen Eisbecher benannte!"
"Melba", korrigierte Alex trocken.
"Bitte?"
"Pfirsich Melba, nicht Elba! Das war eine australische Opernsängerin."
"Nun seien Sie mal nicht kleinlich, junger Mann! Es war ja nur ein Beispiel!"
Alex legte eine Hand auf seine schmerzende Stirn. "Wenn Sie nicht sofort verschwinden", knurrte er mit verhaltender Wut, "rufe ich die Polizei! Sie können dann gern im Kittchen meinen Ruhm vergrößern!"
"Sie sind wirklich beratungsoffen", rief der Engel begeistert. "Gerade in den Gefängnissen siecht ein so großes Kundenpotential dahin, wie man es sich sonst nur erträumen kann!"
"Raus!"
"Soll ich etwa alleine ins Gefängnis gehen?"
"Raus!!!"
"Ja, ja, ich gehe ja schon!" Lothar wurde durch die Luft geschwenkt und fiel vor der Tür unsanft zu Boden.
"Lassen Sie sich hier nie wieder blicken oder ich, ich ..." Die Tür knallte zu und Lothar rieb sich den schmerzenden Rücken.
Irgendwie habe ich das Gefühl, nicht erwünscht zu sein, dachte er verwirrt.

"Nun heul doch nicht den ganzen Tag", sagte Cibelle verzweifelt.
"Dann lass' mich Bernhard anrufen und mit ihm reden", murmelte Ulrike verweint.
"Nein", beschied Cibelle rigoros und machte sich laut im Spülbecken zu schaffen. Sie klapperte mit den Töpfen und Tellern, um Ulrikes Schluchzen zu übertönen.
Wenn dieser Detektiv nur halb so viel leidet, ist es eine gelungene Rache, dachte sie grimmig.
"Und warum soll ich ihn nicht anrufen?"

Cibelle ließ die Arme ermattet ins Spülwasser sinken. Ulrikes Wehklagen und ihr eigenes schlechtes Gewissen machten ihr zu schaffen. Sie beschloss, ein Aspirin zu nehmen, um die Schmerzen zu lindern, als das Telefon klingelte. Beide Frauen verharrten still. Das Klingeln hörte nicht auf. Ulrike hob den Kopf und schaute Cibelle schweigend und flehend an.
"Also gut", stöhnte Cibelle resigniert, "wenn er es ist, sprich mit ihm!" Das Mädchen sprang erfreut auf und rannte zum Telefon.
Wenn sie wegen dieser Stornierung fragt, werde ich einfach alles abstreiten, dachte Cibelle entschlossen. Telefonstreich, Telefonstreich, sage ich dann
Ulrike verzog enttäuscht das Gesicht und hielt den Hörer in die Höhe: "Es ist für dich, Cibelle!"
Die Engelin atmete auf und nahm den Hörer schwungvoll in Empfang. Schön, wenn ein Mann einsehen kann, dass er sich falsch benommen hat, dachte sie glücklich. Sie legte die Hand auf die Sprechmuschel und wisperte: "Und nachher rufen wir Bernhard an, ja?" Ulrikes Gesicht hellte sich auf.
Cibelle lächelte ihr aufmunternd zu und sprach dann mit lasziver Stimme in den Hörer: "Ja?" Sie lauschte kurz, ihr Gesicht verdüsterte sich. "Herr Lothar, wie schön, dass Sie anrufen", sagte sie ohne Begeisterung und verdrehte die Augen. "Wieso hat er Sie rausgeschmissen?" ... "Ich dachte, die Sendung war ein voller Erfolg?" ... "Ja, die Schützlinge von heute wissen nicht zu schätzen, was man für sie tut!" ... "Ich glaube nicht, dass ich Ihnen da helfen kann, aber ..." ... "Ja, ich werde darüber nachdenken und mich bei Ihnen melden!" ... "Ja, Ihnen auch noch eine schönen und inspirierenden Tag!" Cibelle knallte den Hörer auf und stand eine Weile still da, sinnend auf das Telefontischchen gestützt.
"Wollen wir jetzt Bernhard anrufen?", fragte Ulrike aufgeregt.
Cibelle sah sie mit zusammengekniffenen Augen an und entschied: "Nein! Du ziehst dir jetzt was Hübsches an und wir machen einen kleinen Ausflug!"

"Zu Bernhard?"
"Zu einem neuen Bernhard!" Ohne weiteres Zögern drängte die Engelin ihren Schützling zum Kleiderschrank.
Sie standen vor der Partnerschaftsagentur und betrachteten gedankenvoll den Vorgarten.
"Ich finde das nicht besonders seriös", erklärte Ulrike spöttisch.
"Niemand behauptet, dass Wühlmäuse seriös seien", gab Cibelle gekränkt zurück.
"Das waren doch keine Wühlmäuse!"
"Das ist ja jetzt auch egal, lass' uns endlich reingehen!", drängte die Engelin.
"Ich weiß nicht, was du dir davon versprichst. Ich habe kein Interesse, einen anderen Mann kennenzulernen!"
Cibelle drückte ohne weiteren Kommentar auf die Klingel.
Ein gutaussehender junger Mann öffnete den beiden und schaute sie verwundert an. "Wir kommen wegen einer Partnersuche", erklärte Cibelle und schob ihn beiseite. "Wo ist denn Ihr Chef, junger Mann?"
"Ich bin es persönlich", erwiderte Alex höflich und bat Ulrike herein.
"Gut", murmelte Cibelle unschlüssig. "Wo dürfen wir uns hinsetzen?"
Der Mann wies mit einer lustlosen Geste auf das Besuchersofa. Cibelle platzierte sich und zog Ulrike an ihre Seite.
"Und, an was hätten Sie so gedacht?", versuchte sich Alex in seine Rolle einzufinden.
"Wir dachten schon an einen Mann", erwiderte Cibelle erstaunt. Herrje, dachte sie, wenn er sich immer so dilettantisch anstellt, dann ist es kein Wunder, dass der Erfolg völlig ausbleibt.
"Einen Mann, so, so ..." Der Dienstleister verstummte wieder.
"Wenn es Ihnen gerade nicht passt, können wir auch wieder gehen", schlug ihm Ulrike mit sanfter Stimme vor, Cibelle kniff ihr herzhaft in den Arm. "Aua! Und ein anderes Mal wiederkommen, wollte ich sagen!"

"Nein, nein, bleiben Sie ruhig hier, es ist ja auch schon egal …"
Cibelle musterte den Mann misstrauisch und überlegte, wie viele Gedichte Lothar wohl aufgesagt hatte, um ihn in so einen Zustand zu versetzen.
Alex seufzte tief und schaute seine Besucherinnen leidend an.
"Verzeihen Sie mir meine fehlende Geistesgegenwart", bat er. "Aber ein Irrer verfolgt mich seit Tagen und ruiniert mein Geschäft!"
"Wirklich?", erkundigte Ulrike interessiert.
"Ja! Können Sie sich vorstellen, wie das ist, wenn sich ein Wildfremder in Ihr Leben einmischt und alles verdirbt?"
"Ja", Ulrike nickte heftig und übersah Cibelles empörten Blick.
"Seit dieser Irre in meinem Leben aufgetaucht ist, rufen mich meine Klienten an und stornieren jeden Auftrag!"
"Das heißt, Sie haben keinen passenden Partner für mich in Ihrer Kartei?", stellte Ulrike erfreut fest.
"Das ist leider richtig! Wenn Sie sich dazu entschließen würden, bei mir Klientin zu werden, müssten Sie ein wenig Geduld mitbringen!"
"Wie schade", rief Ulrike und sprang auf, "aber so lange kann ich nicht warten!"
"Natürlich kannst du das", zischte Cibelle und funkelte sie drohend an.
"Kann ich nicht", widersprach Ulrike.
"Kannst du wohl!"
"Nein!"
„Doch!"
"Nein!"
"Oh doch!"
„Oh nein!"
Alex, die Ellenbogen auf den Schreibtisch gestützt, verfolgte gelassen die Auseinandersetzung. "Ich hätte einen Vorschlag", rief er schließlich. Die beiden Streithennen hielten inne und sahen ihn verlegen an. "Ich könnte Sie in meine

Kartei aufnehmen und wenn sich mal jemand meldet, melde ich mich bei Ihnen. Kostenlos natürlich", setzte er eilig dazu.
"Aber die Chance, jemanden zu finden, ist doch relativ gering, oder?", fragte Ulrike hoffnungsvoll.
"Nun ja, wie ich schon sagte ..."
"Wir machen das", beschloss Cibelle einstimmig.
"Tja, dann möchte ich Sie beide nach nebenan in meinen Videoraum bitten, um eine Kontaktanzeige aufzunehmen. Hier entlang, die Damen!"
Während Cibelle sofort aufsprang, blieb Ulrike wie angeleimt auf dem Sofa sitzen. "Was ist denn jetzt schon wieder?", zischte Cibelle aufgebracht.
"Ich glaube nicht, dass ich das wirklich will!"
"Darüber haben wir doch schon in der U-Bahn gesprochen! Du willst! Im Namen deines Großvaters - komm!"
Ulrike beugte sich der Erpressung und bereits nach zwei Stunden war das Video fertiggestellt. Zufrieden war Cibelle damit nicht: "Du hast dir überhaupt keine Mühe gegeben", meckerte sie, während Alex die Scheinwerfer abstellte.
"Aber wenigstens du hast deinen Willen durchgesetzt!", gab Ulrike schnippisch zurück und erhob sich.
"So wirst du aber nie einen Mann finden, mein liebes Fräulein!"
"Ich hatte bereits einen, bevor du dich eingemischt hast!"
Ulrike griff nach ihrer Handtasche und fragte kühl: "Können wir endlich gehen?" Schon stand sie auf der Treppe und blickte gelangweilt die Straße hinunter.
"Ich komme sofort", flötete Cibelle und wandte sich mit grimmigem Gesicht an Alex: "Hören Sie, junger Mann, das, was Ihnen passiert ist, tut mir sehr leid, aber es wäre besser für Sie, wenn Sie schnellstens einen akzeptablen Mann herbeischaffen würden!"
"Aber woher soll ich den denn so schnell nehmen?"
"Das ist Ihr Problem, notfalls müssen Sie eben selbst in den sauren Apfel beißen! Ein erstes Ergebnis erwarte ich heute Abend, oder Sie wünschen sich, nie die Tür geöffnet zu haben!" Alex schraubte an seiner Kamera herum und sagte re-

signiert: "Was können Sie mir schon noch antun? Ich habe bereits alles verloren!"
"So, so, glauben Sie, ja? Aber dieser Irre, von dem Sie sprachen, ist ganz zufällig ein guter Bekannter von mir ... muss ich noch deutlicher werden, hm?"
Alex ließ die Kamera fallen und wurde leichenblass. "Nein, nein", stotterte er mit zittriger Stimme.
"Dann erwarte ich so schnell wie möglich Ihren erfreulichen Anruf", flötete Cibelle und eilte zufrieden zur Tür hinaus.

"Sie geht einfach nicht mehr an das Telefon", informierte Bernhard resigniert seinen Schutzengel.
"Nun, vielleicht muss sie arbeiten, Sir!"
"Nein, sie hat noch nichts Neues gefunden." Bernhard legte den Hörer auf und sank traurig in seinen Bürostuhl. William schien die Situation angemessen, noch einige Dinge über die Frauen und die Liebe zu äußern, aber das tieftraurige Gesicht seines Schützlings hielt ihn zurück.
"Sie will nichts mehr von mir wissen", erklärte Bernhard düster. William schwieg immer noch. "Dabei war der Abend so lustig! Wir haben so laut miteinander gelacht und sie wollte mich sogar heiraten!"
"Eine Heiratsschwindlerin", scherzte William und biss sich gleich auf die Lippen.
"Ja, ja, schadenfreuen Sie sich nur! Sie haben es ja gleich gewusst, nicht wahr? Nun lachen Sie schon über mich, William! Lachen Sie ruhig über einen alten Trottel!"
William war verschnupft, denn es war äußerst unfair, einem rechtbehaltenden Engel den Triumph so zu verderben. Nichts gönnen diese Menschen einem!
"Ich wünschte nur, ich wüsste, was ich getan habe! Wodurch dieser Bruch eigentlich zustande kam", trauerte Bernhard weiter.
"Sir, ich bitte Sie! Sie kannten das Mädchen nur einen Abend lang!"

"Aber ein Abend kann so viel aussagen! Haben Sie noch nie etwas von der Liebe auf den ersten Blick gehört?" Hatte William, wollte aber ungern daran erinnert werden. "Ich verstehe das einfach nicht", schloss Bernhard betrübt.
"Nun, Sir, es kommen neue Frauen und neue Gelegenheiten."
"Was wissen Sie denn schon von der Liebe, William? Glauben Sie etwa, sie kommt jeden Tag vorbei und ruft: Hallo, ich bin da! Haben Sie heute den Wunsch, meine Dienste anzunehmen, oder haben Sie etwas Besseres vor? Nein, mein Lieber, die Liebe ist ein scheues Ding und ich habe sie vergrault!" William setzte zu einer Antwort an, als sich die Bürotür öffnete.
Ein gutgekleideter junger Herr trat ein und marschierte schnurstracks auf Bernhard zu. "Berni!", rief er glücklich. "Wie schön, dass ich dich endlich wiedersehe!"
"Karli", staunte Bernhard, "wie kommst du denn hier her?"
"Ach, alter Junge, das tut doch nichts zu Sache", erwiderte Karli lachend und haute seinem alten Freund fest auf die Schulter. "Wichtig ist doch nur, dass ich dich endlich gefunden habe!"
"Richtig", konnte Bernhard nur antworten.
"Und wie geht es dir so, Berni?", fragte Karli und schaute auf die Uhr.
"Danke, gut. Aber willst du dich nicht setzen?"
"Nee du, ich muss gleich wieder weiter, ich habe da einen dringenden Termin! Aber wir sollten uns unbedingt mal treffen und über die alten Zeit quatschen!"
"Ja ..."
"Also, ich rufe dich an und dann reden wir! Über den Dorfteich und so. Ha, ha, ha!" Karli rückte seinen Kragen zurecht und schüttelte noch einmal Bernhards Hand. Dann verließ er eiligen Schrittes das Büro.
Verdutzt sahen die beiden Männer ihm nach. "Das war Karli", erklärte Bernhard verwirrt.
"Hm!"
"Mein alter Freund Karli!"
"Ja, so hatte ich das schon verstanden, Sir!"

"Wie hat der mich bloß gefunden?", wunderte sich Bernhard. "In unserem Dorf weiß niemand, wo ich lebe!" Er schaute nachdenklich auf die schwingende Bürotür, als ihm ein Licht aufging. "Sie haben das gemacht, nicht wahr?", wandte er sich strahlend an William.
"Bitte, Sir?"
"Sie haben dafür gesorgt, dass mich mein alter Freund Karli findet!"
William fühlte sich unwohl. Er hatte keinesfalls dafür Sorge getragen, dass sich die beiden Freunde wiederfinden, offen gestanden hatte er Karli total vergessen. Aber William befand sich in einem seelischen Zustand, in dem ein bisschen Lob, selbst unverdientes, gut tat.
"Nun, ja", murmelte er abwinkend, doch Bernhard hatte schon seine Hand ergriffen und schüttelte sie dankbar.
"Wissen Sie, William", rief er mit versagender Stimme, "ich habe ja nie an diese Schutzengelkiste geglaubt, aber das", Bernhard suchte nach einem Taschentuch, "das hat mir doch klargemacht, dass Sie auf meiner Seite stehen!"
"Sir, ich bitte Sie ..."
"Nein, nein, seien Sie nicht so bescheiden, William! Ach, ich freue mich so! Vielen, vielen Dank!"
William blickte verlegen auf den aufgelösten Privatdetektiv und tätschelte ihm linkisch den Arm. "Nichts zu danken, Sir! Es hat mir keine Umstände bereitet", erwiderte er wahrheitsgemäß. Dann wurde er nachdenklich. Wie und wieso hatte dieser Karli plötzlich hergefunden, wo er Bernhard finden konnte? War es eine Fügung von ganz oben? War es im Lebenslauf vorgesehen? William beschloss, der Sache nachzugehen.

Das Telefon klingelte. Cibelle, die den Tag damit verbracht hatte, Ulrike zu bewachen, nahm hastig ab.
Alex war dran: "Frau Zimmermann, ich finde beim besten Willen keinen Mann für Sie!"
"Hier ist nicht Frau Zimmermann, sondern Frau Lohmberg. Was soll das heißen, Sie finden keinen Mann?"

"Ich habe schon meinen ganzen Freundeskreis abgeklappert, aber alle hängen irgendwie in festen Beziehungen!"
"Ist das etwa mein Problem, Herr Kaminsky?"
"Reinbold, bitte!"
"Was?"
"Reinbold bitte! Ich habe meine Namen ändern lassen!"
"Wenn Sie nicht bald einen Mann für Frau Zimmermann auftreiben, werden Sie es wohl bald nochmal machen müssen, Herr Reinbold!"
"Ich bitte Sie, Frau Lohmberg, was soll ich denn noch tun?"
"Nun, wie ich Ihnen bereits sagte: Wenn Sie keinen Mann finden, müssen Sie selber ran!"
"Aber, ich bitte Sie, Frau Lohmberg, ich habe gar kein Interesse an Ihrer Freundin!"
"Und warum nicht? Sie hat zwei Beine, zwei Arme, einen Kopf und eine Bauch! Wie können Sie da kein Interesse haben?"
"Ich bin schon in eine andere verliebt, Frau Lohmberg!"
"So, so, diesen Luxus können Sie sich also noch leisten, wie? Das ist ja sehr interessant, Herr Kaminsky!"
"Reinbold!"
"Wie auch immer! Ich dachte, Ihnen steht das Wasser bis zum Hals?" Cibelle setzte ein Nicken am anderen Ende der Leitung voraus und sprach weiter. "Sie scheinen im Übrigen auch keine Angst zu besitzen!"
"Frau Lohmberg, seien Sie doch vernünftig! Wir wissen doch beide, dass Sie diesen Irren gar nicht kennen und nur so gedroht haben!"
Cibelle fühlte das angenehme Prickeln in den Adern, das man spürt, bevor man zum vernichtenden Schlag ansetzt. "Hieß der Irre denn nicht Lothar und hat behauptet, Ihr Schutzengel zu sein, Herr Reinbold? Hm?", fragte sie harmlos und kicherte lautlos in sich hinein.
Sie hörte den Mann schwer schlucken und dann stockend fragen: "Glauben Sie, Frau Zimmermann hätte Lust, morgen Abend mit mir zu speisen?"

"Sie wird ganz entzückt sein", beteuerte Cibelle. "Wann wollen Sie sich denn treffen?"
"Ich dachte, so gegen acht Uhr."
"Um acht ist ausgezeichnet, Herr Reinbold! Wo werden Sie denn hingehen?"
"Ich kenne da so ein kleines Restaurant …"
"Wenn es italienische Küche anbietet, werden wir begeistert Ihrer Einladung folgen, Herr Reinbold!", zwitscherte Cibelle zuckersüß.
"Gut, dann gehen wir dahin!"
"Ja, gut. Und es wäre besser, Sie gäben sich richtig viel Mühe! Frau Zimmermann soll keine Chance haben, sich nicht in Sie zu verlieben! Haben Sie das verstanden, Herr Reinbold?"
Sie wartete seine verängstigte Bejahung ab und verabschiedete sich.

Ein wenig atemlos ging sie zu Ulrike, die traurig auf dem Sofa saß und fernsah. Cibelle nahm die Fernbedienung und schaltete um.
"He, ich wollte das sehen", begehrte Ulrike auf.
"Das war uninteressant", entschied Cibelle.
"Du hast doch gar nicht gesehen, was das war!"
"Es war uninteressant! Punkt. Aber was viel wichtiger ist: Du hast morgen ein Rendezvous!" Cibelle klatschte aufgeregt in die Hände.
"Mit wem?", fragte Ulrike misstrauisch.
"Mit einem jungen, gutaussehenden und geschäftstüchtigen Mann", raunte Cibelle verheißungsvoll.
"Also ist es nicht Bernhard", konstatierte Ulrike trocken und verlor das Interesse.
Cibelle war beleidigt und begann, wild durch die Kanäle zu zappen. Sie wusste, dass Ulrike das nicht ausstehen konnte, und sehr schnell stellte sich der gewünschte Erfolg ein.
"Kannst du dich vielleicht mal für ein Programm entscheiden?", fragte Ulrike gereizt.
"Hm?"
"Du weißt genau, was ich meine!"

"Hm?"
"Cibelle, gib' mir die Fernbedienung!"
"Wie bitte?"
"Du sollst mir sofort die Fernbedienung geben", brüllte Ulrike.
Cibelle schaute sie erschrocken an, dann wurde sie wütend warf die Fernbedienung in hohem Bogen aus dem Fenster.
"Ich hasse es, wenn du mich so anschreist", verkündete sie hoheitsvoll.
"Ich weiß nicht, was ich davon halten soll", murmelte Ulrike fassungslos, rannte zum Fenster und sah hinaus. Ein kleiner Dackel apportierte gerade fröhlich das schwarze Plastikding und verschwand schließlich damit im Gebüsch.
"Ich kann auch mit der Hand umschalten", verkündete Ulrike entschlossen.
"Du könntest auch morgen mit dem netten jungen Mann ausgehen und ich besorge eine neue Fernbedienung!"
Ulrike stöhnte. "Was wirst du mir antun, wenn ich mich weigere?", erkundigte sie sich interessiert.
"Darüber muss ich erst nachdenken", gab die Engelin ernsthaft zurück.
Ulrike nickte verstehend mit dem Kopf. "Wenn ich morgen mit diesem Typen ausgehe und es klappt nicht, darf ich dann Bernhard anrufen?", fragte sie lauernd.
"Wenn ich das Gefühl habe, du hast dir Mühe gegeben, dann steht dem nichts im Wege!", gab sich Cibelle großzügig.
"Also gut, ich mache es!"
"Wie schön", freute sich die Engelin und umarmte sie. "Du wirst es bestimmt nicht bereuen!"


William eilte zur Arbeit, als er vor sich eine vertraute Gestalt bemerkte. Er zügelte seine Schritte und ging ihr nach. Der Mann in dem gutsitzenden Mantel bog um eine Ecke, William folgte unauffällig. Der Mann lief weiter und weiter geradeaus, William ebenfalls.
Langsam wird dieses Verfolgen von Menschen zur Neigung, dachte der Engel bekümmert.

Er sah, wie der Mann sich prüfend umblickte und drückte sich fest an eine Wand. Dann verschwand der Verfolgte in einem schäbig wirkenden Mietshaus.

Das ist ja sehr interessant, dachte William. Was treibt denn einen so teuren Mantel in ein solches Haus? Leichtfüßig pirschte er über die Straße. Im Erdgeschoss des Hauses war eine Nachtbar untergebracht, deren Fenster zugezogen waren. William notierte sich in Gedanken dieses Indiz und ging um das Haus herum. Er kam zu einem Hintereingang, dessen Tür einladend offenstand. William zögerte. Wer weiß, welchen Dingen er dort auf die Schliche kommen würde und wer was dagegen haben könnte, dass er das tat! Aber die Neugierde zerrte an seinen angespannten Nerven herum und forderte Wagemut.

Nun, sterben kann ich ja nicht, dachte William schließlich achselzuckend und trat ein. Ein dunkler Flur, dessen Wände mit Graffitis besprüht waren, dehnte sich vor ihm aus.

Plötzlich öffnete sich eine Tür. William versteckte sich hinter einem riesigen Gummibaum, der in einer dunklen Ecke vor sich hinvegetierte und hielt die Luft an. Ein Mann trat vor den Baum und strich sich schwungvoll die Haare zurück.

"Es ist mir egal, ob du Skrupel hast", knurrte er mit leiser, drohender Stimme. "Bei dem Gehalt, das du von mir beziehst, habe ich Skrupel mitbezahlt!"

"Aber ich bitte dich, Molle, ich bin ein Staatsbeamter in hoher Position, kein Mörder!"

Molle lachte höhnisch. "Niemand spricht von Mord, mein Lieber! Du sollst ihn doch nur ein bisschen erschrecken!"

"Mit einer Pistole? Wenn ich bei meiner Unkenntnis von Feuerwaffen eine Pistole abfeuere, kann alles Mögliche passieren!"

"Und wenn ich bei der Höhe deines monatlichen Schecks Widersprüche zu hören bekomme, kann auch alles Mögliche passieren, mein Lieber!"

"Ich werde ihm aber nichts antun, Molle!"

"Hör zu, du Schreibtischkakerlake! Du gehst einfach nett mit ihm essen, lullst ihn ein und zeigst dann ein bisschen die

Waffe! Dann schießt du ein, zwei Löcher in die Wand und schon ist die Sache erledigt!"
"Mehr nicht?"
"Aber nein!" Molle tätschelte seinem Gegenüber die gutrasierte Wange. "Den Rest erledigen meine Jungs draußen! Der Mann kommt herausgerannt und sie schnappen sich ihn. Und je eher er aufgibt, desto weniger wird er zu leiden haben, da bin ich fair!"
Der Mann seufzte tief: "Aber wenn ihm dann was passiert, werden alle sagen, ich sei es gewesen!"
"Was soll ihm denn passieren? Wir wollen nur die Fotos meiner Frau! Welchem Ehemann darf man schon die Fotos seiner Frau abschlagen, hä? Ich persönlich habe größtes Interesse daran, meine bezaubernde Frau mal wieder verliebt zu sehen!" Die letzten Worte waren in dicke Ironie getaucht.
"Du musst es auch nicht tun", sagte Molle abschließend. "Aber deine Behörde wird mächtig interessiert an deinen Nebeneinkünften sein, mein Lieber, denkst du nicht?" Molle lachte tief und zufrieden und verabschiedete sich mit einem: "Angenehmen Abend, mein Lieber!"
William geriet in Atemnot. Der Staub auf den Gummiblättern war fingerdick und hatte Williams Nasenlöcher im Visier. Der Engel lehnte das Ansinnen stillschweigend ab, aber der Staub blieb in Angriffsposition.
Molle stand schweigend vor dem Gummibaum und knackte mit den Fingern, ein Unsitte, die William die Gänsehaut über den Rücken laufen ließ. Dann starrte er die Pflanze an. Diese unternahm keinen Versuch, den Engel besser abzudecken, sondern überließ ihn gleichgültig seinem Schicksal. William beschloss, Gummibäume auf der nächsten "Was lassen wir denn dieses Jahr aussterben"-Konferenz vorzuschlagen. Der Mann hob seine Hand und wischte konzentriert eine Spur auf eines der staubigen Blätter. Dann nickte er und verließ den Flur. Er war keine zwei Minuten fort, als ein gewaltiges Hatschi durch den Flur hallte.

## Kleines Zwischenspiel

"Ich weiß gar nicht, was du hast", sagte Herr Dickhelm und stieg gemächlich in seine weiten Hosen. "Seit wir wieder zusammen sind, meckerst du nur rum! Das passt dir nicht und dies passt dir nicht! Dabei tue ich doch wirklich alles für dich!" Angie wickelte das Laken um ihre Brust und schaute ihn erschrocken an. "Dicki, ich habe mich doch gar nicht beschwert", sagte sie entschuldigend. "Ich habe gleich gesagt, es ist nicht so schlimm, wenn es mal nicht klappt. Mir reicht auch kuscheln, hab' ich gesagt!"
Dicki grunzte unzufrieden und beharrte: "Aber du musst es doch nicht gleich sagen! Ich brauche manchmal eben ein bisschen länger!"
"Früher hast du nie länger gebraucht", bemerkte sie unschuldig und kramte in einer Pralinenschachtel.
"Früher hast du dir auch mehr Mühe gegeben!"
"Das ist gar nicht wahr", empörte sich Angie und riss das bunte Stanniolpapier vom Konfekt, "ich habe mir immer gleich wenig Mühe gegeben!"
"Siehst du, siehst du", rief Dicki, "jetzt gibst du es auch schon zu!"
"Was gebe ich zu?", fragte Angie kauend.
"Dass dir meine Probleme egal sind", unterstellte ihr Dicki kühn.
"Das stimmt gar nicht! Ich bin immer auf dich eingegangen, Dicki!"
"So, glaubst du? Und warum hat es dann nicht geklappt?"
"Vielleicht hast du vorhin zu viel gegessen", mutmaßte Angie.
Dicki dachte kurz an seine neue und sehr attraktive Diätassistentin und verbat sich solch dummes Geschwätz. "Ich muss sowieso los", sagte er forsch.
"Wohin?"
"Meine kranke Frau erwartet mich!"
"Aber du bist doch geschieden, Dicki!"

"Dann erwartet mich eben meine Sekretärin! Muss ich mich auch schon dafür entschuldigen, dass ich den ganzen Tag hart arbeite? Soll ich dir über jeden meiner Schritte Rechenschaft ablegen? Nein, meine Liebe, dafür habe ich mich nicht scheiden gelassen!" Er zog mit gerechtem Zorn sein Jackett über und machte Anstalten, das Hotelzimmer zu verlassen. "Wann sehen wir uns wieder?", fragte Angie bedrückt.
"Ich rufe dich an", versprach er unaufrichtig und ging.

Durch die Korridore des Verlagshauses eilten viele Füße und verursachten geschäftigen Lärm. Vor einer unscheinbaren Bürotür aber zügelte man die Schritte und den Lärmpegel. Hinter der Tür saßen zwei Vorstandsmitglieder und blickten sich leidend an.
"Ich verstehe nicht, wie er so etwas empfehlen kann", sagte der eine Herr endlich fassungslos. "Vielleicht will er uns eins auswischen! Immerhin haben wir ihn mal abgelehnt!"
Der Andere nickte langsam und nippte an seiner Kaffeetasse: "Aber wenn wir es ablehnen und ein anderer Verlag nimmt es, kommt er an und sagt: Ich habe euch doch geschrieben, ihr sollt dieser Autorin eine Chance geben!"
"Aber der Text ist schrecklich!"
"Ja, das ist er wahrhaftig!" Beide tranken einen Schluck Kaffee.
"Und der Name", klagte der Erstere weiter. "Ulrike Zimmermann! Damit kann man doch keine lyrischen Sachen schreiben!"
"Aber wenn wir es ablehnen, ist er beleidigt und wirft uns vor, wir würden seinem literarischen Geschmack nicht trauen!" Der Zweite blätterte in dem vorliegenden Manuskript und las laut: "Die Welt ist ein Moorgrab, ich bin der Inhalt!" Er schlug es schnell wieder zu und schüttelte unwillig den Kopf. "Wenn es wenigstens ein prominenter Geisteskranker geschrieben hätte", klagte er weinerlich. "Oder einer, der im Gefängnis sitzt! Oder einer, der schon mal was anderes geschrieben hat! Aber so ..."

"Vielleicht könnten wir die Autorin zwingen, es unter dem Namen eines prominenten Fußballspielers zu veröffentlichen. Mit einigen schönen Farbfotos und einer Autogrammkarte im Umschlag", schlug der Andere lustlos vor.
"Ja, oder wir tun so, als wäre die Autorin aus irgendeinem osteuropäischen Hochgebirge!", rief sein Gesprächspartner begeistert. Beide schauten sich an und schüttelten dann dumpf die Köpfe.
"Und wenn wir es in unserer ‚*Spaßedition*' unterbringen?"
"Besser nicht. Aber wir könnten doch so tun, als hätten wir eine verkannte Lyrikerin aus der Sturm- und Drangzeit ausgegraben! Wir geben das Buch und eine Biographie heraus, dann kommen wir sogar an die Universitäten ran!"
Sein Gegenüber schlürfte den Rest Kaffee aus der Tasse, seufzte schwer und sagte: "Hör' zu, ich habe noch einen wichtigen Termin! Lass' uns heute Abend essen gehen und die Sache zu einem zufriedenstellenden Abschluss bringen!"

Lothar ging vergnügt den Korridor der Universität entlang. Aus einem der aushängenden Verzeichnisse hatte er sich eine Gastvorlesung herausgepickt, die ihn sehr interessierte. Es ging um Herrn Goethe und sein schimpfliches Verhalten Damen gegenüber.
Lothar pfiff vergnügt und dachte: Davon hast du ja nie etwas erzählt, alter Junge. Es wird sicher spannend sein, beim nächsten literarischen Lesekränzchen laut einige spezielle Fragen zu stellen. Bei der Emanzipation heutzutage wird dich das, mein lieber Goethe, sicher das eine oder andere Lorbeerblatt kosten. Vermutlich werde ich meine lyrische Karriere begraben können, dachte Lothar mutig, aber als Gesellschaftsreporter hat man immer seine Leser.
Er betrat den Hörsaal, in dem in überwiegendem Maße junge Frauen warteten. Er suchte sich die Hübscheste raus und setzte sich neben sie. Mit dem Block in der Hand sprach er sie an: "Verabscheuen Sie auch so das Patriarchat?" "Das Mädchen nickte kurz und wandte sich ab. Doch ein Reporter kann hartnäckig sein: "Besonders schlimm finde ich es ja, wenn je-

mand Frauen so mies behandelt und sich dann lange über seine Lebenszeit hinaus für seine Leistungen feiern lassen kann! Da müsste man wirklich einen Riegel vorschieben, oder?"
Das Mädchen machte: "Hm" und blickte steif geradeaus.
Lothar notierte sich begeistert ihre Antwort und erkundigte sich höflich: "Wie heißen Sie denn, junge Dame?"
"Astrid", log diese.
"So äußerte sich Frau Astrid, zukünftige Literaturbeauftragte Deutschlands", schrieb Lothar vergnügt und überschlug schon mal sein Honorar von der WAS IM HIMMEL WIRKLICH INTERESSIERT, einer knallbunten Insider-Illustrierten, die trotz der Bemühungen der Kampfgruppe GEGEN NEID, MISSGUNST UND ÜBLE NACHREDE, der sogenannten GNMUÜN, immer noch erfolgreich vertrieben wurde.
Dann wurde es still im Hörsaal, eine schöne, alte Dame in einem langen, wallenden Gewand trat ein und ging ans Sprechpult: "Guten Tag, meine Damen und Herren Studenten. Mein Name ist Isodora Silbrig und ich begrüße Sie!"
Alle hämmerten mit den Knöcheln auf die Pulte, Lothar aber lümmelte sich bequem in seinen Sitz und war ganz Ohr.

William eilte zum Detektivbüro. Er musste Bernhard warnen! Er musste ihm Bescheid sagen! Sein Schützling war in einer lebensbedrohlichen Situation. Es ist toll, ein Schutzengel zu sein, wenn man nur durch Zufall auf Gefahren aufmerksam wird, dachte er sarkastisch. Man sollte Antennen mitbekommen, die einen durchdringenden Ton ausstoßen, wenn der Schützling in Gefahr ist. Herrje, jede Comicfigur ist besser ausgestattet als ein Schutzengel.
Atemlos kam er vor dem Bürogebäude an. Er eilte durch den Flur und versuchte, die Bürotür aufzustoßen. Aber sie war zugesperrt. Schweißnass lehnte sich William gegen das Holz. Lass' es nicht wahr sein, dachte er verzweifelt. Lass' ihn einfach verschlafen haben und zu spät kommen.

Bernhard stand vor Ulrikes Haus. Aufmerksam beobachtete er die Gegend und machte sich Notizen. Er überlegte, ob er mit dem Gemüsehändler eine Toilettenbenutzungsfreundschaft schließen sollte, denn er hatte vor, gegebenenfalls den ganzen Tag dieses Haus zu belagern. Aber vorerst dürstete es ihn nach einem klärenden Gespräch.
Also nahm er all seinen Mut zusammen und stieg leise die Treppe hoch.
Sie hat gar nicht erwähnt, dass sie so hoch oben wohnt, dachte er schnaufend. Ein kleines, kitschiges Keramikschild wies ihm endlich das Ziel. Er klingelte zaghaft, schwungvoll wurde im nächsten Moment die Tür aufgerissen. Cibelle stand im Rahmen und setzte bei seinem Anblick ein böses Gesicht auf.
"Guten Tag", sagte er höflich und streckte ihr seine Hand entgegen, um sie ungenutzt wieder einzustecken. "Ich wollte Ulrike sprechen!"
"Ulrike ist nicht da", versetzte die Engelin giftig.
"So, hm", machte Bernhard verlegen. Unschlüssig wartete er auf weitere Informationen, aber die Engelin machte nur Anstalten, die Tür wieder zu schließen. "Halt, halt", rief er mutig und schob seinen Fuß vor. "Wo ist Ulrike denn?"
Cibelle starrte sichtbar angewidert auf seine staubüberzogene Schuhspitze und schwieg.
"Wissen Sie nicht, wo sie ist?", erkundigte sich Bernhard schüchtern.
"Nein! Aber selbst wenn ich es wüsste, würde ich es Ihnen nicht sagen, mein Herr", erklärte Cibelle.
Bernhard nickte verstehend. "Dann darf ich vermutlich auch nicht auf sie warten", schätzte er die Situation ein.
"Richtig! Ulrike hat nämlich kein Interesse an Ihnen, Herr Steinmetz, und darum wäre ich Ihnen dankbar, wenn es bei diesem einen Besuch bleiben würde!"
"Kann ich sie wenigstens noch einmal sprechen?", bat er demütig.
"Ich denke nicht, dass es da noch etwas zu besprechen gibt", beschied sie ihm kühl. "Sie haben sich einer Dame gegenüber schlecht benommen, das ist nicht zu verzeihen!"

"Ich habe doch nichts gemacht", verteidigte sich Bernhard empört.
"Vielleicht war das ja falsch", antwortet Cibelle schnippisch und schlug die Tür zu, der Detektiv konnte gerade noch seinen Fuß in Sicherheit bringen. Traurig starrte er auf die braune Türfüllung und zuckte mit den Achseln. Wenn Ulrike nicht da war, musste sie ja irgendwann heimkommen. Er würde eben solange vor dem Haus warten müssen.
Er lief die Treppen herunter und kaufte sich beim Obsthändler ein Schokoladeneis. Dann bezog er seine Stellung.

In der Wohnung selbst kam Ulrike mit tropfnassen Haaren aus der Dusche und fragte: "Sag mal, war da eben einer an der Tür?"
"Nein", erwiderte Cibelle harmlos und blätterte in einer Illustrierten.
"Aber ich habe dich doch reden gehört!"
"Ach so", erinnerte sich Cibelle. "Das war nur so ein Zeitungsverkäufer! Eine schreckliche Landplage, nicht?"

William trat vor das Bürogebäude und überlegte.
"He, du!", rief eine Stimme erfreut. Der Engel schaute sich suchend um. "Na, hier unten!"
"Ach, du", erwiderte William ohne Begeisterung und ging zu dem Kater, der aufhörte, im Müll zu wühlen.
"Ist ja nett, dass du mal wieder vorbeischaust!"
"Ja, aber ich habe gar keine Zeit ..."
"Weiß ich, weiß ich! Trotzdem nett von dir! Haste Zeit, 'n Stündchen zu plaudern?"
"Wie ich bereits sagte, ich habe überhaupt keine ..."
"Weiß ich, weiß ich doch! Ich habe den Jungs von dir erzählt und die möchten dich gerne mal kennenlernen!"
"Jederzeit gern, aber jetzt habe ich gerade gar keine ..."
"Weiß ich, weiß ich doch! Ich habe den Jungs auch gleich gesagt: Klar kommt der gerne vorbei und knabbert mit uns 'n paar Fischgräten! Hab' ich doch Recht!"
"Ja, aber ich muss ..."

"Weiß ich, weiß ich doch! Magst du lieber Ölsardinen oder Tomatenhering? Nicht, dass wir dir was Falsches anbieten und du bist sauer ..." William drehte sich um und ging. Der Kater lief hinter ihm her. "Hast Recht", rief er begeistert. "So ein kleiner Spaziergang ist genau das Richtige! Man kommt ja sonst nie dazu, was? Aber wenn sich schon ein alter Freund die Ehre eines Besuches gibt, dann sollte man sich die Zeit doch nehmen, richtig?"
Der Engel beschleunigte seine Schritte, der Kater hielt mühelos mit. "Was ich dich noch fragen wollte", fuhr er fort, "glaubst du, du könntest dir selber was zum Trinken mitbringen?" "Wann?", fragte William gereizt.
"Na, wenn ich dich den Jungs vorstelle! Es ist schwer für eine normale Straßenkatze, Bier oder Chips zu besorgen! Also, bringst du dir selber was mit?"
"Ja, ja", schrie William gereizt und rannte die Treppe zum U-Bahnhof herunter. Der Kater sprintete an seine Seite.
"Du, jetzt muss ich dich aber verlassen", schrie er. "Dieser Bereich gehört den Bahnkatzen, da kann ich leider nichts machen!"
"Schade", rief William zurück, "aber wir sehen uns ja bestimmt bald mal wieder!"
"Ich weiß", brüllte der Kater in dem Lärm der einfahrenden U-Bahn, "und dann stelle ich dich den Jungs vor!"
"Gut, gut", und William sprang ohne sich umzublicken in die Bahn.

## Alles drängt dem Showdown entgegen

Herr Dickhelm saß an seinem Schreibtisch und verstand die Welt nicht mehr. Mit Kuchen hatte er es versucht, mit Konfekt, aber nichts schien bei dieser Assistentin zu fruchten. Selbst als ihm letztens, ganz zufällig, die Farbfotos seines Dienstwagens und des Landhauses seiner geschiedenen Frau in der Provence aus der Tasche gefallen waren, hatte sie sich nur danach gebückt und sie ihm ohne ein Lächeln gereicht.

Aber der heutige Tag war die absolute Krönung. Dicki hatte sich mit rhythmischen Bewegungen entkleidet und den Bauch fest eingezogen. Seine Brustbehaarung glänzte wollig in der Sonne und ihn umwehte der Geruch seines teuren Aftershave. Ohne Frage, er war ein begehrenswerter Mann. Aber die Assistenten hatte ihm nur kühl auf den Bauch geklopft und: "Bitte lockerlassen" gesagt. Da war die ganze Pracht zusammengefallen und Dicki fühlte sich gedemütigt, als sie ihn freundlich fragte, ob er an Herzverfettung sterben wolle. In einem letzten Versuch, ihr ihre Gunst zu entlocken, hatte er gegurrt: "Nein, an der Liebe!"
Aber diese eiskalte Schlange hatte nur betont, dass eine solche Betätigung für ihn in Zukunft beschwerlich werden würde, wenn er seine Ernährung nicht umstelle. "Es sollte mich wirklich wundern", hatte sie lächelnd gesagt, "wenn es überhaupt noch reibungslos klappen würde!"
Dicki war zu getroffen, um ihr das Gegenteil zu versichern und sie zu einem Feldversuch anzuregen. Als geschlagener Mann war er wieder in seine Kleider geschlüpft und hatte die Praxis ohne Gruß verlassen.
Doch Heinrich Dickhelm war nicht der Mann, der sich in seinen Verletzungen suhlte. Zu hart hatte er geschuftet, um allein in Selbstmitleid versinken zu müssen. Er griff zum Telefonhörer und rief Angie an.
"Hallo, mein Zuckermäuschen", säuselte er. "Ich würde mich freuen, wenn du heute Abend mit mir essen gingest!" ... "Ja, es tut mir auch furchtbar leid, dass wir uns gestern nicht gesehen haben, aber du weißt ja: die Arbeit!" ... "Aber natürlich liebe ich dich noch! Wie kommst du Dummchen nur darauf, ich könnte eine andere lieben? Nur du bist mein Liebesmäuschen, das weißt du doch!" ... "Ja, ich hole dich ab! Zieh dir was Schickes an, ich will doch mit dir angeben können!" ... "Ja, Küsschen, Küsschen, bis heute Abend!"
Zufrieden legte er auf. Angie würde ihn schon glauben machen, dass es nichts Erotischeres als einen runden Flauschbauch gibt.

Angie legte nachdenklich den Hörer auf. Eigentlich hatte sie gar keine Lust, heute mit Dicki auszugehen. Seit Alex sein Flehen auf ihrem Anrufbeantworter eingestellt hatte, vermisste sie ihn. Gleich morgen würde sie ihn anrufen und beiläufig fragen, ob ihre Stelle noch frei wäre. Wenn er sie wieder jeden Tag sehen würde, dann würde sein Herz neu entflammen, und diesmal könnte Dicki anrufen, sooft er wollte, diesmal wäre sie klüger! Aber ein nettes, kostenloses Abendessen sollte man sich keinesfalls entgehen lassen. Sie schritt zum Kleiderschrank und traf eine gedeckte Wahl.

Zur selben Zeit standen eine genervte Ulrike und eine aufgeregte Cibelle ebenfalls vor dem Kleiderschrank und konnten sich nicht einig werden.
"Ich finde wirklich, du solltest mein rotes Kleid anziehen", riet Cibelle eindringlich.
"Ich bitte dich! Ich habe nicht vor, halbnackt in einem Restaurant zu sitzen!"
"Was ist denn daran so schlimm? Wenn du kleckerst, beschmutzt du wenigstens nicht das Kleid!"
Schließlich einigten sich beide auf ein Kostümchen, das hochgeschlossen, aber auch enganliegend war. "Na ja", meinte Cibelle und kratzte sich am Kopf, "bei deiner Figur könntest du sogar einen Fahrradschlauch tragen, ohne dass sich irgendetwas hervorheben würde!"
Ulrike schaute sie beleidigt an und fuhr sich abschätzend über die Hüften. "Du hast keine Ahnung", murmelte sie und malte sich die Lippen an.
"Dieser Lippenstift ist nicht die Spur frech", beklagte sich Cibelle. "Man malt sich die Lippen zur Aufforderung an, zur Verlockung, zur Köderung. Dein Lippenstift lockt niemanden näher!"
"So ist das auch gedacht!" Ulrike kämmte sich die Haare glatt nach unten, doch Cibelle stand schon mit einer Dose Haarspray einsatzbereit hinter ihr.

"Die Haare müssen sich türmen", rief sie und ging zum Angriff über.
"Jetzt sehe ich richtig lüstern aus", beklagte sich Ulrike entsetzt.
"Das ist auch so gedacht!" Der Zeiger der Uhr rückte auf acht.
"Welche Schuhe wirst du anziehen?"
"Irgendwelche!"
"Dann zieh' meine an!"
"Cibelle, kein Mensch kann auf diesen hohen Hacken laufen!"
"Dann gib' dir Mühe!" Während Ulrike in den viel zu hohen Schuhen durch die Wohnung taumelte, versorgte Cibelle sie mit Ratschlägen: "Und denk' bitte daran, keinen Salat zu bestellen! Kein Mensch kann in Würde ein Salatblatt essen, ohne dass ein Teil außerhalb des Mundes bleibt! Und bitte, keine Spaghetti mit Tomatensoße, da sind Flecken auf dem Kostüm garantiert. Dafür darfst du so viel Wein trinken wie nötig, hörst du! Und erzähle bitte nicht den ganzen Abend von diesem Bernhard, Männer reden viel lieber von sich! Und lach' immer schön über seine Scherze! Die Liebe eines Mannes führt über das Benutzen des weiblichen Zwerchfelles! Erzähl' bloß nicht, dass du Schriftstellerin werden willst, sonst hat er Angst, er müsste beim Kaffee danach etwas von dir lesen! Erwähne ruhig den Reichtum deines Großvaters, damit er sieht, dass du nicht wirklich einen Mann nötig hast! Und bitte, lass' ihn bezahlen, sonst glaubt er, du seist emanzipiert, und das wollen wir doch nicht!"
Endlich klingelte es an der Tür. "Ich muss los", sagte Ulrike verzagt.
"Na, dann mal nicht so zögerlich", rief Cibelle und schob sie durch die Tür.
"Und vergiss' nicht, wenn er dich küssen will, dann gib' dich erst hin und tu' danach keusch, ja?"
"Cibelle!" stöhnte Ulrike genervt und trampelte laut die Treppen hinunter.

"Ich wünsche dir viel Spaß", rief die Engelin ihrem Schützling hinterher und schloss zufrieden die Tür.

Erschöpft warf sie sich auf das Sofa, mit einer Hand blätterte sie in der Fernsehzeitung. Immer diese Reportagen, dachte sie ärgerlich, als sie in der Sparte eines kleinen Regionalsenders einen alten Film mit James Stewart entdeckte. Sehr gut, dachte sie begeistert. Wo ist bloß wieder diese verflixte Fernbedienung?

William suchte die ganze Stadt ab, ohne auf das Naheliegende zu kommen.

Der Detektiv hatte den ganzen Tag wartend vor Ulrikes Haus verbracht, um schließlich hilflos mitansehen zu müssen, wie eine große Limousine vor Ulrikes Haus hielt, wie sie, schöner als ein Sommertag, aus dem Haus trat und ohne Umschweife in das Auto stieg. Kurz und höhnisch leuchteten die Bremslichter auf, dann fuhr der Wagen fort.

Bernhard blickte ihm traurig nach und beschloss, in sein Büro zu fahren. Vielleicht war ja irgendetwas auf dem Anrufbeantworter.

Und tatsächlich, hektisch flimmerte das rote Signallämpchen des Apparates. Bernhard drückte auf den Wiedergabeknopf. "Hallo Bernhard, hier ist Karli! Du bist anscheinend nicht da? Gut, dann melde ich mich später noch einmal!" Ein Piepen. "Hallo, Bernhard, hier ist wieder Karli! Du bist wohl auf Observationstour, ha, ha, ha! Na gut, ich rufe nachher noch einmal an!" Ein Piepen. "Hallo Bernhard, wo bist du denn? Hier ist Karli! Ich wollte dich fragen, ob wir heute Abend zusammen essen wollen!" Pause. "Ich rufe später noch mal an!" Ein Piepen. "Bernhard! Hier ist Karl! Ich erwarte dich gegen acht Uhr im Restaurant *Bella Italia*! Komm' bitte, es ist dringend!" Das Band stoppte und spulte zurück.

Bernhard sah auf die Uhr, es war Viertel vor neun. "Na, dann werde ich mich wohl sputen müssen", sagte er laut und eilte zur U-Bahn. Unterwegs musste er kurz über seinen Freund lachen. Da hatte man sich jahrelang nicht gesehen, und dann muss man auf einmal ganz dringend miteinander zu Abend essen! So ist das mit alten, wahren Freundschaften, dachte er zufrieden.

Viertel nach neun trat William in das Büro, dessen Tür sperrangelweit offen stand, ein sicheres Zeichen, dass Bernhard zwischendurch da gewesen sein musste. Die Signallampe leuchtete wieder, und William hörte die Nachricht ab.
"Bernhard! Hier ist Karli! Ich warte bereits seit einer Stunde auf dich! Wo bleibst du denn?" Eine Pause folgte. William hielt die Luft an und flehte im Stillen: Sag' das Restaurant, du mieser Kerl! Sag' ihm noch einmal das Restaurant!
"Falls du es vergessen oder versehentlich gelöscht haben solltest, ha, ha, ha, ich warte im Restaurant *Bella Italia* auf dich. Beeil' dich!"
Danke, du Sauhund, dachte William erleichtert, als das Band zurückspulte.

Lothar stand vor Ulrikes Wohnungstür und klingelte. Er war auffallend elegant angezogen und trug ein überteuertes Blumenbukett aus der Tankstelle bei sich. Mit einem Ruck wurde die Tür geöffnet und Cibelle mit Gurkenmaske im Gesicht und Lockenwicklern im goldblonden Haar stand vor ihm.
"Guten Abend, Fräulein Cibelle, Sie sehen ja zum Fürchten aus", rief Lothar freudig.
"Was wollen Sie, Herr Lothar?", erkundigte sich Cibelle mürrisch und zog den Ausschnitt des abgewetzten Plüschbademantels enger zusammen.
"Sie besuchen! Darf man anknabbern?", raunte er sinnlich und sein Mund näherte sich ihrer Wange.
"Nein! Und jetzt verschwinden Sie bitte, ich sehe mir einen Film an!"
"Das stört mich nicht", beteuerte Lothar. "Auch ich sehe gerne Filme. Es sind ja oftmals Geschichten aus dem Leben und ich habe mich gerade dazu entschlossen, mein Können dem realen Leben zu widmen!"
Er drängte sich an ihr vorbei in die Wohnung. "Übrigens sehen Sie mit diesen Lockenwicklern nicht besonders vorteil-

haft aus", bemängelte er. "Man sollte als Frau einem Mann nie Einblick in seine kleinen Schönheitsgeheimnisse geben, das ist immer so desillusionierend, liebes Fräulein Cibelle! Ich zum Beispiel war im festen Glauben, Ihre Locken seien echt!"
Er übersah ihren düsteren Gesichtsausdruck und legte die Blumen auf den Schuhschrank. "Wo lagert denn hier der Wein?", erkundigte er sich höflich.
"Es gibt keinen Wein", erwiderte Cibelle gepresst.
"Keinen Wein? Wie unangenehm. Na ja, wenn man schon mal die kleine Behausung zweier Junggesellinnen besucht!" Er winkte ab und öffnete den Kühlschrank. "Ah! Sie haben ja Champagner, Sie kleine Naschkatze!"
Er holte die Flasche hervor und entkorkte sie flink. Der Korken knallte gegen die Decke und der Champagner sprudelte unaufhaltsam heraus. "Sie haben ihn wohl geschüttelt?", tadelte Lothar und verschloss die Flasche mit dem Mund. So zum Schweigen gezwungen, musste er tatenlos mit ansehen, wie Cibelle nach seinem Blumenstrauß griff und ihn mit leichter Hand ins Treppenhaus beförderte.
Dann stemmte sie ihre Hände in die Hüften und sagte mit nachdrücklicher Stimme: "Lieber Herr Lothar. Ich habe Sie heute aus einem Schlamassel gezogen, indem ich Ihren Schützling und meinen Schützling zu einem gemeinsamen Rendezvous gezwungen habe! Glauben Sie mir, das war wirklich nicht einfach und hat mich eine Menge Zeit und Nerven gekostet! Wenn es klappt, wird niemandem im Himmel auffallen, was für eine Niete Sie als Schutzengel sind. Darum sehe ich auf gar keinen Fall ein, dass ich mich dafür noch mit Ihrer Anwesenheit bestrafen muss. Also: gehen Sie bitte!"
Lothar nahm die Flasche aus dem Mund und der Schaum platschte befreit zu Boden. "Mein Schützling geht mit Ihrem aus", vergewisserte er sich begeistert. Cibelle nickte stolz. "Das ist ja wunderbar! Lassen Sie uns auf den Spuren unserer Schützlinge wandeln!"
"Bitte?"

"Ziehen Sie sich was Flottes an und wir beobachten die beiden!"

"Nein, nein, nein! So was liegt mir fern", sträubte sich die Engelin der Form halber. Auf diese brillante Idee war sie ja noch gar nicht gekommen.

"Dann gehe ich alleine!"

"Ooooh nein! Wenn ich Sie alleine gehen lasse, verderben Sie mir vermutlich noch alles! Ich begleite Sie!"

"Es wird mir eine Ehre sein, von einer so schönen Frau begleitet zu werden", beteuerte Lothar und nahm vergnügt einen weiteren Schluck aus der Flasche.

**Alles trifft sich im Restaurant *Bella Italia*! Ciao Bella!**

**(Kinowerbung)**

"Ziemlich laut hier", tadelte Ulrike und sah sich um. Das Restaurant war sehr italienisch! Tropfende Kerzen, aufgepfropft auf Chiantiflaschen, standen auf Tischdecken mit rotweißem Würfelmuster. An den Balustraden aus Massivholz hingen schimmernde Plastiktrauben, auf der Bar standen Grappaflaschen, aufgereiht wie Soldaten, und die Kühltruhe protzte mit vielfarbigem Eis. Im hinteren Bereich des Restaurants feierte eine italienische Großfamilie lebhaft Hochzeit. Ulrike beendete ihren Rundblick und schaute den jungen Mann, der ihr gegenüber saß, abwartend an. Alex war rot geworden und murmelte: "Dieses Restaurant ist der Geheimtipp des Monats."

"Ich persönlich gebe ja überhaupt nichts auf diese Geheimtipps", erwiderte Ulrike naserümpfend und griff nach der Speisekarte. "Ist es eigentlich üblich, dass sich die Betreiber einer Partnerschaftsagentur hin und wieder eine Dame herausgreifen? So für den Eigenbedarf?"

"Nur, wenn die Dame besonders attraktiv ist", antwortete Alex gequält lächelnd.

"Sind Sie in mich verliebt?"

Alex wollte gerade verneinen, als ihm Cibelles Drohung einfiel. "Nun, ich gehe sehr vorsichtig mit dem Wort Liebe um", erwiderte er diplomatisch. Ulrike sah ihn forschend an, doch er hatte sich schon in die Speisekarte vertieft.
Sie folgte seinem Beispiel und als der Kellner kam und nach ihren Wünschen fragte, bestellte sie sich einen Salat und Spaghetti mit Tomatensoße. Dessert vielleicht später.
"Möchten Sie Tomatensalat, Feldsalat oder Hirtensalat?", erkundigte sich der Kellner.
"Am liebsten wäre mir ein schöner Eisbergsalat! Und lassen Sie die Blätter so groß wie möglich, ja? Und bitte mit viel, viel Dressing! Mein Salat soll darin baden!"
"Wünschen Sie einen Aperitif vor dem Essen, Madame?"
"Um Gottes Willen, keinen Alkohol!" Sie beugte sich zu Alex herüber und flüsterte laut: "Wir wollen doch nicht unsere Sinne verlieren, oder?"
Alex griff nach ihrer Hand und küsste sie. "Warum nicht?", fragte er charmant.
Ulrike zog erschrocken ihre Hand zurück und bellte zum Kellner: "Und bitte keinen Wein zum Essen!" Dann klappte sie ihre Karte zusammen und begann mit zusammengezogenen Augenbrauen den Tischschmuck umzustecken.
"Und, was machen Sie so beruflich?", fragte Alex und steckte sich nervös eine Zigarette an. "Hier darf man nicht rauchen. Ich bin Schriftstellerin", antwortete Ulrike, ohne ihn anzusehen.
"Haben Sie damit Erfolg?"
"Nein, leider noch nicht! Das ist insoweit bedauerlich, als meine Familie bettelarm ist und darum auf meinen Lohn angewiesen ist!" Sie knickte eine Blüte ab und zerpflückte sie. "Aber ich hoffe, bald zu heiraten", fuhr sie fort, "dann kann mein Mann mich und meine Familie ernähren!"
Alex schluckte schwer und hielt ungeduldig nach dem Getränkekellner Ausschau.
"Und Sie, haben Sie schon immer eine Partnerschaftsagentur geführt?", erkundigte sich Ulrike ohne Interesse und nahm sich die nächste Blüte vor.

In diesem Augenblick entstand eine gewisse Unruhe am Nebentisch, wo ein elegant gekleideter junger Mann umständlich mit seinem Handy hantierte und leise etwas hineinzischelte. Ulrike verstand den Namen Bernhard und ihr wurde ganz melancholisch ums Herz. Der Mann winkte einen Kellner befehlsmäßig heran und flüsterte ihm etwas ins Ohr.
"Nein, ich war auch schon Seemann und Kellner", versuchte Alex die Aufmerksamkeit wieder auf sich zu lenken.
"Sehr interessant", murmelte Ulrike und beobachtete weiter den Mann am Nebentisch, der abstrakte Skulpturen aus seiner Serviette formte. Alex seufzte und schaute ebenfalls zum Nebentisch.

In diesem Augenblick traten, von den beiden unbemerkt, Cibelle und Lothar ein.
"Ich sehe sie, ich sehe sie", flüsterte Cibelle aufgeregt und krallte sich an Lothars Arm fest.
"Wo?", fragte Lothar laut.
"Psst!", machte Cibelle und zog Lothar an einen Tisch, der durch eine künstliche Blumenwand verdeckt wurde. Ihre Schützlinge nicht aus den Augen lassend, setzten sie sich nieder. Ein Kellner kam angeschlendert und zeigte schweigend auf ein Reserviert-Schild. Cibelle schaute auf das Schild, dann zum Kellner empor und zuckte verständnislos die Achsel.
"Madame, der Tisch ist reserviert!", erklärte der Kellner höflich.
"Aber uns gefällt er! Wir möchten gern hier sitzen bleiben!"
"Aber, Madame, der Tisch ist reserviert!" Er sprach das Wort ‚reserviert' wie ‚vermint' aus. Cibelle nickte verständnisvoll und sagte kühl: "Dann reservieren Sie doch einen anderen Tisch! Es stehen doch noch so viele frei herum!"
"Aber Madame, unser Gast bat darum, genau diesen Tisch zu bekommen! Er wollte ein bisschen separat, ein bisschen bedeckt sitzen!"
"Das wollen wir auch!"

Der Kellner wurde unleidlich: "Madame, bitte verlassen Sie den Tisch!"
"Nein", antwortete Cibelle und nahm das Besteck zur Hand. Der Kellner zuckte mit den Schultern und ging.
"Sie hätten ruhig auch was dazu sagen können, Herr Lothar", zischte Cibelle ihren Kollegen an.
"Aber liebes Fräulein Cibelle, Sie haben das mit so viel Bravour gemeistert, warum hätte ich mich da noch einmischen sollen", erwiderte Lothar freundlich und faltete seine Serviette auseinander. Da näherten sich zwei kräftig aussehend Männer ihrem Tisch. "Oh, oh", machte Lothar furchtsam, "vielleicht hätten wir doch den Platz wechseln sollen!"
"Und unseren formidablen Beobachtungsposten aufgeben?", fragte Cibelle kämpferisch und hob die Fäuste. "Niemals!"
Doch die Männer gönnten ihnen keinen Blick, schweigend hoben sie die Trennwand an und trugen sie fort. Cibelle und Lothar saßen im besten Sichtfeld ihrer Schützlinge. Diese jedoch sahen sie nicht, weil der junge Mann vom Nebentisch an einen anderen Tisch platziert wurde, näher zur italienischen Hochzeit hin. Ulrike saß nun mit dem Rücken zu ihm und konnte sich wieder völlig auf ihren Tischnachbarn konzentrieren.
Inzwischen war der Salat angekommen, dessen Blätter über den Tellerrand lappten. Ulrike angelte eines herunter und stopfte es sich, ohne weitere Umstände, in den Mund. Das rosafarbene Dressing lief links und rechts aus ihren Mundwinkeln hinunter, Alex sah es mit Widerwillen.
"Solange ich nicht sprechen kann", schmatzte Ulrike mit vollem Mund, "müssen Sie mich unterhalten!"

"Was macht sie denn da?", murmelte Cibelle entgeistert. "Ich habe ihr doch extra gesagt: keinen Salat! Und wie sie ihn isst ..."
"Ja, scheußlich", stimmte ihr Lothar zu und schlug die Speisekarte auf. "Eigentlich bevorzuge ich ja die französische Küche", plauderte er, "die italienische ist mir ein ganz klein wenig zu schwer. Was eigentlich seltsam ist, weil ja die Fran-

zosen von den Italienern die feine Küche erlernt haben!" Sein kundiges Auge streifte die aufgeführten Gerichte ab. "Wie wäre es mit einer kleinen Vorspeise, meine Liebe?"
Cibelle, die ihren Schützling nicht aus den Augen ließ, winkte unwillig ab.
"Erlauben Sie, dass ich sie für Sie auswähle?", fragte er näselnd.
Cibelle nickte nur kurz, während sie zusehen musste, wie Ulrike die ganze Tischdecke mit Dressing bekleckerte.
"Komm du mir nach Hause", murmelte sie erbost.
"Nun, für solche Angebote ist der Abend noch zu jung", lächelte Lothar sehr einverstanden. "Aber später werde ich mit Freuden Ihr Angebot annehmen. Als Vorspeise unseres gemütlichen Abends schlage ich die Schnecken nach Art des Hauses vor! Ist es Ihnen recht, meine Süße?"
Cibelle nickte, ohne hingehört zu haben.
"Und danach plädiere ich für Fettuccine mit Schinken und Sahne", fuhr Lothar fort. "Sicher, wir werden danach furchtbar satt sein und es ist auch nicht gerade kalorienarm, aber ich hatte sowieso vor, Sie nach dem Essen zu einem kleinen Tänzchen auszuführen! Sind Sie damit einverstanden, Fräulein Cibelle!"
Die Engelin meuchelte in Gedanken gerade ihren Schützling.
"Fräulein Cibelle, sind Sie einverstanden?"
"Mir ist alles recht", antwortete die Engelin, die tatenlos mit ansehen musste, wie dieses dumme Ding alles verdarb. Wenn du glaubst, du kannst dich derartig renitent verhalten und mir zu Hause erzählen, du hättest dir alle Mühe gegeben, dann hast du dich geschnitten, dachte sie erbost.
Das dumme Ding hatte den Salat endlich aufgegessen, und wischte mit einem Stück Brot den Teller gründlich ab. Zum Schluss stopfte sie sich die völlig aufgeweichten Brotteile mit einem Mal in den Mund und grunzte zufrieden.
"Was haben Sie gerade gesagt?", erkundigte sie sich bei Alex.
"Oh, ich hatte Ihnen einen Witz erzählt, aber Sie schienen ihn nicht lustig zu finden!"

"Nein, nein, er war sicher sehr komisch, aber ich habe gerade nicht zugehört, Herr Reinbold. Erzählen Sie ihn mir ruhig noch einmal!"

"Und dazu trinken wir einen schönen Rotwein", beschloss Lothar seine Auswahl und winkte dem Kellner, um seine Bestellung aufzugeben. Dann faltete er zufrieden seine Hände unter das Kinn und stützte die Arme auf die Tischplatte. "Starren Sie doch nicht die ganze Zeit zum Nebentisch", säuselte er. "Man muss einer jungen Liebe die Chance geben, unbeobachtet aufzublühen! Kümmern Sie sich lieber um mich!"

"Gleich", unterbrach ihn Cibelle ungeduldig. Sie versuchte mit gespitzten Ohren, Teile des Gespräches mitzubekommen, aber die italienische Hochzeitsgesellschaft hatte zu singen begonnen und ein Handy bimmelte dazu.

Lothar schüttelte nachsichtig lächelnd den Kopf: "Diese engagierten Schutzengelinnen! Da sitzt der Engel ihres Lebens vor ihnen und sie sind doch nur um das Schicksal ihres irdischen Schützlings besorgt! Nicht, dass ich Ihre Arbeit nicht wertschätze, liebes Fräulein Cibelle, aber ist es nicht an der Zeit, endlich mal Feierabend zu machen und sich dem Geliebten zuzuwenden?"

Cibelle horchte in eine andere Richtung.

"Sehen Sie", fuhr Lothar ungehemmt fort, "ich nehme jetzt einfach Ihre Hand!" Er nahm sie. "Ich nehme Ihre Hand, aber Sie sind so beschäftigt, dass Sie nicht einmal die Zeit für eine kleine Gänsehaut haben! Was kann ich tun, um Ihre Aufmerksamkeit zu erhaschen, mein kleiner Frühlingsfalter? Darf ich es wagen, einen Kuss auf Ihre schöne Hand zu hauchen, ohne dass wir sofort das Restaurant verlassen müssen, um allein zu sein? Ich werde es wagen!" Er wagte es.

Ohne sich aus ihrer Konzentration reißen zu lassen, wischte Cibelle die geküsste Hand an der Tischdecke ab. Bevor Lothar die Hand erneut erfrischen konnte, kamen die Schnecken. Cibelle löste ihren Blick vom Nebentisch und starrte fassungslos auf ihren Teller. "Was ist das denn?"

"Schnecken nach Art des Hauses, von mir bestellt", verkündete Lothar stolz und stopfte sich seine Serviette in den Halsausschnitt.
"Ihh", macht Cibelle und verzog angewidert den Mund. "Ich werde doch keine schleimigen Kriechtiere essen! Bäh!" Sie zitterte vor Ekel.
"Aber, aber, Fräulein Cibelle. Die schleimige Fußsohle, auf der sich eine Schnecke fortbewegt, ist doch von dem Kochen abgetrennt worden", erklärte Lothar begütigend. "Ebenso die dabei herausfallenden Gedärme!"
"Ich glaube, ich muss mich übergeben", murmelte Cibelle, die kreidebleich geworden war. Sie schob den Teller von sich fort und lief zur Toilette. Lothar sah ihr stirnrunzelnd hinterher. Frauen, dachte er nachsichtig. Seine Sorge um Cibelle ließ ihn hungrig werden und so begann er schon einmal, die kleinen Tiere aus ihren Häusern zu zerren und zu verspeisen.

Am Nebentisch wurde der Hauptgang aufgetragen. Während Alex freundlich sein Steak betrachtete, beugte sich Ulrike tief über ihre Spaghetti und sog lautstark deren Geruch in ihre Nase. Dabei entging ihr, dass Bernhard das Lokal betrat und sich suchend umsah.
Weit hinten im Raum sah er Karli, der ihm auffällig zuwinkte. Er eilte an Ulrikes Tisch vorbei, ohne sie zu sehen, und sie, die kurz davor war, auch noch ihre Haarspitzen in die Soße zu tauchen, spürte nur einen warmen Luftzug. Sie hob den Kopf und schaute sich verwundert um, aber Bernhard hatte sich bereits gesetzt, mit den Rücken zu ihr. Und da sie seinen neuen Trenchcoat noch nicht kannte, war ein Erkennen unmöglich.

Auch Cibelles Aufmerksamkeit entging die Anwesenheit des Detektivs, als sie blass von der Toilette zurück an ihren Tisch kam. Sie sah einen Augenblick angewidert dem gierig schlingenden Lothar zu und nahm dann ihren Beobachtungsposten

wieder auf. "Soll ich Ihre Schnecken mitessen?", bot Lothar an und hob schon die Schneckenzange.
"Sie hat Spaghetti bestellt", schnaufte Cibelle wütend. "Mit Tomatensoße!"
Lothar nahm das als Zustimmung und zog ihren Teller zu sich herüber.
"Na, alter Junge, wie geht es dir?", freute sich Karli herzlich und schlug Bernhard auf die Schulter.
"Danke, sehr gut! Und dir?"
"Fantastisch, fantastisch. Ich arbeite jetzt für die Stadt, unheimlich geheimer Posten!" Bernhard nickte interessiert und beide schwiegen. "Da sind wir wohl beide unserem kleinen Kaff entkommen, ha, ha, ha", kurbelte Karli die Unterhaltung wieder an.
Bernhard nickte.
"Weißt du noch, Berni, wie ich dich immer in den Dorfteich geschmissen habe, ha, ha, ha? Du warst von oben bis unten voll mit Entengrütze!"
"Gero hat mich in den Dorfteich geschmissen!"
"Hast Recht, ha, ha, ha! Gero hat heute bestimmt die dicksten Kartoffeln im ganzen Dorf!"
"Wieso?", fragte Bernhard verständnislos.
"Na, weil doch die dümmsten Bauern immer die dicksten Kartoffeln haben! Mensch, Berni, ich freue mich so, dich zu sehen!"
"Ja, Karli, ich mich auch!"
"Du redest nicht viel, was? Na, hast du ja auch früher nicht gemacht, ha, ha, ha! Was willst du essen, Berni?"
"Och, irgendeine Pizza ..."
"Was heißt denn hier, irgendeine Pizza? Nur das Beste für meinen alten Freund Berni! Ich lade dich selbstverständlich ein!"
"Das ist nicht nötig, Karli!"
"Ja, ich hörte schon, du hast deinen Hof verkauft, da musst du ja reich sein!"
"Nein, eigentlich nicht. Was isst du denn?"

"Na, wenn du eine Pizza isst, esse ich natürlich auch eine!"
"Iss doch ruhig was anderes, Karli. Ich esse sehr gerne Pizza!"
"Ich doch auch, Berni! Gab es ja früher nicht in unserem Kaff!" Der Kellner kam und fragte höflich nach den Wünschen der Herren. "Pizza für mich und meinen Freund Berni", rief Karli. "Und noch zwei Pils! Aber vom Fass, Meister!" Bernhard erschienen Karlis Wortwahl und Fröhlichkeit sehr aufgesetzt. Außerdem wirkte Karli so nervös. "Hast du Sorgen, Karli?", erkundigte er sich vorsichtig.
"Sorgen? Ich? Nein! Wie kommst du nur darauf?" Karli ließ zum Beweis seiner Sorglosigkeit eine weitere und ausgiebigere Lachsalve los und Bernhard fühlte sich noch beklommener. Karli beruhigte sich wieder und schaute anzüglich zu der Hochzeitsfeier hinüber. "Und, wie steht es bei dir mit der Liebe?", fragte er, süffisant lächelnd.
"Nun, ich habe da eine wunderbare Frau kennengelernt, aber ..."
"Bei mir läuft auch alles wunderbar", fiel ihm Karli ins Wort.
"Die Weiber sind total scharf auf Beamte! Ja, gut, sie tun erst immer etwas blöd, weil sie nur alte Säcke als Beamte kennen, aber wenn so ein schneidiger und fescher Kerl wie ich auf der Bildfläche auftaucht, sind sie natürlich hin und weg und zu allem bereit!" Wieder folgte eine Lachsalve.
"Wie schön für dich", gratulierte Bernhard lächelnd. "Aber du hast ja immer schon ein Händchen für Frauen gehabt. Wenn ich an Melanie denke ..."
"Ja", stimmt Karli nachdenklich zu. "Die war ja auch reinweg verrückt nach mir! Herrje, war die in mich verknallt und das mit 14 Jahren!"
Bernhard ließ die kleine Schwindelei unkommentiert und fragte freundlich: "Was macht deine Cousine denn so?"
"Ach, du", gähnte Karli gelangweilt und lehnte sich zurück.
"Die ist, glaube ich, als Managerin unterwegs. Für irgendeinen Großkonzern!" Karli beugte sich wieder zu Bernhard und flüsterte amüsiert: "Sicher hochgeschlafen, man kennt das ja!"

Der Detektiv nickte verlegen und nahm einen großen Schluck Bier. Das Gespräch drohte wieder zu versanden, bis Bernhard fragte: "Wie hast du mich eigentlich gefunden, Karli?"
"Ich bitte dich, Berni", rief Karli laut. "Man wird doch den besten Privatdetektiv der Stadt kennen!"
"Ich bin nicht der Beste", verwahrte sich Bernhard. "Ich bin allenfalls der Billigste!"
"Nun, dann werde ich es auf einem Reklamezettel gelesen haben!"
"Ich habe keine verteilen lassen!"
"Radiowerbung?"
"Nein."
"Ist ja eigentlich auch egal", winkte Karli ab. "Zwei freundschaftliche Herzen finden immer wieder zusammen! Und da kommt ja auch schon unsere Pizza!" Die dampfenden Hefefladen wurden abgesetzt und Karli begann sofort, die seinige in Stücke zu säbeln und in den Mund zu stopfen. Kauend murmelte er: „'Tschuldigung, aber mit vollem Mund ..."
Bernhard kratzte sich am Kopf und schaute nachdenklich auf Karli. "Ich weiß nicht, Karli", sagte er langsam. "Irgendetwas stimmt hier nicht!"
"Was sollte denn nicht stimmen, alter Junge?", krähte Karli fröhlich, nachdem er mühsam sein Stück Pizza heruntergeschluckt hatte.
"Ich weiß es ja nicht!"
"Iss' erst einmal deine Pizza und dann reden wir weiter!"

Cibelle stocherte in ihren Fettuccine und ließ den Nebentisch nicht aus den Augen.
"Meine Liebe", sagte Lothar, der sich wie ein Verhungernder das Essen in den Mund schob, "glauben Sie nicht, dass die beiden schon alleine und unbeobachtet klarkommen?"
Cibelle glaubte das keinesfalls, denn das Gespräch zwischen Ulrike und Alex schien inzwischen gänzlich versiegt zu sein. Dafür betraten in diesem Augenblick die Besteller des reservierten Tisches ein. Herr Dickhelm ging voraus und Angie folgte ihm tänzelnd. Da Alex sich gerade in die Dessertkarte

vertieft hatte, sah er sie nicht und auch sie war zu beschäftigt, um ihn zu bemerken.
"Eigentlich hatte ich ja einen anderen Tisch bestellt", knurrte Dickhelm.
"Nun, die Gäste wollten nicht weichen, Herr Dickhelm!", entschuldigte sich der Kellner.
"Dann hätten Sie sie eben hinauswerfen müssen!"
"Nun lass' mal den armen Mann in Ruhe, Dicki", mischte sich Angie ein. "Dieser Tisch ist doch ganz schön!"
"Ja, und wir haben ihn auch zum Séparée umgebaut", wies der Kellner stolz auf die innenarchitektonischen Möglichkeiten hin.
"Aber wozu denn, Dicki?", erkundigte sich Angie verständnislos. "Du lebst doch bereits in Scheidung!" "Ich dachte nur ... der alten Zeiten wegen!", erklärte Dickhelm verlegen und setzte sich eilig. "Ich fand das aber nie so schön", beklagte sich Angie und schaute traurig auf die Plastikblumen. "Ich kann gar nichts von den anderen Gästen sehen!"
"Wozu auch, Kindchen? Die meisten sehen beim Essen nicht besonders einnehmend aus!"
Angie schmollte, während Dickhelm mit Kennermiene das Menu zusammenstellte. "Man kann auch preiswert sehr gut essen", stellte er abschließend fest und scheuchte den Kellner in die Küche.
"Krieg' ich einen Sekt vorweg?", fragte Angie und erfreute sich im Stillen an dem unfreiwilligen Reim.
"Aber Kindchen, du weißt doch, was mich meine Scheidung gekostet hat! Willst du mich etwa völlig schröpfen?", erkundigte sich Dickhelm mit versagender Stimme und vergaß ihre Bitte.
Während er sich eine Zigarre aus der Tasche zog und sie umständlich auf das Rauchen vorbereitete, betrachtete ihn Angie aufmerksam. Ihr war vorher nie aufgefallen, dass Dicki solche Hängewangen hatte. Auch die Tränensäcke schienen neu zu sein. Und hatten seine Augen immer schon so getränt? Angie schluckte und dachte an Alex.

"Nun, meine kleine Schnirkelschnecke, was hast du denn so den ganzen Tag gemacht?", erkundigte sich Dickhelm gönnerhaft. "Och, ich habe ein bisschen in den Illustrierten geblättert und so", erzählte Angie wahrheitsgemäß und fügte im Stillen hinzu: Außerdem habe ich auf einen Anruf von Alex gewartet.
"Nun, du wirst dich wohl bald wieder auf Arbeitssuche begeben müssen", sagte Dickhelm bedauernd. "Deine Ersparnisse hast du ja sicher fast aufgebraucht und ich kann dir wirklich nicht wieder unter die Arme greifen, du weißt ja, meine Scheidung ..."
Angie nickte verständnisvoll und bestellte sich ein Glas Sekt.
"Außerdem", fügte Dickhelm mit sinnlich vibrierender Stimme hinzu, "finde ich selbstständige, berufstätige Frauen so was von anziehend!" Er fügte seiner Offenbarung noch ein kleines Knurren hinzu und schaute Angie mit zusammengekniffenen Augen gierig an.
Angie schluckte. Irgendwie fand sie Dicki plötzlich äußerst unappetitlich. Wenn dieser Abend vorbei ist, dachte sie, sieht Dicki mich nicht wieder. Dieser Gedanke erfreute sie so, dass sie das gebrachte Glas Sekt hinunterstürzte und gleich das nächste bestellte.
Dickhelm sah es mit Missvergnügen. "Ich werde dir jetzt von meinem Tag erzählen", begann er verführerisch. Angie nickte ergeben und erwartete voller Ungeduld das Essen.

Alex hob seinen Kopf aus der Dessertkarte und fragte erschöpft: "Wenn Sie mich nicht leiden können, warum sind Sie dann mit mir ausgegangen?"
"Ich wurde erpresst", sagte Ulrike schlicht.
"Ich auch", lachte Alex erfreut auf.
"Das heißt, Sie sind gar nicht an mir interessiert?", erkundigte sich Ulrike gekränkt.
"Ulrike", begann Alex, "Sie sind eine sehr schöne Frau mit faszinierenden Tischmanieren, aber ich finde nicht, dass wir zueinander passen!"

Ulrike lächelte verständnisvoll. Sie konnte nicht ahnen, dass Cibelle ausgerechnet die letzten Sätze verstanden hatte, da an der italienischen Hochzeitstafel eine Rede gehalten wurde und alles schwieg.
"Na, du kannst was erleben", rief sie erzürnt und griff nach Lothars Arm. "Kommen Sie, Herr Lothar, stehen Sie auf! Los, los! Wir werden jetzt jemanden erschrecken!"
Doch in diesem Augenblick geschah es!
William stürzte durch die Tür und schrie: "Sir! Geben Sie acht! Der Mann hat eine Pistole bei sich!"
Karli sah den näherkommenden Engel erschrocken an und griff in seine Aktentasche. Mit einem Schwung holte er die Waffe hervor.
"Sei nicht böse, Berni", flüsterte er nervös und die Schweißperlen liefen über sein Gesicht. "Aber Molle ist stinksauer auf dich und ich soll dich nur ein bisschen erschrecken!" Er hob die Pistole und schoss, dicht an Bernhards Kopf vorbei.
Die italienische Hochzeitsrede verstummte, ebenso das Gemurmel der Gäste.
"Lassen Sie die Waffe fallen, Sir", schrie William und stellte sich vor seinen Schützling.
"Was für ein Mann", flüsterte Cibelle mit widerwilliger Bewunderung.
An der Hochzeitstafel waren plötzlich alle Männer bewaffnet und die Mündungen zeigten auf Karli, Bernhard und William.
"Was ist denn da los?", polterte Dickhelm und erhob sich. Als er das Waffenaufgebot sah, setzte er sich schweigend wieder.
"Herr Dickhelm!", rief Alex überrascht.
"Ich bin nicht hier! Niemand sitzt hier! Schießen Sie nicht auf die Pflanzen", grummelte es hinter der Trennwand.
"Bernhard", rief Ulrike erfreut, die ihn endlich hinter Williams breiten Rücken entdeckte.
"Nichts Bernhard", zischte Cibelle wütend.
"Gib' mir die Fotos, Berni", rief Karli hektisch und verursachte ein weiteres Loch in der Wand.

Die italienischen Anwesenden luden durch.
"Karli", rief Bernhard bittend, "lass' bitte das Ding fallen! Wir können über alles reden!"
Doch Karli schüttelte nur den Kopf und hielt die Waffe hartnäckig auf William und Bernhard gerichtet.
"Sagen Sie, Herr Dickhelm", rief der unbedrohte Alex, "wenn Sie hier sind, ist Angie doch sicher auch da!"
"Alex!", kam ein Jubelschrei hinter der Trennwand hervor.
"Du bleibst schön hier sitzen", schnauzte Dickhelm sie leise an und griff nach ihrer Hand. "Du ziehst nur die Aufmerksamkeit der Leute auf mich!"
Angie aber riss sich los und lief mitten in das Restaurant. Sie sah Alex, er erhob sich und sie fielen sich wortlos in die Arme.
"He!", schrie Cibelle aufgebracht. Mit einem Sprung war sie beim Liebespaar und riss die beiden auseinander. "Dieser Mann, mein Fräulein", herrschte sie Angie an, "ist schon reserviert!"
"Aber nein", gab Alex zurück. "Die Frau Zimmermann hat gar kein Interesse an mir!"
"Das stimmt, Cibelle", bestätigte Ulrike erfreut und schaute zum belagerten Tisch.
"Das hast du nicht zu entscheiden und Sie auch nicht, Herr Kaminsky!"
"Er heißt Reinbold", zwitscherte Angie und drückte sich wieder an Alex.
"Das ist völlig egal! Er gehört meinem Schützling, also lassen Sie gefälligst Ihre lackierten Krallen von ihm!" Cibelle zerrte aufgebracht an Angies Arm.
"So lassen Sie mich doch in Ruhe", schrie Angie wütend und wehrte sich.
Wieder wurde ein Schuss abgegeben, doch die rangelnden Frauen wandten nicht einmal den Kopf.
"Geht es dir gut, Bernhard?", fragte Ulrike ängstlich.
"Ja, er hat schon wieder nicht getroffen!"
"Mein Armer! Kann ich irgendwas für dich tun?"

"Komm bitte zurück zu mir, sonst ist es mir egal, ob er mich erschießt!"
"Lassen Sie jetzt sofort den Mann in Ruhe, Sie aufgetakelte Kuh!", schrie Cibelle gellend.
"Lassen Sie erst mein Arm los oder Sie können etwas erleben, Sie Gewitterziege", drohte Angie mit zornig funkelnden Augen.
"Ha, was könnte mir ein Flittchen wie Sie schon tun", höhnte Cibelle.
"Lass' sie doch in Ruhe, meine Süße", bat Lothar, der sich unter dem Tisch versteckt hielt, eindringlich.
Doch sein wohlgemeinter Einwurf kam zu spät, Angies geballte Faust traf Cibelles Kinn. Ohne weitere Schmähung ging die Engelin zu Boden.
"Ach, herrje", hauchte Lothar mitleidig unter dem Tischtuch hervor.
"Was machen Sie denn da?", brüllte William und lief zu Cibelle.
Ulrike weidete sich nur kurz an dem Anblick ihrer niedergestreckten Aufseherin, dann warf sie sich in Bernhards Arme.
"Was soll denn das jetzt?", brüllte Karli und zielte mit zittrigen Händen auf das Paar. "Ich könnte euch beide erschießen! Hört sofort auf, euch abzuküssen!" Doch die beiden waren ganz versunken in ihrem Tun und ignorierten ihn.
William beugte sich derweil über Cibelle. "Kann mir jemand ein Glas Wasser bringen?", fragte er laut.
"Erst wenn der Mann seinen Revolver herunternimmt", erklärte der Kellner, der mit erhobenen Händen hinter der Eistheke stand.
"Niemals", schrie Karli wie von Sinnen und feuerte einen weiteren Schuss ab.
"Hören Sie", sprach ihn ein Hochzeitsgast an, "meine Tochter feiert heute den schönsten Tag ihres Lebens! Könnten Sie bitte mit der Schießerei aufhören?"
Karli schüttelte unwillig den Kopf.
"Nun dann", sagte der Italiener langgezogen, "dann muss ich Ihnen ein Angebot machen, das Sie nicht ablehnen können!"

Karli strich sich die Haare zurück und war ganz Ohr.
"Entweder Sie verlassen sofort das Lokal", sagte der Mann höflich.
"Oder?"
"Oder wir schießen Ihnen die Beine ab! Sie haben nur noch eine Kugel und es muss nur einer dran glauben, also ..." Der Mann zuckte gelassen mit den Achseln. "Natürlich wäre es besser für Sie, wenn Sie ihn hier", er deutete mit den Kopf auf Bernhard, "erschießen würden, den Herrn müssten wir nicht rächen! Wenn Sie aber meinen, Sie sollten lieber einen von uns erschießen, dann steht dort, in dem schwarzseidenen Kleid, meine Schwiegermutter!"
Die Frau, auf die er wies, schaute ihn entsetzt an. Dann beugte sie sich zu ihrer Tochter und zischelte ihr ihre Meinung zu.
"Also", lenkte der Italiener die Aufmerksamkeit wieder auf sich, "wie haben Sie sich entschieden?"
„Gehen Sie", rief ihm ein anderer Gast verhalten zu, „sonst bringen Sie uns alle noch ins Moorgrab!"
Karli ließ die Waffe sinken und trat den Rückzug an. Langsam, Schritt für Schritt, näherte er sich rückwärts dem Ausgang.
Dann schwang die Tür hinter ihm zu. Durch die Glastür konnte man gut beobachten, wie vier Männer über ihn herfielen, ihm einen Sack über den Kopf zogen und ihn wegschleppten. Alle Gäste des Restaurants klatschten Beifall.
Bernhard verbeugte sich höflich vor dem Italiener und bat, eine indiskrete Frage stellen zu dürfen.
"Bitte!", erlaubte der Italiener freundlich.
"Sind Sie wirklich von der Maf...?"
"Nein, natürlich nicht", fiel ihm der Mann fröhlich ins Wort.
"Aber wer kann das als Außenstehender schon wissen!"
William bekam endlich das geforderte Glas Wasser und schüttete es in Cibelles blasses Antlitz. Sie schlug die Augen auf und erkannte den Engel.
"Du wagst es ...", begann sie.
"Ich verzeihe dir", flüsterte William.
"Was verzeihst du mir? Ich habe doch gar nichts getan!"

"Schon gut, Lothar hat mir alles erzählt. Aber es ist nicht schlimm!"
"Was hat Lothar dir erzählt?"
"Na, wie er und du in der Nacht im Hotel ..."
"Das ist doch Blödsinn! Da war nichts!"
"Du liebst ihn nicht?"
"Natürlich liebt sie mich", schnaufte Lothar, der unter dem Tisch hervorgekommen war.
"Das ist gar nicht wahr!", widersprach Cibelle erbost und versuchte aufzustehen.
"Und was war mit der Nacht im Hotel, hä? Sie haben mich geküsst, Fräulein Cibelle! Und wie Sie mich geküsst haben, mein lieber Herr Gesangsverein!"
"Davon weiß ich nichts!", schrie Cibelle außer sich und näherte sich Lothar drohend.
"Das ist nur eine billige Ausrede", rief der und wich kühn zurück. "Sie können doch ruhig zugeben, dass es Ihnen gefallen hat und Sie sich wie im Paradies gefühlt haben, Fräulein Cibelle!"
"Ich war betrunken!"
"Ja, das sagen sie alle!"
Fast hätte es eine weitere Schlägerei gegeben, wenn William nicht Cibelle an sich herangezogen hätte.
Und so standen drei Paare da, die sich unter der Musik der italienischen Hochzeitsgesellschaft innig küssten und fest umschlungen hielten.

**ENDE**

# Epilog

Herr Dickhelm verließ das Restaurant ohne zu bezahlen, Lothar vergriff sich unaufhaltsam am Grappa und reizte den Betrag seiner Kreditkarte bis zum Äußersten aus und die zwei Verleger, die selbstverständlich auch gerade in genau diesem Restaurant zu Abend gegessen hatten, beschlossen, einem jungen Talent eine Chance zu geben.

Und so wurde alles gut – für den Moment.

---

[i] ALLGEMEINEN ZUSAMMENGEFASSTEN HIMMLISCHEN BIBLIOTHEK